Im Spiegel

Täglich werden in Deutschland 150 bis 250 Personen als vermisst gemeldet. 50 Prozent dieser Fälle klären sich innerhalb einer Woche auf, 80 Prozent binnen eines Monats, 97 Prozent innerhalb eines Jahres.

Die Fahndung nach den restlichen 3 Prozent, das sind deutlich über 2000 Personen pro Jahr, wird nach 30 Jahren eingestellt.

Wikipedia

Es gibt Dinge, die wir für unmöglich halten. Das heißt aber nicht, dass sie unmöglich sind!

Galileo Galilei

MICHAEL HEINE

IM SPIEGEL

Roman

Bibliografische Information der Deutschen Nationalbibliothek:
Die Deutsche Nationalbibliothek
verzeichnet diese Publikation in der deutschen Nationalbibliografie;
detaillierte biografische Daten
sind im Internet über dnb.dnb.de abrufbar.

© 2024 Michael Heine
Coverdesign: Segendorf Design, Hamburg
Coverfoto: Shutterstock
Satz, Umschlaggestaltung, Herstellung und Verlag: BoD – Books on
Demand, Norderstedt

ISBN: 978-3-7597-7131-5

»Oh, mein Gott!«

Das war ihre erschrockene, ihre atemlose Stimme, bei der man immer befürchten muss, gleich setzt das Herz aus.

1

Hamburg. *Die Trattoria*

Ein heftiges Frühlingsgewitter zog über die Stadt. Es regnete in Strömen, es goss!

Die große Ratte nutzte geschickt die Strömung des abfließenden Wassers im Rinnstein seitlich der Straße. Sie selbst bewegte sich kaum, ihr erhobener Kopf mit den schwarzen Knopfaugen, den kleinen Ohren und dem rosigen Näschen aber verriet höchste Aufmerksamkeit. Das nasse graubraune Fell klebte an ihrem sehnigen Körper und für eine Sekunde sah man ihre rosa Pfoten, mit deren Hilfe sie sich, den Kopf voran, mit einer fast eleganten Bewegung durch das Gitter des Gullys zwängte und, zusammen mit den eiligen Abwassern, in der Tiefe verschwand.

Ali, unser Gemüsehändler, hatte uns auf sie aufmerksam gemacht. »Die kriegen das einfach nicht in den Griff!«, sagte er und meinte natürlich die Stadtverwaltung.

Carlotta, die sicherheitshalber meinen Arm hielt, schüttelte sich angewidert und sagte: »Einfach eklig!«

Ich aber sah das eher gelassen und zitierte einen Spruch, den mein Freund und Schwager Sebastian bei solchen Gelegenheiten gerne loslässt:

»Ratten sind auch nur Menschen!«

Das allerdings sollte mir noch leid tun!

»Sehr witzig!« Und es war nicht ganz klar, ob Carlotta damit mich oder das tobende Unwetter meinte. Wir bewegten uns im Schutze der Hochbahntrasse, die sich breit und hunderte von Metern lang über den ebenso langen Wochenmarkt spannt und den Himmel noch mehr verdunkelte. Der böige Wind fuhr in die Auslagen der Stände und trieb nicht rechtzeitig geschütztes Grünzeug, leere Plastiktüten und buntes Einwickelpapier erbarmungslos vor sich her.

Eine zerzauste Rose landete direkt vor unseren Füßen. Carlotta bückte sich, um sie aufzuheben, als ein Blitz, begleitet von Donner, das Zwielicht unter den Gleisen zerriss.

Carlotta erschrak. Ich glaube, wir alle erschraken.

»Oh mein Gott!«, sagte sie. Wenn Carlotta sonst »Oh mein Gott!« sagt, ist das meistens kein Hilferuf. Es klingt eher erstaunt, belustigt, ein wenig empört.

Sie zog, im jetzt schon wieder gespielten Schrecken, die Augenbrauen amüsiert in die Höhe. Dann hakte sie sich bei mir unter, ich spannte den Schirm auf und wir eilten quer über die von Feuchtigkeit glänzende Straße direkt in die kleine Trattoria, in der wir von Vito, dem Padrone, bereits erwartet wurden.

Genau hier vor der Trattoria hatten Carlotta und ich uns kennengelernt. Es war im vergangenen Jahr an einem schon dämmrigen Sommerabend. Ich kam direkt aus der Anwaltskanzlei, in der ich als Juniorpartner angestellt bin. Ich erinnere das vertraute Rauschen der vorbeifahrenden U-Bahn, das heitere Stimmengewirr der Leute an den Tischen vor den Lokalen, den schrägen Geruchs-Mix aus

Benzin und dem herbsüßen Duft der blühenden Linden. Eben passierte ich die beleuchteten Schaufenster eines der hier zahlreichen Antiquitätengeschäfte, als ich in ihrem Licht die schlanke Silhouette einer jungen Frau sah. Sie hatte die Haare zurückgekämmt, ihr Profil war von einer nahezu klassischen und zugleich anrührend einfachen Schönheit.

Ich war wie verzaubert, blieb stehen, folgte ihrem Blick in die Fenster, und Dinge, die ich bisher gar nicht wahrgenommen hatte, wurden plötzlich wichtig. Ich sagte so etwas Banales wie »Schöne Spiegel!« und sah sie erwartungsvoll an.

Sie wandte den Kopf. »Ja, finde ich auch! Ich kann einfach nicht vorbeigehen.«

Sie lächelte. »Und Sie, mögen Sie Spiegel?«

Irgendwie hatte ich gehofft, dass sie grüne Augen haben würde und – wow – genauso war es! Ein flirrendes, goldgeädertes Grün. Jadegrün.

Kurz, wir fanden uns auf Anhieb sympathisch und beschlossen, in der benachbarten Trattoria noch etwas zu trinken. Sie erlaubte mir, sie einzuladen. »Sehr gern.« sagte sie und ich merkte, dass sie sich über die Frage amüsierte. Ich weiß kaum noch, was wir geredet haben. Aber ich erinnere mich sehr genau an die zarte Biegung ihres Halses, ihre leicht gebräunte Haut, ihre kaum gebändigten, selbst im Zwielicht der Kerzen seidig schimmernden Haare, ihre wie die Schaumkrone einer Welle sich ständig verändernden Lippen und, vor allem, an ihre Augen! Grüne Augen, Jadeblicke, die scheinbar belustigt und doch ernst über mich hinglitten. Die mich prüften, tief in mich eindrangen und mir meine Seele stahlen. Wobei »stehlen« das falsche Wort ist, ich ging freiwillig mit.

Nie zuvor und nie mehr danach hatte ich mich so hilflos glücklich gefühlt. Alle Verhaltensregeln, die ich mir für solche Eventualitäten mühsam erarbeitet hatte, wurden außer Kraft gesetzt. Mein Seniorchef, hoch in den Sechzigern, der immer noch große Rosensträuße kaufte und abends damit irgendwo hinging – natürlich nicht nachhause zu seiner dritten Frau, ätzte seine Sekretärin – mein Chef also bemühte bei passender Gelegenheit oft eine Plattitüde: »Drum prüfe, wer sich ewig bindet …«. Den Rest ließ er weg. Dieser Spruch, der mich früher in seiner Schlichtheit schon mal zur Vernunft gebracht hatte, fiel mir jetzt nicht mehr ein. Mir fiel überhaupt nichts mehr ein – außer Carlotta.

In den folgenden Tagen trafen wir uns immer öfter, auch in der Trattoria. Und eher nebenbei registrierten wir, dass wir das Lokal mochten. Der Wein war gut, die Antipasti hervorragend, die Wirtin sympathisch. Faszinierend aber, faszinierend war die Atmosphäre.

Von der Decke hingen mehrere Kronleuchter dicht beieinander, und, obwohl ihre Kristalle zu funkeln versuchten, wirkten sie staubig. Anscheinend wurden sie nur als Deko genutzt, sie gaben kein Licht.

Das Licht kam von den Kerzen, die auf den wenigen Tischen standen. Ringsum hingen alte und offensichtlich kostbare Spiegel, die den Raum auf eine eigenartige Weise vergrößerten. In denen sich die Kerzen vielfach vermehrten und manchmal glaubte man in endlose Korridore zu blicken, die sich irgendwo im Dunkel verloren.

Das gefiel besonders Carlotta.

Carlotta veränderte mein Leben. Während ich oft ziemlich erledigt am Abend nachhause kam, den Kopf voller

Büroprobleme, sprühte sie noch vor Energie. Sie ist jung – ich bin sechs Jahre älter – und sie ist neugierig auf die Welt. Ihr Job als Kunsthistorikerin bei der Kulturbehörde macht ihr Spaß. Aber er lastet sie nicht aus.

»Was machen wir heute Abend?« fragte sie und hatte auch gleich die passenden Ideen. Sie kannte kleine versteckte Cafés, zeigte mir neue Bars und wir gingen Tanzen. Wir traten der Theatergemeinde bei und den Freunden der Kunsthalle. Natürlich haben wir ein Abo für die Elbphilharmonie und man sah uns auf jeder wichtigen Vernissage. An den Wochenenden waren wir oft in Berlin oder auch schon mal in Paris. Wir luden Freunde ein. Und wurden eingeladen.

Carlotta faszinierte mich auch wegen ihrer Widersprüche. Sie hatte die selbstverständliche Kraft einer Wildkatze und zugleich die Zerbrechlichkeit eines kleinen Vogels. In ihrer Zartheit erinnerte Sie mich an »Tschilp«.

Tschilp war eine junge Rauchschwalbe, die eines Tages – ich war damals 12 Jahre alt – auf meinem Fensterbrett saß. Sie konnte noch nicht richtig fliegen, hüpfte unruhig hin und her und sprach mit mir: »Tschilp, tschilp, tschilp!« Das gab ihr den Namen. Nach einigen vergeblichen Versuchen konnte ich sie füttern. Sie unternahm ihre Testflüge in meinem Zimmer und wenn sie müde war, schlüpfte sie in meine offene Hand. Sie liebte die Wärme und schlief dort ein. Ich erinnere noch sehr genau mein kindliches Entzücken, wenn sie im Schlaf ganz leise zwitscherte. Dann machte mein Herz einen Sprung.

Mein Fenster stand immer offen und eines Tages war sie fort. Aber sie besuchte mich noch manchmal des Nachts oder am sehr frühen Morgen. Sie hinterließ dann ihre Visitenkarten auf der Fensterbank.

Diese Geschichte erklärt vielleicht meine Träume. Ich träume manchmal, Carlotta und ich, wir wären zwei Vögel. Wir genießen die grenzenlose Freiheit des Fliegens!

Wir schweben einfach nebeneinander, lassen uns fallen, steigen wieder empor. jagen spielerisch hintereinander her, wiegen uns im Wind.

Carlotta steigt höher und höher und ich versuche, ihr zu folgen. »Komm doch, ich warte!« höre ich sie rufen. Aber dann ist sie nur noch ein kleiner Punkt in der Bläue des endlosen Himmels. Und schließlich sehe ich sie nicht mehr.

Dann wache ich auf, schweißnass, und höre ihren Atem neben mir und spüre ihre Wärme, berühre ihre Haut. Und bin beruhigt.

Neun Monate nach unserem überraschenden Kennenlernen waren wir verheiratet und kauften eine Wohnung ganz in der Nähe im Woldsenweg. Ein günstiger Kredit und unsere Eltern machten es möglich.

Und heute, nach unserem Gang über den Wochenmarkt, waren wir mit Vito verabredet, um einen Spiegel zu kaufen. Ihm gehörte nicht nur die Trattoria, sondern auch das sich anschließende Antiquitätengeschäft. Der Spiegel sollte in unserem Wohnzimmer hängen, an der Wand hinter dem großen Esstisch. Wir verließen die Trattoria und Vito schloss die Ladentür auf. Wir betraten sein Reich, das wir bisher allein durch die Schaufenster kannten, mit einer gewissen Scheu und nicht ganz ohne Furcht, irgendwo und irgendwie irgendetwas umzustoßen. Denn die Räume waren so voll überbordender alter Pracht, dass selbst der Padrone nur langsam voran kam.

Wir schlängelten uns hindurch zwischen Statuen – darunter eine lebensgroße sinnliche Nackte aus Gips, ein kohlschwarz lackierter Mohr mit buntem Turban und eine weinende Madonna aus bemaltem Porzellan – schlängelten uns hindurch zwischen Marmorsäulen, goldenen Kandelabern und chinesischen Vasen. Von der Decke herab flatterten Engel. An den Wänden präsentierten sich Spiegel. Carlotta wollte sie näher betrachten, aber Vito schob uns vorbei. »Kommt, kommt mit!«

Schließlich landeten wir in einem Raum, der so voll war von Spiegeln, dass man ihn eigentlich gar nicht betreten konnte. Sie hingen dort nicht nur in allen Formen und Größen, sie standen in Stapeln aneinander gelehnt an den Wänden.

»Vorsicht!« sagte Vito, »Ihr bleibt besser stehen!«

Vito blätterte in ihnen wie in einer riesigen alten, verstaubten Kartei. Silberne, goldene, farbige, hölzerne Rahmen. Plötzlich geriet der größte Stapel ins Rutschen und der Padrone hatte alle Hände voll zu tun, eine Katastrophe zu verhindern. Ich wollte eingreifen, helfen, wusste aber nicht wie, da rief Carlotta plötzlich »Der da! Kann ich den sehen?«

Der Stapel kam zum Stehen, Vito hatte sich anstrengen müssen. Er rang hörbar nach Luft, musste einen Moment ausruhen, lehnte sich irgendwo an. Dann fand er schließlich den gewünschten Gegenstand, zog ihn hervor und erklärte, noch immer etwas atemlos: »Südfrankreich. Wahrscheinlich zweite Hälfte siebzehntes Jahrhundert.«

Der Spiegel war circa 80 x 140 cm groß. Der Rahmen bestand aus einer breiten, kannelierten Holzleiste mit Spuren alter Vergoldung. Das Glas selbst war sehr fleckig, trübe, voller Schlieren und an den Seiten wie angefressen.

»Das kommt von der alten Quecksilber-Verspiegelung«, sagte Vito. »Das muss man mögen!«

»Wunderbar!« sagte Carlotta. »Ich mag diese Patina. Da spürt man wenigstens das Alter. Und man merkt, wie die Zeit vergeht. Wichtig ist doch, dass man irgendwie unseren Tisch darin sieht, die Kerzen, die Weingläser.«

»Was meinst Du?« wandte sie sich an mich. Und während ich noch zögerte, weil mir diese Entscheidung etwas zu plötzlich kam, sagte sie schon: »Also, den nehmen wir!«

2

Bologna. *Ein Benediktiner*

Der große Supermarkt an der Via Riva di Reno unterscheidet sich kaum von anderen Discountern im Land. Vielleicht wird hier etwas mehr gelacht, etwas mehr billiger Wein gekauft, etwas mehr Fastfood umgesetzt. Das mag an den Studenten der nahegelegenen Universität liegen, die einen Großteil der Käufer bilden. Das bunte Sprachengewirr aus Französisch, Englisch, Deutsch und sogar Russisch ergibt, vermischt mit der italienischen Muttersprache, eine eigenartige Melodie. Dass sich unter den Kunden auch Mönche befinden, ergänzt nur das multikulturelle Bild.

Die hohe Gestalt in der schwarzen Kutte der Benediktiner erregte trotzdem Aufmerksamkeit. Denn sie war komplett schwarz, nicht nur das Gewand, sondern auch das Gesicht und die Hände! Einzig die Augen leuchteten weiß in der Dunkelheit der Kapuze und dann war da noch der spartanische weiße Strick um die Hüften. Farbige Geistlichkeit gibt es hier in der Emilia-Romagna eher selten.

Aber das war nicht die einzige Auffälligkeit. Der Mann bewegte sich nur mühsam voran, blieb oft stehen, wohl um sich auszuruhen, Schweißperlen standen auf seiner Stirn, er atmete stoßweise. Er hatte Schmerzen.

Als der Mönch das Tiefkühlregal öffnete, taumelte er plötzlich, klammerte sich an die Tür und verharrte für einige Augenblicke in dieser Haltung. Dann versuchte er sich aufzurichten, stöhnte wie unter einer unerträglichen Qual, stammelte etwas Unverständliches und brach schließlich zusammen. Die Tür und ein Großteil der dahinter befindlichen Molkereiwaren riss er mit sich.

Dann lag er auf dem grauen Fliesenboden und krümmte sich unter Mengen von Butter, Quark, Käsesorten und Puddingbechern. Das auslaufende Joghurt bildete weiße, vanille- und himbeerfarbene Inseln auf seiner schwarzen Kutte.

Wie sich bald herausstellte, stammte der Mönch aus dem nahe gelegenen Kloster Santo Stefano. Er war gebürtiger Brasilianer und erst seit einigen Jahren Mitglied des hiesigen Benediktiner-Ordens.

Im städtischen Ospedale Maggiore, in das man ihn eingeliefert hatte, war man zunächst ratlos. Der athletisch gebaute Mann, dessen Alter auf Ende Dreißig geschätzt wurde, wies keinerlei äußere Verletzungen auf.

Nach mehreren Fehldiagnosen stellte man schließlich eine akute Quecksilbervergiftung fest. Leider kam jede Hilfe zu spät. Nach wenigen Tagen war der Patient tot. Er starb unter großen inneren Schmerzen.

3

Hamburg. *Nur ein paar Sekunden!*

Carlotta und ich hatten den Spiegel gleich mitgenommen. Daheim hingen wir ihn über den Tisch. Auch unsere Gäste fanden ihn dekorativ, und bald war er ein gewohnter und liebgewonnener Gegenstand, den man irgendwie fühlt aber bewusst kaum noch sieht.

Bis eines Abends, es war Mitte Mai, – vor den Fenstern trieb ein heftiger Wind dunkle Wolkenfetzen über den Nachthimmel vorbei am Dreiviertelmond – bis eines Abends Julia, eine gute Freundin, häufiger in den Spiegel blickte als sonst. Dann wieder gegenüber zur Tür, dann wieder zurück zum Spiegel und fragte:

»Wie macht Ihr das? Habt Ihr da einen Bildschirm, einen Monitor hinter dem Spiegel?«

Sie lächelte etwas verunsichert, stand auf, ging zur Wand und blickte hinter den leicht schräg aufgehängten Spiegel. Aber da war nichts.

Auf unsere erstaunten Fragen hin erklärte sie, sie sähe schon seit einiger Zeit Dinge im Spiegel, die nicht hier im Raum seien. Eine Frau zum Beispiel mit hoher Perücke, andere Gestalten, eine Treppe. Das Meiste sei leicht verschwommen, manches wie verwischt. Nach kurzer Zeit sei alles wieder verschwunden, um irgendwann wieder aufzutauchen.

Wir blickten in den Spiegel und sahen natürlich – nichts! Aber Julia bestand darauf und selbst, als wir uns kurz nach Mitternacht verabschiedeten, ließ sie sich nicht beruhigen.

Carlotta und ich räumen den Tisch immer gemeinsam ab. Als ich aus der Küche zurück in den Wohnraum kam, in dem noch die Kerzen brannten, saß Carlotta steif, wie erstarrt, auf einem der Stühle. Mit einem Kopfnicken deutete sie auf den Spiegel. Zunächst sah ich nur sie und mich, wie wir in den Spiegel blickten. Aber dahinter – oder davor – lief ein Film ab, in bräunlichem Schwarzweiß mit unscharfen, teils verwischten aber eben noch erkennbaren Bildern, stumm.

Ein Saal, eine geschwungene Treppe im Hintergrund, eine weibliche Gestalt in einem weiten bodenlangen Kleid und kunstvoll aufgetürmten gepuderten Haaren kommt die Treppe herunter. Neben ihr ein Livrierter mit Leuchter. Die Dame geht schnell auf den Spiegel – auf uns zu, betrachtet sich kurz, lächelt zufrieden und verschwindet nach rechts. Der Livrierte folgt ihr, das Bild wird unschärfer, zerfällt in Streifen, verschwindet ganz. Carlotta und ich sind allein.

»Was war das?« fragt sie.

Am nächsten Tag riefen wir Julia an.

»Du hattest recht! Wir haben sie auch gesehen, diese Bilder im Spiegel«

Aber Julia lachte, sagte es wäre ein wunderbarer Abend gewesen, sie hätte wohl etwas zu viel getrunken, das täte ihr leid, und alles sei gut.

Und so ging es uns mit allen Freunden, die das

Spiegelphänomen miterlebten. Erst Erstaunen, manchmal auch Erklärungen: Alte Spiegel seien ja mit Hilfe einer Quecksilberverbindung hergestellt worden. Und auch in den alten Schwarz-Weißfilmen würde Silbergelatine verwandt. Zum Beispiel! Vielleicht sei alles auf eine damals noch unbekannte lichtempfindliche Speicherfunktion zurückzuführen?

Am Tag darauf aber, auf die Spiegelbilder und unsere diesbezügliche Unterhaltung angesprochen, war es den Freunden irgendwie peinlich. Sie lachten, überspielten das Thema. Der Wein, die späte Stunde!

Das irritierte uns. Warum dies betonte Herunterspielen? Vielleicht Desinteresse, und klar, jeder Fernseher konnte es viel besser! Und wer mochte heute noch Kostümfilme? Oder weil nicht sein kann, was nicht sein darf! Hatten die Freunde womöglich Angst, sich lächerlich zu machen? Oder hielten sie uns für Wichtigtuer, die ihnen etwas vorzaubern, sie mit einem Trick hinters Licht führen wollten? Das schien uns das Wahrscheinlichste. Vielleicht war es etwas von allem.

Wir jedoch, Carlotta und ich, waren mit unserem Problem allein. Wir wussten, was wir gesehen hatten und immer wieder sahen. Und begannen langsam an unserem Verstand zu zweifeln.

Natürlich riefen wir Vito an. Wir hatten den Spiegel von ihm gekauft. Er würde sicher alles erklären können.

Es war Sonntag. Niemand meldete sich. Am Montag erreichten wir die Trattoria am frühen Nachmittag. Anna war am Telefon, seine Frau. Sie reichte mich weiter.

»Pronto!« Vito klang gehetzt, er war offensichtlich in Eile. Ich schilderte unser Problem. Er hörte nicht richtig zu. Er hätte doch gesagt, dass das ein sehr alter Spiegel sei! Dass er die Spiegelfläche nicht reparieren könne. Auch das Glas sei natürlich alt, da könne man Verzerrungen überhaupt nicht vermeiden! Das Geld könne er uns nicht zurückgeben, nein, aber wir könnten ja tauschen, kein Thema. Vito war verärgert, desinteressiert, das hörte man deutlich, er regte sich auf!

»Vito, nein! Das ist gar nicht unser Problem! Bitte hören Sie zu …«

»Also, ich muss los! Überlegt Euch, was Ihr wollt!«

»Vito! Vito?« Er hatte aufgelegt. Ich rief wieder an, aber niemand nahm ab.

In der folgenden Nacht wachte ich auf und hörte, wie Carlotta leise unser Schlafzimmer verließ. Ich schlief wieder ein, wachte erneut auf, ging sie suchen. Alles war dunkel, einzig aus dem Wohnraum drang gedämpftes Kerzenlicht. Carlotta saß barfuß, in ihrem geblümten Pyjama am Esstisch und blickte wie gebannt in den Spiegel. Ich stellte mich hinter sie und legte meine Hände auf ihre Schultern.

»Carlotta,« versuchte ich es, »wir dürfen uns um Gottes willen nicht verrückt machen lassen! Nicht von einem Spiegel!«

Meine Stimme schaffte ein Lächeln. »Vielleicht sollten wir ihn einfach so akzeptieren, wie er nun mal ist. Und die Bilder als eine Art Gratiszugabe betrachten, als willkommenen Bestandteil unserer Einrichtung. Spiegel mit Stummfilm als Gesamtkunstwerk!«

Hilflosigkeit gepaart mit Sarkasmus, keine gute Mischung. Ich wusste, dass ich nicht überzeugend klang.

»Oder wir geben ihn ganz einfach zurück!«

Carlotta zuckte zusammen. »Das will ich nicht! Auf gar keinen Fall geben wir ihn zurück! Ich glaube, ich brauche ihn irgendwie. Ich sehe hinein und bin wie verzaubert. Irgendwie fühle ich mich verwandt mit dieser anderen Zeit!«

Sie seufzte und zog die Schultern hoch: »Eine Sehnsucht erfasst mich, eine Neugier, es ist wie ein Sog! Manchmal denke ich, dass ich *sie* kenne. Meinst du, dass *sie* uns auch sehen kann?«

»Wer kann uns sehen?« fragte ich irritiert.

»Die Dame im Spiegel, Manchmal bin ich mir sicher, dass sie mir zulächelt. Dass sie mich kennt, dass wir uns kennen. Dass wir Freundinnen sind, Freundinnen waren, gewesen sein könnten …«

Carlotta blickte verzweifelt, fragend und amüsiert über sich selbst zugleich. Sie schlang die Arme um mich.

»Ach weißt Du, ich weiß überhaupt nicht mehr, was ich denken soll!«

Ich wusste es auch nicht. Wieso glaubte Carlotta, die geheimnisvolle Unbekannte zu kennen? Hatte sie sich das ausgedacht? Ein Grund, warum ich sie liebe, ist ihre wunderbare Phantasie. Ich hob sie hoch, küsste sie und trug sie zurück ins Bett. Und für diese Nacht vergaßen wir unser Problem.

»Kann man das sagen? Gibt es das: *Spiegelsüchtig*? So ähnlich wie mondsüchtig?« Ich rief Sebastian an, Carlottas Bruder. Der lachte.

»Logisch! Typische Frauenkrankheit! Und das fällt Dir jetzt erst auf?«

Ich aber fand das nicht lustig. Ich schilderte ihm – der die Eigenarten unseres Spiegels natürlich schon kannte, sich darüber aber in einer Zeit, in der man virtuell in alle nur möglichen Welten reisen konnte, wohl kaum Gedanken machte oder machen wollte – ich schilderte ihm Carlottas Problem. Dass sie oft wie gebannt vor dem Spiegel saß, dass sie danach kaum ansprechbar war, dass wir deswegen immer weniger ausgingen, immer weniger Freunde einluden. Und immer weniger eingeladen wurden.

»Ach, meine Schwester!« sagte Sebastian. »Sie ist romantisch! Auf der einen Seite lebt sie voll im Hier und Jetzt, du kannst mit ihr über alles reden. Ohne WhatsApp kann ich sie mir nicht vorstellen. Auf der anderen Seite liebt sie historische Romane. Oder kennst du »Gefährliche Liebschaften« mit John Malkovich und Michelle Pfeiffer? Das ist einer ihrer Lieblingsfilme. Spielt irgendwann im alten Frankreich, sie hat ihn x mal gesehen!

Vielleicht will sie ja Verbindung aufnehmen mit eurer Frau im Spiegel und kann sich nicht damit abfinden, dass die Dame außerhalb der Reichweite ihres Handys ist.

Aber im Ernst, das gibt sich! Vielleicht habt Ihr Euch da in etwas verrannt. Warum gebt Ihr das Ding nicht einfach zurück! Vielleicht solltet Ihr mal verreisen. Damit Ihr den Kopf wieder frei kriegt!«

Sebastian redete mit Carlotta. Sie schien einsichtig. »Du hast ja Recht! Es führt zu nichts. Und ich brauche meinen Schlaf.«

Aber schon in der nächsten Nacht saß sie wieder vor dem Spiegel. Das wiederholte sich in den folgenden Tagen immer häufiger, und schließlich gab ich es auf, nach ihr zu sehen.

Manchmal, im Halbschlaf, hörte ich sie reden. Mit wem sprach sie? Mit ihrem Spiegelbild? Mit der Dame im Spiegel?

Carlotta veränderte sich. Sie wirkte oft abwesend, war mit ihren Gedanken wer weiß wo. Sie saß, mit einem Buch in der Hand, auf dem Sofa. Aber sie blätterte die Seiten nicht um.

»Carlotta, was ist los? Stimmt was nicht, ist alles in Ordnung bei Euch im Büro?«

»Alles gut.« sagte sie mir einer Stimme, die von weit her kam.

»Habe ich was falsch gemacht? Komme ich zu spät nach haus, kümmere ich mich zu wenig um Dich?«

Sie erschrak. »Aber ich liebe Dich doch! Wir lieben uns doch!« Sie brach in Tränen aus.

Sie wurde anhänglicher, zärtlicher. Und zerbrechlicher. Es war, als suche sie Schutz. Einmal, es war spätabends, wir saßen eng aneinander gekuschelt in unserem großen Sessel, ich hatte die Arme um sie gelegt, murmelte sie:

»Bitte sag Du mir, was mit mir los ist.«

Dabei schien sie nicht wirklich hilflos. Eher wie jemand, der sich auf dünnes Eis gewagt hat, und nicht weiß, wie weit er gehen kann.

Im Büro meldete sie sich immer häufiger krank, wohl auch, weil sie ihren versäumten Schlaf nachholen musste. Und Vito war nicht zu erreichen.

Eines Morgens aber war Carlotta weder im Bett, noch in der Küche oder im Bad. »Carlotta?«, rief ich. Keine Antwort.

»Carlotta?« Die Kerzen vor dem Spiegel waren heruntergebrannt, die Wachsreste waren über den Leuchterrand auf die Tischplatte gelaufen.

Hatte sie einen frühen Termin und hatte versäumt, es mir zu sagen?

Aber sie hatte nicht gefrühstückt, die Kaffeemaschine war unbenutzt. Ihr Handy lag auf dem Küchentisch. Ihre silbergraue Jacke und der passende Lieblingsschal hingen noch in der Garderobe. Was hatte sie angezogen? Wieder und wieder lief ich durch die Räume, suchte nach einem Zettel mit einer Nachricht, irgendeinem Hinweis. Nichts! Angst kroch mir den Rücken hinauf.

Denke nach! ermahnte ich mich, hast du vielleicht etwas vergessen? Mir fiel nichts ein.

Schließlich rief ich Julia an, ihre beste Freundin. Nein, Carlotta war nicht bei ihr. Und hatte ihr auch nichts gesagt, was mir weiterhelfen konnte.

»Aber nun mach Dir nicht zu viele Sorgen. Ich kenne sie etwas länger als Du, sie ist nun mal sprunghaft. Ihr fällt etwas ein und sie will es auch gleich ausführen, sofort! Sie wird sicher bald von sich hören lassen!«

Ja, hoffentlich!

Um 9 Uhr musste ich in die Kanzlei. Von dort aus rief ich in der Kulturbehörde an und danach alle Freunde. Carlotta war nirgends. Jedes Telefonklingeln weckte neue, vergebliche Hoffnungen. Nachmittags telefonierte ich mit der Polizei. Nein, ein Unfall sei nicht bekannt, sie würden sich gegebenenfalls melden.

Abends ging ich früher nachhause als gewohnt und hoffte, sie wäre schon da. Aber die Wohnung war leer.

Ich hatte mich noch nie so ratlos, so einsam gefühlt! Neben der Angst, das Liebste, das Wertvollste zu verlieren, das ich besaß, beschlich mich zugleich ein unsinniger Verdacht. Eifersucht regte sich – eine ungute Mischung. In Gedanken ging ich alle möglichen Freundschaften von uns, von ihr durch. Kannte ich Carlotta wirklich? Was wusste ich über ihre Vergangenheit?

Sie hatte Kunstgeschichte studiert, in Göttingen und Paris. Ich habe ihre Abschlussarbeit gelesen, »Tapisserien im Frankreich des 17. Jahrhunderts«, die mich vor allem deswegen interessierte, weil *sie* sie geschrieben hatte. Natürlich hatte Carlotta schon früher Beziehungen gehabt, genau wie ich. Aber wir hatten so gut wie nie darüber geredet, das war Vergangenheit. Nur manchmal kamen alte Geschichten hoch, die wir lustig fanden, und wir mussten lachen. Ab und zu schwärmte sie von ihrem »wunderbar klugen« Professor an der Sorbonne. Oder sie traf sich privat mit ihren Kolleginnen und Kollegen von der Behörde. Alles normal und alles unverdächtig.

Ich begann zu zittern, ich fror und wickelte mich in Carlottas Schal. Er roch nach ihr, nach Chanel No. 19. Das tröstete mich ein wenig.

Warten. Man achtet auf jedes Geräusch, auch aus dem Treppenhaus, von der Straße. Geht die Wohnungstür? Man starrt auf das Telefon. Oder Freunde rufen an und wollen etwas unternehmen. Dann muss man sich einiges einfallen lassen, warum man nicht kann.

In der Küche stand noch die angefangene Flasche

Rotwein, die Carlotta und ich gestern aufgemacht hatten. Heute schmeckte er mir nicht mehr.

Deprimiert, ratlos ging ich zum Esstisch, zündete die Kerzen an und setzte mich vor den Spiegel. Erschöpft schlief ich ein. Als ich irgendwann wieder aufwachte, sah ich gerade noch das Ende der gewohnten Vorstellung: Die Frau mit den gepuderten Haaren lächelt sich, mir zu und verschwindet nach rechts. Der Film ist vorbei. Um bald danach in Gänze von vorn zu beginnen. Immer die gleiche, sich ständig wiederholende Szene.

Oder?

Unruhig warte ich auf den nächsten Durchlauf der Bilder, die manchmal nach Minuten, manchmal aber erst nach Stunden erscheinen.

Und wieder beginnt es: Der Saal, die Treppe, die Fremde mit der Hochfrisur, in der heute eine Straußenfeder steckt, verlässt die Stufen, der Livrierte mit Leuchter folgt ihr, sie gehen auf den Spiegel zu …

In diesem Moment aber sehe ich eine weitere Person die Treppe herunter kommen. Erst nur die schlanken, nackten Füße, dann, Schritt für Schritt sichtbar werdend, eine geblümte Pyjamahose.

Das Bild wird streifig, verschwimmt, verlischt.

Nein! denke ich. Das sind die Nerven! Dein armer Kopf spielt dir einen Streich, du siehst Gespenster. Das war sie nicht. Das war nicht Carlotta!

Dabei bin ich hellwach. Mein Blut pocht in den Ohren. Ich springe auf, laufe zur Tür. Wohin will ich? Ich drehe um, setze mich wieder.

Nervös warte ich auf die nächste Vorstellung. Sie beginnt nach wenigen Minuten.

Ich habe mich nicht geirrt! Die nackten Füße mit dem Goldkettchen um die linke Fessel, die Pyjamahose mit den kleinen weißen und rosa Blüten auf hellblauem Grund kenne ich zu gut. Außerdem: Erscheint diese neue Figur nicht erst, seitdem Carlotta verschwunden ist?

Am nächsten Morgen klingelte es an der Tür. Es war nicht Carlotta. Es war Sebastian. Ich hatte ihn angerufen, er hatte sich frei genommen, genauso wie ich. Wir wollten gemeinsam überlegen, was jetzt zu tun sei. Ich erzählte ihm von den Veränderungen im Spiegel.

»Wieso bist Du dir Da so sicher?« fragte er. »So ein Kettchen kann jeder tragen. Und solche Blumenmuster sind typisch für Schlafanzüge.«

Wir beschlossen, die ganze Wohnung noch einmal zu durchsuchen, vom Eingangsbereich bis zur Abstellkammer, irgendwo musste es einen Hinweis geben. Carlottas Garderobe schien vollständig, obwohl ich nicht alle ihre Kleider kannte. Ganz hinten rechts in ihrem Schrank hing, unter einer Plastikhülle verborgen, eine hellgelbe Robe, über und über bestickt mit Gold- und Silberfäden. Ein hoher Stehkragen, cremefarbene Schleifen und der bodenlange Rock ließen an alte Kostümfilme denken.

»Wo hat sie das denn her?« fragte Sebastian.

»Das habe ich ihr geschenkt! Es stammt aus einer Versteigerung aus dem Staatsopernfundus. Sie fand es wunderschön und wollte es gern haben.«

»Klar! Aber wozu?« überlegte Sebastian.

Auf ihrem Nachttisch lagen zwei Bücher. »Witwe für ein Jahr« von John Irving und »Die Briefe der Madame de Pompadour«.

Carlotta und ich waren voller Bewunderung für die selbst- bewusste, kluge Mätresse von Ludwig XV. Wir hatten uns ihre Briefe vorgelesen. Ich öffnete den Band an einer Stelle, die Carlotta durch ein Lesezeichen markiert hatte, und las einige ihrer Zeilen an eine Freundin, die Comtesse de Baschi:

» … …aber müssen wir alles wissen? Ich weiß nicht, woraus das Rouge besteht, das ich auf meine Wangen lege, und ich geriete in Verlegenheit, wenn man mich fragte, wie meine seidenen Strümpfe fabriziert werden. Oder weiß ich, woraus der eine Spiegel ist, in den nur unser geliebter König schauen darf? Sollte er mir die Gnade erweisen, es mich wissen zu lassen, werden Sie, liebste Freundin, es sogleich erfahren.

Adieu, meine liebste Comtesse, ich umarme Sie zärtlich.«
Wollte Carlotta mir das vorlesen?

Wir fanden nichts, was uns wirklich weitergeholfen hätte und beschlossen, dass ich zur Polizei gehen müsse.

»Einen Moment bitte.« Die junge Polizistin mit dem Namensschild »PMin Ruthmann« griff zum Telefon. PMin steht, wie ich jetzt weiß, für die Bezeichnung Polizeimeisterin.

»Olli, kannst Du mal kommen? Hier ist jemand, der sucht seine Frau.« Sie sagte das so, als wäre das die normalste Sache der Welt, wie »Hier sucht jemand seine Brille«, legte auf und widmete sich wieder ihrer für mich unterbrochenen Arbeit.

Ich befand mich im Polizeikommissariat 33 in der Weidenallee. Natürlich hatte ich überlegt, ob ich offizielle Hilfe in Anspruch nehmen sollte. Einerseits versprach ich mir nicht allzu viel davon, zum Zweiten gab ich damit ein Stück meines Privatlebens preis. Und drittens kam ich mir selbst dabei etwas lächerlich vor: Eine Frau, die ihrem Mann wegläuft, hat doch sicher ihre Gründe, oder?

Polizeioberwachtmeister POM Oliver Peters, ein netter, väterlicher Typ mit angegrauten Schläfen und Bauchansatz, schüttelte mir die Hand, bat mich in sein Büro und schloss die Tür. Er lächelte teilnehmend, als ich ihm meinen Fall schilderte. Den Verdacht mit dem Spiegel klammerte ich natürlich aus. Verständnis für solche versponnenen Theorien – waren sie das? – Verständnis wäre hier kaum zu erwarten gewesen.

»Bevor ich das Protokoll aufnehme«, sagte POM Peters, »möchte ich Ihnen bestätigen, dass es richtig war, zu uns zu kommen. Wir können von einem Vermisstenfall ausgehen. Allerdings sehe ich keinerlei Anhaltspunkte dafür, dass sich Ihre Frau in akuter Gefahr befindet. Eine Entführung können wir ebenfalls ausschließen. Die Vermutung, dass sie sich freiwillig entfernt hat – vielleicht in einer leichten Verwirrung, was das Zurücklassen wichtiger Gegenstände erklären würde – liegt nahe. Da also keine Gefahr für Leib und Leben besteht, können wir nicht wirklich tätig werden. Trotzdem werden wir natürlich die Augen offen halten.

Und ich kann Sie beruhigen! Wir bekommen fast täglich ähnliche Fälle. Und meistens tauchen die vermissten Personen von selbst wieder auf.«

Dann schrieb er sein Protokoll. Ich musste gegenlesen.

Solche Formulierungen wie »der Erschienene behauptet, glaubt, meint sich zu erinnern ...« weckten allerdings Zweifel in mir, ob ich überhaupt ernst genommen wurde.

POM Peters verabschiedete mich mit einem aufmunternden »Alles Gute!« Wenig beruhigt verließ ich das Revier.

4

Bologna. *Santo Stefano*

Der Grund für den Tod des Benediktinermönchs, der im Supermarkt an der Via Riva di Reno zusammengebrochen war, stand eindeutig fest.

Diagnostiziert wurde eine akute Quecksilbervergiftung, eine Erkrankung, die seit dem Ende des neunzehnten Jahrhunderts, also seit gut hundert Jahren, in Vergessenheit geraten war. Seit dieser Zeit war die Verarbeitung von Quecksilber bis auf wenige der Wissenschaft geschuldeten Ausnahmen in Europa verboten, insbesondere wegen seiner stark gesundheitsgefährdenden Eigenschaften.

Nun stellte sich die Frage, wie das Gift in den Körper des Verstorbenen gelangen konnte.

Der Fall wurde der zuständigen Behörde gemeldet und eine Obduktion beantragt. Die Freigabe erfolgte nach drei Tagen.

Als Dottore Moretti, der verantwortliche Pathologe, am folgenden Morgen um acht Uhr dreißig den Raum mit den Kühlfächern zur Aufbewahrung der Verstorbenen betrat und die entsprechende Schublade aufzog, war diese leer.

Er dachte sofort an einen Irrtum und überprüfte das Arbeitsbuch, in das alle Zu- und Abgänge eingetragen werden mussten. Dort sah er, dass der Mönch bereits vor drei Tagen, also schon am ersten Tag nach seinem Tod, am späten Abend von einem Ordensbruder abgeholt worden war. Dieser hatte, wie sich bald herausstellte, ein Schreiben des hiesigen Abtes von Santo Stefano vorgewiesen, in dem die zwingende und sofortige Auslieferung gefordert wurde. Als Grund wurde die unmittelbar bevorstehende Aussegnungsfeier im Kloster genannt, bei der der Verstorbene natürlich dabei sein müsse. »In corpore«, also sein Körper, so wollten es die Ordensregeln.

Die diensthabende Aufsicht, ein Medizinstudent, war ebenso beeindruckt wie unerfahren und stimmte dem Abtransport zu.

Beeindruckt war auch Ispettore Salvatore Solci von der örtlichen Ermittlungsbehörde, der Polizia di Stato.

»Natürlich!« sagte er, »Wieder mal die hohe Geistlichkeit! Die lernen es einfach nicht! Die glauben noch immer, sie könnten sich alles erlauben. Das wollen wir doch mal sehen!«

Er griff zum Telefon und verlangte den Abt. Er bekam ihn nach einer kurzen Wartezeit auch tatsächlich in die Leitung und machte ihm klar, dass die Gesetze des Staates – und des italienischen Volkes! und der Demokratie! und des gesunden Menschenverstandes! – dass die Gesetze des Staates also heutzutage auch für die Heilige Mutter Kirche Gültigkeit hätten. Und dass er, der Abt, eine Straftat begangen habe. Und dass er den entführten Mönch unverzüglich und augenblicklich in die Pathologie zurückzubringen hätte! Und zwar pronto!

Dann folgte eine kurze Pause, in der der Ispettore mit offenem Mund in den Hörer lauschte. Schließlich sprang er auf.

»Was?« schrie er. »Was soll das heißen: Es gibt ihn nicht mehr? Was habt Ihr um Gottes Willen mit ihm gemacht? Ja, das geht mich natürlich was an! Das macht ja alles noch viel schlimmer! Wie seid Ihr …«

Er unterbrach sich und lauschte. Dann fuhr er fort:

»Eminenz, erstens weiß ich sehr wohl, mit wem ich rede! Und zweitens, wenn wir uns immer nach dem Willen einzelner Bürger richten wollten – und sei es auch der Letzte Wille – dann hätten wir Anarchie! Gerade Sie, Eminenz …« der Ispettore holte tief Luft, seine Adern an den Schläfen waren angeschwollen, so sehr regte er sich auf, » …gerade Sie sollten das wissen! Also nein, ich verstehe das alles ganz und gar nicht. Das hat mit gutem Willen überhaupt nichts zu tun! Ich komme vorbei. Ich komme *jetzt* vorbei« verbesserte er sich. »Halten Sie sich zur Verfügung!«

Dann sank er auf seinen Stuhl. Die Kollegen, die ihm mit wachsendem Interesse zugehört hatten, erwarteten einen Kommentar.

»Einen Kaffee!« stöhnte er. »Ich brauche jetzt einen Kaffee!«

»Ohne Milch. Mit viel Zucker.« ergänzte jemand enttäuscht und wie selbstverständlich.

Vom Kommissariat bis zum Kloster geht man gut zehn Minuten. Der Ispettore passierte den langen Bogengang des Palazzo Salina, genoss den Schatten und trat dann hinaus in das grelle Licht der Piazza Santo Stefano.

Die Mitte des Platzes wurde beherrscht von einer burgartig zusammengedrängten Ansammlung von Kirchen, der Abtei Santo Stefano, die trotz aller Helligkeit düster wirkten. De facto waren es fünf Kirchen in mindestens fünf Baustilen aus mindestens fünf Jahrhunderten. Jede mit einem eigenen Namen, alle untereinander verbunden durch Türen, dunkle Gänge, Treppen und Innenhöfe.

Solci erschienen sie immer ein wenig wie eine Film-Kulisse, geheimnisvoll, uralt, voller Staub und Spinnweben, vom Einsturz bedroht. Das alles waren sie auch tatsächlich! Aber vor allem, und das war für ihn das Ärgerlichste, waren sie unübersichtlich! Ein idealer Ort, um sich zu verstecken oder ja, auch Verbrechen zu begehen. Allerdings waren ihm Verbrechen an diesem Ort nicht bekannt. Bisher jedenfalls.

Seine schlechte Laune gebar einen boshaften Gedanken: »Vielleicht sollte man das alles mal wegen Baufälligkeit abreißen!«

»Oder abfackeln?« schob seine einmal angeregte Fantasie hinterher. Dieser Gedanke gefiel ihm, seine Stimmung hellte sich auf.

Plötzlich sah er sich selbst im Funkenregen stehen. Flammen züngelten aus dem Dachstuhl der Chiesa Santa Croce, die Fenster der Kirche des Heiligen Vitale platzten mit lautem Knall und Feuerzungen schossen hervor. Er roch den Rauch, hörte die schreienden Menschen ringsum und am meisten Spaß machten ihm die entsetzten Mönche, die, wie aufgescheuchte Rabenvögel, umflattert von ihren schwarzen Kutten, ins Freie flohen. Immerhin, alle wurden gerettet, Personenschäden wollte er vermeiden! Und als der große quadratische Turm der Hauptkirche schließlich in einem theatralischen Finale noch einmal hellauf loderte und dann krachend zusammenbrach, musste er grinsen.

Solci rief sich zur Ordnung! Schließlich ging es hier ganz real um eine gestohlene Leiche und nicht etwa um Brandstiftung. Vielleicht aber auch um Asche. Menschliche Asche.

Das Kloster stand noch immer dort, wo es seit 1000 Jahren gestanden hatte. Touristen schlenderten über den Platz, vier junge Asiaten hatten Spaß mit einem Selfie und eine alte Frau mit Gehwagen verschwand soeben in dem dunklen Portal der größten Kirche. »Sancta Sanctorum« stand in steinernen Lettern über der Tür, der allerheiligste Ort.

Hier wurde Solci bereits erwartet. Er war erleichtert, denn in dem Chaos aus Hallen, Säulen und Gängen verlief man sich schnell.

Bruder Anselmo, so stellte sich der Mönch vor, führte ihn einige Zeit durch dieses Labyrinth – es roch nach Bohnerwachs und Weihrauch – bis sie plötzlich in einem hellen, offenen Kreuzgang landeten, in dessen Mitte ein kleiner Springbrunnen plätscherte. Die Räume des Klosters schlossen sich an und sie betraten ein Zimmer, das einem Büro ähnelte.

Ein mächtiges Ledersofa mit zwei passenden Sesseln, die schon bessere Tage gesehen hatten und sicher aus dem Vermächtnis einer reichen Witwe stammten, beherrschten den Raum. Dazwischen ein kleiner Holztisch, auf dem zwei Gläser und eine Karaffe mit Wasser standen. Natürlich Leitungswasser! dachte Solci. Und zu warm!

»Bitte setzen Sie sich,« sagte Anselmo. »Der Hochwürdige Vater Abt lässt sich entschuldigen, ihm geht es nicht gut.

Er musste eine schwere Entscheidung treffen und verweilt im Gebet. Ich werde versuchen, ihn zu vertreten.«

Solcis gute Laune war wie weggeblasen. Mit ihm konnte man es ja machen. Was war schon ein kleiner Ispettore von der örtlichen Polizia di Stato gegen seine Eminenz, den hochwürdigen Vater Abt!

Abwarten, Salvatore! versuchte sich der Ispettore zu beruhigen. Abwarten!

5

Hamburg. *Der Zettel*

Carlotta blieb verschwunden.

Abends war niemand da, um mir die Tür zu öffnen. Niemand, der mich fragte »Was machen wir heute Abend?« Niemand, der wissen wollte, wie es mir ging, wie mein Tag war. Niemand, der seine Arme um mich legte.

Wieder einmal kam ich nachhaus und öffnete die Fenster, um zu lüften. Ich machte mir etwas Einfaches zum Essen, Tunfischsalat. Carlotta hatte ihn gemocht und er ließ sich leicht zubereiten: Eine Dose Tunfisch im eigenen Saft, eine kleine Zwiebel und fünf schwarze Oliven fein gehackt, ein mittelgroßer Apfel, eine Süßpaprika und eine Gewürzgurke, alles gewürfelt. Dazu ein Esslöffel bestes Olivenöl, Salz und Pfeffer. Das Ganze gut mischen und kurz in den Kühlschrank stellen.

Aber soweit kam ich gar nicht. Die Schlafzimmertür klappte. Ich blickte den Flur entlang.

Durch die offene Tür sehe ich Carlotta. Sie steht im schrägen Licht der späten Sonne. Sie ist nackt bis auf ihr T-Shirt, das sie sich eben in einer unnachahmlich anrührenden Bewegung über den Kopf zieht. Sie streckt ihren schlanken, noch immer jugendlichen Körper und fährt sich mit den Händen durchs Haar. Ihr Duft, Chanel 19, weht herüber.

Ein Glücksgefühl, Freude wärmt mir das Herz.

Die Tür bewegte sich leicht, verharrte kurz und wurde dann heftig zugeschlagen. Und schlagartig wurde mir meine Situation klar: Was für ein Glück, dachte ich, dass du diese einzigartige, diese wunderbare Frau getroffen hast, dass sie dich liebt, dass wir jeden Tag, den wir seitdem zusammen waren, genossen haben!

Das knappe Jahr hatte ausgereicht, dass Carlotta ein Teil von mir geworden war. Und das, das war mir klar, würde sich nie mehr ändern.

Umso mehr fehlte sie mir jetzt!

Ich öffnete die Tür. »Carlotta?« Ich wusste, dass sie nicht da war, nur ein Hauch ihres Parfüms war geblieben. Ich ging in das Zimmer und schloss das Fenster.

In dieser Nacht schlief ich, zum ersten Mal seit ihrem Verschwinden, fest und ohne Träume.

Resignation machte sich breit. Wenigstens sah Sebastian öfter vorbei.

»Wir müssen am Ball bleiben!« sagte er. » Natürlich wird Carlotta wiederkommen! Vielleicht wollte sie eine Auszeit nehmen. Das wäre sicher nicht nett von ihr. Aber manchmal ist sie überhaupt nicht nett! Sie konnte schon immer mal ausgesprochen gemein sein. Und dabei fehlt ihr das Unrechtsbewusstsein! Plötzlich steht sie vor dir mit ihren grünen Kinderaugen und tut, als wäre nichts gewesen. Du wirst sehen!«

Sebastian versuchte ein Lächeln und ich dachte, wenn es doch nur so wäre!

»Und der Spiegel?« fragte ich.

»Ach, vergiss den Spiegel!«

Aber ich bemerkte das kurze Zögern vor seiner Antwort.

Ich jedenfalls konnte den Spiegel nicht vergessen. Meine Hoffnung, dass ich mehr von der Person zu sehen bekäme, die die Treppe herunter steigt, erfüllte sich nicht.

Im Gegenteil. Die Bilder wurden seltener, begannen sich zu verändern. Zunächst, kaum merklich, mit leichten Verschiebungen, Unschärfen, Schatten, die es vorher nicht gab. Und irgendwann waren Carlottas Füße – und ich war mir sehr sicher, dass das *ihre* Füße waren – sie waren verschwunden.

Auch andere Dinge veränderten sich. Die Dame im langen Kleid blickte mich nicht mehr an, sie ging einfach vorbei. Dann verschwand sie ganz. In der Szenerie, dem Saal mit der Treppe, die unverändert blieb, bewegten sich menschliche Schatten, manchmal langsam, wie in Zeitlupe, manchmal huschten sie schnell vorüber. Es war unmöglich, Genaueres zu erkennen. Uniformen, Kostüme? Carlotta konnte ich nirgends entdecken.

Vito war nicht zu erreichen, trotz meiner Bitten um Rückruf meldete er sich nicht. Schließlich erklärte seine Frau Anna am Telefon, dass er geschäftlich unterwegs sei, um einzukaufen. Wohin genau wisse sie nicht. Und wann er zurückkomme auch nicht.

Eines Abends raffte ich mich auf und besuchte die Trattoria. Außerdem hatte ich Hunger, bei mir zuhause kochte ja niemand mehr.

Das Lokal war trotz der späten Stunde noch gut gefüllt. Anna empfing mich. Ich sah sofort, dass sie mich erkannte.

Sie führte mich an einen kleinen Tisch in einer Nische und brachte mir wortlos die Karte. Meine Hände zitterten, als ich sie aufschlug.

Ich war aufgeregt Die Namen der Speisen, die einzelnen Buchstaben liefen wie kleine schwarze Ameisen über das Papier. Es waren zuviele, ich konnte ihnen nicht folgen.

»Haben Sie schon gewählt?« Anna stand vor mir.

»Anna, entschuldigen Sie! Wir haben telefoniert. Es geht um den Spiegel! Ich würde Sie gern …«

»Später!« sagte Anna. »Später! Sie sollten zunächst etwas essen. Sie sehen schlecht aus!« Sie schien tatsächlich besorgt.

Ich bestellte »Saltimbocca alla Romana«. Das esse ich meistens beim Italiener. *Immer das Gleiche!* hörte ich Carlotta mit gespielter Verzweiflung in der Stimme sagen. *»Probier doch mal was Neues.«* Sie war immer neugierig, ich verließ mich gern auf meine Erfahrungen.

Aber auch jetzt war es die richtige Wahl. Es duftete wunderbar nach dem in Butter geschmorten Kalbfleisch, nach Salbei und Parmaschinken. Hatte es das nicht auch gegeben, als wir uns gerade kennengelernt hatten, genau hier in diesem Lokal? Auch der Wein war derselbe gewesen, ein Pinot Grigio aus dem Veneto. Plötzlich sah ich wieder die Kerzen, die Kronleuchter, die Spiegel, die ich bis eben kaum wahrgenommen hatte. Eine wohlige Wärme durchströmte mich. Ich wischte den Rest der Buttersoße mit etwas Weißbrot vom Teller und lehnte mich zurück. Anna würde mir helfen!

Die meisten Gäste waren inzwischen gegangen. Anna blickte zu mir herüber, nickte, nahm einen Teller mit

Panna Cotta und Erdbeersoße vom Buffet und kam zu mir an den Tisch.

»Vielen Dank!« sagte ich. »Das Essen war vorzüglich, ich bin wirklich satt.«

Sie lächelte. »Das müssen Sie noch probieren! Außerdem sind Sie dünner geworden, das gefällt mir nicht. Ist alles in Ordnung? Wo haben Sie Ihre Frau gelassen?«

»Sie musste für einige Zeit verreisen.« Was sollte ich sonst sagen.

Anna setzte sich mir gegenüber. »Sie wollten Vito sprechen, wegen Ihres Spiegels?«

»Ja, unbedingt! Es gibt da ein Problem, das nur er lösen kann. Ist er wieder zurück?«

Anna schien leicht genervt. »Ich habe Ihnen das alles schon einmal erklärt. Zweimal im Jahr fährt er auf Einkaufstour. Nach Frankreich, nach England, nach Italien, was weiß ich! Er sagt mir meistens nicht, wo er hinfährt. Und wie lange er fortbleibt. Sein Job ist ja nicht einfach, er muss flexibel sein. Ab und zu ruft er an, zum Beispiel, wenn er ein Schnäppchen gemacht hat. Oder erzählt mir, wo er gerade ist. Sie müssen Geduld haben, junger Mann, mehr kann ich Ihnen nicht sagen.«

Anna stand auf.

»Es hat Ihnen ja doch noch geschmeckt!« sagte sie und nahm den leeren Teller mit.

Die Welt war wieder grau. Genau das hatte ich befürchtet. Auch Vito konnte nicht helfen, jedenfalls im Augenblick nicht. Und es war völlig ungewiss, wann er zurück kam.

Ich bestellte noch ein oder zwei Glas Wein und dann muss ich eingenickt sein.

Anna weckte mich. »Ich muss abschließen,« Sie setzte sich zu mir. »Ich bin eine alte Frau« sagte sie. Sie war geschätzt Angang sechzig.

»Ich bin eine alte Frau. Ich bin zweimal geschieden. Mir macht keiner so leicht was vor, wenn es um Beziehungen geht. Und ich sehe, dass Sie allein hier sitzen. Das tut mir leid, sie waren ein so schönes Paar. Aber Sie sind jung. Der Schmerz geht vorüber. Und man darf sich nicht selbst leid tun.«

Vielleicht hat sie recht, dachte ich. Aber ich sagte:

»Nein, Anna, ganz so ist das nicht.« Und erzählte ihr, dass Carlotta tatsächlich ausgezogen war, weil wir einen bösen Streit wegen des Spiegels hatten. Und dass Vito vielleicht dabei helfen könne, die Sache wieder einzurenken.

»Ach, so ist das!« Anna sah mich nachdenklich an. Dann legte sie ihre Hand auf die meine. »Das ist gut, dass Sie die Hoffnung nicht aufgeben! Man muss über alles reden, das ist das Wichtigste.«

Sie stand auf und holte meinen Mantel. »Ich rufe Sie an, sobald Vito wieder da ist!« Dann begleitete sie mich zur Tür und schloss hinter mir ab.

Zuhause fiel ich ins Bett.

Am nächsten Morgen suchte ich meinen Autoschlüssel. Er war in der Manteltasche. Als ich ihn herausnahm, flatterte ein Zettel zu Boden. Ich hob ihn auf. Bis auf den Aufdruck »Jever Pilsner« war er leer.

Ich drehte ihn um. Auf der Rückseite stand, flüchtig mit blauem Kugelschreiber notiert, eine Adresse:

Hotel de la Paix, Isle sur la Sorgue

6

Isle sur la Sorgue. *Antiquitäten*

Sommer in der Provence. Die Terrasse des Café de la Paix, das zu dem gleichnamigen Hotel gehört, liegt direkt an der Sorgue.

Der Himmel zeigte sein blauestes Azur, er spiegelte sich im Fluss, auf dessen kleinen dahineilenden Wellen sich silbrige Streifen bildeten. Ihr beständiges Rauschen und das Gurren der Tauben erfüllte die Luft.

Eine schmale Treppe führte direkt ins kristallklare Wasser. Auf einer nur leicht überfluteten Stufe, auf der man das Moos auf den Steinen erkennen konnte, badeten die Tauben. Sie tauchten das Köpfchen ein, hoben es ruckartig und ließen nasse Perlen über die Federn rinnen.

Ich saß im Halbschatten unter blühendem Oleander und wartete auf meinen Kaffee, als plötzlich, aus heiterem Himmel, ein Schatten herabstößt. Kurz werden zwei große dunkle Flügel sichtbar, ein scharfer Schnabel, die vorgestreckten fahlgelben Fänge greifen eine weiße Taube, und schon verschwindet das Schemen hinter den Bäumen. Sekunden der Stille, Schockstarre, dann stoben die übrigen Vögel davon mit lautem Flügelschlag.

In diesem Moment brachte die Kellnerin den Kaffee. »Haben Sie das gesehen?« fragte ich, und zeigte auf die Treppe. »War das ein Bussard?«

Sie, eine freundliche, etwas rundliche Person, wirkte überrascht und ein wenig irritiert. »Ich glaube, wir haben hier gar keine Raubvögel, Monsieur!«

Eine kleine weiße Feder schwebte herab und landete mit einem eleganten Bogen direkt neben meiner Tasse. In ihrer Mitte, gleich oberhalb des zarten Flaums, glänzte, wie ein von Meisterhand platzierter kostbarer Rubin, ein frischer Blutstropfen.

Ich dachte an Carlotta. Ich dachte eigentlich immer an Carlotta! Wenn ich nicht gerade an Vito dachte.

Wegen Beiden saß ich hier in Isle sur la Sorgue,

Nachdem ich diesen mir bis dahin unbekannten Ortsnamen auf dem Zettel, der aus meiner Manteltasche gefallen war, gefunden hatte, hielt ich das zunächst für eine Insel. Tatsächlich aber war es ein Ort in Südfrankreich, in der Provence. Ich googelte und fand heraus, dass dieses Städtchen zugleich eines der größten Antiquitäten-Centren Europas ist.

Antiquitäten! Ich war elektrisiert! Ich begriff, was mir Annas Zettel sagen wollte: Wenn es dir so eilig ist mit Vito, wenn er helfen kann, eure Probleme zu lösen, dann darfst du nicht warten, bis er nach Hamburg kommt. Dann musst du ihn dort treffen, wo er gerade ist!

In der Kanzlei ließ ich mich freistellen mit der Begründung, eine dringende Familienangelegenheit regeln zu müssen. Besorgten Fragen wich ich aus. Ich verabschiedete mich von Sebastian, der mir versprach, ab und zu nach der Wohnung zu sehen, packte meine Reisetasche und fuhr los.

Gegen Mittag war ich angekommen. Das Hotel de la Paix ist leicht zu finden. Es ist ein verhältnismäßig moderner vierstöckiger Bau direkt am Fluss. Die großzügige, helle Eingangshalle versprach einigen Komfort.

Ich wandte mich an die Dame an der Rezeption und fragte nach Vito Grassi. Sie, bemüht freundlich, durchsuchte die Gästeliste. »Vito Grassi? Non, je suis désolé Monsieur! Tut mir leid!«

Ich dachte an meine Informantin. »Man hat mir gesagt, dass er hier wohnen soll. Sind Sie ganz sicher? »

Sie lächelte nachsichtig. »Qui Monsieur, absolument!«

Was sollte ich tun? Ich buchte trotzdem ein Zimmer. »Sie haben Glück, es ist das letzte! Wir haben die Antiquitätentage«, erklärte sie und gab mir einen recht kleinen heißen Raum zur Straße hin im zweiten Stock. Als erstes schloss ich die Fensterläden.

Hier auf der Terrasse des Cafés war es kühler. Ich schob die weiße Feder vorsichtig zur Seite und schaute in den mehrsprachigen Ortsprospekt, den ich auf meinem Zimmer gefunden hatte:

»Nach Paris ist das Städtchen Isle sur la Sorgue der größte Trödel- und Antikmarkt Frankreichs! Die Menschen hier leben von und mit der Vergangenheit. Hunderte Händler haben sich angesiedelt, ein ständiger Treff für Käufer und Verkäufer aus der ganzen Welt. Zweimal im Jahr ...«

Ich las nicht weiter. Hier, irgendwo in diesem Überangebot von alten Dingen, diesem Nachlass der Jahrhunderte, musste ich Vito finden!

Um es gleich zu sagen, ich fand ihn nicht. Jedenfalls nicht an diesem Tag.

Die südliche Wärme, der sanfte Wind mit seinem Duft nach Kräutern und Lavendel, die farbenfrohen Hausfassaden, das alles umarmte mich wie einen alten Bekannten. Und weckte Erinnerungen an frühere Urlaube mit Eltern und Freunden.

Die hellen Wasser der Sorgue mit ihren Seitenarmen waren allgegenwärtig. Und selbst in den engen Gassen war noch Platz genug für kleine Kanäle, die sich an Stelle eines Bürgersteigs zwischen Fahrbahn und Häuser drängten. Früher einmal hatten sie die teilweise heute noch vorhandenen großen hölzernen Schaufelräder angetrieben, die wiederum dafür sorgten, dass die Webstühle der damals hier ansässigen Seidenindustrie funktionierten.

Ich genoss das wechselnde Licht im Halbschatten der hohen Platanen und folgte schließlich dem Strom der Touristen, die mich zum Antiquitätenmarkt führen sollten

Eigentlich verachte ich Touristen. Aber damals beneidete ich sie. Ich wünschte mir, ich wäre einer von ihnen, diesen müßigen Flaneuren, die sich die Zeit vertreiben und deren einzige Sorge es ist, einen guten Platz in einem der Ufercafés zu ergattern oder ein günstiges Schnäppchen zu machen.

Der Markt schließlich zog sich schier endlos entlang zwischen dem Flussufer und einer Straße. Die Händler präsentierten ihre Ware im Freien, auf Tischen unter Sonnenschirmen und direkt auf dem Trottoir. Meistens Trödel. Highlights waren schon nachgemachte Gallé-Lampen, Kristallvasen und sogenannte echte Ölbilder

Hier jedenfalls würde ich Vito nicht finden.

Ich fragte einen der Händler nach Geschäften für alte Möbel und Spiegel und erfuhr, dass die überall im Ort verteilt seien. Sie würden mir schon auffallen!

Auf meinem Weg zurück in die Altstadt fielen mir zunächst Plakate auf. Sie klebten, nicht besonders groß aber häufig, an Mauern oder hingen in Schaufenstern. Eins davon interessierte mich. Es warb für eine Ausstellung im hiesigen Museum und zeigte ein Bild von Matisse, »La danse«. Sechs Frauen, orange auf tiefblauem Grund, tanzen einen ekstatischen Reigen. Carlotta liebt dieses Motiv, eine Postkarte davon hing in unserer Hamburger Küche an der Pinnwand.

Gleich daneben klebte ein zweites Plakat. Darauf stand groß, in einer schönen alten Druckschrift, »MOLIERE. Die Schule der Frauen«. Dabei ging es um die Gastvorstellung einer Theatergruppe, die sich »Le Comédien d'Avignon« nannte. Ein Aufkleber in leuchtendem Rot mahnte »Nur noch 2 Tage!«

»Ich wollte gerade schließen. Aber Sie können gern noch hereinkommen. Es kostet nichts!«

Die Dame, die diese freundliche Aufforderung ausgesprochen hatte, stand nur wenige Meter neben mir in der Tür ihres Geschäftes. Mir war, von Moliere abgelenkt, nicht aufgefallen, dass ich direkt vor dem Schaufenster einer Antiquitätenhandlung stand.

»Vielen Dank!« sagte ich. »Ich interessiere mich für Spiegel.«

Madame, um die Vierzig, fast noch schlank, mittelblond

mit Strähnchen, hohe Absätze, etwas zuviel Goldschmuck und trotzdem nicht unsympathisch, nickte mir aufmunternd zu und gab den Weg frei.

Es gibt Menschen, das weiß ich, für die sind Antiquitätengeschäfte das Grauen! Warum sollten sie sich mit Dingen beschäftigen, die doch ihrer Ansicht nach der Vergangenheit angehören!

Auf Andere aber – und das sind nicht wenige – üben diese Läden einen eigenartigen, fast magischen Sog aus. Sie können nicht anders, sie müssen einfach hinein, alles bestaunen und, wenn eben möglich, auch anfassen.

Meistens kaufen sie nichts. Aber sie begeben sich, wahrscheinlich ohne sich dessen bewusst zu sein, auf eine Zeitreise, sie spüren »irgendwie« den Zauber vergangener Jahrhunderte. Und eine Sehnsucht erfüllt sie nach dieser anderen, scheinbar besseren Welt, in der es noch Stil, echtes Kunsthandwerk, romantische Gefühle, Märchen und dunkle Geheimnisse gab.

Dieser Zauber umgibt mehr oder weniger alle Antikläden. Die kleinen überladenen, die oft nur Gläser, Geschirr und Schmuck anbieten können. Und die großzügigen, edlen Salons.

Das Geschäft, das ich nun betrat, zählte eher zu den Salons. Ich verließ das sachliche, das hektische 21. Jahrhundert. Ein Geruch von Bienenwachs und Lavendel empfing mich. Bachs fünftes Brandenburgisches Konzert durchwehte die drei großen Räume, die geschickt wie die Zimmerflucht eines Palais eingerichtet waren. Ich begriff, dass sie einzelne Stilformen präsentierten, soviel hatte ich von Carlotta gelernt: Das sinnliche Barock, das verspielte Empire, die klaren Formen des Art Deco. Schränke, Sessel, Sekretäre, Kommoden, jedes Einzelstück eine Kostbarkeit. Dazu die passenden Teppiche, die Bilder und Lampen. Und die passenden Spiegel. Alle noch im Originalzustand mit altem Quecksilber-Glas und dekorativen Rahmen.

»Kennen Sie zufällig einen Kollegen von Ihnen, er heißt Vito Grassi?« wollte ich fragen. Aber ich war müde, ich fürchtete mich plötzlich vor der Antwort und verschob das Ganze auf morgen.

Madame saß in der Nähe des Ausgangs hinter ihrem schweren Schreibtisch, neben ihr ein voll erblühter Strauß lachsfarbener Rosen.

»Vielen Dank, dass ich noch kurz hereinschauen durfte! Ich würde gern morgen wiederkommen.«

»Es hat Ihnen also gefallen, das freut mich!« antwortete sie. »Und falls Sie sich für das Stück von Moliere interessieren: Ich habe hier ein paar Karten, die ich als Dank für das Aushängen des Plakates bekommen habe. Ich würde Ihnen gern eine schenken. Für morgen Abend, es ist die letzte Aufführung.«

Dann griff sie zum Schlüsselbund.

In meinem Hotelzimmer ließ ich die Läden geschlossen, öffnete aber die Fenster, um die Abendkühle hereinzulassen. Ein anstrengender und etwas unbefriedigender Tag lag hinter mir. Aber was hatte ich erwartet?

7

Isle sur la Sorgue. *Vito*

Am nächsten Morgen wurde ich durch das Klappern der Mülltonnen geweckt. Die frühe Sonne drang durch die Schlitze der Fensterläden und zeichnete ein leuchtendes Streifenmuster auf die gegenüberliegende Wand. Ich brauchte etwas Zeit, um mich zu erinnern, wo ich war und was ich hier wollte.

Nach der Dusche und einer schnellen Rasur fühlte ich mich bereit für den Tag und begann ihn im Frühstücksraum des Hotels mit einem frisch gepressten O-Saft, einem Grand Café und einem Buttercroissant mit zarter splittriger Kruste, wie es sie so nur in Frankreich gibt.

»Bonjour Monsieur! Entschuldigen Sie bitte, ich glaube wir kennen uns. Kennen wir uns nicht aus Hamburg?«

Ich blickte auf. Und traute meinen Augen nicht. Vito? Ich hatte ihn ja erst einmal wirklich gesehen, beim Kauf des Spiegels. In der Trattoria trat er kaum in Erscheinung, das überließ er seiner Frau Anna. Aber er war es. Vito! Er war es tatsächlich. Seine Stimme, sein rundes, nicht unfreundliches Gesicht, seine etwas gedrungene Gestalt. Einen Moment lang war ich sprachlos. Der Mann, den ich suchte, stand plötzlich vor mir! Wohnte er also doch hier im gleichen Haus? Er sah mich interessiert an und wartete auf eine Antwort.

»Oh ja«, sagte ich, »natürlich! Wir haben einen Spiegel bei Ihnen gekauft. In Ihrem Geschäft in der Isestraße.«

»Das erinnere ich. Sie waren bei mir im Laden, als mir beinahe ein Stapel Spiegel weggerutscht wäre, eine Katastrophe! Selbst hier vor Ort wird es immer schwieriger, gut erhaltene Stücke zu finden. Sie werden immer seltener, und immer teurer. Und irgendwann verschwinden sie ganz vom Markt. Nun ja, mein Problem! Und was führt Sie hierher? Sie wollen mir doch nicht Konkurrenz machen?«

Und bei dieser Frage lachte er verschmitzt, was ihn trotz seiner großporigen Haut und den ausgeprägten Falten neben den Mundwinkeln sympathischer machte.

Einerseits ging mir das alles zu schnell, zu plötzlich, andererseits wollte ich die Gelegenheit nutzen. Ich deutete auf den freien Stuhl mir gegenüber. »Bitte, setzen Sie sich doch.«

»Oder machen Sie Urlaub? Die Provence ist ein wunderschöner Ort. Waren Sie schon in Fontaine de Vaucluse? Und wo haben Sie ihre bezaubernde Frau gelassen?«

Das hätte ich selbst gern gewusst! Aber ich überhörte die Frage.

»Ich bin nicht zufällig hier. Um die Wahrheit zu sagen, ich bin Ihnen nachgereist!«

Und ich erzählte ihm die gleiche Geschichte, die ich auch seiner Frau Anna erzählt hatte. Von dem Spiegel mit seinen seltsamen Bildern, und das wir nun dringend auf eine Erklärung von ihm hofften.

Vito hatte aufmerksam zugehört. Am Anfang freundlich interessiert, dann zunehmend ernster werdend.

»Wissen Sie, alte Spiegel sind wie wir! Es sind

Persön-lichkeiten! Jeder ist anders! Das hängt ganz davon ab, wann er gemacht wurde und – ganz wichtig – wer ihn gemacht hat. Man muss sie mögen, man muss sie verstehen. Und man muss mit ihnen umgehen können.«

Er fasste in die Brusttasche seines weißen Oberhemds, zog eine Packung Reval hervor und griff nach einer Zigarette. Er klemmte sie sich zwischen die Finger, aber er steckte sie nicht an.

»Was ich aus Ihrer Geschichte begriffen habe ist, dass Sie beide sehr sensibel sind, besonders Ihre Frau. Sie müssen sich das mal so vorstellen: Das Glas wurde ja damals noch von Hand gewalzt, deswegen hat es Lufteinschlüsse und ist unregelmäßig dick. Deshalb verzerrt es auch leicht. Auch die Quecksilberlegierung wurde von Hand aufgetragen. Das kann besonders bei größeren Spiegeln wie dem Ihren dazu führen, dass sie die Realität nicht genau wiedergeben. Hinzu kommt noch, dass diese alte Verspiegelung nicht ewig hält und im Laufe der Zeit nachdunkelt. Und sich teilweise auflöst. Was ich damit sagen will: Verzerrungen sind einfach unvermeidlich. Sie sind aber auch ein Beweis dafür, dass der Spiegel tatsächlich alt ist. Und dann kann es passieren, dass Sie reinsehen und sich selbst nicht erkennen. Sie denken dann vielleicht: Wer ist das? Ich selbst habe diese Erfahrung auch schon gemacht! Verstehen Sie, was ich meine?«

Ohne Zweifel, Vitos Herz schlug für Spiegel! Er war ein Profi. Und er warb um mein Verständnis.

Aber ich hatte mich wohl immer noch nicht deutlich genug ausgedrückt!

»Vito,« sagte ich, »ich kann Ihnen folgen. Aber es geht hier nicht um materialbedingte Täuschungen, so einfach ist das nicht! Wir haben keine Wahnvorstellungen! Diese Bilder erscheinen ganz real! So ähnlich wie in einem unscharf eingestellten Fernseher. Und nicht nur meine Frau und ich haben sie gesehen, sondern auch unsere Freunde. Das ist doch unmöglich, dass wir uns alle nur was einbilden!«

Vito, der zugehört hatte, wirkte plötzlich abwesend. Er schloss kurz die Augen, strich sich mit der Hand über die Stirn und murmelte: »Bellini! Die Brüder Bellini!«

»Wie bitte?« Ich verstand nicht.

Das Ganze hatte nur Sekunden gedauert. Er lächelte schon wieder.

»Entschuldigung« sagte er, »mir fiel eben ein, ich muss noch jemanden anrufen. Aber reden Sie weiter.« Er steckte die Zigarette in den Mund, nahm sie aber gleich wieder raus. Sie zitterte. Weil seine Hand zitterte.

»Und das Schönste ist« ich war jetzt echt empört und machte auch kein Geheimnis daraus, »das Traurige ist, das meine Frau und ich sich deshalb so gestritten haben, dass sie ausgezogen ist!« Und Sie daran nicht unschuldig sind! ergänzte ich in Gedanken.

»Wirklich nur wegen des Spiegels?« fragte Vito. »Das tut mir sehr leid. Wirklich! Aber was kann ich tun? Natürlich nehme ich den Spiegel zurück. Und ganz sicher finden wir einen Ersatz, der auch Ihrer Frau gefallen wird. Keine Sorge, wir finden eine Lösung!«

Keine Sorge! Das hatte ich nun oft genug gehört. Natürlich machte ich mir Sorgen, Sorgen um Carlotta! Auch deswegen, weil sie diesen Spiegel keineswegs umtauschen wollte. Im Gegenteil, sie wollte ihn unbedingt behalten.

Und weil ich sie dazu erst einmal suchen und vor allen Dingen auch finden musste.

»Wann frühestens werden Sie wieder in Hamburg sein?« fragte ich. »Sie müssen sich den Spiegel unbedingt ansehen.«

Vito steckte die ungerauchte Zigarette zurück in die Packung.

»Ja, ganz sicher, das werde ich! Aber es gibt ein kleines Problem. Meine Einkaufsreise kann ich auf keinen Fall unterbrechen, schon wegen meiner vielen Verabredungen ist das ausgeschlossen. Und auf der Rückreise muss ich diesmal noch über Bologna. Das wird dauern, vielleicht so zwei bis drei Wochen. Aber ich melde mich sofort, wenn ich wieder da bin!«

Er stand auf und kam auf mich zu. Er war voller Herzlichkeit und für einen Augenblick dachte ich, er wolle mich umarmen. Er berührte mich leicht am Arm.

»Ich verstehe Sie voll und ganz! Wir lösen das so schnell wie möglich! Vertrauen Sie mir! Und wenn Sie schon mal hier sind, bleiben Sie unbedingt noch ein paar Tage, es lohnt sich.«

Dann griff er sich seine Reval von der Tischplatte und ging.

Das Gespräch hatte mich angestrengt. War da eben ein raffinierter, beschwichtigender Antiquitätenhändler gegangen, der seine Kunden, und seien sie noch so verrückt, nicht verlieren wollte? Oder ein väterlicher Freund, hilfsbereit und verständnisvoll? Was wusste er wirklich über unseren Spiegel? Und hatte er nicht einmal kurz die Kontrolle verloren?

An wen erinnerte er mich, das runde Gesicht, die blauen, prüfenden Augen mit den Lachfältchen, die kurzen, weißgrauen Haare?

Meine Suche hier jedenfalls war vorbei, ich hatte Vito gefunden. Oder er mich. Und die Lösung eines meiner Probleme schien sich abzuzeichnen. Ich hätte also nach Hamburg zurückfahren können, um meine Arbeit in der Kanzlei wieder aufzunehmen. Und weiter auf Carlotta zu warten.

Hätte ich? Irgendetwas sagte mir, dass ich Carlotta ohne Vito nicht finden würde. Das war nur so ein Gefühl. Und Gefühlen, sagt Sebastian immer, Gefühlen soll man nicht trauen.

Was würdest Du tun, Carlotta?

»Trau Dich!« sagte sie.

Außerdem gefiel mir der Tipp, mich ein wenig umzusehen. Und ich hatte eine Theaterkarte.

Ich bestellte noch einen Kaffee.

Und da fiel mir ein, an wen mich Vito erinnerte: An den wunderbaren Schauspieler Antony Hopkins. Er hatte den grundanständigen, gewissenhaften Butler in »Was vom Tage übrig blieb« gespielt.

Aber auch den genialen Mörder Hannibal Lector .

8

Bologna. *Krematorium*

Der Abt von Santo Stefano hatte nicht nur die Leiche seines Ordensbruders aus der Pathologie des Hospitale Maggiore entführen lassen. Er hatte auch noch die sofortige Einäscherung verfügt. Und sie dadurch, gewollt oder ungewollt, der behördlich angeordneten Obduktion entzogen.

»Wo also haben Sie den Toten hinbringen lassen?« fragte Ispettore Salvatore Solci gefährlich leise. Er war empört!

Der Angesprochene, Bruder Anselmo, blieb ruhig. Zuvor hatte er dem Ispettore erklärt, dass der Abt, nachdem er von der Erkrankung des Mönchs erfahren habe, höchstpersönlich an dessen Krankenlager geeilt sei, um ihm die Beichte abzunehmen. Und die letzte Ölung zu erteilen.

Der Kranke habe den Wunsch geäußert, in seinem brasilianischen Heimatort *Belo Horizonte* bestattet zu werden. Dort wohnte seine Familie. Das habe ihm der Abt auch versprochen.

Wie sich allerdings schnell herausstellte, hätte der Körper dazu einbalsamiert und in einen Zinksarg eingeschweißt werden müssen. Eine langwierige und vor allem sehr teure Prozedur. So habe sich der Vater Abt für die wesentlich unproblematischere Einäscherung entschieden. Und das, obwohl diese Art der Bestattung in der katholischen Kirche verboten ist. Eine Ausnahmegenehmigung kann nur Rom erteilen. Sie sei bereits beantragt.

»Wo also haben Sie ihn hinbringen lassen?«

Anselmo bedauerte: »Tut mir leid. Das kann ich Ihnen nicht sagen. Ich weiß es auch gar nicht.«

Solci hatte damit gerechnet. »Dann fragen Sie den Abt! Oder, noch besser, ich werde ihn selber fragen!«

Er stand auf und eilte in Richtung Tür.

Anselmo stellte sich ihm in den Weg. »Das darf ich auf keinen Fall zulassen! Es verstößt gegen die Regeln, ich bekomme bösen Ärger!«

»Cornuto!« zischte Solci leise, Arschloch! Und es war ihm egal, ob der Mönch das hörte. Dann griff er zum Handy und wählte das Kommissariat, die Questura.

»Ich brauche sofort einen Wagen vor das Kloster! Matteo soll fahren. Und jemand soll sofort alle umliegenden Krematorien überprüfen und feststellen, wo ein dunkelhäutiger Mönch verbrannt worden ist.«

Er eilte aus dem Büro. Während er noch versuchte, den nächsten Ausgang zu finden, summte sein Handy. Ein Kollege war dran. Die missbilligenden Blicke der Umstehenden störten ihn nicht. Im Gegenteil, er war wütend und sprach extra laut.

»Perfetto, endlich klappt mal was! Ein glücklicher Zufall! Habe ich richtig verstanden: Weil sie bisher nicht dazu gekommen sind, fahren sie den Burschen erst jetzt in den Ofen, richtig? Sofort stoppen! Haben Sie verstanden: Lassen Sie den Vorgang sofort stoppen, ganz egal was die sagen! Das ist eine wichtige behördliche Anordnung! Ich fahre jetzt direkt dort hin. Ende.«

Wie durch ein Wunder hatte Solci bei seinen letzten Worten den Ausgang entdeckt, vor dem Matteo bereits wartete. Er mochte den Agente. Er war etwas größer und deutlich jünger als er, ein rothaariger Typ aus dem Norden, aus Turin. Er redete nicht viel, aber auf ihn war unbedingt Verlass. Und das, obwohl oder gerade weil er kein echter Italiener war. Sein Vater hatte eine Portugiesin geheiratet.

Sie brauchten zehn Minuten. Die gewohnte Sirene, das Blaulicht, die überhöhte Geschwindigkeit und das dauernde Quietschen der Reifen, all das war Solci vertraut, hier fühlte er sich zuhause. Und es beruhigte ihn.

Und so war er ausnahmsweise auch die Ruhe selbst, als er im Krematorium dem aufgeregten Betriebsleiter direkt in die Arme lief. Der empfing ihn mit Vorwürfen: Es sei ein unglaublicher, noch nie dagewesener Vorgang, eine bereits begonnene Einäscherung zu stoppen! Der Sarg sei bereits in der Brennkammer gewesen! So was könne sich doch nur ein krankes Hirn ausdenken! Er habe sich bereits beschwert. Von Anstand oder gar Pietät wolle er gar nicht reden. Und die Folgen hätte er, der Ispettore, zu tragen!

»Ja doch, ja!« sagte Solci. »Aus Ihrer Sicht ist da einiges unverständlich. Aber regen Sie sich doch nicht so auf! Beantworten Sie mir nur eine Frage: Haben Sie sich bei der Einlieferung den Totenschein zeigen lassen? Haben Sie? Nein, haben Sie nicht! Es gibt nämlich noch keinen. Sie hätten also die Annahme verweigern müssen, die Leiche dürfte gar nicht hier sein! Und genau diesen Zustand wollen wir nun wieder herstellen. Wir nehmen sie mit und Sie sind sie los! Dafür sollten Sie uns ewig dankbar sein. Wenn Ihnen was an Ihrem Job liegt.

Und falls das ein Trost für Sie ist: Irgendwann bekommen Sie Ihren Freund sowieso wieder zurück, dann aber mit ordentlichen Papieren.«

Eine Stunde später befand sich der Mönch, oder das von ihm übrig war, wieder dort, wo er eigentlich hingehörte. In der Pathologie des Ospedale.

Solci war ebenfalls eingetroffen. Auf dem Weg dorthin hatte ihn noch ein Anruf seines Chefs erreicht:

»Sagen Sie mal Solci, eben hat mich Santo Stefano, der Abt persönlich angerufen. Sie hätten gerade den Leichnam eines seiner Mönche beschlagnahmt, obwohl er sich bereits in der Brennkammer des Krematoriums befand. Das kann doch nicht wahr sein! Sagen Sie mir, dass das nicht wahr ist!«

Solci seufzte. Er schilderte den Sachverhalt so kurz wie möglich aus seiner Sicht. Er habe mittlerweile den dringenden Verdacht, dass hier etwas verheimlicht werden sollte. Schließlich sei der Mönch keinen normalen Todes gestorben, sondern an einer sehr ungewöhnlichen Vergiftung. Auch Mord wolle er nicht mehr ausschließen.

»Eine unglaubliche Geschichte!« sagte sein Chef, seine Stimme klang amüsiert. »Eine Posse! Aber offensichtlich eine Posse mit ernstem Hintergrund. Was für ein Interesse kann der Abt haben, den Toten möglichst schnell verschwinden zu lassen? Hat er was zu verbergen? Kann ich mir eigentlich nicht vorstellen. Aber wir haben uns ja schon öfter geirrt! Das haben Sie jetzt nicht gehört! Machen Sie weiter, Solci! Aber denken Sie daran: Vermeiden Sie jedes Aufsehen, wir wollen keinen Ärger mit der Kirche!«

Solci kannte die Pathologie. Sie war im Untergeschoss eines der Nebengebäude des Krankenhauses untergebracht. Die nüchternen Räume mit nur wenigen direkt unter der Decke angebrachten schmalen Fenstern waren in grelles grünliches Kunstlicht getaucht. Solci mochte das nicht. Und er hasste den Geruch von Formalin.

Jemand verteilte kleine Aufreißtütchen mit Eukalyptuscreme, die er sich unter die Nase rieb.

Der grüne Leichensack lag bereits auf dem Seziertisch. Dr. Moretti, der Pathologe, öffnete den Reißverschluss und rollte mit Hilfe seiner Assistentin den Leichnam vorsichtig heraus. Es roch sofort nach verbranntem Fleisch.

»Was haben Sie sich eigentlich dabei gedacht, Solci?« fragte er. »Sehen Sie sich das mal an, was sollen wir hier noch finden! Nach was suchen wir überhaupt?«

»Tut mir echt leid, Dottore! Mir gefällt das auch nicht. Aber erstens handelt es sich hier um eine offiziell angeordnete Obduktion. Und zweitens müssen wir unbedingt klären, wie das Quecksilber in seinen Körper gelangen konnte. Er wird es ja nicht getrunken haben!«

Moretti hatte unterdessen begonnen, mit Hilfe eines Skalpells die schwarze Kruste vom Oberkörper der Leiche zu schaben. Es gab ein unangenehmes Geräusch, so ähnlich, wie wenn man verbranntes Toastbrot abkratzt. »Ich hoffe, dass wir überhaupt noch irgendwas finden!« brummte er.

Eine hellrote Flüssigkeit lief aus dem Körper und sammelte sich in der Ablaufrinne des Tisches.

»Bratensaft!« dachte Solci und fand sich selbst eklig. Er nickte Moretti zu und verließ den Raum.

Auf der Treppe nach oben zum Ausgang kam ihm eine junge Frau im weißen Kittel entgegen.

»Sind sie Ispettore Solci? Ich habe Ihren Wagen vor der Tür stehen sehen. Und Ihr Kollege, der Rotschopf, hat mir gesagt, wo ich Sie finden kann.«

Solci bejahte und sie fuhr fort: »Mir ist etwas aufgefallen, das Sie vielleicht interessieren könnte.« Sie unterbrach sich. »Sind Sie erkältet? Sie riechen nach Eukalyptus.« Aber im gleichen Atemzug lächelte sie entschuldigend: »Tut mir leid. Ich vergaß, wo Sie gerade herkommen!«

»Macht nichts«, sagte Solci. »Ich bin immer an Allem interessiert. Ganz speziell in diesem Fall! Sie haben hier doch eine gute Cafeteria, da können wir reden. Ich würde Sie gern einladen.«

Solche Einladungen machte er selten. Besonders, weil er sie aus eigener Tasche bezahlen musste. Aber die Ärztin gefiel ihm und sie konnte vielleicht weiterhelfen. Der Tag schien doch noch eine erfreuliche Wendung zu nehmen.

Im Café bestellte sie ein Mineralwasser und Solci seinen Kaffee, einen Americano, ohne Milch. Er war hier offensichtlich bekannt, die Bedienung ergänzte fröhlich: »Mit viel Zucker!«

»Erzählen Sie, Dottoressa, ich bin gespannt!«

Sie neigte sich vertraulich über den kleinen Tisch: »Ich möchte nicht zu laut sprechen, denn bei dem, was ich Ihnen jetzt sage, verletze ich eigentlich das Arztgeheimnis.

Ich vermute, Sie sind hier, um den kürzlichen Todesfall in Folge einer Quecksilber-Vergiftung nachzugehen. Das ist in der Tat sehr ungewöhnlich. Als ich davon hörte, erinnerte ich mich daran, dass vor circa drei Monaten schon einmal ein Benediktiner bei uns lag. Er wurde mit einer Magenentzündung eingeliefert und nach einigen Tagen nach Abklingen der Symptome wieder entlassen. Mit der Auflage, sich innerhalb einer Woche noch einmal vorzustellen. Was er aber nie tat.

Mir waren seine Hände aufgefallen, genauer gesagt, seine Fingernägel. Sie waren schwarz. Er konnte das nicht erklären, mir aber ließ das keine Ruhe.

Als ich mich jetzt anlässlich des aktuellen Falles über Quecksilber-Vergiftungen schlau machte, fand ich genau dieses Krankheitsbild beschrieben: Starke Bauchkrämpfe und …« hier machte sie eine kurze Pause, » …schwarze Fingernägel!

Ich denke, die haben wir bei dem letzten Patienten zunächst übersehen, weil er dunkelhäutig war.

Beide Mönche litten also an der gleichen Vergiftung, nur unterschiedlich stark! Ist das nicht merkwürdig? Ich dachte, das sollten Sie wissen.«

9

Isle sur la Sorgue.

Le Comédian d'Avignon

Die späte Sonne warf lange Schatten in den großzügigen Innenhof des *Hotel Dieu*, einem Jahrhunderte alten Hospital, das heute als Freilichttheater dienen sollte.

Man hätte keinen besseren Ort finden können! Die hohen Zypressen vor den mit Efeu bewachsenen Mauern wirkten wie klassische Säulen. Direkt vor den Stuhlreihen erhob sich der Bühnenraum. Den Hintergrund bildete die Natursteinwand des Hospitals, in die ein vorausschauender Architekt eine hohe überwölbte Brunnennische eingelassen hatte. Das Wasser plätschert noch immer in das Halbrund der Sandsteinschale und verursachte eines der wenigen Geräusche, die in dem noch fast leeren Zuschauerraum zu hören waren. Darüber breitete sich das zum Abend hin immer satter werdende Blau des Himmels, durch das, wie vom Regisseur bestellt, kleine orangefarben beleuchtete Wölkchen zogen.

Ich war einer der ersten Gäste und konnte mir einen Platz aussuchen.

Den Tag hatte ich in der Stadt verbracht, nicht ohne noch einmal bei Madame vorbeizuschauen. Sie hatte

Kundschaft, wir nickten uns zu und beim Verlassen des Ladens bemerkte ich, dass ihr Rosenstrauß immer noch frisch wirkte. Man musste sie anfassen, um zu spüren, dass es Kunstblumen waren.

Nach einem kleinen Umweg über mehrere Brücken und das *Café de France* an der Place de la Liberté landete ich schließlich hier im Hotel Dieu, dass heute hauptsächlich als Museum genutzt wird. Ein kunstvoll mit Blättern und Blüten ummalter Spruch neben dem Eingang empfing mich:

Consultez votre vie vous saurez quelle doit être votre mort.

Was wohl heißen soll: »Wenn Ihr wissen wollt, wie Euer Tod sein wird, betrachtet Euer Leben.«

Das erschreckte mich. Ich denke nicht gern an den Tod. Was genau ist das, der Tod? Bläst dich dann irgendjemand aus, so wie man eine Kerze ausbläst? »Like a candle in the wind!« hatte John Elton bei der Trauerfeier für Lady Di gesungen und die ganze Welt war in Tränen ausgebrochen. Oder beginnt das Leben dann irgendwo neu? Zu dieser Ansicht neigt Carlotta, wir hatten das Thema gelegentlich mit Freunden diskutiert.

Aber wo war Carlotta? Wo lebte sie jetzt? Lebte sie überhaupt noch? Dieser Gedanke kam mir manchmal vor wie ein heraufziehender dunkler Nebel, versuchte mich zu berühren, wollte sich einnisten, Panik verbreiten. Aber jedes mal schob sich das heitere Gesicht Carlottas vor die düsteren Bilder, sie lachte mich aus.

»Sei nicht albern!« sagte sie.

Und ich war getröstet.

Wahrscheinlich hätte ich die Aufforderung, mich beim

Betreten des Krankenhauses vorsichtshalber schon mal mit dem Tod zu befassen, auch vor hunderten von Jahren nicht gut gefunden. Und ich war froh, nicht in jener Zeit zu leben, in der man eine solche Anstalt in der Regel nicht mehr lebend verließ.

Der alte Friedhof mit seinen historischen und teilweise umgestürzten Grabsteinen liegt nur wenige Schritte entfernt.

Allerdings hatte der Bauherr, ein Bischof de Sade, an nichts gespart. Überall üppiger Stuck, Vergoldungen, kunstvoll verschlungene Gitter aus Schmiedeeisen, alles im prächtigen Stil des unglücklichen sechzehnten Ludwig, König von Frankreich.

Und auch die historische Apotheke ist heute noch zu besichtigen. Vielleicht brachte der Inhalt der alten Arzneigefäße wirklich Linderung. Oder wenigstens Trost. Die Beschriftungen wie Melisse, Nessel, Kamille, Rosmarin verrieten, dass viele unserer heute noch genutzten Heilkräuter auch damals schon bekannt waren.

Der Innenhof, das Theater füllte sich langsam. Die Geräusche des Brunnens wurden übertönt vom Stimmengewirr der eintreffenden Gäste. Das Tageslicht zog sich zurück und die Nische in der Rückwand der Bühne wurde in bläuliches Kunstlicht getaucht.

»Kennen Sie den Inhalt des Stücks?«

Madame saß plötzlich neben mir. Sie war in Begleitung eines älteren Herrn mit weißer Löwenmähne und rotem Seidenschal.

Ich fühlte mich gestört. Aber sie hatte mir die

Eintrittskarte spendiert. Ich begrüßte sie und gab zu, dass ich keine Ahnung hatte.

»Sie kennen Moliere!« sagte Madame wie selbstverständlich. »Es ist natürlich eine Komödie! Es geht um den Wunschtraum vieler Männer: Ein reicher Kaufmann sucht eine Frau, die nur ihn liebt, nur ihn verehrt und vergöttert. Und weil er sie natürlich nicht findet, will er sich eine züchten. Er sperrt ein blutjunges Ding in ein wunderschönes Haus, umgibt sie mit Dienerschaft, überhäuft sie mit Wohltaten. Die junge Frau, Agnès, kennt nur ihn, ihren Gönner, der Plan scheint zu gelingen.

Übrigens,« unterbrach sie sich, »ich habe vergessen, Ihnen meinen Begleiter vorzustellen, Lord Melrose. Er kommt aus der Nähe von Nottingham. Und das«, wandte sie sich ihm zu und meinte mich, »ist hoffentlich ein zukünftiger Kunde von mir.« Sie lachte.

Wir begrüßten uns über Madame hinweg und sie fuhr fort, jetzt an uns beide gewandt:

»Also, ich glaube, Sie ahnen es schon, die Sache geht gründlich schief! Voilà Messieurs«, fügte sie schelmisch hinzu, »das gilt auch heute: Wir Frauen lassen uns eben nicht zähmen!«

Das Licht im Hof erlosch langsam und die Bühne begann zu leuchten. Es wurde still. Die klaren Töne eines Hammerflügels erklangen, stritten sich eine kurze Zeit lang mit dem Plätschern des Brunnens, um sich dann energisch durchzusetzen: Bachs Menuett in Cdur erklang und füllte den Raum. Das Publikum seufzte, lehnte sich zurück und war bereit, sich entführen zu lassen, bereit für eine amüsante Zeitreise ins 17. Jahrhundert.

Und die klassische Inszenierung machte es ihnen leicht. Die aufwändigen Kostüme, die üppigen Roben in den Farben der Zeit – ein blasses Gelb, ein rüschenverziertes Altrosa, ein betresstes Taubenblau – die kunstvollen Perücken und die überpuderten Gesichter mit reichlich Rouge, dazu die routinierten Darsteller der »Comédian d'Avignon« mit ihren vom Autor gewollten übertriebenen Gesten und der theatralisch überhöhten Dramatik der französischen Sprache, das alles hätte auch mich in seinen Bann ziehen müssen.

Eigentlich besitze ich die dazu notwendige Phantasie, und ich hatte diese Fähigkeit bei meinen häufigen Theaterbesuchen mit Carlotta verfeinert. Heute also wäre es einfach gewesen, vieles war mir vertraut.

Und doch gelang es mir nicht. Das Geschehen blieb seltsam fern. So, als fände es hinter einem Gazevorhang statt, den ich nicht wegziehen konnte. Was will ich hier? Ich versuche mich abzulenken und es gelingt mir nicht.

Daher war ich froh, als es plötzlich hell wurde, es gab eine Pause nach dem 3. Akt. Ich schloss mich der Menge an, die zur provisorisch errichteten Bar hinter den letzten Stuhlreihen strömte. Madame und ihr Begleiter, Lord Melrose, waren mir gefolgt. Sie trug ein langes dunkelblaues Kleid, ärmellos, ausgeschnitten, und dazu eine hellblaue Seidenstola, die geschickt ihre kleinen Pölsterchen überspielte. Und diesmal kaum Schmuck: An einem dünnen Goldkettchen hing ein eindrucksvoll funkelnder Diamant von mindestens eineinhalb Karat, wahrscheinlich echt.

Ich wollte mich bei ihr bedanken, und lud sie zu einem Glas Weißwein ein.

Sie lachte. »Den gibt's hier umsonst! Eine kleine

Aufmerksamkeit der hiesigen Winzergenossenschaft, die sich beliebt machen möchte. Uns ist es recht! Aber – falls Sie Lust haben – wir treffen uns nachher noch mit ein paar Freunden im »Black Sheep«. Ich würde mich freuen, wenn Sie dazukämen! Dann können Sie ihre Einladung gern wiederholen!«

Dann stellte sie mir noch einen Kollegen vor, dazu die Direktorin des hiesigen Museums und den Apotheker, der das Erdgeschoss ihres Hauses in der Altstadt gemietet hatte. Und dann wurde geklingelt, das Licht im Hof erlosch und der 4. Akt begann.

Der Wein zeigte Wirkung, irgendwie war ich lockerer geworden. Die einfältigen Diener im Hause der zukünftigen Braut, sie hießen Alain und Georgette, machten ihre Späße, und es fiel mir leichter, mit den Anderen zu lachen.

Es geschah am Ende des fünften, des letzten Aktes. Georgette, die Dienerin stürzt herein und fleht ihren Herrn Arnolphe, den reichen Kaufmann, an, doch dringend heimzukommen:

»Herr, kommen Sie nachhaus!
Mit Fräulein Agnes ist kein Halten mehr ...«
Ich erschrecke, ich bin plötzlich hellwach, der Gazevorhang zerreißt! Ihre Stimme! Das ist ihre Stimme!
»Fortwährend will sie fliehn und ist ganz wütig.
Sie stürzt wohl gar zum Fenster sich hinaus!«
Carlotta? Gar kein Zweifel, da spricht Carlotta! Ich versuche, ihr Gesicht zu erkennen und sehe weiße Schminke. Ihre Haare zu erkennen und sehe eine Perücke. Ihre Figur zu erahnen und sehe ein weites Gewand voller Rüschen und Schleifen.

Trotzdem, sie muss es sein! Ich will aufstehen und zur Bühne eilen. Da setzt der Schlussapplaus ein. Für einen Moment bin ich gefangen in der Menge. Dann drängle ich mich, Entschuldigungen murmelnd, nach vorn. Über die sich leerende Bühne laufe ich in die dahinter liegenden Räume, die den Schauspielern als Garderobe dienen. Zwischen Koffern und mobilen Kleiderständern die erschöpften Darsteller, die es eilig haben, aus ihren Kostümen zu steigen. Georgette ist nirgends zu sehen.

»Wo finde ich Georgette?« Der Befragte, der eben noch den Arnolphe gespielt hatte, sah sich kurz um, schrie dann »Georgette!«, zuckte mit den Achseln und deutete auf den Nebenraum. Auch dort ein ähnliches Bild. Überall wurde gepackt. »Wo ist Georgette?« fragte ich eine ältere Frau, die offensichtlich die Gewandmeisterin war, zuständig für die ganze Pracht aus Seide und Brokat.

»Oh«, sagte sie, »Sie suchen Nathalie! Sie musste heute schon nach dem 4. Akt weg, ihr Mann hat sie abgeholt. Sie ist direkt nach Paris, wo sie morgen Abend schon wieder spielt. Sind sie ein Fan?«

»Aber ich habe sie doch eben noch gesehen! Sie muss noch hier sein! Ich muss sie dringend sprechen!«

Die Gewandmeisterin überlegte kurz, dann musste sie lachen. »Sie meinen Sophie, unsere neue Souffleuse! Sie ist nur eingesprungen, weil sie die Texte kennt und sie hat tatsächlich im 5. Akt die Georgette gespielt. Das hat sie doch gut gemacht, oder?«

»Ja. hat sie! Und wo ist sie jetzt?« fragte ich ungeduldig.

Die Meisterin, die während unseres Gesprächs fortfuhr, ihre Kleider zu verstauen, sah kurz auf.

»Sie ist eben weg. Sie ist mit Christoph, das ist unser

Beleuchter, zum Bahnhof, sie wollen den 22:50 noch kriegen.«

Ich stürzte zur Tür, eilte durch die Fröhlichkeit der sich langsam zerstreuenden Gäste und lief in Richtung Bahnhof.

Wie sollte ich sie erkennen? Die Straßen leerten sich, zu der späten Stunde waren nur noch wenige unterwegs, das Paar, nach dem ich Ausschau hielt, war nicht zu sehen.

Ich betrat den Bahnhof genau in dem Moment, als der 22.50 nach Avignon einfuhr. Drei einzelne Gäste stiegen ein. Und ein Paar. Die Figur stimmte, das musste sie sein!

Ich erreiche sie, strecke den Arm aus, berühre sie leicht an der Schulter.

»Carlotta?« frage ich atemlos.

Sie dreht sich um. Ich blicke in ein erstauntes Gesicht, auf dem noch Spuren von hellem Puder zu sehen sind. Sie hat grüne Augen.

Aber das ist nicht Carlotta! Vor mir steht eine Frau Mitte Dreißig, der man die Anstrengungen des Tages ansieht.

»Sie irren sich!« sagt sie belustigt und folgt ihrem Begleiter in den Wagen.

Irre ich mich? Es ist ihre Stimme, die das sagt. Ihr unverwechselbarer Klang, ihr leiser Spott, ihre nur angedeutete aber doch deutlich spürbare Unternehmungslust.

»Hallo!« rufe ich hinterher. »Warten Sie! Bitte warten Sie!«

Mit leisem Fauchen fallen die Türen zu. Der Zug fährt an und ich stehe allein auf dem Bahnsteig. Allein, plötzlich ganz leer, unendlich enttäuscht. Und ohne Hoffnung.

Langsam verlässt der Zug die Station. Aus einem Fenster

winkt ein weißes Spitzentaschentuch. Ich schaue mich um. Außer mir ist niemand zu sehen.

Ich ging durch die warme Nacht. Hier und da Stimmen, Gelächter. Und nach und nach begriff ich wieder, wo ich war. Begriff, dass ich eine Niederlage erlitten hatte. Dass ich scheinbar dicht vor meinem Ziel gewesen war, Carlotta zu finden, aber in Wahrheit im Dunkeln tappte. Dass ich solide Anhaltspunkte brauchte, um meine Suche gezielter zu gestalten. Vito, da war ich mir sicher, Vito war so ein Punkt.

Fledermäuse strichen um meinen Kopf. Ich beneidete sie um ihre Fähigkeit, mit Hilfe ihres Echolots winzige Insekten zu finden. Auch in tiefster Finsternis.

Ich weiß nicht mehr, wie lange ich durch die Straßen gelaufen bin, plötzlich stand ich vor dem »Black Sheep«. Mir fiel ein, dass ich mich hier mit Madame verabredet hatte. Jetzt war es zu spät, und ich hatte wenig Lust auf Gesellschaft. Aber ich hatte Hunger.

Ich stieg die wenigen Stufen empor. Es roch angenehm nach Gebratenem und nach Rotwein. Madame saß an einem der hinteren Tische, sie war allein.

»Da sind Sie ja!« rief sie. »Die anderen sind schon gegangen. Ich wollte nur noch mein Glas austrinken. Wo sind Sie denn geblieben?!«

»Entschuldigung! Ich habe mich einfach verlaufen«. Mir war klar, dass sie mir das nicht glaubte, aber das war mir egal.

»Wollen Sie noch etwas essen? Sie sehen hungrig aus«. Sie winkte dem Wirt. »Was mögen Sie? Ich empfehle Quiche Lorraine mit einem kleinen Salat, die ist hier ganz vorzüglich und nicht zu schwer für den Abend.«

Der Wirt sah sie fragend an. »Catherine?«.

»Bitte einmal die Quiche Lorraine für Monsieur und noch 2 Glas von dem Roten!« Sie lächelte mir zu: »Sie wollten mich doch einladen!«.

Madame Catherine also! Kein schlechter Name, er passte zu ihr. Was mir nicht passte war, dass sie einfach die Regie übernahm und für mich bestellte, ohne wirklich zu fragen. Zufälligerweise mochte ich Quiche.

Catherine hatte recht, das Essen war gut. Und während ich aß, erzählte sie mir, dass sie morgen zu einer Antiquitäten-Ausstellung auf das nahe gelegene Chateau de la Tour fahren werde.

»Das ist so eine Art Schlosshotel. Der Eigentümer, ein zauberhafter älterer Herr und Freund, der Marquis, hat es umgebaut. Aber ich denke, es ist ein Zuschussbetrieb. Er führt es mit seiner Frau und einigem Personal. Alle zwei Jahre macht er eine Verkaufsausstellung, auf der er vor allem seine Familienschätze versilbert. Außerdem handelt er mit alten Spiegeln, das ist seine große Leidenschaft. Er sammelt sie und hat wunderbare Stücke! Zudem hat er Ahnung, auf sein Urteil kann man sich verlassen! Und da Sie ja alte Spiegel suchen, vielleicht werden Sie fündig. Kaufen müssen Sie sie dann allerdings bei mir.«

Catherine erkundigte sich, wie ich den Wein fände und da mein Glas leer war, bestellte sie noch einmal das Gleiche, für uns beide. »Das geht auf mich!« bestimmte sie und fuhr fort:

»Ich kaufe oft bei ihm, für Händler ist er eine Fundgrube! Und bei wirklich wertvollen Dingen kann man mit ihm sogar über den Preis reden. Das hängt davon ab, ob er einen mag.« Sie lächelte.

»Ich nehme Lord Melrose mit. Und, obwohl die Ausstellung eigentlich nur für Fachleute ist, Sie können auch gern mitkommen, es wird Ihnen gefallen!«

10

Chateau de la Tour. *Eine Ausstellung*

Catherine fuhr ein weißes Kabrio mit – natürlich – mit roten Lederpolstern! Das Wetter hätte besser nicht sein können. Einige Schäfchenwolken zogen durchs himmlische Blau und aus der Ferne grüßte der breite Bergkamm des fast 2000 Meter hohen Mont Ventoux, der immer so aussieht, als läge Schnee auf seinem Gipfel. Auch jetzt im Sommer. Das liegt am Kalkstein, der weiß herüberschimmert.

Melrose saß vorn neben Catherine, ich saß im Fond und genoss den Fahrtwind. Wir durchquerten kleine Dörfer, Flüsschen durchzogen das Land und ab und zu gab es Weinfelder, die mit den klaren Linien der Rebstöcke die Landschaft strukturierten.

Catherine, sie fuhr sehr sicher und nicht zu schnell, warf mir einen kurzen Blick über die Schulter zu. »Weißt du eigentlich, dass wir hier im Vaucluse die besten Trüffel finden? Die Erntezeit ist natürlich im Winter, von November bis März, aber ich mag sie zu jeder Jahreszeit! Hast du sie schon mal probiert?«

Seit gestern Abend duzen wir uns. Sie hatte mir noch von dem großen, teilweise verwilderten Schlosspark erzählt, von dem guten Restaurant direkt im Ort. Und mir geraten, ein paar Dinge mitzunehmen, falls ich dort übernachten wollte. Das würde sie unbedingt empfehlen! Sie jedenfalls bliebe meistens 2 Tage.

Ich hatte ihr Angebot angenommen. Zum Einen, weil ich Catharine irgendwie mochte, ihre Ausstrahlung, ihr Selbstbewusstsein, ihre Gegenwart beruhigten mich. Zum Zweiten bot sich vielleicht die Gelegenheit, Vito noch einmal zu treffen, zu viele Fragen waren bei unserem letzten Gespräch offen geblieben. Und drittens reizte es mich, alte Spiegel zu sehen, hinter denen ich, zu Recht oder Unrecht, seit dem Verschwinden Carlottas ein Geheimnis vermutete.

»Magst Du Trüffel?« fragte Catherine noch einmal.

Trüffel! Meiner Ansicht nach ein völlig überschätzter Edelpilz, den die Gastronomie gern und mit Erfolg nutzt, um die Preise in die Höhe zu treiben.

»Ich liebe Trüffel!« sagte ich. »Sehr lecker und – leider – auch sehr teuer.«

Catherine lachte. »Ja, teuer sind sie, so zwischen 600 und 1000 Euro pro Kilo. Aber sie sind nicht *zu* teuer. Man findet sie kaum noch! Das liegt an unserer exzessiven Landwirtschaft. Zu Beginn des 20. Jahrhunderts haben die Franzosen noch gut tausend Tonnen im Jahr gefunden, heute sind es knapp fünfzig, das sind fünf Prozent.«

Es ging gegen Mittag, die Luft begann zu flimmern unter der Wärme. Caterine bremste plötzlich abrupt, setzte zurück und bog dann nach rechts in einen Schotterweg.

»Entschuldigung!« sagte sie. »Jedesmal übersehe ich dieses dumme Schild!« Es war wirklich schwer zu erkennen, »Chateau de la Tour« stand darauf mit einem Pfeil nach rechts, »1 Kilometer«.

Tatsächlich waren es gefühlt mindestens drei. Eine Kurve, es ging leicht bergauf, Steine klackerten unter den Wagen. Wir durchquerten den Schatten eines Wäldchens und als wir wieder ans Licht kamen, fuhren wir durch eine herrliche alte Platanenallee, die schnurgerade auf das Schloss zuführte. Hinter uns bildete sich eine Staubwolke.

»How impressive!« rief Melrose, der bis dahin kein Wort gesagt hatte. Fast kein Wort, denn einmal, als der Fahrtwind beinahe seinen roten Schal weggeweht hätte, hatte er »Fuck!« gerufen. Und das war alles.

Tatsächlich näherten wir uns einem von diesen Traumschlössern, die man sonst nur aus Filmen kennt und die in der Regel von Sonnenkönigen, der Großen Katharina und livrierten Dienern bevölkert sind. Ein klassischer Bau mit Säulenportikus und einem mächtigen, einzeln stehenden Turm, der früher als letzte Zuflucht gedient haben mochte.

Die Einfahrt in den umgebenden Park wurde uns durch ein prächtiges schmiedeeisernes Tor verwehrt. An den breiten Sandsteinpfeilern rechts und links die hotelüblichen Schilder: Rotary, Diners, Lions, AAC, Amexco … Und mittendrin eine Klingelanlage, die Catherine mehrfach betätigen musste, bis sich jemand meldete.

Es knackte. »Hallo?«

»Hallo Jacques!« Catherine nannte ihren Namen.

»Ach du bist es, Chéri! Willkommen! Pass auf, der Toröffner funktioniert mal wieder nicht. Ihr müsst selbst öffnen. Und bitte auch wieder schließen!«

»Das war Jacques, das Faktotum. Erzschwul, und total nett und schon ewig im Haus!« sagte Chéri. »Er sitzt in der Anmeldung, trägt das Gepäck, und wenn man was braucht: Jacques löst alle Probleme!«

Wir bedienten das Tor, knirschten über die Kiesel der Auffahrt und landeten zwischen lauter Edelkarossen auf dem schon gut besetzten Parkplatz.

Eine breite Freitreppe führte zu den offenstehenden Eingangstüren in die Empfangshalle. Es herrschte reges Treiben, Stimmengewirr, Gelächter, man begrüßte sich und viele kannten sich offenbar. Jacques, kräftig, grauhaarig, vom Alter schon leicht gebeugt, eilte uns entgegen, umarmte Catherine und nahm ihren Koffer. Unsere Zimmer, hell, geräumig, leicht verwohnt, lagen im ersten Stock.

Die Ausstellungseröffnung wurde im Großen Saal zelebriert. Er lag direkt hinter der Eingangshalle, durch die hohen Fenster sah man den Park, links und rechts lockten endlose Zimmerfluchten. Die alte Pracht war überwältigend! Gold, Gold wohin man blickte, selbst bei den historischen Ledertapeten hatte man damit nicht gespart. Drei große Kronleuchter funkelten um die Wette und das alles spiegelte sich in den kunstvollen Intarsien des blanken Parketts.

»Ist Dir aufgefallen, dass hier noch echte Kerzen benutzt werden?« fragte Catherine. Nein, das war es nicht, und ich überlegte gerade, wie hoch die Leiter sein müsste, um an die Kerzen zu kommen und wie lästig, sie in dieser Höhe zu ersetzen, als Catherine es mir auch schon erklärte.

»Die Leuchter werden heruntergelassen, mit neuen Kerzen bestückt, angezündet und wieder nach oben gezogen. Wie das geht? Hinter all diesen Räumen befinden sich schmale Arbeitskorridore. Von dort kann das Personal die Öfen bedienen, durch verdeckte Tapetentüren unbemerkt die Salons betreten und eben auch die

Flaschenzüge betätigen, an denen die Leuchter hängen. Bei dem Gewicht nicht ganz einfach!«

Es gab Champagner. Der Hausherr selbst, der Marquis, bat um Ruhe. Er freue sich, dass auch in diesem Jahr wieder nahezu alle seiner Einladung gefolgt seien, auch die Freunde aus Italien, England und Petersburg. Auch diesmal könne er wieder einige besonders seltene Stücke anbieten, von denen er sich nur schwer trenne, das meiste stamme aus Familienbesitz.

»Auf dem Klavier liegt die Preisliste, nur was dort aufgeführt ist, ist verkäuflich. Die Preise sind Festpreise, darunter läuft nichts, darüber gern!« Gelächter.

»Eine silberne Zuckerdose aus der Zeit des vierzehnten Ludwig gibt es schon für 240 Euro, den Caravaggio für eine knappe Million.«

Ein Zuhörer, der das Bild wohl kannte, fiel dem Hausherrn ins Wort: »Aus dem Umfeld bitte! Nicht von Caravaggio, sondern aus seinem Umfeld!«

Der Marquis schien belustigt: »Wahrscheinlich Umfeld, *wahrscheinlich*, mein Lieber! Wenn wir uns sicher wären, dass es vom Meister selbst stammt, würde ich mindestens das Zwanzig-, das Dreißigfache verlangen!«

»Ja, und von mir nicht bekommen!« Wieder Gelächter.

Er fuhr fort: »Was die Meisten von Ihnen schon wissen, viele der hier angebrachten Spiegel stehen nicht zum Verkauf, da sie zu meiner Sammlung gehören, die zusammenzutragen mir sehr viel Mühe aber auch Spaß bereitet hat und auf die ich stolz bin! Zugegeben, etwas Glück und gute Freunde gehören auch dazu. Aber, wie der große Preußenkönig Friedrich einmal gesagt hat – und der hatte es von seinem Freund Voltaire – jeder ist bestechlich, es kommt nur auf die Höhe der Summe an!

Man kann über alles reden!«

Jemand setzte sich an den eben noch als Klavier bezeichneten Flügel. Schuberts »Forelle« erklang und mischte sich unter die wieder beginnende Unterhaltung der Besucher. Es waren an die Vierzig, sie begannen sich zu zerstreuen und begaben sich auf Schatzsuche.

In diesem Moment sah ich Vito. Ich hatte damit gerechnet, dass er hier auftauchen würde, ich hatte es gehofft, aber ich war trotzdem überrascht. Er wohl auch. Er musterte mich einen Augenblick lang mit seinen für einen Italiener eigentlich untypischen blassblauen Augen, so als wüsste er nicht genau, wie er sich jetzt verhalten sollte, als Catherine auf ihn zueilte. Sie kannten sich offensichtlich, sie umarmten sich, redeten kurz miteinander und kamen dann auf mich zu.

»Das ist Vito, ein netter Kollege. Und ich habe eben gehört, Ihr kennt Euch aus Hamburg.«

Vito gab mir die Hand, wir begrüßten uns kurz, distanziert, und dann eilte er auch schon davon zu seinen Geschäften.

Catherine wirkte leicht irritiert. »Wir kennen uns seit Jahren, ein recht umgänglicher Mensch. Aber eben war er irgendwie verärgert! Vielleicht passt es ihm nicht, dass ich Dich mitgebracht habe. Die Veranstaltung ist ja eigentlich nur für geladene Gäste. Und das sind in der Regel Händler oder Privatsammler.«

Der Mistral, der für diese Jahreszeit ungewöhnlich raue Wind aus dem Norden, rauschte durch die hohen Bäume vor den Fenstern. Die Nacht war sternenklar. Das Licht des Vollmonds projizierte mit den Schatten der Äste ein bewegtes Theater auf die geschlossenen Gardinen meines Zimmers. Ich konnte nicht einschlafen.

Der Tag war aufregend gewesen. Das alte Schloss mit seinem morbiden Charme, mit seinen Fluchten von Zimmern und Sälen, in denen sich die überschaubare Zahl der Gäste rasch verlief, bot eine vollkommene Kulisse für die erlesenen Exponate.

Die meisten waren verkäuflich und wäre ich mit Carlotta hier gewesen, wären wir wohl kaum standhaft geblieben. Es gab vergoldete Leuchter, verziert mit Lilien aus weißer Emaille, einen orginellen kleinen Bronzeelefanten mit einem Obelisken aus Bergkristall auf dem Rücken, kunstvoll geschliffene gläserne Pokale. Dazu die vielen Bilder alter Meister.

Aber natürlich galt mein Interesse vor allem den Spiegeln. Nie zuvor hatte ich eine derartig eindrucksvolle Sammlung gesehen. Auch das große, aber recht unübersichtliche Angebot in Vitos Hamburger Laden war nichts im Vergleich zu diesen ausgesuchten Stücken, geschickt präsentiert auf den prächtigen Tapeten. Es gab sie in vielen Stilen und Größen, aber alle hatten eines gemeinsam: Sie waren wohl wirklich alt und sie waren, das glaubte ich mittlerweile beurteilen zu können, im Originalzustand.

Die Spiegelflächen in den historischen Rahmen waren teilweise schon so zerstört, dass man sich selbst darin kaum mehr erkennen konnte. Und nur einige der Spiegel, ich erinnere keine zehn, waren zu erwerben.

Aus meinem Plan, mit dem Sammler, dem Marquis, ins Gespräch zu kommen, wurde zunächst nichts. Er war stets von Interessenten und Freunden umringt. Vielleicht ergab sich morgen eine Gelegenheit.

Catherine und auch Melrose hatte ich kaum mehr zu Gesicht bekommen.

11

Chateau de la Tour. *Ein Gespräch*

Es muss schon nach Mitternacht gewesen sein, als ich mich entschloss, etwas gegen meine Schlaflosigkeit zu tun. Oft hilft Rotwein! In meinem Zimmer gab es zwar eine große Flasche Mineralwasser, die sogar gratis, aber keine Minibar. Also zog ich mich an, um zu erkunden, ob die Bar, die ich irgendwo im Erdgeschoss gesehen hatte, noch besetzt war.

Im 1. Stock war es still. Das einzige Licht kam von einer Stehleuchte direkt an der breiten Treppe nach unten. Auch in der Halle waren die meisten Lampen gelöscht. Und ich war schon dabei, wieder umzukehren, als ich Gelächter hörte.

Es schien von links aus dem langen Flur zu kommen. Dort musste die Bibliothek sein. Sie war mir schon tagsüber aufgefallen. In den deckenhohen Wandschränken standen hinter barocken Glastüren unzählige Bücher versammelt, zum großen Teil noch in Pergament gebunden, fleckig, sicher uralt. Ein Lichtschein fiel durch die halboffene Flügeltür auf den hellgrauen Marmorboden. Vor dem großen Kamin, in dem ein Feuer brannte, saßen zwei Herren und hatten anscheinend ihren Spaß!

Es waren Melrose und der Marquis. Auf dem Tisch standen geöffnete Rotweinflaschen.

»Nein, nein! Verstehen Sie mich nicht falsch.« reif Melrose gerade. »Mary Anne kann machen, was sie will! Sie ist meine zweite Frau und viel jünger als ich. Sie hat ihre Bedürfnisse und ich sehe nicht hin. Erwarten Sie jetzt nicht, dass ich aus dem Nähkästchen plaudere! Und ich selbst komme langsam in ein Alter, in dem ich mich auf das Wesentliche konzentrieren muss!«

Das war ein offensichtlich sehr privates Gespräch und ging mich nichts an. Spätestens jetzt hätte ich meiner Wege gehen sollen. Aber ich blieb vor der Tür stehen, fasziniert, ein Lauscher im Dunkeln. Vielleicht war das ein Fehler.

Der Marquis hob sein Glas. »Auf das Wesentliche konzentrieren – das versuche ich auch schon die ganze Zeit! Aber was wollen Sie damit sagen: Sich auf das Wesentliche konzentrieren? Mein lieber Lord, Sie sitzen, soweit ich informiert bin, sehr komfortabel auf Nottingham-Castle und haben zwei weitere Schlösser, eins immer prächtiger als das andere! Und, im Gegensatz zu mir, besitzen Sie auch noch eine recht einkömmliche Privatbank. Haben Sie schon mal gezählt, wie viel Spiegel Sie da überall herumhängen haben. Und geprüft, was für Spiegel das sind?«

»Natürlich habe ich das, mein Lieber, natürlich! Und nicht nur einmal. Aber ich kann Ihnen versichern, ein solches Exemplar, wie ich es suche, ist nicht darunter. Sonst säße ich heute nicht hier! Und hoffte auf Ihre Hilfe!«

Es ging um mein Thema, um Spiegel! Leise trat ich einen Schritt auf die Tür zu und achtete darauf, außerhalb des Lichtscheins zu bleiben.

Der Marquis blickte erst in sein Glas, dann ins Feuer und seufzte.

»Also, noch mal: Die Spiegel aus meiner Ausstellung

interessieren Sie nicht! Wieso glauben Sie nun, dass ich Ihnen etwas verschaffen kann, von dem Sie irgendwie irgendetwas gehört haben. Von wem eigentlich? Ein *Speculum transitum* soll es sein!! Warum nicht gleich der Heilige Gral! Irgendein Phantom, eine Zeitmaschine vielleicht, ein Phänomen, das noch niemand gesehen hat, geschweige denn benutzt! Wenn ich mich recht erinnere, habe ich auch schon mal darüber gelesen, wahrscheinlich in einem meiner Bücher hier.« Er wedelte mit der freien Hand in Richtung der Wandschränke.

»Eine schöne Geschichte, ein altes Märchen, das Sie Ihren Enkeln erzählen können: Zur Zeit der Kreuzzüge soll ein Sultan al-Kamil dem damaligen Allerchristlichen Kaiser Friedrich II., dem Hohenstaufer, so einen Spiegel geschickt haben. Die beiden, der eine irgendwo im Orient, der andere auf Sardinien, kommunizierten nun mit Hilfe des Spiegels und beschlossen innerhalb kürzester Zeit, dass die Kreuzzüge Quatsch seien, da sie nichts brächten. Zwei kluge Herrscher! So sparten sie viel Geld, schonten ihre Gesundheit und der Papst ärgerte sich!«

De la Tour lachte.

»Dann findet sich lange nichts mehr über diesen Zauber, bis irgendwann im 15. Jahrhundert zwei Italiener, die Brüder Bellini, das Geheimnis der magischen Spiegel wiederentdeckt haben sollen. Sie nannten ihre Erfindung *Speculum transitum* und haben ihre Kunst wohl mit ins Grab genommen. Aber einige dieser Wunderwerke sollen erhalten geblieben sein, bis zum heutigen Tage! Wunderbar! Und ich fürchte, mein Lieber, dass Sie daran glauben! Es tut mir leid, Melrose, aber Sie sind verrückt!«

»Ja, meinetwegen verrückt, total verrückt!« Melrose

warf den linken Arm in die Höhe, stützte sich auf den rechten, kam mit Schwung aus seinem Sessel und begann hin und her zu laufen.

»Verrückt nach diesem Spiegel! Das muss man sich nur mal vorstellen: Man geht einfach durch so einen Spiegel und ist gleich wer weiß wo! Vielleicht bei Madame Pompadour in ihrem Boudoir und sie steigt grad aus dem Bad: ʼO la la Madame, darf ich Sie abtrocknen?ʼ Oder bei Ihrem Robespierre, dem Wüterich: Zack, Kopf ab! Oder am Hofe der ersten Elisabeth, um hässliche Intrigen zu spinnen!«

Der Marquis war nun ebenfalls aufgesprungen.

»Sie bringen mich da auf eine Idee. Die erste Elisabeth! War da nicht einer Ihrer zahlreichen Vorfahren Finanzminister? Wie wär's, wenn wir mal seine Schatzkammer besuchten, was?«

Der Lord lief rot an.

»Um sich die Taschen voll zu stopfen? Das täte Ihnen so passen, Sie alter Bandit! Das kommt überhaupt nicht infrage!«

Er plumpste in seinen Sessel zurück und rang nach Atem. »Also was ist? Besorgen Sie mir nun so ein Speculum Wunderding oder nicht?«

»Sie geben wohl nie auf, auch wenn es um Kopf und Kragen geht!« Der Marquis wurde ernst.

»Und selbst wenn ich so ein Exemplar auftreiben könnte, es wäre unbezahlbar.«

»Unbezahlbar? Unbezahlbar ist gar nichts, jedenfalls nicht für mich, das wissen Sie doch! Nennen Sie mir einfach einen Preis. Zehn Millionen, fünfzehn Millionen …«

Seine letzten Worte gingen im Knistern der Flammen, dem Knacken der Holzscheite unter, die der Marquis inzwischen nachgelegt hatte. Er wollte gerade zu seinem Platz, als er plötzlich bemerkte, dass die Tür aufstand. Er steuerte, leicht schwankend, direkt auf mich zu, obwohl er mich in der Dunkelheit sicher nicht sehen konnte. Ich verschwand in der nächsten Nische, er versuchte die hohen Doppelflügel zu schließen, was ihm nach mehrfachen Versuchen endlich gelang.

Es wurde noch dunkler, der lange Flur roch nach Rauch. Ein wenig fahles Licht fiel durch die Fenster zur Gartenseite hin. Am Ende des Ganges fand ich eine Tür. Sie war nicht verschlossen, ich stand im Park

Der Vollmond beleuchtete die hellen Kieswege, die Buchsbaumrabatten, die sorgfältig geschnittenen Hecken. Die Oleanderbüsche raunten verstörend im Wind.

Das passte zu meiner Stimmung. Ich setzte mich auf eine Steinbank und war tief beunruhigt. Ich konnte nicht glauben, was ich da eben gehört hatte! Gab es also tatsächlich Spiegel, durch die man hindurchgehen konnte? Portale, durch die man in einer anderen Zeit landete? Melrose zumindest schien das zu glauben, der Marquis offenbar nicht. Aber es würde das Verschwinden von Carlotta erklären. Hatte ich sie also doch auf der Treppe neben der Fremden im Reifrock gesehen?

Aber wie konnte das sein? Wenn es diese magischen Spiegel tatsächlich gäbe, würden sie, wie ich gerade gehört hatte, viele Millionen kosten. Für unseren hatten wir nur knapp Viertausend bezahlt.

Carlotta, siehst du, was du da angerichtet hast? Warum bin ich hier und mache mir Gedanken über Dinge, die offensichtlich meinen Horizont übersteigen? Die mich, genau betrachtet, nichts angehen. Nichts angehen würden, wenn es nicht um dich ginge! Interessiert es dich eigentlich, dass ich dich suche?

Ich erschrak. Das war ungerecht! Wo immer Carlotta war, sie brauchte meine Hilfe! Sie war doch ein Teil von mir, ich suchte sie, auch ich brauchte sie. Und, es gab Momente in denen mir das klar war, ich brauchte sie vielmehr als sie mich.

Das war die Wahrheit. Ich stand auf und ging durch die helle Nacht zurück in mein Zimmer, erschöpft, verwirrt. Es dämmerte schon, als ich einschlief.

König, Herz-Dame, Pik-Ass, dazu ein Einhorn und der Knochenmann, Gevatter Tod. Die Bilder der meisten Spielkarten kenne ich. Sie liegen auf einem zierlichen Tisch mit kunstvoll geschwungenen Beinen. Eine Dame zeigt auf die Karten und erklärt sie einer anderen Dame. Sie stecken die Köpfe zusammen und amüsieren sich, Ich sehe, dass sie lachen, aber ich kann sie nicht hören.

Helles Tageslicht fällt durch die hohen Fenster des Salons, es funkelt auf Vasen und Leuchtern, auf den Vergoldungen der Tapeten. Und glänzt auf den seidenen Roben der Frauen, auf kostbarem Schmuck. Ich erkenne die Dame aus dem Spiegel sofort: Das ebenmäßige Gesicht mit dem schmalen Mund und den klugen Augen, nicht ohne Hochmut, dazu die kunstvoll aufgetürmte Frisur. Ihre Freundin trägt die Haare unkompliziert, nach hinten gekämmt, ein schwarzes perlenbesticktes Samtband hält sie zusammen. Jetzt streicht sie eine Strähne aus ihrer Stirn, ich kenne diese Bewegung, und sie hebt den Kopf. Noch bevor ich ihr Gesicht sehe, weiß ich, dass es Carlotta ist.

Sie richtet sich auf, blickt sich suchend um und findet

meine Augen: Siehst du, mit geht es gut, sagt ihr Blick, mach Dir keine Sorgen! Mein armer Schatz, und wie geht es Dir? Wann kommst du? Ich warte!

Bald, Carlotta, sehr bald! Ich versuche es doch! Kannst du mich sehen, siehst du mich?

Sie fährt sich irritiert mit einer Hand über Stirn und Augen. Dann wendet sie sich wieder den Karten zu.

Ein Livrierter erscheint. Er trägt ein silbernes Tablett mit einem Krug und zwei Gläsern. Er stellt das Tablett auf den Tisch zu den Karten und schenkt ein. Er hört nicht auf einzugießen. Vorsicht! will ich rufen, die rote Flüssigkeit läuft träge über den Glasrand. Sie läuft über den Tisch, fließt auf den kostbaren Teppich, und breitet sich aus. Breitet sich aus.

Hallo? Carlotta? Das Bild verblasst, löst sich auf, es war nur ein Traum.

Ich erwachte mit Kopfschmerzen.

»Du siehst nicht gut aus!« sagte Catherine vorwurfsvoll beim späten Frühstück.

»Ich weiß. Das war keine gute Nacht, mir fehlte die Minibar und der Rotwein.«

Und Carlotta natürlich. Mir fehlte jemand, mit dem ich reden konnte. Aber mit wem hätte ich das tun sollen, mit Catherine? Konnte ich ihr vertrauen? Mir fiel auf, dass sie hier eine kleine goldene Anstecknadel trug, auf der man mit einiger Mühe die Buchstaben »CdM« entziffern konnte.

Die gleiche Nadel trug der Marquis. Und Vito trug sie auch!

12

Chateau de la Tour. *Der Kronleuchter*

Der zweite und letzte Tag dieser erstaunlichen Verkaufsausstellung ähnelte dem ersten. Neue Gäste trafen ein, einige reisten ab.

Mein Plan, den Marquis als Sammler und ausgewiesenen Kenner der Szene wegen meines Spiegelproblems um Rat zu fragen, erschien mir, nach dem was ich in der letzten Nacht gehört hatte, riskant. Einerseits durfte ich mich nicht als Lauscher outen, zum anderen konnte ich nach dem Gehörten keine ehrliche Antwort erwarten.

Während ich noch darüber nachdachte, kam der Marquis schon auf mich zu. Im Gegensatz zum gestrigen dunklen Anzug trug er heute blaue Hosen und Segeltuchschuhe, dazu ein kariertes Sakko, ganz Sportsmann. Oder Landjunker.

»Wie gefällt Ihnen unsere Ausstellung? Catherine hat erzählt, Sie kommen aus Hamburg. Und interessieren sich besonders für Spiegel?«

Ich sah wieder die kleine goldene Nadel an seinem Revers und konnte mich nicht bremsen:

»Ja, Catherine hat von Ihrer wunderbaren Sammlung geschwärmt. Jetzt bin ich ganz begeistert und würde Ihnen dazu gern einige Fragen stellen.«

»Selbstverständlich!« Der Marquis lächelte müde. »Es

freut mich, dass Sie sich dafür interessieren. Wir schließen heute schon um 16 Uhr. Bitte besuchen Sie mich doch danach einfach in meinem Büro. Es liegt ganz am Ende der Säle im Ostflügel, Sie können es gar nicht verfehlen«

Er deutete nach links und eilte davon.

Auch Vito sah ich an diesem Tag noch ein paar Mal. Aber im Gegensatz zum Marquis hatte er offenbar kein Interesse an einem Gespräch. Er übersah mich oder nickte mir nur kurz zu, wenn wir uns trafen.

Einmal, es war gegen Mittag, sah ich ihn zusammen mit Catherine in der sonst leeren Bar stehen. Sie diskutierten und waren anscheinend unterschiedlicher Meinung. Catherines Stimme klang laut und erregt, während Vito beschwichtigend auf sie einredete.

Dann sahen sie mich vorbeigehen und verstummten.

Der Nachmittag verging schneller als gedacht. Für Carlotta kaufte ich den kleinen Elefanten mit dem Obelisken aus Bergkristall. Dann setzte ich mich unter einen der weißen Sonnenschirme auf der Terrasse, bestellte einen Café au lait und sah, wie sich der Parkplatz langsam leerte. Dabei überlegte ich, was ich den Marquis fragen konnte, ohne auf das belauschte Gespräch Bezug zu nehmen. Und beschloss, ihm die gleichen Fragen zu stellen, die ich schon Vito gestellt hatte.

Das Ergebnis unseres Treffens war vorauszusehen. Der Schlossherr hörte interessiert zu und gab seiner Hoffnung Ausdruck, dass meine Frau bald zurückkehren würde. Meine Schilderung der seltsamen Bilder im Spiegel, der

Dinge zeigte, vorspiegelte, die nicht der Realität entsprachen, quittierte er mit kaum verhohlenem Unverständnis und einem nachsichtigen Lächeln.

»Junger Mann!« sagte er, » ich bin jetzt zum dritten Mal verheiratet, ziemlich glücklich sogar. Und ich kann die Frauen durchaus verstehen, wenn sie von mir die Nase voll haben. Ich kann mich manchmal selbst nicht leiden. Die Ehe ist keine geschlossene Gesellschaft, dieser Ansicht war ich schon immer. Und der Lack ist schneller ab, als man glaubt. Denken Sie doch mal darüber nach! Und blicken Sie nach vorn. Hier im Vaucluse findet man die schönsten Frauen!«

Er lächelte: »Die kleinen Thailänderinnen vielleicht ausgenommen!«

Catherine hatte mir erzählt, dass er seine aktuelle Frau aus Bangkog mitgebracht hatte. Sie sei auffallend hübsch, etwas schüchtern, natürlich viel jünger als er und er hüte sie wie seinen Augapfel.

Er griff nach einer Flasche Dom Perignon, die auf seinem Schreibtisch bereitstand, drückte sie mir in die Hand, und sagte: »Es hat mich gefreut! Machen Sie sich einen schönen Abend!«

Unser Gespräch hatte länger gedauert. Die Flucht der inzwischen verlassenen, menschenleeren Salons wirkte jetzt noch endloser. Irgendwo stand ein Fenster offen, ein weißer Vorhang bewegte sich träge im Wind. Das schräge Licht des späten Nachmittags brach sich in den vielen Spiegeln, wurde in den Kristallen der großen Kronleuchter in seine Spektralfarben zerlegt, und irrlichterte rot, grün, blau über Boden und Wände. Ich stand mitten in dieser

Zauberwelt und war ratlos. In meinem Kopf drehte sich ein Karussell, das ich nicht anhalten konnte. Mir wurde schwindlig.

Direkt über mir begann es zu klingen, zu klirren, Glas schlug auf Glas. Ich blickte nach oben und sah, dass der mächtige Leuchter, unter dem ich stand, in Bewegung geriet. Er schwankte, begann sich zu drehen. Und kam direkt auf mich zu! Für einen kurzen Augenblick begriff ich nicht, dann stieß ich einen überraschten Schrei aus und sprang zur Seite.

Sekunden später hielt der Leuchter mit einem Ruck an, nicht ohne dabei einen Höllenlärm zu machen.

»Oh! Mon Dieu, um Gottes Willen! Sie haben mich erschreckt! Nein, *ich* habe *Sie* erschreckt! Ich dachte, die Ausstellung ist geschlossen! Und ich soll die Leuchter runterlassen. Ich dachte, niemand sei mehr hier!«

Ein kräftiger junger Mann in olivefarbener Latzhose kam auf mich zu. Er lachte verlegen.

»Aus dem Seitenraum, von dem aus ich die Leuchter bediene, kann ich nicht sehen, wer im Saal ist und muss mich ganz auf mein Gefühl verlassen. Eigentlich sollte mir Jaques helfen, aber der hat keine Zeit.«

Ich sah sein schuldbewusstes und dabei hilfloses, freundliches Gesicht und wunderte mich über mich selbst. Ich war schreckhaft geworden. Pascal, so stellte es sich heraus, war eigentlich der Gärtner und half immer aus, wenn Schwerarbeit angesagt war. Zum Beispiel, wenn die Leuchter zur Reinigung heruntergelassen und mit neuen Kerzen bestückt werden mussten.

Mittlerweile war, durch den Lärm alarmiert, der Marquis herbeigeeilt und tat zweierlei: Er entschuldigte sich bei mir und beschimpfte danach den armen Pascal, der doch offensichtlich unschuldig war.

13

Bologna. *Ein Brief aus Brasilien*

Agente Matteo Costa musste grinsen. Dass sein Chef Ispettore Salvatore Solci fluchte, war an sich nicht ungewöhnlich. An einem Ort wie diesem allerdings war es zumindest unpassend.

Sie befanden sich im Kloster Santo Stefano in der Zelle des vor einigen Tagen verstorbenen Mönchs. Costa selbst hatte sie unmittelbar nach Bekanntwerden der Umstände des Todes des Brasilianers versiegelt. Eben aber hatten sie feststellen müssen, dass das Amtssiegel, das wie üblich aus einem gewöhnlichen Streifen selbstklebendem Papiers bestand, verbotenerweise gelöst worden war. Was Solci nicht wunderte, aber trotzdem aufregte.

»Bei diesen Brüdern muss man mit allem rechnen!«

Er hätte auch »Ordensbrüdern« sagen können.

Womit er unterstellte, dass es nur jemand aus dem Kloster gewesen sein konnte, da niemand anders zu diesem Bereich Zugang hatte.

Der Raum hatte ein kleines Fenster, aus dem man direkt in den oberen Kreuzgang blickte, und das nur wenig Tageslicht hineinließ. Die Wände waren weiß gekalkt, der Fußboden bestand aus rotbraunen, abgetretenen Terrakotta-Fliesen. Die Einrichtung war, wie nicht anders zu erwarten, karg. Es gab ein schmales Bett, das jetzt mit einem grauen Laken bedeckt war, darüber hing ein kleines Bücherregal. Außerdem war da ein Schrank, ein Binsenstuhl, ein Tisch und ein Garderobenständer. Unter der Decke hing eine nackte Glühbirne. Die reich mit bunten Glasperlen verzierte Leselampe auf dem Tisch wirkte dagegen wie eine Kostbarkeit.

An der Wand hing ein hölzernes Kruzifix. Dazu ein Bild des Heiligen Benedikt von Nursia, bei dem es sich, wie man an der Beschriftung erkannte, um den Ordensgründer handelte. Und ein Foto der Basilica *Nosso Senhora de Lourdes* in Belo Horizonte, dem Geburtsort des Mönchs, mit dem Zusatz »Ordenseintritt und Weihe am …« Die von Hand eingetragenen Daten waren verblichen und unleserlich.

Auf dem Regal standen einige Bücher in portugiesischer Sprache, ein Portugiesisch-Italienisches Wörterbuch, ein Führer durch Italien und einer durch Rom, ein Stadtplan von Bologna mit einigen handschriftlichen Notizen und ein Fotoalbum.

Das Album enthielt vor allem Familienfotos, Bilder, auf denen man den Verstorbenen als Schuljungen sah, als jungen Mann im Fußball-Dress, mit gleichaltrigen Freunden oder in Ordens-kleidung im Kreise seiner Familie. Und Solci fiel es nicht schwer, seine Eltern zu identifizieren und er sah, wie stolz sie auf ihren Sohn waren.

»Sie hätten sich anmelden können!«

Es war Bruder Anselmo, der die Zelle betrat und offensichtlich vom Abt als Kontaktperson und zugleich Aufsicht für sie bestimmt worden war.

Auch bei der Vernehmung des Abtes war er dabei

gewesen. Der hatte zunächst erklärt, wie froh er sei, dass schon seit Jahren einige brasilianische Mitbrüder seine hiesige Ordensmannschaft verstärkten, und er verbarg dabei nicht sein Bedauern über das Desinteresse seiner italienischen Landsleute an einer Verstärkung des heimischen Benediktinerordens.

»Diese unsere Brüder sind ein wahrer Segen für Santo Stefano! Niemand befolgt die Ordensregeln strenger als sie. Sie vertrauen auf Gott, in dessen Hände sie ihr ganzes Leben gelegt haben, und dienen ihm dort, wohin er sie ruft.«

Umso mehr bedauere er den völlig überraschenden Tod des jüngst verstorbenen Bruders und bitte um Verständnis, dass er alles tun musste, um dessen letzten Willen zu erfüllen. Denn er sei als Abt hier auf Erden auch sein geliebter Vater gewesen. Und falls er sich dabei über staatliche Vorschriften hinweggesetzt haben sollte, so möge man ihm dies bitte nachsehen.

Die Vergiftungserscheinungen, die ja angeblich auf Quecksilber zurückzuführen seien, könne er sich nur so erklären:

Der Mönch habe bei seiner Ankunft vor 4 Jahren hier in Bologna auch zwei für ihn wichtige Dinge mitgebracht, einen Spiegel und eine Tischlampe. Eben dieser Spiegel, » ... er war ziemlich klein, oval, alt und fast blind, wohl ein Familienerbstück ...«, der Spiegel sei beim Saubermachen zerbrochen.

Der Bruder sei zunächst untröstlich gewesen, habe sich aber dann damit abgefunden und wollte sich gelegentlich einen neuen besorgen. Dazu sei es dann aber leider nicht mehr gekommen.

Jedenfalls sei der später Verstorbene damals sehr überrascht gewesen, dass er beim Beseitigen der Scherben, » … die Brüder sind selbst für die Reinigung ihrer Zellen verantwortlich …,« auch eine Menge kleiner silberner Kügelchen auf dem Boden fand. Die seien sehr schwierig zu entfernen gewesen, da sie aus flüssigem Metall bestanden und dem Besen immer wieder entglitten.

»Ich erkannte natürlich das Quecksilber, war aber selbst erstaunt, dass der Spiegel damit gemacht worden war. Früher ging das wohl nicht anders. Dass die Berührung mit diesem Metall so katastrophale Folgen haben soll, kann ich mir bis heute nicht vorstellen!«

Auf die Bitte von Solci, die Scherben oder andere Reste des Spiegels sehen zu dürfen, reagierte der Abt erwartungsgemäß verwundert:

»Wissen Sie, mein lieber Ispettore, wir hier leben zwar in einem alten Gemäuer und bemühen uns redlich, es zu erhalten. Für unsere Gemeinde, für uns und zu Ehren Gottes! Aber wir sind nicht so weltfremd, dass wir nicht zwischen historisch Wertvollem und Müll unterscheiden könnten! Außerdem wussten wir zu diesem Zeitpunkt ja noch nicht, welche hochgiftige Substanz wir in unserem Hause hatten, sonst hätten wir Sie selbstverständlich um Hilfe gebeten!« Der Abt gab sich keine Mühe, die Ironie hinter seinen Worten zu verbergen und Solci biss sich auf die Unterlippe, um ruhig zu bleiben.

Bei der Durchsuchung der Zelle fanden die Beamten der Polizia di Stato nichts, was wesentlich weitergeholfen hätte. Die Spurensicherung hatte auf Solcis Wunsch hin den gesamten Fliesenboden abgesaugt, aber da der gerade frisch gereinigt worden war, gab es da wohl kaum etwas zu holen. Aufgefallen war ihm auch, dass hinter den an der Wand hängenden Bildern die Wandfarbe etwas heller wirkte, als auf der übrigen Fläche. Dort, wo der Spiegel gehangen haben sollte, gab es zwar ein Loch, das von einem Nagel stammen konnte, aber keine Verfärbung.

Als alle, auch Anselmo, gegangen waren und Matteo gerade ein neues Siegel außen an der Tür anbringen wollte, hob der Ispettore die Hand.

»Warte mal. Gib mir noch 5 Minuten!«

Sie betraten noch einmal die Zelle. Solci betrachtete noch einmal jeden einzelnen Gegenstand. Der einzige Ort, der sich neben dem Bett – und dort hatten sie jede Feder umgedreht – als Versteck anbot, war der Schrank. Es gab da Fächer für Wäsche und eine kurze Kleiderstange. Darunter eine Schublade, in der sich eine Wolldecke und Bettzeug befand. Sie ließ sich nicht ganz aufziehen, damit sie nicht rausfallen konnte. Aber Matteo kannte den Trick: Man musste sie nur leicht anheben.

Solci drehte sie um. Die Wäsche fiel auf die Fliesen. Unter dem Boden der Schublade klebte ein großer, hellbrauner Umschlag. Er war nicht verschlossen. Solci schüttelte den Inhalt auf das Bett, es waren fünf handgeschriebene Briefe. Und, er zählte nach, 3660 Euro in bar. Nicht wenig für einen Mönch. Er setzte sich daneben, überflog die Briefe, und fand schnell heraus, dass sie von der Mutter des Toten stammten. Sie waren mit »sua mamana« unterschrieben. Sie waren alle neueren Datums, aber mehr konnte er nicht lesen. Er gab die Briefe Matteo:

»Die müssen zum Übersetzen. Das ist Spanisch!«

Matteo warf einen interessierten Blick auf die Papiere und grinste.

»Portugiesisch, Chef! Portugiesisch. Das ist ein Unterschied!«

Solci wusste, dass Matteo solche kleinen Triumphe genoss, trotzdem ärgerte er sich. Er erinnerte sich an Matteos portugiesische Mutter.

»Meinetwegen! Wenn du Portugiesisch kannst, warum liest du nicht vor? Nimm den letzten Brief!«

Matteo stellte sich direkt unter die Glühbirne und begann erst etwas stockend, dann aber immer flüssiger werdend:

Mein lieber Sohn,

Dein Brief, der kurz vor dem Pfingstfest hier ankam, hat uns wieder das Herz gewärmt. Du weißt, Du bist mein ganzer Stolz und meine größte Sorge. Täglich frage ich mich: Geht es Dir gut? Ich muss Dir sagen, der Ton Deiner Briefe hat sich verändert. Das gefällt mir nicht! Wenn Du Sorgen hast, musst Du sie mir schreiben!

Am Anfang warst Du doch so begeistert! Das lag natürlich auch daran, dass alles so neu für Dich war, und Du in Italien so viel Ähnlichkeit mit Deiner Heimat gefunden hast. Nur über die Oberflächlichkeit der jungen Leute hast Du Dich beschwert. Hier bei uns ist das ja auch nicht viel anders! Aber die Ausflüge in das neue Land und sogar in das heilige Rom haben Dich doch begeistert. Auch Deine innige Freundschaft zu Deinem Ordensbruder und Landsmann Pedro hat Dir viel Halt in der Fremde gegeben.

Nun muss ich Dir leider wehtun und Dir mitteilen, dass er gestorben ist, der Arme! Nur wenige Wochen, nachdem er zurückgekommen ist. Allein Gott weiss warum, er war doch noch so jung. Die Freude seiner Familie darüber, ihn wieder hier zu haben, hat sich in Trauer verwandelt. Seine Mutter, die untröstlich ist, sagt, er hat die Krankheit aus Europa mitgebracht und hat mich gewarnt, ich soll auf Dich aufpassen.«

»Halt! Lies das noch mal, die Stelle mit der Krankheit!« sagte Solci, dem das Gespräch mit der Ärztin im Krankenhaus wieder einfiel. Matteo war kurz irritiert, fand dann aber die Stelle:

»Seine untröstliche Mutter sagt, er hat die Krankheit aus Europa mitgebracht und hat mich gewarnt, ich soll auf Dich aufpassen. Wie gern würde ich das tun, wie gern wäre ich jetzt bei Dir! In meinen Träumen bist Du noch immer der stürmische Junge, immer einen Kopf größer als die Anderen und ich höre Dein Lachen. Und das Glück, als Du in die Klosterschule aufgenommen wurdest und Du Dich entschlossen hast, Dein Leben unserem Herrn Jesu zu weihen.

Nun schreibst Du, dass Du vielleicht zurückkommen möchtest. Ich kann Dir nicht sagen, wie froh mich das gemacht hat! Dein Vater hat geweint, denn er liebt Dich sehr, Du bist sein heimlicher Stolz! José, Deinem großen Bruder, ist das ziemlich egal, aber ich glaube, er tut nur so.

Also, wann kommst Du? Und wenn Du nicht bald kommst, dann schreib mir wenigstens Deinen Kummer. Denn dass Du Kummer hast, das habe ich wohl gemerkt. Ich bin Deine Mutter und Du musst mir alles erzählen. Und von Papa soll ich noch sagen, dass Du kein Geld mehr schickst, wir kommen auch so zurecht.

Mein lieber Sohn, ich bete für Dich, umarme Dich noch länger als sonst und hoffe sehr, dass Du Deinen Oberen Freude machst. Auch wenn Du vielleicht nicht immer gut findest, was sie Dir sagen, das bist Du ihnen schuldig.

Deine ungeduldige Mutter, die Dich liebt.

P.S.: Ich habe diesen Brief vielmals geküsst, weil ich weiß, dass Du ihn bald in Deinen gesegneten Händen halten wirst.«

Ja, dachte Solci, in deinen gesegneten Händen mit den schwarzen Fingernägeln!

Warum hatte der Mönch diese Briefe versteckt? Nur diese fünf? Wo waren die anderen Briefe, die seine Mutter sicher geschrieben hatte? Woher kam das Geld, hatte er es für die Reise gespart?

Der Ispettore hatte von vorn herein nicht ausschließen können, dass die Zelle von Unbefugten durchsucht werden würde. Und das erbrochene Siegel gab ihm recht. Dabei hatte man wahrscheinlich auch die Briefe entfernt aus Sorge, dass etwas Belastendes darin zu finden wäre. Aber was und worüber? Wahrscheinlich hatte der Mönch ab einem gewissen Zeitpunkt befürchtet oder sogar gewusst, dass seine Post kontrolliert wurde. Vielleicht wollte er auch nicht, dass seine Rückkehrpläne bekannt wurden. Oder es war ihm unerträglich, dass jemand in den Rest der Privatsphäre eindrang, die ihm noch geblieben war.

Solci hatte, wie man so sagt, eine rauhe Schale. Und der Beruf hatte ihn zum Zyniker gemacht. Aber er war nicht gefühllos. Diese Briefe rührten ihn. Für einen Moment sah er nicht den Fall, den es zu klären galt, sondern das Schicksal eines Menschen, einer Familie. So etwas wie eine Mischung aus Verantwortungs-bewußtsein und Sinn für Gerechtigkeit erfüllte ihn, aber auch Ohnmacht und Wut über das Chaos des Lebens. Und für Sekunden, nur für Sekunden packte ihn die Sorge, sich nicht durchsetzen zu können gegen diese Allmacht, gegen die Arroganz des Bösen. Die Angst, zu versagen.

Blödsinn, sagte er sich dann, Verzagen war für ihm keine Option!

Viel eher Wut und leider auch seine üblichen Vorurteile waren es, die ihn sicher machten, wo er den oder die Täter suchen musste: Sie saßen hier unmittelbar im Kloster, in Santo Stefano!

Diese frommen Brüder in ihren schwarzen Kapuzen-kleidern waren alle irgendwie krank! Es war doch nicht normal, ohne Frauen zu leben, dass konnte Gott, wenn es ihn gab, nicht gewollt haben! Und es war doch nur logisch, dass sie dann durchdrehten, abartige Dinge taten! Dinge, auf die ein normaler Mensch nie kommen würde! Und die meisten von ihnen waren sowieso schwul.

Andrea, seine Frau, sah das allerdings anders. Sie war eher der Ansicht, dass die Menschen unterschiedlich sind, dass man auch die verstehen müsse, die nicht so ticken, wie man selbst. Zumindest sollte man es probieren.

Er hatte es probiert, aber irgendwo war mal Schluss! Deswegen versuchte er auch, Gespräche mit ihr über dieses Thema zu vermeiden.

Im Labor fand man bei der Untersuchung der Reste aus dem Staubsaugerbeutel deutliche Spuren von Quecksilber.

Und es war keineswegs uralt, sondern war, wie die Analyse ergab, maximal vor vier Jahren hergestellt worden. Wahrscheinlich zu medizinischen Zwecken. Und wahrscheinlich in Russland.

»Und jetzt,« sagte der Kollege, der den Brief mit dem Laborbefund geöffnet hatte, »wird es erst richtig spannend! Neben dem Quecksilber hat man auch winzige Glassplitter gefunden, die ebenfalls von dem Spiegel stammen könnten. Und die sind richtig alt: Hundertfünfzig bis zweihundert Jahre! Wie passt das zusammen?«

In die nachdenkliche Stille hinein, die daraufhin für einen Augenblick lang im Büro herrschte, hörte sich Solci sagen:

»Gottes Wege sind wunderbar!« und im gleichen Moment war ihm klar, dass er eben den in seinen Augen scheinheiligen Abt gespielt hatte. Ganz so humorlos, wie er manchmal selbst glaubte, war er also doch nicht.

Und er ergänzte: »Besonders, wenn man ein wenig nachhilft!«

14

Chateau de la Tour. *Cochon truffier*

Es war später Nachmittag. Ich wurde unruhig und wollte abreisen. Aber Catherine, auf die und deren Auto ich in dieser einsamen Gegend angewiesen war, hatte anderes vor.

»Ich glaube, ich habe Dir davon schon erzählt, Du musst unbedingt das ›Cochon truffier‹, das Trüffelschwein kennen-lernen. In einem wunderschönen alten Haus hier im Ort, nur fünf Minuten entfernt. Es ist *das* Trüffelrestaurant im Luberon und hat immerhin einen Stern. Massimo, ein waschechter Italiener aus dem Piemont, ist Chef und Chefkoch in einer Person. Er ist nicht einfach, aber man isst bei ihm einfach göttlich! Außerdem ist es ein wunderbarer Abschluss unseres kleinen Ausflugs. Ich habe schon reserviert.«

Ich liebe die alten französischen Landhäuser. Dieses hatte, ein Schild am Eingang klärte uns auf, einmal der schlossherrlichen Gutsverwaltung gehört. Dunkle Balkendecke, in dem raumhohen Kamin brannten zwei riesige Holzscheite. Es roch nach Rauch, und, wie in allen alten Häusern, in denen schon immer mit offenem Feuer hantiert worden war, nach Teer. Ich mag diesen Geruch.

Wir bekamen einen gemütlichen Tisch mit Blick auf

die Flammen. Catherine hatte sich passend gekleidet. Sie trug eine schlichte lavendelfarbene Bluse und darüber eine schwarze, ländliche Jacke mit buntem Blumenmuster. Sie stand ihr. Ihr auffälliger Brillant betonte das großzügige Dekolleté.

Nicht ganz passend dazu, hatte sie eine weiße Plastiktüte mit der Aufschrift »Intermarché« mitgebracht, einem bekannten Supermarkt. In der sich, der Form nach, Bücher oder Papiere befinden mussten. Sie stellte sie unter den Tisch.

Es roch – keine Ahnung, wie der Wirt das geschafft hat – es roch, neben dem Duft nach Gebratenem, nach Teer und schwerem Rotwein, auch nach Trüffeln. Catherine studierte die Karte.

»Was hältst Du von Rehrücken in Trüffel-Rosmarinsauce mit karamellisierten Birnen und getrüffeltem Kartoffelpüree?« fragte sie. Dazu bestellte sie roten Burgunder. Eine Flasche Perrier stand bereits auf dem Tisch.

Sie lehnte sich zurück und sah mich aus diesem leicht vergrößerten Abstand an, prüfend, mit einem besorgten Lächeln.

»Und? Wie hat es Dir hier gefallen, hast Du einen Spiegel gefunden? Irgendwie siehst Du nicht glücklich aus! Muss ich mir Vorwürfe machen, dass ich Dich hier hergelockt habe?«

Ich versuchte, sie zu beruhigen. »Ich bitte Dich! Es war hochinteressant und sogar aufregend!«

Wie es wirklich in mir aussah, wusste ich selber nicht ganz genau. Aber andererseits: Alles, was mich von meinen ständig auf die Suche nach Carlotta fixierten Gedanken ablenkte, war mir recht. Ich machte ein fröhliches Gesicht.

»Und dabei weißt Du noch gar nicht, was heute passiert ist!«

»Und?« fragte sie ernst.

»Das erzähle ich Dir gleich.« Inzwischen hatte ich wieder ihre kleine goldene Anstecknadel gesehen.

»Entschuldige meine Neugier, endlich kann ich Dich fragen: Was bedeutet diese Anstecknadel, die Ihr alle hier tragt?«

»Wieso alle? Da hast Du einen falschen Eindruck bekommen. Nur einige wenige, sorgfältig Ausgewählte tragen sie! Aber ich wusste, dass Du das fragen würdest, ich hab' Deine Blicke bemerkt! Sicher sind Dir auch die Buchstaben nicht entgangen. »CdM« seht da drauf, und wenn Du weißt, was das bedeutet, ist schon fast alles erklärt. CdM ist die Abkürzung für ›Confrérie d'Mercure‹. Das ist unser kleiner, feiner Berufsverband.«

»Bruderschaft des Merkur« übersetzte ich. »Das klingt irgendwie romantisch. geheimnisvoll! Und was bedeutet das?«

Catherine lächelte. »*Mercure* ist unser Wort für Quecksilber. Gemeint sind aber Quecksilberspiegel, also alte Spiegel, Originale. Leider werden sie immer wieder zerstört, unter anderem deswegen, weil sogenannte Kollegen in die wertvollen alten Rahmen neues Spiegelglas einsetzen und das alte wegwerfen. Sie lassen sich dann sogar leichter verkaufen, besonders an Russen und Amerikaner. Uns liegt aber daran, die Originale zu erhalten.«

»Verstehe, das ist Euer Berufsethos, kann man das so sagen? Das gefällt mir! Carlotta und ich mögen alte Dinge mit ihrem Charme und ihren Geheimnissen. Sie können Geschichten erzählen. Und sie sorgen dafür, dass wir nicht ganz vergessen, woher wir kommen.«

»Ich weiß!« sagte Catharine, »Du liebst Antiquitäten, deswegen bist Du ja hier! Oder bist Du meinetwegen mitgekommem?«

Das war wohl ein Scherz. Aber ich konnte mir das »Ja, auch wegen Dir!« nicht verkneifen.

Sie spielte mit, schien geschmeichelt, wurde aber gleich wieder sachlich: »Zurück zur Confrérie! Was sich zunächst wie eine Gesellschaft zum Erhalt alter Kulturgüter anhört, hat natürlich, wie so oft, einen kaufmännischen Hintergrund. Unsere Mitglieder sind ausschließlich Händler und Sammler. Nicht jeder kann beitreten. Als Händler musst du einen bestimmten Umsatz nachweisen und der Jahresbeitrag ist nicht ohne: 12.000 Euro müssen erst mal verdient werden!«

»Wow!« staunte ich. »Zwölftausend! Lohnt sich das?«

»Ja, für mich schon! Und für die Anderen hoffentlich auch. Ich habe heute auf der Messe zwei Spiegel erstanden, und wenn ich die wieder verkaufe, ist der Beitrag schon mehr als verdient. Das ist ja der Sinn: Wir alle, und das ist nur ein kleiner, exklusiver Kreis, verstehen unser Geschäft, wir sind Profis! Wir beobachten den Markt, wissen wo was läuft, wo opulente Erbschaften aufgelöst werden und unterrichten uns gegenseitig. Die Ausstellung hier ist gleichzeitig unser Jahrestreffen und der Marquis ist unser Großmeister! Das hört sich nicht nur eindrucksvoll an, das ist es auch. Der Marquis ist nun zum dritten Mal wiedergewählt und er macht seinen Job gut. Das zeigt sich besonders beim Schlichten von Streitigkeiten, die es auch bei uns gibt. Aber er hat auch hervorragende Verbindungen und kennt alles und jeden.«

Sie blickte zur gegenüberliegenden Wand. »Siehst Du

den großen Spiegel? Der Wirt hat ihn dort hingehängt, um den Kamin zu doppeln und den Raum größer wirken zu lassen. Eine gute Idee! Aber es war kein alter Spiegel. Der Marquis konnte das nicht aushalten: Er hat ein Stück aus seiner privaten Sammlung zur Verfügung gestellt, ein ziemliches Risiko, wenn man bedenkt, was er wert ist! Auch deswegen mag ich ihn.«

»Und Vito?« fragte ich. »Was spielt Vito für eine Rolle?«

»Vito!« Catharina seufzte. »Das wüsste ich auch gern! Mein Freund ist er nicht, ich kenne ihn nicht genug. Aber er ist eines unserer mächtigsten Mitglieder. Er muss sehr erfolgreich sein, er schwimmt in Geld! Woher er das hat, keine Ahnung! Ich verdiene schon nicht schlecht, aber im Verhältnis zu ihm bin ich eine arme Kirchenmaus.«

Der Ober brachte das *Amuse gueule* oder, wie es bei uns in Deutschland heißt, »Ein Gruß aus der Küche«. Die kleine Vorspeise bestand aus einer Scheibe »Brouillade aux Truffes«, das ist im Wasserbad gegartes getrüffeltes Rührei und dazu in Butter geröstetes Weißbrot.

»Lecker!« sagte ich. Catherine antwortete nicht, aß ohne ein Wort ihr Ei und ließ das Brot liegen.

Sie hob das Glas. »Votre Santé, auf unser Wohl! du wolltest mir doch die Geschichte erzählen, die heute passiert ist.«

»Stimmt, wollte ich. Ich wäre heute beinahe erschlagen worden!«

Und ich erzählte ihr die Geschichte von dem Kronleuchter. Und das Pascal, der Gärtner, völlig unschuldig war, weil ihm keiner geholfen hatte und er aus seinem Nebengang ja nichts sehen konnte. Und das der Marquis sich entschuldigt hatte. Hört sich erst spannend an, war aber ein dummer Zufall!

Catherines Augen wurden noch dunkler, als sie ohnehin waren.

Sie blickte in ihr Glas, trank aber nicht.

»Weißt Du«, jetzt sah sie mich an, »es könnte tatsächlich ein Zufall sein. Oder aber gut inszeniertes Theater! Theater wozu? Um Dich einzuschüchtern! Jemand kann Dich nicht leiden! Und das ist vorsichtig ausgedrückt! Ich kann mir auch denken, wer.«

Sie machte eine Pause,

Dann erzählte sie mir, dass sie sich über Vitos merkwürdiges Verhalten bei unserer Begrüßung am Anfang der Ausstellung geärgert habe und sie ihn deswegen zur Rede gestellt hätte. Und er habe ihr erzählt, dass ich ihm hinterherreise, weil ich glauben würde, dass er Schuld sei am Verschwinden meiner Frau. Oder besser, Schuld sei ein Spiegel, den er mir verkauft habe.

»Stimmt das?«

Ich war überrascht und erzählte ihr meine Geschichte. Ich schilderte das Auftauchen der merkwürdigen Bilder, erwähnte aber nicht meinen Verdacht, dass Carlotta im Spiegel verschwunden war. Schon deswegen nicht, weil ich mich nicht lächerlich machen wollte.

»Ich verstehe.« Catherine dachte nach. »Vito hat also recht. Du reist ihm tatsächlich nach, weil Du hoffst, dass Du über ihn etwas über Deine Frau erfahren kannst. Damit Du sie wiederfindest. Ist das nicht etwas naiv? Weil Du nicht weißt, wo Du deine Frau suchen sollst, reist Du einfach Vito hinterher.

Andererseits ist diese Spiegelgeschichte natürlich ein

Grund, um wirklich verunsichert zu sein. Vito sagt, er hat Dir versprochen, ihn umzutauschen, sobald er zurück ist. Aber löst das Dein Problem? Deine Frau kommt entweder wieder oder auch nicht. Hängt das nicht vor allem von ihr ab?«

Sie erzählte weiter, dass Vito sich mittlerweile durch mich belästigt fühle und sich überlege, ob er mich anzeigen soll. Wegen Stalking. Das würde er natürlich nur so daherreden, ohne es wirklich zu tun.

»Glaube ich jedenfalls. Zum Glück ist er heute abgereist, weil er morgen schon nach Paris und von dort nach Bologna will.«

Das Essen kam, es war eine willkommene Ablenkung. Serviert wurde auf einer weißen Platte, auf dem Fleisch lag ein frischer Rosmarinzweig und feine Trüffelscheiben. Und es sah nicht nur gut aus, es schmeckte noch besser, als ich es erwartet hatte.

Meine Erfahrungen mit Trüffeln beschränkten sich eigentlich auf unseren Hamburger Edelitaliener um die Ecke, der uns mit großer Geste einige hauchdünne Scheiben über seine aromatisierte Pasta hobelte. Carlotta fand das gut, aber ich schmeckte nur strohigen Trockenpilz. Das erzählte ich Catherine.

»Ihr seid doch arm dran!« sagte sie. »Woher sollt Ihr da oben im Norden die feine Küche kennen! Ihr liebt Euren Fisch und das ist völlig o.k. Dabei sind selbst einfache Gerichte, wie zum Beispiel Pasta, mit Trüffeln etwas ganz Wunderbares! Und sie ist schnell zuzubereiten, wenn man weiß, wie das geht. Das würde ich Dir gern mal zeigen. Ich lade Dich ein!«

Dabei sah sie mich an, als wäre das das Selbstverständlichste von der Welt.

Ehe ich weiter darüber nachdenken konnte, fragte sie schon:

»Wollen wir noch ein Dessert?«

Wir fanden beide, dass wir satt waren und Besseres kaum noch kommen könnte. So nahmen wir unser Gespräch wieder auf, kamen einer Lösung meines Problems aber nicht näher. Nebenbei erfuhr ich, dass Melrose noch ein paar Tage bliebe, um ein Geschäft mit dem Marquis auszuhandeln. Ich ahnte, um was es ging. Wir tranken unseren Wein aus, Catherine zahlte. Sie hatte mich schon wieder eingeladen, das wäre das Mindeste, was sie für mich tun könne.

Wir gingen eben aus dem Restaurant, als der Ober hinter uns her eilte. Er trug Catherines weiße Plastiktüte.

»Oh, mon Dieu!« rief sie, »meine Tüte! Das durfte nicht passieren! Vielen Dank! Da ist ein Buch für Dich drin, das Dich interessieren wird. Das muss ich Dir aber erklären, das machen wir besser morgen.«

Auf unserem kurzen Weg zurück in unsere Zimmer im Schloss erfuhr ich noch, dass sie das Buch ausgeliehen hatte – bei dem Wort *ausgeliehen* verdrehte sie bedeutungsvoll die Augen – es sei eines der ersten gedruckten Schriften aus dem frühen 16. Jahrhundert, und ich dürfe es nur mit weißen Handschuhen anfassen. Die hätte sie auch gleich mitgebracht.

Das klang interessant aber auch kompliziert und so war ich froh, dass Catherine das Buch zunächst behielt. Wir verabredeten uns für den nächsten Morgen zum Frühstück.

»Pass gut auf Dich auf!« sagte sie zum Abschied. Und umarmte mich mit einem flüchtigen Kuss auf die Wange.

Diesmal schloss ich mein Zimmer ab, putzte die Zähne und warf mich aufs Bett. Was für ein Tag!

Es war viel geschehen, aber Catherine dominierte mein Denken. Sie, eine Zufallsbekanntschaft, ein hilfreicher Mensch am Rande meiner Suche, war plötzlich wichtig geworden. Sie wusste Dinge über mich, die ich ihr freiwillig nicht gleich erzählt hätte. Die wusste sie von Vito.

Aber während ich Vito in zunehmenden Maße nicht als Hilfe sondern eher als Bedrohung empfand, fühlte ich mich bei Catherine verstanden und unterstützt. Ihre Nähe entspannte mich. Eine Wärme ging von ihr aus, die mich beruhigte und die man mütterlich nennen könnte, wenn Catherine nicht viel zu jung dafür gewesen wäre. Unser Altersunterschied betrug höchstens zehn Jahre.

Aber konnte ich ihr wirklich trauen? War die *Confrérie d'Mercure* tatsächlich so harmlos, wie sie sie geschildert hatte? Wusste sie selbst alles über die Bruderschaft? Was sie über Vito erzählt hatte, klang sehr distanziert. Aber stimmte das?

»Jetzt machst Du Dich völlig verrückt!« sagte Carlotta. *»Du kennst mich: Etwas Mut kann nie schaden! Und – folge Deinem Herzen!«* Herz, Schmerz, so etwas darf sie sagen.

Am nächsten Morgen öffnete ich einen der Fensterflügel, um das Vogelgezwitscher hereinzulassen. Die aufgehende Sonne stand noch recht tief, und beim Packen meiner Reisetasche fiel mir eine senkrechte Linie auf, die das schräge Tageslicht auf die Wand zeichnete. Es war der

Schatten einer leicht geöffneten Tür, einer Tapetentür, die ich gestern nicht bemerkt hatte. Und hätte sie nicht jemand benutzt, wäre sie wohl auch jetzt unsichtbar geblieben. Ich zog sie ganz auf, sie klemmte leicht, und trat in einen engen, dunklen Gang, der sich zu beiden Seiten in der Schwärze verlor. Ich wusste, dass ich in einem der früher üblichen Gesindekorridore stand, von denen aus die Zimmer betreut wurden, die Kachelöfen beheizt, das Nachtgeschirr entleert. Er hatte sicher hundert Türen. Es roch alt und staubig, nach Mäusen, eine Taschenlampe hatte ich nicht, und so hatte ich keine Lust weiterzugehen. Ich hätte ohnehin nicht gewusst, nach was ich suchen sollte. Carlotta, das einzige, was mich wirklich interessierte, würde ich dort nicht finden.

Wer war in der Nacht in meinem Zimmer gewesen? Was hatte er gesucht? Bei mir gab es nichts zu holen, ich reiste mit leichtem Gepäck. Auch der kleine Elefant war noch da.

Dann fiel mir das Buch ein, das Catharine mir eigentlich geben wollte. Es musste sehr wertvoll sein. Wer aber wusste davon?

Die Rückfahrt nach Isle sur la Sorgue verlief problemlos. Wir passierten das große Gittertor. Die Automatik funktionierte wieder, es schloss sich hinter uns mit rostigem Kreischen.

»Jaques sollte die Angeln mal ölen!« sagte Catherine.

Auf dem Pfeiler mit den Empfehlungsschildern fiel mir eine Messingtafel auf, die ich bei der Einfahrt wohl übersehen hatte. »CdM« stand darauf.

15

Isle sur la Sorgue. *Ein Plan*

In der Halle des Hotel de la Paix gab mir die Dame am Empfang mit den Worten »Gestern hat jemand für sie angerufen« einen Zettel mit einer Telefonnummer. Ich erkannte sie sofort, es war die Nummer von Sebastian, meinem Schwager.

Sebastian und ich hatten vereinbart, uns alle zwei bis drei Tage zu melden. Circa. Ich gab ihm dann einen kurzen Überblick über das, was bei mir so passiert war und er erzählte aus Hamburg. Das beschränkte sich bei ihm meist darauf, dass es immer noch kein Lebenszeichen von Carlotta gab und er regelmäßig in unsere Wohnung ging, um nach dem Rechten zu sehen und die Blumen zu gießen.

Da mein Handy meistens ausgeschaltet ist, sollte ich es sein, der sich normalerweise meldet. Das hatte ich in den letzten Tagen vernachlässigt.

Von meinem Zimmer aus wählte ich seine Nummer. Ich benutzte das Haustelefon.

»Da bist Du ja endlich!« Sebastians Stimme war viel zu laut und ich brachte den Hörer auf Abstand. »Wo steckst Du, ich mache mir Sorgen!«

Ich unterbrach ihn: »Gibt es was Neues? Geht es um Carlotta?«

»Nein, leider nein, immer noch nicht! Aber ich finde es

unverantwortlich, dass Du Dein Handy nie anhast. Man kann Dich nirgends erreichen, das ist eine Zumutung! »

»Sebastian,« seufzte ich, »nicht schon wieder dieses Thema! Das war so vereinbart!«

Ich hatte ihm hundertmal erklärt, dass ich das Handy, besser noch das Smartphone, im Beruf für unentbehrlich halte. Sonst aber, privat, entspricht es nicht meiner Vorstellung von einem selbstbestimmten Leben. Jederzeit und überall erreichbar und damit verfügbar zu sein, das ist nicht mein Ding. Auch Carlotta weiß das, sie ist der gleichen Ansicht. Ihr Handy lag auf dem Küchentisch, als sie verschwand. Aus irgendeinem Grund war ich mir sicher, dass sie nie versuchen würde, mich so zu erreichen.

»Warum hast Du angerufen?«

»Also, pass auf!« sagte Sebastian, ich hörte deutlich, wie er Luft holte. »Vorgestern habe ich zufällig im Treppenhaus die Dame getroffen, die über euch wohnt, die mit der dunklen Stimme, Frau Doktor Matuschek. Wir kennen uns vom Sehen. Sie wollte wissen, wie lange ihr noch unterwegs seid und ich habe geantwortet, dass das wohl noch dauern würde. Ob ihr einen Maler bestellt hättet? Nein, sagte ich, nicht dass ich wüsste!

»Wie kommt sie denn darauf?«

»Wirst Du gleich sehen. Sie ist vorgestern einem Mann begegnet, der Eure Wohnungstür fotografiert hat. Auf ihre Frage, was das solle, erklärte er, er sei der Maler, er solle die Tür streichen. Er habe schon mehrfach vergeblich angerufen und wolle sich nun selbst ein Bild machen, um die Farbe zu besorgen. Und außerdem wollte er noch wissen, wann Ihr wieder zu erreichen seid. Das alles fand die Matuschek etwas ungewöhnlich, sie hat nur ausweichend geantwortet. Aber am meisten störte sie, dass der Mann überhaupt nicht wie ein Anstreicher aussah! Sie meinte, er hätte so etwas Unehrliches an sich gehabt. Das hat sie tatsächlich gesagt: Unehrlich! Kann sie anscheinend sehen. Aber wir sollten sie ernst nehmen!«

»Unbedingt! Das hört sich nicht gut an. Und nun?«

»Nein, das hört sich überhaupt nicht gut an! Und ich kann ja nicht ständig bei Euch schlafen. Aber mich stört noch etwas Anderes an der Geschichte und zwar sehr! Wenn jemand einen Einbruch plant, was soll diese aufwändige Vorbereitung? Ein gewöhnlicher Einbrecher kommt, versucht sein Glück und verschwindet wieder. Hier aber scheint jemand genau zu wissen was er will, was er sucht, und möchte auf Nummer Sicher gehen! Und weißt du, was ich glaube? Was denkst Du, was ist der wertvollste Gegenstand in Eurer Wohnung?«

Mir war sofort klar, was Sebastian meinte. Der Verdacht lag nahe. »Ja, Du hast Recht! Es geht um den Spiegel! Alles andere lohnt sich nicht. Für irgendjemand muss er also so wertvoll sein, dass er ihn unbedingt haben will. Jemand, der glaubt oder sogar weiß, dass unser Spiegel ein Verbrechen wert ist. Was mich mittlerweile nicht mehr wundert! Die ganze Geschichte ist ohnehin schon verrückt genug.«

Ich überlegte. »Aber wer weiß davon? Außer unseren Freunden. Und Vito! Aber der will ihn umtauschen, sobald er zurück ist. Also, das macht alles keinen Sinn. Trotzdem wäre es sträflich, die Warnung in den Wind zu schlagen. Was sollen wir machen?«

Sebastian zögerte einen Augenblick, dann sagte er: »Also hör zu: Ich habe eine Idee, die ich für gut halte.

Schon deswegen, weil sie so einfach ist. Aber ich fürchte, Dir als Jurist wird sie nicht gefallen!«

Dann machte er mir einen Vorschlag, und aus der Art, wie er ihn vortrug, merkte ich, dass er total begeistert war. Mir gefiel diese Idee, wie von Sebastian vorausgesagt, zunächst überhaupt nicht, vor allem, weil es sich bei genauerem Hinsehen zweifellos um die Vortäuschung einer Straftat handelte. Aber je länger er redete, desto mehr gelang es ihm, mich zu überzeugen.

Man konnte es ja auch so sehen: Genau genommen wollten wir durch das, was wir planten, eine Straftat *verhindern*! Was mich irgendwie beruhigte, wenigstens teilweise.

Schließlich stimmte ich zu. Außerdem fiel mir auch nichts Besseres ein. Dann legten wir auf.

Einen Augenblick dachte ich darüber nach, ob es nicht vielleicht das Beste wäre, wenn der Spiegel einfach verschwände. Er war es doch, der unser Leben durcheinanderbrachte, er war die Ursache für all diese Unannehmlichkeiten, Komplikationen, in denen ich mich, in denen wir uns befanden. Jemand würde ihn stehlen und ich wäre die Verantwortung los, ganz ohne mein Zutun.

»Und?« fragte Carlotta. »*was hättest Du gewonnen? Könntest Du dann ruhiger schlafen? Ich dachte, Du suchst mich! Wie soll das gehen ohne den Spiegel?*«

Ja, wie? Natürlich hatte sie Recht. »Entschuldige, das war dumm von mir! Tut mir sehr leid, wirklich! Natürlich gebe ich nicht auf. Und das weißt Du auch! Ich liebe Dich doch!«

Ich fühlte mich schuldig, kraftlos, irritiert von all dem,

was um mich geschah. Und fragte etwas, was ich bisher
noch nie auch nur im Geringsten bezweifelt hatte: »Liebst
Du mich?«

Carlotta gab keine Antwort.

16

Isle sur la Sorgue. *Die Sakristei*

Es war früher Nachmittag. Ich saß wieder auf der Terrasse meines Hotels, vor mir stand ein Glas Weißweinschorle und ich wartete auf Raubvögel. Aber diesmal kamen keine. Die Tauben gingen ungestört ihren Beschäftigungen nach, die hauptsächlich aus Futtersuche, Eifersüchteleien und Paarungsversuchen bestanden. Besonders ein Täuberich fiel mir auf, ein Angeber: Er war etwas größer als seine Artgenossen, plusterte sich auf, warf sich in seine blaugrün schillernde Brust und stolzierte selbstbewusst auf die Dame seiner Wahl zu. Die zierte sich, wollte erst, dann aber doch nicht, der wichtige Herr hielt sich nicht lange mit ihr auf und wählte sein nächstes Ziel. Dabei vergaß er nicht, die allgemeine Aufmerksamkeit durch das Spreizen seiner Flügel und lautes Gurren auf sich zu lenken.

Manchmal sind Tauben auch nur Menschen.

Während unserer heutigen Rückfahrt von Chateau de la Tour hatte ich Catherine von dem ungebetenen Besuch durch die Tapetentür erzählt.

»Das passt!« sagte sie zunächst ohne weiteren Kommentar.

»Allerdings,« fügte sie nach einiger Zeit hinzu, »reicht in solchen alten Häusern oft ein Windzug, um Türen zu

bewegen. Vielleicht sollten wir manche Dinge nicht über-
bewerten.«

Sie wiederholte die Einladung zu ihrer selbstgemachten
Trüffelpasta. »Dann kann ich Dir auch gleich das Buch zeigen. Das ist mir sowieso lieber, dann brauche ich es nicht
aus der Hand geben. Und werde es schneller wieder los!
Was hältst Du von heute Abend?« Sie dachte kurz nach.

»Heute haben wir allerdings unsere Eigentümer-Ver-
sammlung, da treffen sich die Hausbesitzer aus der Innenstadt, das ist nur einmal im Jahr. Es kann spät werden. Was
hältst Du von 22 Uhr bei mir, oder ist Dir das zu spät?«
Eine höfliche Frage. Mir war klar, dass sie eher rhetorisch
gemeint war. »Du weißt, wo ich wohne.«

Ich wusste es: Über der Apotheke.

Ich bestellte ein zweites Glas Schorle, überlegte, was ich
Catherine heute Abend mitbringen sollte, und entschied
mich für Rotwein. Möglichst den gleichen Burgunder,
den wir im *Cochon truffier* getrunken hatten, den hatte
sie selbst ausgesucht.

Also ging ich in die Stadt und machte mich auf die
Suche nach einem guten Weinladen. Davon gab es gleich
mehrere, im dritten Shop wurde ich fündig. 36 Euro sind
ein stolzer Preis für einen 2016er Burgunder, aber man
lobte meinen guten Geschmack und steckte die teure Flasche in eine edle Tragetasche.

Die Sonne hatte ihre Kraft verloren. Auf der *Place de la
Liberté* falteten die Cafés ihre Sonnenschirme zusammen
und der Schatten, den der Kirchturm von Notre Dame
warf, erreichte fast die Häuser auf der anderen Straßenseite.

Ich betrachtete gerade die Auslagen eines besseren Souvenirladens – es gab Stoffe in provenzalischen Mustern, bunte Keramik, Lavendelhonig, Olivenholzschalen – als ich im Schaufensterglas eine Gestalt spiegelte, die mir bekannt vorkam. Ich drehte mich um. Und sah Vito!

Er war vorbeigeeilt und hatte mich sicher nicht bemerkt, weil ich ihm den Rücken zugewandt hatte.

Was tat Vito hier? Ich dachte, er wäre längst in Paris oder schon in Bologna! So wenigstens hatte es mir Catherine erzählt. War ihm etwas dazwischengekommen?

Er überquerte die *Place de la Liberté*, betrat die Stufen zum Eingang der Kirche und verschwand hinter den Türen des Portals. Vielleicht wollte er sie besichtigen. Dass er zum Beten hineinging, hielt ich für unwahrscheinlich.

Die Stiftskirche *Notre Dame de Agnes* ist Mittelpunkt der Altstadt und, wie so oft bei frühen Sakralbauten, eine wilde Mischung unterschiedlicher Baustile. Ich hatte gelesen, dass der letzte Umbau im siebzehnten Jahrhundert stattgefunden hatte. In Auftrag gegeben von demselben Bischof, dem Monseigneur Jean-Baptiste de Sade, dem wir auch das Hotel Dieu verdanken. Und in dessen Hof ich vor wenigen Tagen noch »Die Schule der Frauen« gesehen hatte. Ihm war die prächtige Barockfassade zu verdanken, die mit ihrer heiteren Architektur die Umgebung beherrscht. Mir waren allerdings die noch aus der Gotik stammenden wesentlich älteren Wasserspeier aufgefallen, die rund um Dach und Giebel der Kirche verteilt waren und offenbar nichts Gutes im Schilde führten: Geflügelte Drachen bleckten grimmig ihre spitzen Zähne, Teufelsfratzen blickten bedrohlich und geschmeidige Schlangen wanden sich um die mächtigen Stützpfeiler auf ihrem Weg nach unten zu uns Sündern.

Alles Dinge, die die Neugier eines Kulturinteressierten, besonders aber die eines Antiquitätenhändlers, wecken konnten. Doch Vito war schon oft hier vor Ort gewesen, die halbjährlich stattfindende Messe war für ihn sicher Pflicht. Vielleicht hatte er bisher keine Zeit gehabt. Ich kenne das von meinen Dienstreisen: Wie oft war ich schon in London, ohne die Stadt wirklich kennenzulernen. Oder auch nur den Tower zu besuchen.

Ich jedenfalls kannte die Kirche von innen noch nicht. Ich folgte Vito in einem gebührenden Abstand. Ein Schild an der Tür machte darauf aufmerksam, dass um 18 Uhr geschlossen wird. Also hatte ich noch eine halbe Stunde.

Betritt man eine katholische Kirche, betritt man eine andere Welt. Das beeindruckt mich immer wieder. Es herrscht eine angenehme Ruhe, das Licht ist von seinem Weg durch die Jahrhunderte alten Fenster gedämpft, ein Duft von Weihrauch und Myrrhe liegt in der Luft und, wenn man Glück hat, erklingt leise Orgelmusik.

Der Spätgottesdienst musste gerade beendet worden sein, fünfzehn bis zwanzig Gläubige saßen auf den Bänken in der Nähe des Altars. Vito war nicht darunter.

Vielleicht befand er sich in einer der vielen Seitenkapellen. Möglichst unauffällig bewegte ich mich an den Wänden des Kirchenschiffs, jederzeit bereit, hinter einem Pfeiler zu verschwinden oder mit tief gebeugtem Kopf im Gebet zu versinken. Ich entdeckte ihn nicht.

Die Ersten erhoben sich und gingen zum Ausgang, Tatsächlich gab es noch einen Nebeneingang, ich prüfte die Tür, sie war verschlossen. Wo war Vito geblieben?

Die elektrischen Kronleuchter über den Sitzreihen wurden ausgeschaltet. Die durch den Weihrauch sichtbar gemachten späten Sonnenstrahlen trafen auf menschliche Gestalten, die ich sonst in der Fülle des Interieurs kaum wahrgenommen hätte. Hingestreckt auf dem Totenbett lag eine junge Frau, die Augen geschlossen, über das bleiche Gesicht rann eine Träne, die Hände waren gefaltet. »Santa Clara« war in eines ihrer steinernen Kissen gemeißelt. Ein anderer Heiliger, an eine Säule gelehnt, zeigte das blutige Schwert, mit dem er enthauptet worden war. Ein roter Schnitt lief rings um seinen Hals.

Und überall an den Wänden über den Rundbögen flatterten Engel. Hunderte. Sie traten plastisch hervor aus ihrem blauen, himmlischen Hintergrund, sie schienen aus reinem Gold zu sein und leuchteten auf, wenn das Licht sie erreichte. Dort wo die Säulen die Bögen berührten, saßen heilige Frauen, eine von ihnen schien sich mit einem goldenen Einhorn zu paaren.

Ich merkte, dass ich mich ablenken ließ. Wohin war Vito verschwunden? Ich beschloss, mich in eine der Seitenkapellen zurückzuziehen, von der ich einen guten Blick in den Kirchenraum hatte, selbst aber nicht auffiel. Die Flasche für Catherine stellte ich neben die Bank.

Eine schwarz gekleidete Frau erschien und löschte die Kerzen am Hauptaltar. Das Sechs-Uhr-Geläut erklang, die letzten Besucher verließen die Kirche. Die Alte, wahrscheinlich die Küsterin, warf noch einen prüfenden Blick in die Runde und folgte ihnen. Mich hatte sie, wohl auch, weil sie in der zunehmenden Dunkelheit der Kapellen niemand vermutete, nicht entdeckt.

Die Glocken wurden leiser, verstummten, und die freigesetzten Töne begannen durch die Räume zu wandern. Sie vibrierten, summten leise, zogen durch die Gewölbe, wurden reflektiert, strichen um Pfeiler und Altäre und ließen keine noch so versteckte Nische aus. Es ist ein Geheimnis um diese schwierig zu erklärenden Kapriolen der Akustik, den Nachhall. Manchmal glaubt man, ihn noch nach Stunden zu hören.

Ich begann, meine direkte Umgebung zu betrachten. Vor dem Altar befand sich, wie in den meisten Kapellen, ein Gestell, auf dem kleine Opferkerzen brannten. Sie beleuchteten das große Gemälde, auf dem eine Frau ihre rechte Hand flehend zum Himmel erhob, während ihre Linke die Knochenhand eines menschlichen Gerippes hielt, das zu ihren Füßen lag.

»Santa Ursula, bitte für uns, beschere uns einen sanften Tod.« stand auf einem Spruchband, das der Maler des Bildes über ihrem Kopf platziert hatte. Auffällig war der breite vergoldete Rahmen. Was im ersten Moment wie überbordende barocke Pracht erschien, zeigte bei genauerem Hinsehen das verzweifelte Bemühen der Sterblichen, Erlösung zu erlangen.

In der unteren Hälfte stellte der Holzschnitzer, der ein Meister seines Faches gewesen sein musste, Gerippe dar, die alle versuchten, nach oben zu gelangen. Dort waren Engel zu sehen, die ihnen emporhalfen. Und ganz oben wurde die uralte Auferstehungsidee gezeigt: Die Skelette bekamen ihre menschliche Gestalt zurück.

Das war ein faszinierendes Szenario.

Die Gerippe bewegten sich im flackernden Licht der Kerzen. Sie zogen und zerrten aneinander, versuchten übereinander zu klettern und machten sich gegenseitig den Weg streitig. Einer der Burschen hatte nicht aufgepasst. Er kam ins Rutschen, fand kurz Halt, indem er sich an einen der Anderen krallte, musste dann aber wieder loslassen und purzelte aus dem Rahmen heraus auf die bestickte Decke des Altars. Es gab kein Geräusch.

Unglücklicherweise hatte der Bedauernswerte bei seinem Sturz einen Unterschenkel samt Fuß verloren. Der lag nicht weit von ihm entfernt, er rappelte sich hoch, stützte sich auf seine Arme, und kroch langsam zu seinem fehlenden Glied. Er setzte es geschickt wieder ein und hastete zu dem Rahmen. Um dort hineinzugelangen, musste er springen. Der erste Versuch schlug fehl. Ich habe nie erfahren, ob er es am Ende geschafft hat.

Eine Tür knarrte. Ich war sofort hellwach und sah eine Gestalt über den Mittelgang in Richtung Hauptaltar gehen. Sie musste aus dem Beichtstuhl gekommen sein, der kleinen Kabine, in der normalerweise der Pfarrer saß, ohne von seinen Bußwilligen gesehen zu werden. Die Tür stand jetzt offen.

Die Gestalt näherte sich den Altarstufen. Ich konnte ihr Gesicht nicht erkennen, aber Figur und Gang verrieten mir, dass es Vito sein musste. War er etwa einer der gefürchteten Kirchenräuber? Das lag nahe, denn schließlich handelte er mit Antiquitäten! Wahrscheinlich hatte er es auf die silbernen Leuchter abgesehen. Oder die goldene Monstranz.

Er stieg über die rote Absperrkordel, die den Altarraum begrenzte, wandte sich nach links und verschwand.

Inzwischen war draußen die Sonne untergegangen, die große Kirchenhalle hatte an Farbe verloren, es wurde dunkler. Ich folgte Vito in einigem Abstand, stieg ebenfalls über die Kordel und stand bald vor einer halb geöffneten

Tür, auf der 'Sacristie. Entrée interdite!' stand: Sakristei, Eintritt verboten!

Vito jedenfalls hatte den Hinweis missachtet. Ich lauschte, alles war still. Vorsichtig, möglichst leise, ging ich hinein. Das letzte Tageslicht fiel durch das einzige hoch liegende Fenster. Ich sah eine Truhe, auf der einige kleine Körbe standen, zwei dreiarmige Leuchter, mehrere schmutzige Vasen, einige Bücher. An der Wand ein Stapel Stühle, daneben ein Haufen Sitzkissen. Die Rückseite beherrschte ein großer Schank. Weit und breit kein Mensch.

Gab es noch eine andere Tür? Ich lief wieder hinaus, überprüfte die gesamte Umgebung hinter dem Altar, aber da war nichts. Noch einmal ging ich zurück in die Sakristei, zündete die Kerzen an und öffnete den Schrank. Obwohl mir klar war, dass sich Vito nie darin verstecken würde. Warum auch? Drinnen hingen Messgewänder, die ganzen prächtigen und teilweise kostbaren Roben des Klerus, der sich gern, je nach Fest und Jahreszeit, in unterschiedlich farbiger Pracht zeigt.

Ich schob sie etwas zur Seite, eine Lücke entstand, und ich erschrak. Jemand starrte mich an. Genauso erschrocken wie ich selbst. Ich ließ los, die Lücke schloss sich.

Ich setzte mich auf den Rand der Truhe und beobachtete den Schrank. Mein Blut pochte in den Ohren. Ich fror plötzlich. Nichts geschah. Schließlich kam ich zu dem Schluss, dass sich hinter den schweren Gewändern niemand verstecken konnte. Der Schrank war zu voll, es gab keinen Platz! Trotzdem hatte ich jemanden gesehen.

»Reiß Dich zusammen, beruhige Dich!« sagte Carlotta. *»Sieh einfach nochmal nach. Etwas Schlimmeres als der*

Teufel selbst wird sich da kaum verstecken. Und an den glauben wir nicht!«

Was wollte ich eigentlich hier? Hier im Halbdunkel, eingeschlossen in eine Kirche. In einer Stille, die so dicht war, dass man sie rauschen hörte. Ich machte mich selbst zum Narren, ich hatte hier nichts zu suchen. Vito hatte recht, ich lief ihm hinterher! Das war mir unendlich peinlich. Aber er war der Strohhalm, an den ich mich klammerte, meine einzige Spur.

Wieder ging ich zum Schrank. Wieder schob ich die Roben zur Seite. Und diesmal erkannte ich mein Gegenüber: Es war nicht Vito. Und auch nicht der Teufel.

Es war ich selbst! An die hintere Wand des Schrankes gelehnt, befand sich ein Spiegel.

Es war einer von der alten Quecksilber-Sorte, er hatte keinen Rahmen. Wahrscheinlich war er einmal auf eine der Innenseiten der Schranktüren montiert gewesen, damit die Geistlichen ihr Ornat überprüfen konnten. Wahrscheinlich hatte er sich eines Tages gelöst und wurde einfach innen an die Rückwand gestellt und dort vergessen. Vielleicht!

Und plötzlich lief es mir eiskalt über den Rücken. Ein Gedanke, der mich schon lange begleitet hatte, mich ständig wie ein Schatten verfolgte, gewann Konturen, überschwemmte mich, zog sich unsicher zurück, nur um dann um so überwältigender wieder aufzutauchen.

Alles war plötzlich ganz klar! Und so logisch: Vito war hier gewesen. Er war in die Sakristei gegangen, hatte den Schrank geöffnet, die Roben zur Seite gedrängt, bis er den Spiegel sah. Dann war er hineingestiegen und durch den Spiegel verschwunden!

So musste es gewesen sein! Das erhärtete zudem meinen Verdacht, für den ich so lange nach Bestätigung suchte: Auch Carlotta war durch den Spiegel gegangen! Und Vito lieferte jetzt den Beweis, dass das möglich war. Wieso wäre er sonst spurlos verschwunden? Und wieso gab es genau an dem Ort, an dem er sich scheinbar in Luft aufgelöst hatte, einen Spiegel? Einen alten Quecksilberspiegel! Vielleicht hatte er ihn sogar selbst hier versteckt, um ihn gelegentlich zu benutzen.

Zum dritten Mal zwängte ich mich durch die alten Gewänder und berührte den Spiegel. Mit einem Finger, mit einer Hand, mit beiden Händen. Ich strich über seine kühle, glatte Oberfläche, befühlte die raue Rückseite. Dann zog ich ihn mühsam, vorsichtig zwischen den schweren Stoffen hervor und stellte ihn neben die Leuchter.

Ich starrte hinein und versuchte Dinge hinter meinem Abbild zu entdecken. Und tatsächlich schien es Bewegung zu geben in den zerfressenen, abblätternden Bereichen, in den schwarz gewordenen Zonen. Beim genaueren Hinsehen jedoch veränderte sich nichts. Der Spiegel zeigte mich, wie ich prüfend hineinblickte, dazu die zwei Leuchter neben mir. Und außer der zunehmend dunkler werdenden Sakristei war auch nichts dahinter zu sehen.

Vor mir stand ein altes Spiegelglas, mehr nicht. Mit einem Geheimnis, das mir ein Rätsel blieb. Was wussten Carlotta, was wusste Vito – wie sehr es mir widerstrebt, beide in einem Satz zu nennen! – was wussten sie, was ich nicht wusste, was ich nicht erkennen konnte?

Gefühle überschwemmten mich: Ungeduld, Ärger, Eifersucht. Und Wut. Wut auf mich, meine Unfähigkeit, das Mysterium des Spiegels zu lösen, und Wut auf den Spiegel selbst!

Ich hob den Spiegel auf und schob ihn wieder zwischen die Gewänder. Die leisteten erheblichen Widerstand. Etwas zu viel Druck, Ungeduld, der Spiegel zerbrach, mittendurch, von oben nach unten. Ich platzierte beide Teile dicht nebeneinander an der Rückwand, so dass man den Riss kaum sah. Dann schloss ich die Tür und war zu aufgeregt, um ein schlechtes Gewissen zu haben.

Ich blies die Kerzen aus und verließ die Kirche. Das war unproblematisch, da sich die Tür des Eingangsportals von innen öffnen ließ, aber nicht von außen.

Zuvor hatte ich noch die Weinflasche aus der Kapelle der heiligen Ursula geholt und hatte dabei vermieden, einen Blick auf den Rahmen des Altarbildes zu werfen. Und auf die bestickte Decke davor.

17

Isle sur la Sorgue. *Im Königreich Neapel*

Tatsächlich war ich pünktlich, Catherine wohnte nur wenige Minuten von der Kirche entfernt. Die Apotheke war leicht zu finden.

Sie empfing mich wieder mit einem »Bise«, dem unter Freunden nicht nur in Frankreich üblichen Kuss auf beide Wangen. Man kann dieses schöne Ritual so gestalten, dass es sich eher beiläufig anfühlt wie »Hallo! Freut mich, Dich zu sehen!« oder »Wie nett, dass wir uns wieder mal treffen!« Bei Catherine fühlte es sich anders an, so, als würde man schon lange sehnlich erwartet, als sei man hochwillkommen! Für den Augenblick entstand eine körperliche Nähe, die für mich schmeichelhaft war. Die greifbare Realität, die mir half, die Erregung über meine eben gemachte Entdeckung zu zügeln.

Ihre Wohnung war ganz anders eingerichtet, als ich es vermutet hatte. Großzügig, hell, modern. Catherine hatte Zwischenwände entfernt, die Balken hatte sie stehen lassen. Schlichte Designermöbel im Bauhausstil, dazwischen edle antike Stücke und überall dort, wo die Räume noch größer wirken sollten, hing ein Spiegel. Natürlich waren sie alt. Und natürlich entsprachen sie dem Reinheitsgebot der *Confrérie d'Mercure,* das unterstellte ich einfach.

»Wundere Dich nicht über die vielen Spiegel, sie sind

gut für mich! So kann ich mich immer kontrollieren, ich meine mein Aussehen. Wenn man allein lebt, besteht leicht die Gefahr, dass man sich gehen lässt! Aber«, sie lachte, »ich bin nie lange allein!«

Ich überreichte ihr den Wein. Sie wirkte irgendwie jünger als sonst, war weniger Dame, was wohl daran lag, dass sie sich kaum geschminkt hatte. Sie schnupperte an der Tüte und sagte:

»Ich rieche Weihrauch. Und Du riechst genauso, richtig fromm. Du kommst aus der Kirche!«

Ich erzählte, dass ich Vito gesehen hatte und ihm in die Kirche gefolgt war.

»Bist Du sicher? Wollte er nicht schon längst in Paris sein?« fragte sie. »Dann hat er es sich wohl anders überlegt. Aber bevor Du weitererzählst, komm mit in die Küche. Du kommst gerade richtig, um mir zu helfen. Und Dir was abzugucken.«

Die offene Küche hatte die gleichen breiten Holzdielen, wie der gesamte Wohnbereich. Aus einem Topf stieg Wasserdampf. Catherine gab einen gestrichenen Esslöffel Salz hinein und dann die Pasta. Es waren nicht die üblichen runden Spaghetti sondern die flachen Tagliatelle, die die Soße besser aufnehmen können.

In eine heiße Pfanne aus schwarzem Gusseisen gab sie reichlich Butter, »Du kannst auch ein gutes Öl nehmen!«, sie ließ die fertige Pasta »Al dente!« in einem groben Sieb kurz abtropfen und gab sie in die Pfanne. Dann fügte sie Pfeffer aus der Mühle und geriebenen Käse dazu, ließ echtes Trüffelöl eintropfen und mischte alles mit einem Holzlöffel.

»Und nun pass auf! Jetzt kommt das Wichtigste,

etwas, was die Wenigsten kennen oder es zumindest vernachlässigen!« Sie nahm eine große Kelle von dem Kochwasser, schüttete es zur Pasta in die Pfanne und rührte erneut um. »Sonst wird alles schnell zu trocken und es verklebt!«

Dann griff sie zur Trüffelknolle, die die ganze Zeit in einem verschlossenen Glas neben dem Herd gestanden hatte, ließ sozusagen den Geist der feinen Küche aus der Flasche und hobelte reichlich davon auf die glänzenden Nudeln.

»Nicht zu dünn und nicht zu wenig. Hier darf man nicht sparen!« Sie mischte das Ganze noch einmal und stellte es in der Pfanne auf den Tisch, der aus der Verlängerung des Küchentresens bestand. Dazu gab es grünen Salat.

Ich hatte den Burgunder geöffnet und einen Augenblick genossen wir schweigend. Es schmeckte köstlich, edler konnte man Pasta wohl kaum zubereiten, und ich sagte es Catherine, nachdem sie mich mit einem unmissverständlichen »Und?« dazu aufgefordert hatte. »Hast Du Dir alles gemerkt oder soll ich Dir das Rezept aufschreiben?« wollte sie wissen. Und als wir den ersten Teller geleert und ich die Gläser wieder gefüllt hatte, sagte sie:

»Zu lecker! Das könnte ich stundenlang essen! Aber jetzt erst mal Pause.«

Sie sah mich neugierig an. » Erzähl!«

Ich erzählte ihr, dass ich Vito zufällig beobachtet hatte, wie er in der Kirche ging, und ich ihm gefolgt war. Dass ich gesehen hatte, wie er hinter dem Altar verschwand. Ich sei ihm auch dorthin gefolgt, da aber war er nicht. Was eigentlich unmöglich sei, da es keinen Ausgang gab.

Meine Vermutung, ja, meine Gewissheit, dass Vito durch den Spiegel im Schrank der Sakristei verschwunden war, verschwieg ich. Das war einfach zu frisch, ich musste es erst verarbeiten. Außerdem: Wer sollte das glauben, was zu glauben selbst mir schwerfiel. Ich konnte es keinem erklären. Auch Catherine noch nicht.

Ich erzählte von meinem ersten Verdacht wegen des Kirchensilbers. Catherine lachte. »Also, Du hast Dir wirklich vorgestellt, dass Vito Leuchter klaut? Das ist doch absurd, das sind doch Peanuts, davon wird man nicht reich! Wenn, dann macht der ganz andere Sachen!«

»Was für Sachen, Catherine?«

»Ich weiß gar nicht, ob ich das wissen will. Obwohl ich natürlich neugierig bin! Er ist Italiener! Da kommt man so auf allerhand Ideen. Und, wenn ich das sagen darf, in einer so großen Kirche wie unserer »Notre Dame« zu verschwinden und sie unbemerkt durch den Hauptausgang wieder zu verlassen, ist keine große Kunst. Hast Du den Film »Der Name der Rose« gesehen mit Sean Connery als Bruder William von Baskerville, der über eine Geheimtreppe verschwindet, die unter einem beweglichen Altar versteckt ist? So was gibt's nur im Kino! Jetzt mal im Ernst: Was wollte er in der Kirche, das interessiert mich auch. Wen hat er getroffen?«

» Ich würde es Dir sagen, wenn ich etwas gesehen hätte! Er kam aus dem Beichtstuhl.«

»Na wunderbar, ein perfektes Versteck! Da haben wir ja schon den Tatort! Vielleicht war er dort verabredet oder er hat eine Nachricht hinterlegt? Gebeichtet hat er wohl kaum, dann wäre er ja jetzt noch nicht fertig!«

Ihr Mund, sonst von intensivem Rot, war heute die reine Natur.

Er verzog sich zu einem Lächeln.

Einen kurzen Moment lang hatte ich das Gefühl, dass sie sich lustig über mich machte. Später habe ich begriffen, dass es eher so eine Art Galgenhumor war, weil sie sich selbst in einer Situation befand, die sie nicht richtig überschauen konnte. Und wenn sie etwas hasste, dann war es das Gefühl, nicht Herr, nicht Frau der Lage zu sein.

Sie sah mich prüfend an.

»Es stimmt, Vito gibt Rätsel auf. Das will er wahrscheinlich auch, es ist Teil seines Geschäftsgebarens. Er umgibt sich gern mit der Aura des Geheimnisvollen, das macht ihn interessant. Vielleicht wirft er auch Nebelkerzen, in deren Rauch er Dinge tun kann, die wir nicht sehen sollen. Aber mein Gefühl sagt mir, dass das, was da gerade läuft, ein ganz anderes Ding ist.

Er ist nervös, das habe ich in den vergangenen Tagen gemerkt. Aber was immer es ist, sicher ist, dass uns das nichts angeht! Und wir besser die Finger davonlassen sollten. Auch Du!«

Sie las den Protest in meinem Gesicht und hob beschwichtigend die Hand.

»Ich weiß, Du suchst Deine Frau, das rechtfertigt vieles! Aber, entschuldige, das habe ich Dich schon mal gefragt, bist Du sicher, dass sie auch nach Dir sucht? Und wer bist Du eigentlich?

Als Du in mein Geschäft kamst, dachte ich, Du bist einer von den Leuten, die sich nur mal umsehen wollen, das Angebot prüfen, Preise vergleichen. Aber ich spürte, Du hast etwas gesucht, das Du in meinem Räumen nicht finden würdest. Etwas, das Dein Geheimnis war. Dabei hattest Du so etwas Unsicheres, fast Hilfloses an Dir, das mich sofort für Dich einnahm. Klar, das hörst Du nicht gern! Deswegen sag' ich es anders: Ich mochte Dich, Du hattest irgendwas in meiner mitfühlenden Seele berührt!«

Ihre braunen Augen blickten amüsiert!

»Ja, hast Du! Und meine Freunde sagen, ich habe eine gütige Seele. Und ein großes Herz!«

Pause. Und weil ich nicht antworte, weil ich mich ertappt fühlte, fügte sie hinzu:

»Aber das weißt Du ja, sonst wärst Du nicht hier!«

War ich wirklich überrascht? Jedenfalls hatte ich über unser Verhältnis wenig nachgedacht. Catherine hatte viel Verständnis für meine Lage gezeigt und ich hatte ihre Hilfe gern angenommen.

»Ich weiß nicht, was ich sagen soll. Ja, ich bin Dir sehr dankbar! Ich bin wirklich froh, dass ich Dich kennengelernt habe. Dass ich mit Dir reden kann, dass Du mich magst und mir glaubst. Ja, und ich, wie sollte ich Dich nicht mögen!«

Plötzlich hatte ich das Gefühl, dass ich zuviel gesagt hatte. Und fügte, um uns, um mir aus der Verlegenheit zu helfen, hinzu:

»Du hattest mir ein Buch versprochen!«

Catherine räumte das Geschirr weg, wischte den Tisch ab, ich füllte wieder die Gläser. Sie holte die Plastiktüte, zog vorsichtig das Buch heraus, es war ziemlich schwer, und legte die weißen Handschuhe daneben.

»Vorsichtig!« sagte sie. »Der Marquis reißt mir den Kopf ab!«

Vor mir lag ein in fleckiges Pergament gebundener Band ohne Aufdruck, auf den Rücken hatte jemand vor hunderten von Jahren ein »3« geschrieben.

Die Innenseiten waren aus einem dicken, etwas groben Papier, ursprünglich wohl weiß und jetzt, zum Rand hin zunehmend, leicht bräunlich verfärbt. Und gleich auf dem zweiten Blatt stand der Titel:

Geschichte des
Königreichs Neapel
unter den Regenten aus dem Hause Anjou,
unter den aragonischen Königen.
Dritter Band.

Verfasser war ein Marco Giannone, Rechtsgelehrter und Advocat in Neapel und diese Übersetzung war 1628 im Leipzig erschienen.

»In deutscher Sprache!« Ich war überrascht.

»Ja, Du verstehst das sicher viel besser als ich. Das Original ist verschollen. Die Übersetzung hat 12 Bände und ist selbst eine Kostbarkeit. Für Dich sind nur die Seiten interessant, zwischen die ich die Einladungskarte zur Ausstellung gelegt habe. Dort geht es nämlich um die Brüder Bellini, das sind die Erfinder des sagenhaften *Speculum transitum*. Aber bevor Du anfängst zu lesen, musst Du Folgendes wissen:

Wir hätten nie von den Brüdern erfahren, wenn nicht einer von ihnen, nämlich Giaccomo, zum Tode verurteilt wurde. Denn der hatte, gegen den erklärten Willen des Königs, einen seiner Spiegel an Angelo Marcano, den Kardinalbischof von Neapel verkauft.

Daran kann man erkennen, wie wichtig es dem König war, dass ein solcher Spiegel nicht in die Hände des Klerus fiel! Er und die Kirche waren damals wieder einmal verfeindet.

Das heißt, einen solchen Spiegel zu besitzen, bedeutete ganz offensichtlich Macht! Wenn man darüber nachdenkt, woraus diese Macht bestand, so kommt man sehr schnell zu dem Schluss, dass die Brüder mit ihrer Behauptung, man könne über ihre Spiegel verreisen, durch die Zeit reisen oder zumindest korrespondieren, dass sie Recht gehabt haben könnten. Warum sonst diese Aufregung!

Wie auch immer, es gab einen Prozess, bei dem Giacomo unter dem Vorwand der Zauberei zum Tode verurteilt wurde.«

»Wie traurig! Und, wurde das Urteil vollstreckt?«

»Ob es tatsächlich vollstreckt wurde, wird nicht erklärt. Er kann auch im Gefängnis oder an der damals häufigen Pest gestorben sein. Sein Bruder Paolo jedenfalls nahm schon nach einem guten Jahr die Produktion seiner Spiegel allein wieder auf und wurde wohl reich.

Du siehst, ich habe die ganze Geschichte schon ein paarmal gelesen, das musst Du nicht noch mal tun, das kannst Du Dir sparen.«

Dann schlug sie die gekennzeichneten Seiten auf und deutete auf eine Zeile, ohne sie zu berühren.

»Zieh die Handschuhe über. Ab hier wird es interessant!«

Die Handschuhe waren aus dünner Baumwolle, man spürte sie kaum. Ich musste leichten Druck auf die Seiten ausüben, damit sie nicht von selbst wieder zufielen.

So stunden die Bellini bey unserem König in besonderer Gnade und wurden hochgeschätzet, Die Spiegel seien von solcher Fürtrefflichkeit, daß sie Dinge zeigten obwohl diese reichlich Tagereisen entfernt waren.

Die herstellung blieb geheim. Selbst des Königs Kämmerer wurde nur eine Stund Einblick in ihre Werkstatt gewähret was ihm genüget, da es dort heiß war.

Einiges wurde aber bekannt aus der peinlichen Befragung und Tortour des Giaccomo Bellini: Man trägt eine Mischung von Zinn und Quecsilber, welchs mit schwarzem Golde und Cometenstaub des Mercurio vermischet mit einer Hasenpfote auf venecianisch Glas. Hernach trocknet es die volle Mondphase lang.

Dies sei überkommen nach den Recipi des Alchimisten Ibn Umail Al Hakim von Arabien, der dort in den Diensten des Sultans war.

Wer solch Spiegel besitzet ist nicht bekannt. So soll unser König einige verschenket an Herrscherhäuser um deren Gunst er buhlet. So auch an Franz I, König von Frankreich. Auch an Allessandro de Medici. auch an den Herzog von Motelione, auch an die Piccolomini.

Es ist auch bezeuget, das unser König in nur einem einzigen Tage durch den Spiegel den Hof in Madrid besuchet und wieder zurück. Auch soll die hispanische Königin Johanna aus dem Hause Anjou, welche auch die Wahnsinnige genannt, mehrfach im hiesigen Palast erblicket worden seyn, obwohl sie selbst nicht an- oder abgereiset.

»Wo bist Du jetzt?« fragte Catherine. Ich zeigte ihr die Stelle.

»Dann kannst Du aufhören! Der letzte Absatz ist der wichtigste! Dort steht schwarz auf weiß, dass der König von Neapel durch den Spiegel nach Madrid gereist ist. Und wieder zurück! Dazu noch in einem einzigen Tag! Besser geht es doch gar nicht. Das ist, folgst Du dem Chronisten, der offensichtliche Beweis, dass es diese magischen Spiegel gegeben haben muss. Und immer noch gibt! Denn sie wurden ja in einer beträchtlichen Stückzahl hergestellt. Da müssen doch einige dieser Exemplare erhalten geblieben sein! Komplett logisch, oder?

Und wer kennt sich wohl am besten mit alten Spiegeln aus? Was meinst Du?«

»Sag Du's mir!«

Catharine hatte sich in Rage geredet.

»Genau! Die großen Spezialisten für alte Spiegel, die ach so seriösen Händler und Sammler! Wie Vito zum Beispiel, oder leider auch der Marquis! Wenn Du diese Herrschaften aber fragst, ob sie zufällig wüssten, ob es solche mysteriösen Spiegel vielleicht noch gäbe, ob man sie vielleicht sogar kaufen könnte, dann sind sie erstaunt und lachen Dich sogar aus. Ja, soll es geben, sagen sie – aber nur im Märchen! Solltest Du aber reich sein, sehr reich, dann lassen sie sich überreden und sehen sich mal um. Ausnahmsweise! Und was glaubst Du, was passiert?«

Ich spürte mittlerweile, was ich erfahren sollte.

»Ganz zufällig finden sie einen! Ein Speculum soundso!«

«*Speculum transitum*! Oh Du ahnungsvoller Engel! Sie finden einen! Nicht sofort und nicht ohne zwischendurch von ihren komplizierten kostspieligen Recherchen zu berichten. Aber schließlich bekommt der Interessent seinen Spiegel. Und der Händler sein Geld.«

»Und? Funktionieren die noch? Ich meine die Spiegel.«

»Wieso *noch*? Das ist genau die falsche Frage, sie geht davon aus, dass die Spiegel echt sind. Alt ist tatsächlich aber nur der Rahmen. Auch das Glas ist oft alt. Aber die

Verspiegelung selbst, auf die es hier ja ankommt, die ist neu! Und täuschend echt auf alt gemacht, niemand kann das erkennen.«

Mein Glas war schon wieder leer und ich hatte keine Ahnung, wer es ausgetrunken hatte. Und worauf Catherine eigentlich hinauswollte.

»Moment mal! Diese Spiegel sind also Fälschungen?«

»Ja! Natürlich sind es Fälschungen! Es sind genial gemachte Fälschungen!«

»Dann kann es doch nicht lange dauern, bis die Käufer merken, dass sie betrogen worden sind. Spätestens dann, wenn sie sie ausprobieren wollen!«

Catharine lachte.

»Sollte man glauben! Aber es kann Jahre dauern, bis der Spiegel sich auf Dich einlässt, bis er beginnt, zu korrespondieren. So wird es Dir ja vorher erzählt! Auch dass das individuell sehr verschieden sein kann und es auf die Sensibilität des Betrachters ankommt. Und tatsächlich, verschwommene Bilder tauchen in dieser ganz bewusst unruhig hergestellten Oberfläche mit ihren vielen Auflösungserscheinungen immer wieder mal auf – aber nur in der Fantasie des Betrachters! Außerdem haben die neuen Eigentümer ein Vermögen ausgegeben, um sich ihren Wunsch zu erfüllen, eine solche Kostbarkeit zu besitzen. Der Gedanke an Betrug drängt sich da nicht gleich auf!«

Catherine war kurz in Gedanken.

»Stell Dir vor, Du erwirbst ein überaus wertvolles Bild, sagen wir, einen Matisse. Dein ganzes Leben lang freust Du Dich daran, jeden Tag, den Gott Dir schenkt! Du bist stolz auf Deinen Besitz und zeigst ihn Deinen Freunden. Und Du erfährst nie, dass es eine Fälschung ist! – Und was ist eigentlich schlecht daran? Alle an diesem Geschäft Beteiligten sind glücklich!

Übrigens: Man mag es kaum glauben, fast jedes Fünfte unserer bedeutendsten Kunstwerke in den Museen der Welt soll nicht echt sein! Bei einem weiteren Viertel kann man die Herkunft – im Kunstmarkt nennt man das Provenienz – man kann sie nicht nachweisen.«

Catherine stellte eine neue Flasche auf den Tisch und legte den Korkenzieher daneben.

»Moment, bevor Du sie aufmachst, will ich das Buch wegpacken. Ich hätte die Seite auch fotografieren können. Aber ich wollte, dass Du das Original siehst! Das Original, das dem Marquis so wertvoll ist, weil er es immer dann vorzeigen kann, wenn ein echter hochkarätiger Interessent auftaucht. So wie jetzt Lord Melrose. Es ist besonders dieser eine Satz, der immer wieder überzeugt!«

Sie zog das Buch zu sich herüber und las ihn langsam und laut:

»*Es ist auch bezeuget, dass unser König in nur einem einzigen Tage durch den Spiegel den Hof in Madrid besuchet und wieder zurück.* Wieso konnte der Chronist das so schreiben? Wieso war er so sicher? Für ihn müssen die Reisen durch die Spiegel eine Tatsache gewesen sein. Manchmal ertappe ich mich dabei, dass ich es selbst gern glauben möchte! Wäre es nicht schön, in einer Welt zu leben, in der es noch Wunder gibt? Wäre das nicht im wahrsten Sinne des Wortes tatsächlich *wunderbar*!« Sie seufzte. »Aber damals wurden auch Hexen verbrannt!«

Ich zog die Handschuhe aus und schob sie ihr über den Tisch.

»Ja, hab’ ich vergessen«, sagte sie zerstreut.

Ich hatte noch einmal die Gläser gefüllt.

»Woher kommen diese nachgemachten Spiegel? Wer versteht sich heute noch auf diese schwierige altmeisterliche Technik, wer gibt sie in Auftrag?«

Catherine, sie hatte inzwischen den Folianten verwahrt, zuckte mit den Schultern.

»Der Marquis zumindest macht mir gegenüber kaum ein Geheimnis daraus, dass er dem Zauberkult Zucker gibt. Und irgendwie muss er ja auch den enormen Unterhalt seines Schlosses bezahlen. Ein paarmal war er schon kurz davor, mich in sein Geheimnis einzuweihen, aber es kam nie wirklich dazu. Vielleicht hat er Angst, dass ich rede. Dabei kennt er mich, Berufsgeheimnisse sind für mich absolut tabu, darüber rede ich nicht, mit niemandem. Vielleicht will er mich auch nur schützen – wir reden hier über ein Millionen-Geschäft!«

Sie drehte nervös das Weinglas in ihrer rechten Hand.

»Und Du?« fragte ich. »Kannst Du die Fälschungen erkennen, hast Du überhaupt schon mal eine bewusst gesehen? Oder sogar schon mal eine verkauft?«

»Nein, bewusst auf keinen Fall! Das kann ich ausschließen. Aber Vorsicht! Wir reden hier über Zweierlei: Einmal über die ganz normalen ...« hier malte Catharine mit ihren Händen Anführungszeichen in die Luft, » ... die ganz *normalen* Fälschungen, die zu Hunderten in den Handel gehen. Schon die sind so gut gemacht, dass es auch mir schwerfällt, sie zu erkennen. Aber ich bilde mir ein, dass ich das kann. Und ich werde mich hüten, sie anzubieten! Und jeder in der Confrerie d'Mercure sollte sich davor hüten. Eigentlich!

Zum anderen aber reden wir über die winzige

Auswahl, die wenigen ausgesuchten Exemplare, die als Zauberspiegel verkauft werden, als *Speculi transiti*. Obwohl sie ja keine sind. Um die geht es hier! Und, wie ich Dir eben erklärt habe, mittlerweile weiß ich so ungefähr, wie das Geschäft läuft. Aber selbst wenn ich da mitspielen wollte, ich bin nicht eingeladen! Das wäre für mich auch einige Nummern zu groß! Und ich verstehe zu wenig davon.«

»Und?« fragte ich. »Nochmal: Weißt Du wo sie herkommen, diese Spiegel? Die einen wie die anderen?«

»Ja, woher kommen sie? Das hab' ich mich natürlich auch gefragt. Spanien, Italien bieten sich an, da sitzen doch auch heute noch unsere großen Fälscher! Aber ich denke da eher an Thailand oder Indien, da kommt man viel leichter an das bei uns verbotene Quecksilber!«

»Vielleicht sollten wir Vito fragen, der muss es doch wissen!«

Catharina schüttelte den Kopf. »Das traue ich mich nicht. Offiziell weiß ich doch von den Fälschungen nichts. Ich kann nicht einschätzen, wie er reagieren würde. Und außerdem werde ich das Gefühl nicht los, dass Vito hier einer der ganz großen Player ist! Jedenfalls arbeitet er irgendwie mit dem Marquis zusammen. Und wer weiß, mit wem noch!

Und was mich am meisten beunruhigt ist, dass mir nicht klar ist, was *Du* mit der Sache zu tun hast! Irgendwas hast Du damit zu tun. Du weißt es offensichtlich nur selbst nicht! Oder willst es nicht wissen. Vielleicht hat Dir Vito sogar versehentlich eine dieser wertvollen Fälschungen verkauft, hat das mittlerweile begriffen und will sie nun zurück. Wenn ich richtig vermute, geht es hier nicht um irgendeinen harmlosen Umtausch, es geht um richtig viel Geld!«

Catherine, dachte ich, *wie recht du hast! Du weißt nur nicht, was ich inzwischen weiß: Dass es gar keine Fälschung ist! Sondern ein wirklicher, ein echter alter Speculum transitum!* Wobei auch ich keine Ahnung hatte, was genau das eigentlich war.

Sie fuhr fort: »Hör mir zu und denk doch mal nach: Du und Carlotta, Ihr glaubt in eurem Spiegel Bilder gesehen zu haben, die Ihr Euch nicht erklären könnt! Genau das passiert doch bei den exklusiven Fälschungen! Ich habe nachgedacht! Und wenn ich Dir einen Rat geben darf: Fahr nachhause und bring' Vito den Spiegel zurück, besser heute als morgen! Tausch ihn einfach gegen irgendeinen anderen, der viel schöner ist, viel größer, viel teurer! Vito wird ihn Dir zum gleichen Preis geben. Ruf seine Frau an, dass Du kommst. Er wird da sein! Mach das bald, sonst passiert noch ein Unglück!«

Irgendwie leuchtete mir das alles ein. Catherines Vermutungen waren logisch. Aber ich konnte jetzt nicht darüber nachdenken. Soviel Wein war ich nicht gewohnt und außerdem war es schon spät. Zu spät, um sich Sorgen zu machen.

»Catherine, bitte hör zu!« hörte ich mich sagen. Und war kurz davor, ihr doch alles zu erzählen. Nämlich dass ich mir nun sicher war, was mit Carlotta passiert war. Dass sie wirklich durch unseren Hamburger Spiegel hindurchgegangen war! Und dass dieser Spiegel kein falscher, sondern ein echter *Speculum transitum* war. Dass Vito das wahrscheinlich wusste. Und dass der Gedanke an diese Ungeheuerlichkeit ständig durch mein Hirn geisterte und mir nach wie vor Rätsel aufgab.

Aber da hatte sie schon meine Hände ergriffen. Sie hatte Tränen in den Augen. »Tut mir leid«, flüsterte sie, »Deine Geschichte wird mir langsam unheimlich! Ich weiß, ich bin sentimental. Aber ich habe Angst um Dich!«

Es dauerte nicht lange und wir lagen uns in den Armen. Wir küssten uns und irgendwann stellten wir fest, dass wir beide nach Trüffeln schmeckten. Und nach Rotwein. Und dass wir betrunken waren. Wir mussten lachen.

»Entschuldige«; sagte ich,« ich glaube, ich gehe jetzt besser!«

Catherine strich sich die Haare aus der Stirn.

»In Deinem Zustand? Du solltest bleiben! Ich habe ein wunderbares Gästezimmer, alles vom Feinsten, immer frisch bezogen, sogar mit eigenem Bad! Komm mit, ich zeig's dir.«

Irgendetwas gefiel mir nicht an dieser Idee. Einerseits. Andererseits, hier gab es kaum Taxis, besonders nachts.

18

Hamburg. *Der Einbruch*

Frau Dr. Matuschek fährt selten Fahrstuhl. Sie wohnt allein im dritten Stock eines repräsentativen Altbaus im Eppendorfer Woldsenweg und nutzt die Treppe als Fitnessgerät. Das ist gut für den Kreislauf. Ihr volles, früh ergrautes Haar trägt sie knapp bubikopflang, ihr Gesicht wirkt jünger, als sie eigentlich ist.

Sie war eben auf dem allmorgentlichen Weg zu ihrer Arbeitsstelle im Universitäts-Klinikum, als ihr auffiel, dass direkt unter ihrer Wohnung, also im 2. Stock, die Eingangstür nur angelehnt war. Sie wunderte sich, denn das junge Paar, das dort wohnt, war seit Tagen verreist. Beim näheren Hinsehen bemerkte sie deutliche Beschädigungen an der Tür und am Rahmen. Farbe war abgeplatzt, auf dem Boden lagen Holzsplitter.

Keine Frage: Einbrecher!

Sie erinnerte sich an den Mann, den sie dabei ertappt hatte, wie er die Tür fotografiert hatte, den angeblichen Maler. Das musste ja passieren! Und sie hatte den Bruder der Nachbarin noch gewarnt! Außerdem war ihr aufgefallen, dass gerade in dieser Wohnung öfter geschellt worden war. Es war in den Abendstunden gewesen, sie konnte es durch die Decke hören.

Auf keinen Fall wollte sie in die Wohnung gehen und

nachsehen, das war zu riskant! Vielleicht ist da noch jemand! Sicher wäre es am besten, die Polizei zu benachrichtigen. Dann müsste sie allerdings warten, bis die Beamten eintreffen würden. Eventuell noch länger, wenn sie als Zeugin gebraucht würde. Sie würde zu spät zur Arbeit kommen!

Da fiel ihr ein, dass ihr der Bruder der jungen Frau seine Telefonnummer gegeben hatte, für alle Fälle. Sie hatte sie in ihr Handy eingegeben.

Sie rief an. Jemand meldete sich knapp mit »Sebastian«. Sie erkannte seine Stimme.

»Matuschek hier! Wir kennen uns!« sagte sie. »Ich hatte Sie doch vor ein paar Tagen gewarnt. Nun ist es also passiert!«

»Was bitte ist passiert?«

»Ich habe es geahnt: Bei Ihnen sind die Einbrecher! Die Tür steht auf!«

»Nein!« rief er. »Das ist ja unglaublich! Und so schnell! Damit konnte ja keiner rechnen. Und ich hatte schon mit der Firma für Einbruchschutz gesprochen, die wollten in den nächsten Tagen kommen.«

»Nun ist es zu spät!« sagte die Ärztin. »Aber jetzt werden Sie die erst recht brauchen!«

»Vielen Dank, Frau Dr. Matuschek, dass Sie mich gleich angerufen haben, tausend Dank! Das ist sehr nett von Ihnen. Ich komme sofort vorbei. Nein, Sie müssen nicht auf mich warten, Sie können ruhig schon gehen. Und ja, ich benachrichtige die Polizei.«

Sebastian traf zusammen mit der Polizei am Woldsenweg ein.

»Das ist heute schon unser zweiter Einbruch!« sagte einer der Beamten, empört und gelangweilt zugleich, *POM Waldschmitt* stand auf seinem Namensschild. »Es ist früher Vormittag!«

Sie betraten die Wohnung. Zunächst sah alles unberührt aus, aber als sie ins Wohnzimmer kamen, waren dort Schubladen herausgezogen und ausgeschüttet worden. Der Inhalt lag über das Parkett verteilt.

»Sie suchen meistens Bargeld!« Der Polizist wandte sich an Sebastian. »Hatte Ihre Schwester Geld im Haus?«

»Ich glaube eher nicht. Und wenn, dann sicher kein Vermögen.«

»Das sollten Sie unbedingt klären! Haben Sie Ihre Verwandten überhaupt schon benachrichtigt?«

»Bisher noch nicht, ich habe es ja auch eben erst erfahren. Aber ich werde das so schnell wie möglich tun!« Das war gelogen.

Während die Beamten bereits fotografierten, überprüfte Sebastian alle Zimmer. Pro forma. Das Medikamentenschränkchen im Bad war geplündert, in der Küche stand der Kühlschrank offen. Als er ins Esszimmer kam, sah er sofort, dass der Spiegel fehlte.

»Können Sie bitte mal kommen!«

Er erklärte aufgebracht, dass ein Spiegel gestohlen worden sei, das Lieblingsstück seiner Schwester. Ein sehr wertvoller Spiegel, antik, Wert mindestens 10.000 Euro.

»Wie haben sie den nur weggetragen?« überlegte er laut. »Der ist richtig schwer!«

Polizei-Obermeister Waldschmitt winkte ab. »Die kommen oft zu zweit. Einer sammelt ein und der Andere passt auf und hilft beim Abtransport.«

»Und wie groß ist die Chance, dass wir ihn wiederbekommen? So ein altes Stück ist unersetzlich!«

Der Polizist schien belustigt. »Das werden wir oft gefragt. Eine Chance gibt es immer! Aber bei echten Wertgegenständen ist sie gering. Die gehen meist in der gleichen Nacht noch über die Grenze. Aber vielleicht schauen Sie in ein, zwei Wochen mal ins Internet, da werden solche Dinge dann manchmal angeboten. Da können Sie ihn zurückkaufen. Oder ein fiktives Angebot machen.« Beim Verlassen der Wohnung ließ sich die Außentür weder abschließen noch zudrücken.

»Die waren ziemlich brutal!« meinte der POW, bevor er sich verabschiedete. »Am besten, Sie rufen gleich den Schlüsseldienst und warten hier. Die bauen Ihnen erstmal eine provisorische Schließanlage ein.«

Sebastian spielte die Rolle perfekt. Dann rief er den Schlüssel-dienst an. Und dann die Redaktion des Hamburger Abendblatt.

Am nächsten Tag stand im »Hamburger Abendblatt« unter der Rubrik »Nachrichten« folgende kurze Meldung:

Wieder Einbruch in Eppendorf
Bei einem Einbruch in eine Wohnung in Hamburg-Eppendorf, deren Bewohner im Urlaub waren, wurde unter anderem ein wertvoller alter Spiegel entwendet. Die Polizei warnt in diesem Zusammenhang davor, Urlaubszeiten auf Twitter, whatsapp oder ähnlichen Diensten anzukündigen.

Denn das war der Plan, den sich Sebastian ausgedacht und von dem er mich schließlich überzeugt hatte: Wer immer bei uns einbrechen und den Spiegel stehlen wollte, sollte durch die Presse erfahren, dass er zu spät kommen würde. Er konnte sich die Arbeit sparen, irgendjemand war schneller gewesen.

19

Isle sur la Sorgue. *Spiegelei oder Rührei?*

Ich war noch im Halbschlaf, im Wohlfühlmodus. Das Wasser lief sanft und gleichmäßig über meine Schultern, meinen Körper, und hüllte mich in einen klaren warmen Mantel.

Als Junge konnte ich stundenlang unter der Dusche stehen, die Augen geschlossen und auf das Rauschen des Wassers lauschen. Das Rauschen des Wasserfalls zwischen den Felsen des Snake-River, ein einsamer Indianer in der Wildnis der Rocky Mountains, fremde Vogelstimmen um mich her, ein Berglöwe durchquert den See, er schüttelt sein hellgelbes Fell und versprüht einen glitzernden Nebel aus Wassertropfen.

Jahre später stehen Carlotta und ich gemeinsam unter der Dusche, wieder umgeben von flüssigem Silber, verzaubert. Was hier geschieht im schimmernden Raumanzug der Glückseeligen, bleibt unsichtbar für die Welt. Wir umarmen uns, unsere Haut ist weich und glatt, die ewige Jugend, wir sind Shiva und Parvati, die indischen Gottheiten, in reiner Ekstase.

»Spiegelei oder Rührei?« Es war Catherines Stimme, laut genug, um durch die Tür zu dringen.

»Zwei Spiegeleier!« rief ich und dachte an die vergangene Nacht. Ich war ins Bett gefallen und sofort eingeschlafen.

Und hatte von Carlotta geträumt, so intensiv, wie lange nicht mehr! Ich spürte ihren warmen Körper neben mir, ihren Atem auf meinem Gesicht. Ihre Lippen. Ihre Lippen auf meinem Hals, auf meiner Haut. Wie lange hatten wir nicht mehr zusammen geschlafen? Warum nur? Was war passiert?

»Wo warst Du so lange?«

»Jetzt bin ich ja da!« sagte Carlotta. *»Mach Dir keine Gedanken!«*

Ich schlang meine Arme um sie, ich erwiderte ihre Zärtlichkeiten. Sie war leidenschaftlicher als sonst, fordernder, Besitz ergreifender. Wie sehr hatte sie mir gefehlt!

Wie sehr hatte ich ihr gefehlt? Ich hielt sie fest. Ein lang vermisstes Glücksgefühl durchströmte mich, es gab keine Vergangenheit, keine Zukunft! Und keine Probleme.

Es roch nach frischem Kaffee und gebratenem Speck.

»Ich liebe Deine Spiegeleier!«

Im Gegensatz zu der besorgten, beschwipsten Frau von heute Nacht traf ich nun auf eine strahlende Catherine. Ihre gute Laune war ansteckend.

»Liebst Du eigentlich sonst noch was an mir? Ich meine, außer meinen Spiegeleiern!«

Ich wusste, irgendetwas war passiert. Aber ich hatte keine Ahnung, wie weit wir gegangen waren. Und ich spürte eine Vertrautheit zwischen uns, die neu war und trotzdem ganz selbstverständlich. Alles war richtig und gut!

»Ich liebe Euch beide, die Spiegeleier und Dich! In dieser Reihenfolge!«

Und obwohl ich wusste, dass sie wusste, dass das ein Scherz sein sollte, fügte ich schnell hinzu:

»Du bist, Geliebte, wie Milch und Honig. Deine Haut ist wie Samt, Dein Mund frisch wie der Tau auf einer Sommerwiese, Weihrauch, Lavendel und Zimt …«

Weiter kam ich nicht. Catherine lachte:

»Hör sofort auf! Du Angeber, das hast Du alles bei diesem persischen Dichter, bei Hafis geklaut. Wie oft hast Du das schon benutzt, um Dich einzuschmeicheln? Vergiss es – aber gefallen hat es mir trotzdem!«

»Liebst Du mich?« fragte sie noch einmal und legte mir den Finger auf die Lippen. »Sag' nichts, ich will keine Antwort! Ich will glauben, dass Du mich wirklich liebst. Mit dem kleinen Rest Liebe, dem Rest Zärtlichkeit, der übrigbleibt, wenn Du ihn von dem abziehest, was Du für Carlotta reserviert hast. Da bleibt nicht viel, aber mir muss es reichen.«

»Wenigstens«, fügte sie mit entwaffnender Offenheit hinzu, »wenigstens für den Augenblick! Solange *ich* Dich liebe!«

Catherine machte mir den Abschied nicht leicht. Auf einen Tag mehr oder weniger, kam es darauf an?

»Was soll das werden?« fragte Carlotta.

Aber ich war unruhig. Ich wusste, ich musste Vito auf den Fersen bleiben. Ich musste ihn finden, ihn nervös machen, ihn aus der Reserve locken. Damit ich irgendwie weiterkam.

»Ich weiß«, sagte sie, »ich kann Dich nicht aufhalten! Hast Du wenigstens eine Ahnung, wo Du wohnen wirst?«

Hatte ich nicht.

»Das dachte ich mir! Ich rufe Giulia an. Eine Freundin, sie hat ein kleines Hotel in Bologna geerbt, heute sagt man

Boutique-Hotel dazu, und renoviert es nach und nach. Ich unterstütze sie ab und zu finanziell, damit sie flüssig bleibt. Erwarte keinen Luxus, aber es ist o.k. und liegt mitten in der Stadt.«

Catherine brachte mich nach Marseille zum Flughafen.

»Aber ich habe kein gutes Gefühl dabei! Solange Du den Spiegel hast, lebst Du gefährlich!«

Ich versuchte ihr klarzumachen, dass mir der Spiegel an sich ziemlich gleichgültig war. Auch wenn ich ihn, ihrem Vorschlag folgend, auf der Stelle umtauschen würde, bekäme ich dadurch Carlotta nicht zurück. Ich wäre bereit, den Spiegel zurückzugeben, ja, aber nur gegen Informationen über Carlotta! Oder besser – und das erschien mir jetzt, nach meinen neuen Erkenntnissen, nicht mehr unwahrscheinlich – am besten gegen Carlotta selbst.

Catherine griff zum Thermo-Kaffeebecher, der neben ihr auf der Mittelkonsole des Wagens stand. Auch wenn sie meistens einhändig fuhr, sie fuhr sicher:

»Sag mal, wie kommst Du darauf! Wieso glaubst Du, dass Vito weiß, wo sie sein könnte! Das ist doch nicht mehr als eine wage Vermutung. Sie kann stimmen oder, und das scheint mir wahrscheinlicher, oder auch nicht! In jedem Fall spielst Du ein Spiel mit hohem Einsatz! Und ich fürchte, Vito ist ein sehr erfahrener Spieler. Du bist es nicht!

»Anfänger!« beschimpfte sie einen unvorsichtigen Autofahrer, der vor uns von rechts auf die Fahrbahn drängte.

»Mein Gott, es gibt doch überall Idioten!«

Sie nahm erneut ein Schluck Kaffee.

»Aber Deine Idee, den Spiegel als Pfand zu nutzen, die

hat was. Du kämpfst für Deine Liebe, das gefällt mir. du lässt Dich durch Drohungen nicht abschrecken. In solchen Situationen endet man entweder als Held – oder man ist tot! O.k., ich will den Teufel nicht an die Wand malen. Und da Du sie wirklich liebst, musst Du das wohl wagen.«

»Pass gut auf Dich auf!« sagte sie zum Abschied vor dem mit »Departure« überschriebenem Eingang. Wir umarmten uns.

»Und nenn' mich nie wieder Carlotta!« murmelte sie mir ins Ohr. »Ich bin nicht Carlotta. Ich bin Catherine!«

Wann hatte ich sie jemals Carlotta genannt? Ich konnte mich nicht erinnern.

20

Bologna. *Over the Rainbow*

Der Taxifahrer am Flughafen von Bologna hatte mich gewarnt.

»Sie wollen in die *Via Val D'Aposa*, die liegt in der Innenstadt! Und die ist, natürlich, wieder mal gesperrt! Warum? Wegen einer Demo! Die dritte in dieser Woche! Langsam macht das alles keinen Spaß mehr! Also, ich kann Sie bis zur *Piazza Agosto* bringen, von da aus müssen Sie zu Fuß gehen.«

»Und wie lange muss ich dann noch laufen?« wollte ich wissen.

»Normalerweise fünf Minuten«.

So einfach es heute auch ist, seinen Koffer neben sich her zu rollen, ich hasse den Lärm, den die Räder machen. Diesmal brauchte ich mich nicht zu ärgern, der Lärm ging einfach unter im Geräuschpegel der *Piazza Agosto*.

Gelächter, fröhliches Stimmengewirr, eine sommerliche Unbekümmertheit lag über dem Platz und den anschließenden Straßen, die ansteckend war. Junge Leute liefen in Richtung Innenstadt, in meine Richtung, grüßten sich, fielen sich um den Hals, kauften Gelato in allen Größen und Farben, »Coffee to go« in Pappbechern, oder einfach nur Cola. Und mitten drin, als Erkennungszeichen, immer wieder die Regenbogenfahne. Sie hing von den Balkonen, an Laternenmasten, wurde hin- und hergeschwenkt oder diente schlicht als Stola.

Immer, wenn ich die Regenbogenfahne sehe, muss ich an Fräulein Leoni Miller denken. So hieß sie und so heißt sie wahrscheinlich immer noch und so nannten wir sie, halb spöttisch, halb überheblich, in unserer Kanzlei. Mit der Betonung auf »Fräulein«! Unsere schon etwas ältere Empfangsdame hatte sie mal so genannt, weil sie glaubte, ihr damit einen Gefallen zu tun.

Sie erreichte das Gegenteil, Leoni Millers empörtes Geschrei war in der ganzen Kanzlei zu hören.

Sie war eine meiner ersten Klienten. Oder, besser und ganz wichtig, meiner ersten *Klientinnen*!

Sie war die Tochter eines guten Freundes meines Chefs und arbeitete als angehende Journalistin in der Redaktion einer Hamburger Frauenzeitschrift. Zusammen mit ihrer Freundin lebte sie in einer Dreizimmerwohnung in einer ruhigen Straße in Hamburg Eppendorf. Sie war bekennende Lesbierin und fand es angebracht, dies die Welt auch wissen zu lassen. Unter anderem, indem sie die Regenbogenfahne aus einem ihrer Fenster hängte.

Das wiederum fanden einige ihrer Nachbarn nicht so witzig und beschwerten sich beim Hauswirt. Natürlich wollte Leoni nicht nachgeben und begann, ihre Mitbewohner mit dem üblichen militanten Vokabular zu beschimpfen. Die Angelegenheit eskalierte und Leoni bekam die Kündigung. Ob sie es darauf angelegt hatte blieb offen, jedenfalls landete die Angelegenheit schließlich bei Petersen & Partner, unserer Anwaltskanzlei. Und mein Chef fand, *ich* könnte mich damit befassen.

»Das bringen Sie doch nebenbei über die Bühne. Und seien Sie nett zu Leoni, sie ist mein Patenkind!« Dabei grinste er vielsagend und man sah deutlich, dass ihm das »Viel Spaß!« auf der Zunge lag.

Nun bilde ich mir ein, dass ich ein ziemlich aufgeklärter Typ bin. Tolerant, weltoffen, im Zweifel immer auf Seiten der Unterdrückten. Deswegen bin ich Anwalt geworden.

Aber Leoni hat es mir nicht leicht gemacht. Zunächst einmal wollte sie mit mir überhaupt nicht reden. Sie kannte mich zwar nicht, aber es genügte ihr, dass ich ein Mann war. Sie wollte eine Frau, eine Anwältin.

»Ein Mann versteht mich nicht!«

Da unsere Kanzlei zu diesem Zeitpunkt damit nicht dienen konnte und ihr Vater ihr gut zuredete, akzeptierte sie mich schließlich doch. Auf Probe! Und machte mir klar, dass es meine Aufgabe wäre, alle ihre spießigen, rückständigen Nachbarn und vor allem den unerträglichen Hauswirt dazu zu bringen, sich bei ihr zu entschuldigen. Wegen Missachtung ihrer Person, Intoleranz, Behinderung, versuchter Freiheitsberaubung. Obwohl sie, wie sie im gleichen Atemzug immer wieder versicherte, auf diese Entschuldigung eigentlich gar keinen Wert lege.

Am Ende einigten sich die Parteien: Leoni zog es vor, in ihrer Wohnung zu bleiben und versprach, die Fahne nur noch aus aktuellem Anlass und an nichtkirchlichen Feiertagen zu hissen. Sie tröstete sich selbst:

»Ein mieser Kompromiss, ich weiß! Aber was soll's? Ich habe Zeit. Früher oder später erledigt sich mein Problem von selbst, dann landen diese Typen sowieso alle in Ohlsdorf.« Ohlsdorf, muss man dazu wissen, ist der größte Hamburger Friedhof. »Da, wo sie schon längst liegen sollten!«

Ich fürchte, da ist sie zu optimistisch. Wir werden immer älter. Aber das habe ich ihr nicht gesagt.

Das Gedränge in den engen Straßen wurde dichter, ergoss sich schließlich auf die Piazza Maggiore und strömte zu einem großen Brunnen, der Neptun gewidmet war. Der Bronze-Gott zeigt sich als Herrscher über sein feuchtes Universum aus Muscheln, Fischen und anderem Seegetier, überall strömt das Wasser. Die Krönung aber sind vier überlebensgroße Seejungfrauen. Stolz präsentieren sie ihre üppigen Brüste, aus denen das Wasser spritzt.

Vom Brunnen her näherte sich der Höhepunkt der Veranstaltung: Auf drei im Schritttempo fahrenden LKW mit offener Ladefläche und bunten Girlanden, tobte ein ausgelassenes Jungvolk, tanzte, jubelte und winkte. Die Gleichberechtigung der Geschlechter zeigte sich am einheitlichen »Oben ohne«. Dazu Musik aus Lautsprechern, Judy Garlands »Over the Rainbow« erklang, Blumen und Bonbons wurden geworfen.

Und damit nicht genug. Vor dem ersten LKW sprangen drei gut gebaute junge Männer herum, nackt, barfuß, nur in eine Regenbogenfahne gehüllt. Die sie großzügig lüfteten, um eine artistische Vorstellung zu bieten: durch geschickte Bewegungen aus der Hüfte brachten sie ihre Genitalien dazu, wie Propeller zu kreisen. Sie wurden mit viel Applaus und lautem Jubel belohnt. »Schneller,« rief jemand aus der Menge, »viel schneller! Vielleicht hebt ihr ab!« Der Mann als Clown. Das hätte Leoni gefallen.

Und was würde Carlotta sagen? Ich hörte sie lachen:

»Was für eine lustige Stadt!«
Wir waren noch nie in Bologna gewesen.

Das Hotel war nicht leicht zu finden. Tatsächlich hängt über dem Portal des großbürgerlichen Mehrfamilienhauses in der Via Val D'Aposa nur ein kleines ovales Schild mit der Aufschrift »Albergo Cupolino«.

Die große, schwere Tür leistete einigen Widerstand und schließlich stand ich in der dunklen Eingangshalle. Ein Pfeil zeigte die ausgetretene Marmortreppe hinauf, die Rezeption lag im ersten Stock. Ich nahm den inmitten des offenen Treppenhauses befindlichen Fahrstuhl, eine altertümlich mit Mahagonitäfelungen und Spiegeln verkleidete Kabine in einem verzierten Drahtkäfig.

Der Empfangsraum musste früher die großzügige Diele einer herrschaftlichen Wohnung gewesen sein. Eine sehr junge Frau, wahrscheinlich eine Auszubildende, saß hinter einem Schreibtisch und arbeitete an ihrem Computer. Es war kein Zimmer mehr frei.

»Sie hätten reservieren müssen!« bedauerte sie. »Wir sind im Augenblick etwas eingeschränkt, wir renovieren gerade.«

Ich dachte, Catharine hätte mich angemeldet. Während wir noch diskutierten, näherten sich Schritte und jemand fragte:

»Kommen Sie aus *Isle sur la Sorgue*?«

Eine schlanke Frau um die Vierzig, weißes T-Shirt, Bluejeans, ein hellblaues Tuch um ihre vollen schwarzen Haare geschlungen, sagte: »Benvenuto, herzlich willkommen! Ich bin Giulia. Und Sie müssen der Freund von Catharine sein! Kommen Sie, ich zeige Ihnen Ihre Wohnung!«

Wir stiegen in den Fahrstuhl und fuhren zum dritten Stock.

War ich *der* Freund von Catherine? Wahrscheinlich hatte sie *ein* Freund gemeint. Und wieso wollte sie mir eine Wohnung zeigen, wo ich doch nur ein Zimmer brauchte?

Der Aufzug hielt mit einem Ruck, Giulia schloss eine Tür auf und wir standen tatsächlich in einer Wohnung: Ein schmaler Flur, ein großzügiger Wohnbereich mit Küchenzeile, ein Schlafzimmer mit anschließendem Bad.

»Ihr kleines Reich!« sagte sie. »Noch nicht ganz fertig, aber schon gut bewohnbar.!«

Sie öffnete eine weitere Tür, die vom Schlafraum in eine Kammer führte. Noch im Bau befindliche Regale, ein zierlicher dunkelrot gepolsterter Barocksessel mit geschwungenen Beinchen stand da, kein Fenster.

»Die Ankleide. Doch soweit sind wir noch nicht. Sie können ihre Garderobe aber gut in den Flurschränken unterbringen, da gibt es genügend Platz.«

Ich wandte ein, dass ich eigentlich nur ein einzelnes Zimmer brauchte und fragte nach dem Preis.

»Das müssen Sie mit Catherine besprechen, es ist ihre Wohnung. Aber soweit ich verstanden habe, sind Sie eingeladen.«

Schon wieder! dachte ich. Ich darf das nicht annehmen.

Und entschloss mich dann doch, in Anbetracht der Umstände, zunächst zu bleiben.

Ich ließ mir einen Stadtplan geben, ergründete die nähere Umgebung, fand eine Pizzeria direkt an einem kleinen Kanal und bestellte eine Margherita mit echtem Mozzarella und frischen Tomaten. Dazu eine Flasche Primitivo. Er kam dunkelrot und kräftig, ich trank nur ein Glas und

nahm den Rest mit ins Hotel. Dort ging ich früh ins Bett.
Catherine hatte in ihre Handtücher und die Bettwäsche
überall ein silbernes C einsticken lassen, wahrscheinlich,
damit ihr Eigentum in der Hotelwäsche nicht unterging.
Ein C, das könnte auch Carlotta heißen.

»Heißt es aber nicht!«, sagte Carlotta, *»du machst es Dir
zu einfach!«* Ich sah ihr amüsiertes Lächeln, ihre hoch-
gezogenen Augenbrauen, bevor ich einschlief.

*Die Schatten der schlanken Pappeln zeichnen dunkle Strei-
fen auf die staubige Allee. Eine Kutsche kommt mir entgegen. Glänzt in der Sonne, golden, wird dann dunkel in
den Schatten der Bäume. Ein Lichtspiel: Sie kommt näher:
hell, dunkel, hell, dunkel, hell. Sie hält direkt neben mir, der
Kutscher springt vom Bock und öffnet die Tür, darauf drei
Lilien unter einer Krone. Das alles kann ich sehen, aber ich
höre es nicht. Ich steige ein. Weiche Polster aus weinrotem
Samt, der Wagen rollt an.*

*Mir vis-à-vis im Zwielicht der geschlossenen Kabine zwei
Damen in seidenen Roben, sie unterhalten sich. Carlotta
sitzt mir direkt gegenüber. Sie bemerkt mich nicht. Ich berühre ihre Hände. Spüre ich sie? Sie wendet den Kopf und
sieht mich an. Deine grünen Augen, Carlotta, sie begleiten
mich, ich trage sie in meinem Herzen, das kannst du mir
glauben! Ich liebe Dich.*

*Ich weiß! sagen ihre Augen, das weiß ich. Da bist Du
ja, endlich, wir warten auf Dich. Wann kommst Du? Ihr
Blick verliert mich, wandert über meine Schulter, kehrt
zurück, zuversichtlich: Danke! Danke mein Schatz, Du
schaffst es! Sie wendet sich ihrer Nachbarin zu und beide
sehen zu mir herüber. Vor den Fenstern die leuchtende*

Silhouette eines schier endlosen Schlosses, Ich erkenne es, es ist Versailles.

Die Kutsche hält plötzlich, die Tür wird aufgerissen. Davor eine Frau, das Gesicht wutverzerrt, die grauen Haare fliegen wirr um ihren Kopf. Sie schreit etwas, was ich nicht höre. Ich verstelle ihr die Tür und sehe, dass sie nicht allein ist. Dutzende, hunderte von Weibern belagern die Kutsche. Hass, Gier, Häme schlägt mir entgegen. Kleine Kinder werden in die Höhe gereckt wie Waffen, ich sehe drohende Fäuste, nackt oder bewaffnet mit Messer und Gabel. Ich versuche, die Tür zu schließen. Der Wagen beginnt zu schwanken, Er neigt sich zu Seite. Und kippt! Er kippt und kippt …

21

Bologna. *Banco di Vaticano*

Am nächsten Tag machte ich mich gleich nach dem Frühstück auf den Weg zur »Arte Fiera«, der jährlich stattfindenden Kunst-

und Antiquitätenmesse. Dort, hoffte ich, würde ich Vito treffen. Auf dem Gang durch die Altstadt genoss ich den Segen der *Portici.* Diese mittelalterlichen Bogengänge sind allgegenwärtig, sie überdachen die Bürgersteige und spenden den besonders im Sommer willkommenen Schatten. Auch die Cafés mit ihren Außentischen, die Obststände, fliegende Händler mit Souvenirs und Erfrischungsgetränken profitieren davon.

Ich kaufte mir eine Flasche Wasser und als ich mich umdrehte, fiel mein Blick durch die Bögen der Arkaden auf die gegenüberliegende Straßenseite. Dort gab es ausnahmsweise keine Portici, die Straße war wohl zu eng dafür gewesen. Das eindrucksvolle Portal der »Banco di Vaticano« lag im Sonnenlicht. Weißer Marmor umrahmt die Glastür, der Name über dem Eingang wie für alle Ewigkeit in Stein gemeißelt. Ein roter Läufer lag auf den Eingangsstufen.

Trotz Halteverbot standen dort, nur wenige Meter voneinander entfernt, zwei schwarze Großraumlimousinen mit verdunkelten Scheiben. Gerade wollte ich mir

Gedanken machen über den lässigen Umgang der Italiener mit ihren Gesetzen – die alte Diskussion: Sollten wir Deutschen uns daran nicht ein Beispiel nehmen? – als sich die Tür der Bank öffnete und ein schwarzer Anzug mit dunkler Sonnenbrille den Bürgersteig betrat. Er blickte nach links, nach rechts und blieb dann stehen, stramme Haltung, die Hände vor dem Schritt gefaltet. Dabei redete er mit sich selbst und ich begriff erst, als ich das dünne Kabel sah, das aus seinem Ohr kam.

Zwei weitere Anzüge mit Sonnenbrille erschienen und nahmen zu beiden Seiten der Treppe Aufstellung.

Augenblicke später öffnete sich die Tür erneut, und drei eindrucksvolle Herren traten auf, ebenfalls dunkel gekleidet, aber perfettamente in feinstem Maßoutfit mit passender Krawatte. Und nur einer der Drei trug keinen Schlips, dafür aber ebenfalls Sonnenbrille, diesmal, nicht zu übersehen, von Armani.

Sie gingen, schnell, stumm, abweisend, zur ersten der beiden Limousinen, einer der Bodyguards öffnete ihnen den Schlag. Sie stiegen ein und fuhren davon. Der andere Wagen folgte.

Ich hatte mich, während ich den Auftritt beobachtete, an einen der Arkadenpfeiler gelehnt. Woher kannte ich die Szene, das war großes Theater! Und ich war irritiert: Der Darsteller ohne Schlips! Er hatte Ähnlichkeit mit Vito gehabt. Nicht nur sein durch die Gläser allerdings halb verdecktes Gesicht, auch seine Figur, sein Gang, erinnerten mich an ihn. Aber seit wann trug er Maßanzüge? Und wie kam ein Antiquitätenhändler zu dieser imposanten Show? Was wollte er ausgerechnet in der Vatikanbank und wer waren seine Begleiter? Waren es Geschäftsfreunde, Banker,

Politiker? Oder warum nicht, finstere Ahnung, die Mafia! Catherine hatte so etwas angedeutet.

Reiß dich zusammen, sagte ich mir. Langsam kannst du dir selbst nicht mehr trauen, du siehst Gespenster. Auf der Suche nach einem bestimmten Gegenstand unterliegt man oft Täuschungen und läuft Gefahr, dass man zum Schluss selbst das Original in Zweifel zieht!

Ich winkte einem Taxi. »Zur Arte Fiera bitte«, sagte ich. Der Weg war nicht weit, aber er dauerte dank der Staus in der Innenstadt viel zu lange, und ich hatte Zeit, nachzudenken.

Bologna und die Mafia, waren das nicht zwei, die zusammengehörten?

Ganz anders als in Hamburg, wo man allenfalls wusste, dass es sowas irgendwo gab. Ich denke dabei an einen Fall, an dem auch unsere Kanzlei beteiligt war. Im Hafen wurde auf einem Schiff kiloweise Kokain gefunden. Der Kapitän wurde der Mittäterschaft beschuldigt, wir verteidigten ihn, wiesen seine Unschuld nach und er kam frei.

Damals führten alle Spuren zur Mafia! Aber es gab keine Beweise, es war wie meistens in solchen Fällen: Man stocherte im Nebel und verlor schließlich die Orientierung. Und die Lust.

Aber die Lust zu verlieren ist immer noch besser, als das Leben!

Ich erinnerte mich noch gut an den berühmt berüchtigten sogenannten »Aemilia«-Prozess, über den besonders unsere juristische Fachpresse ausführlich berichtete. Er begann nicht weit von hier, in Reggio Emilia, im März 2016. Dabei ging es um Korruption, Erpressung,

Unterschlagung, Geldwäsche, Brandstiftung, selbstverständlich um Mord und alles sonst noch Mögliche.

Für die Verhandlungen wurde extra ein Hochsicherheitstrakt gebaut. Es gab hundertdreißig Angeklagte, darunter Stadträte, Journalisten, Polizisten, Rechtsanwälte, sogar Minister.

Der Antimafia-Staatsanwalt Nicola Gratteri zog zu Unrecht erworbenes Vermögen im Wert vom 130 Millionen Euro ein, was schon mal ein Anfang war. Weit über tausend Zeugen wurden geladen, doch der Oberstaatsanwalt von Bologna, Roberto Alfonso, beklagte sich bitter über die »Omerta«, das sogenannte Gesetz des Schweigens. Nur Wenige wollten brauchbare Aussagen machen.

In Anbetracht dieser Tatsachen bewegte ich mich hier sozusagen auf heißem Pflaster. Und beschloss, dass Vito mehr oder weniger dazugehörte. Zur Mafia.

Obwohl mich das eigentlich nichts anging. Das hatte auch Catherine gesagt.

22

Bologna. *Arte Fiera*

Wie durchlässig können Wände sein? Vor mir sehe ich ein Pferd, das *durch* eine Mauer springt, nicht darüber, sondern mittendurch. Kopf und Hals sind bereits nicht mehr zu sehen. Aus einer anderen Wand dringen Arme hervor und zeigen den Hitlergruß. Die Erde öffnet sich, ein Mann steckt seinen Kopf aus dem Loch und blickt mich an.

Selten merke ich mir Namen von Künstlern. Aber dieser hatte mich schon früher beeindruckt, er heißt Maurizio Cattelan. Carlotta wäre jetzt stolz auf mich, dass mir das einfällt. Mit ihr hatte ich eine seiner Ausstellungen in Paris gesehen. Ich erinnerte mich an Papst Benedikt XVI. der am Boden liegend, seinen Bischofsstab umklammernd, von einem Kometen erschlagen wird. Ich fand das übertrieben, aber Carlotta sagte: Das ist Kunst. Kunst darf das! Auch eine Klobrille aus purem massiven Gold fällt mir ein, »America« genannt. Carlotta fand auch das in Ordnung: Hier soll doch gezeigt werden, dass sie das gern hätten, die Amerikaner, mindestens goldene Klodeckel. Wenn sie schon kein Gold scheißen können!

»So etwas Ordinäres würde ich nie sagen, ich bitte Dich! Das weißt Du auch!«

Ich entschuldigte mich sofort, sie hatte Recht. Aber sie

hatte es so gemeint. Ich selbst stellte mir jetzt die Frage: Wenn Wände durchlässig sind, warum nicht auch Spiegel?

Die »Arte Fiera«, hatte ich heute morgen gelesen, gilt als Italiens größte Messe für zeitgenössische Kunst. In drei Hallen findet man neben einigen Werken anerkannter Meister, die in der Regel unbezahlbar sind und eher der Animation dienen, auch viele Exponate von fragwürdiger Qualität. Die Galerien, die hier ausstellen, kommen hauptsächlich aus Europa und den USA.

Die vierte Halle ist der alten Kunst, den Antiquitäten, gewidmet. Und es hat sicher einen gewissen Reiz, dass man hier nur durch eine Tür zu gehen braucht, um vom einundzwanzigsten ins achtzehnte oder siebzehnte Jahrhundert zu wechseln. Ein müheloser Zeitsprung!

Hier hoffte ich, irgendwo im Publikum, inmitten von Interessenten, Händlern und Sehleuten, Vito zu treffen. Und meine Aufmerksamkeit galt natürlich den Spiegeln. Ich fand sie hier und da, dekorativ zwischen alten Möbeln platziert. Aber dann sah ich einen Stand, der ausschließlich Spiegel anbot. Und es waren, wie es mir schien, alles alte Quecksilber-Originale. Wobei ich mit dem Begriff »Originale« seit meinem Gespräch mit Catherine Probleme hatte. Ich betrachtete einige aus der Nähe und interessierte mich besonders für die Struktur der, wie ich nun wusste, direkt unter dem Glas aufgetragenen Verspiegelung.

Ich sah die Verwüstungen des altersbedingten Metallfraßes, die Risse, die Abgrenzungen der einzelnen Silberplatten – für die Herstellung eines großen Spiegels brauchte man dazu oft acht oder mehr – die kahlen Stellen, durch die bereits das Holz der Rückseite schimmerte. Und ich begriff, dass jeder dieser Spiegel, ob nun tatsächlich in Würde oder künstlich gealtert, ein Unikat war, ein Kunstwerk mit den unterschiedlichsten Strukturen und Mustern.

»Ich sehe, Sie verstehen etwas von antiken Spiegeln! Wie kann ich Ihnen helfen?«

Der Verkäufer, der mich zunächst nur von weitem beobachtet hatte, stand neben mir.

»Sind die wirklich alle alt?« fragte ich bewusst naiv. »Sie haben hier eine erstaunlich große Auswahl! Woher bekommen Sie diese Prachtexemplare?«

Der Verkäufer, oder war es der Besitzer des Standes, lächelte nachsichtig. »Caro Signore, wir sind hier auf einer Antiquitätenmesse! Jeder dieser Spiegel ist garantiert hundertfünfzig Jahre alt, meistens aber wesentlich älter! Auf Wunsch gebe ich Ihnen gern eine Expertise.«

Ich tat erfreut und wiederholte meine Frage nach dem Woher. Er lächelte noch immer:

»Sie wollen wissen, woher ich sie beziehe? Wenn ich Ihnen diese Frage beantworten würde, wäre ich ganz sicher kein guter Kaufmann! Jedenfalls aus sehr seriösen Quellen. Mittlerweile bekomme ich auch Einiges aus den osteuropäischen Ländern, aus Rumänien, Transsylvanien, ausnahmslos sehr schöne authentische Ware!«

Ich nickte verständnisvoll und erkundigte mich nach den Preisen.

»Sind Sie Amerikaner?« Wir hatten uns in Englisch unterhalten, das ich im Gegensatz zur hiesigen Landessprache, recht fließend beherrsche. »Sie kosten, je nach Größe und Erhaltungszustand zwischen acht- und achtzigtausend Euro. Aber das zahlen nur Russen und Chinesen. Ich mache Ihnen ein gutes Angebot!«

Das gute Angebot bestand aus einem Nachlass von immerhin fünfzehn bis fünfundzwanzig Prozent.

Inzwischen hatte ich auch die kleine goldene Nadel an dem Revers seines Anzugs bemerkt. »CdM«, Confrerie d'Mercure.

»Hallo Enrico, come stai, wie geht es Dir? Schön Dich zu sehen!«

Die Stimme! Die Stimme kannte ich. Das war Vito! Vito, ich hatte ihn gefunden, schneller als gedacht. Oder hatte er mich gefunden?

Vito, dunkler Pullover, Jeans, Nike-Sneaker, umarmte gutgelaunt seinen Kollegen und wandte sich dann an mich:

»Hallo! Was tun Sie in Bologna? Sie wollen doch nicht bei der Konkurrenz kaufen?«

Dann erklärte er dem Kollegen, dass ich sein Kunde sei und mich hier nur informieren wolle. Womit er ausnahmsweise Recht hatte. Trotzdem passte es mir nicht, dass er damit irgendwie über mich verfügte und schon wieder die Initiative ergriff.

Er schien, anders als bei unserer letzten Begegnung im Chateau de la Tour, diesmal nicht unangenehm überrascht, mir hier zu begegnen.

»Wie schön, dass ich Sie treffe! Ich hatte Ihnen ja erzählt, dass ich noch nach Bologna muss. Wie geht es Ihnen? Ich habe sie nicht vergessen, natürlich nicht. Ich habe nachgedacht,wir sollten uns unbedingt sehen! Ich möchte Ihnen einen Vorschlag machen, einen Vorschlag, der Ihnen gefallen wird!«

»Entschuldigen Sie,« unterbrach ich ihn, »was für einen

Vorschlag? Ich habe nur ein einziges Interesse …«. Er hörte wieder nicht zu.

»Nein, natürlich nicht hier und jetzt. Ich muss sofort weiter. Aber ich melde mich umgehend! Was halten Sie davon, wie kann ich Sie erreichen? Geben Sie mir doch einfach ihre Handynummer, ich rufe Sie an.«

»Ich habe kein Handy!« sagte ich schroff, aber ziemlich wahrheitsgemäß. Ich spürte plötzlich wieder diesen Druck auf der Brust, das ungute Gefühl, auf jemanden angewiesen zu sein, dem man nicht über den Weg traut. Dem man hilflos ausgeliefert ist, den man auf der Stelle umbringen könnte! Aber Vito war und blieb immer noch der einzige Anhaltspunkt bei meiner Suche nach Carlotta. Ich versuchte, vernünftig zu sein.

»*Sei vernünftig!*« sagte Carlotta. »*Sei klug, Du hast keine andere Wahl!*«

Widerstrebend gab ich Vito die Adresse meines Hotels.

Auf meinem Rückweg durch die Altstadt kam ich wieder an der Bank vorbei, der Banco di Vaticano. Vor der Tür stand diesmal ein grauer Fiat mit gelben Streifen. Die Schrift »Guardia di Finanza«, das ist der Name der Polizeiabteilung, die in Italien für Wirtschaftsverbrechen zuständig ist, lief unübersehbar über die ganze Seitenfront. Natürlich stand der Wagen im Halteverbot.

23

Bologna. *Café Terzi*

Mittlerweile war es später Nachmittag, ich wollte noch nicht direkt ins Hotel und so verließ ich die *Via Rizzoli* und bog in eine der Seitenstraßen.

Ich schlenderte durch die *Via Giulio Oberdan,* musste einem Baugerüst ausweichen, das die Gasse noch enger machte, als es plötzlich nach Kaffee roch. Nach wenigen Schritten stand ich direkt vor dem Café Terzi, sah durch die Scheiben das Gedränge an der Bar und las über dem Eingang *»Mescita e commercio caffè e té pregiati«*

Während ich noch rätselte, was das heißen sollte – was bedeutet pregiati? – hielt ein Motorroller direkt vor mir. Der Fahrer ruckelte das Gefährt auf den ohnehin schon schmalen Bürgersteig und nahm den Helm ab. Er schüttelte den Kopf, lange Haare fielen über seine Schultern, es war eine Frau. Sie ordnete kurz ihre Locken, sah mich prüfend an, folgte meinem Blick, entschuldigte sich auf Italienisch um dann auf Englisch fortzufahren:

»Scusi, darf ich das übersetzen? Es heißt *»Wir beehren uns, Ihnen unseren Kaffee und unseren Tee zu präsentieren«*. Ist das nicht wunderbar altmodisch! Allein schon deswegen liebe ich diesen Ort. Aber der Kaffee hier ist auch wirklich gut, Sie sollten ihn probieren!«

Dann ging sie hinein, drängte sich an die Bar. Ich folgte

ihr. Sie wurde von dem Personal wie eine alte Freundin begrüßt, bestellte einen Café macchiato, das ist ein Espresso mit etwas aufgeschäumter Milch, und ging dann zu dem einzigen noch freien kleinen Stehtisch. Ich nahm das Gleiche.

»Darf ich mich zu Ihnen stellen?«

Sie deutete ein Lächeln an. »Ja, es ist alles sehr eng hier. Selbst Stehplätze sind eher die Ausnahme. Ich warte auf meinen Mann.«

Damit wäre eigentlich alles gesagt gewesen, wenn sie nicht auf meine Tasse geblickt hätte und mir einen Tipp gab.

»Wenn Sie noch einen Kaffee nehmen, sollten Sie ihn mit orientalischen Gewürzen und Schokoflocken auf dem Milchschaum probieren. Eine Spezialität, dafür ist das Terzi bekannt! Und es gibt einen frischen Keks dazu.« Sie lächelte bedauernd. »Ich verkneife mir das.«

In diesem Augenblick wurde ein dritter Kaffee zu unseren Tassen gestellt, diesmal ein schwarzer Americano. Ein Mann mit dichtem dunkelbraunem Haar und gleichfarbener Lederjacke trat an unseren Tisch, berührte meine Nachbarin an der Wange und sie küssten sich flüchtig.

»Das ist mein Mann«, sagte sie freundlich. Und, zu ihm gewandt: »Diesem Herrn habe ich eben die Vorzüge des Terzi erklärt.«

Er sah mich an. »Sind Sie Tourist? Student? Oder beruflich in unserer Stadt?«

Die Frage war sicher höflich gemeint, klang aber eher wie ein Verhör. Ich wollte gerade antworten, als es Lärm vor der Tür gab. Irgendjemand beschwerte sich lautstark, fluchte, dann fiel etwas um.

»Mein Roller!« flüsterte meine Nachbarin erschrocken.

Ihr Mann richtete sich kerzengerade auf und drängte sich durch die inzwischen aufmerksam gewordenen Gäste. Er verschwand durch die Tür und dann wurde es richtig laut auf der Straße. Erst gab es ein wüstes Geschrei, die Leute schoben sich interessiert in Richtung Fenster, dann hörte man nur noch eine Stimme, die den Ton angab.

»Natürlich mein Mann!« sagte meine Nachbarin. »Hoffentlich flippt er nicht aus! Aber meistens kann er sich beherrschen. Salvatore ist bei der Polizei.«

Das klang wie eine Entschuldigung.

Zurück an unserem Tisch, immer noch wütend, regte er sich weiter auf.

»So ein Idiot! Kann noch gar nicht richtig laufen, beschwert sich aber, wenn mal ein Roller auf dem Gehsteig steht. Angeblich hat er ihn unbeabsichtigt umgestoßen. Zum Glück ist nichts passiert und der Typ kann sich freuen, dass ich nicht im Dienst bin! Sonst ...« Den Rest durften wir uns denken.

Er beruhigte sich langsam, riss ein, zwei, drei Zuckertütchen auf und kippte sie in seinen Kaffee, bevor er umrührte. Seine Frau legte ihm besänftigend die Hand auf den Arm. Er nahm einen Schluck.

»Es tut mir leid, was müssen Sie für einen Eindruck bekommen von unserer Stadt! Aber es gibt hier Leute, die haben sich einfach nicht im Griff und machen uns unnötig Arbeit. Normalerweise können wir uns nicht beschweren, nur die vielen Studenten sind manchmal ein Problem. Aber mit denen können wir reden. Stimmt's?« fragte er seine Frau. Sie sah mich an.

»Unsere Tochter ist hier an der Uni im ersten Semester. Sie studiert auf Lehramt.«

Ich staunte, weil sie selbst noch so jung wirkte. Ihr Mann trank seinen Kaffee aus. »Wollen wir?« sagte er. Im Hinausgehen gab er mir seine Hand. Ein fester Händedruck! »Ich bin Salvatore Solci. Bologna wird Ihnen gefallen!«

Salvatore Solci. Ein schöner, ein italienischer Name.

Ich sah sie davonfahren. Solci hatte das Steuer übernommen. Er fuhr ohne Helm.

»Kennen Sie den Ispettore?« fragte die Bedienung, die unsere Unterhaltung mitbekommen hatte, beim Bezahlen. »Man darf ihn nicht so ernst nehmen. Eigentlich ist er ein netter Kerl.«

»Ja,« antwortete ich. »ich habe ihn gerade kennengelernt.« Und ahnte zu diesem Zeitpunkt noch nicht, dass das nicht unsere letzte Begegnung sein sollte.

24

Bologna. *Eine Bitte*

Das warme Licht der spätnachmittäglichen Sonne spielte mit den Schatten der Arkaden und zeichnete ihre Rundbögen auf die dahinterliegenden Hauswände und den Bürgersteig. Gruppen von jungen Leuten, Studenten, füllten sie mit lautstarker Fröhlichkeit und waren in ihrer farbigen Vielfalt ein frisches Makeup für die betagte Stadt.

Auf meinem Weg zum Hotel war ich auf einem fast dreieckigen Platz gelandet, der Piazza di Stefano, auf dem die Obst- und Gemüsehändler gerade begannen, ihre Stände abzubauen. Sie bildeten einen lebhaften Kontrast zu einem der merkwürdigsten Gebäudekomplexe, die ich bisher gesehen habe. Es war eine Ansammlung von Kirchen, uralt, ein wenig düster, alle aneinander gelehnt, so, als müssten sie sich gegenseitig stützen. Oder beschützen. Selbst in dieser an historischen Gebäuden überreichen Stadt wirkten sie wie aus der Zeit gefallen. Wie eine Zitadelle zur Verteidigung eines uralten, dunklen Zaubers. Streng, trotzig, abweisend.

Auf dem Markt erstand ich drei Pfirsiche. Einen davon bekam ich geschenkt, und der Händler versicherte mir, sie stammten aus seinem eigenen Garten. Der aromatische Duft verlockte mich, ich biss hinein, und eben, als ich mir einen Safttropfen vom Kinn wischte, hörte ich den Gesang.

Es war eher ein Sprechgesang, er kam aus der größten der Kirchen, die Türen standen offen. Schon immer mochte ich die gregorianischen Gesänge in ihrer introvertierten Leidenschaft und Strenge.

Absolve, Domine, animas omnium fidelium
ab omni vinculo delictorum.
Et gratia tua illis succurrente,
mereantur evadere iudicium ultionis.

Erlöse, Herr, die Seelen aller Gläubigen
von jeder Schuld.
Und Deine Gnade helfe ihnen,
damit sie dem Gericht der Rache entkommen.

Der Gottesdienst war mäßig besucht, und wären nicht die dominanten Stimmen der sechs Mönche gewesen, die sich um den Altar der *Chiesa del Crocefisso,* der Kreuzkirche versammelt hatten, dann wäre das Gebet wohl kaum bis auf die Piazza gedrungen.

Der gelbliche Marmoraltar thronte, gleichsam entrückt, am Ende einer langen Treppe über dem sonst recht schmucklosen hohen Kirchenschiff mit dunkler Holzbalkendecke. Darüber ein großes mittelalterliches Triumphkreuz, Christus umgeben von seiner Mutter, dem heiligen Johannes, Maria Magdalena und viel Blattgold.

Die Feier war zu Ende, eine weißhaarige Frau mit geblümter Einkaufstasche spendete eine Kerze an einem kleinen Seitenaltar, auf dem hinter Glas die in weiße Tücher gewickelte Figur eines Säuglings zu sehen war.

Die Mönche verschwanden durch einen unauffälligen Durchgang auf der linken Seite. Ich folgte ihnen.

Und stand plötzlich in einem Raum, der mich sofort gefangen nahm. Nahezu rund, überwölbt mit einer hohen Backsteinkuppel, die auf im Kreis angeordneten Säulen ruht. Darunter ein gewaltiger Block aus weißem Marmor von gut fünf Metern Höhe, umschlungen von einer Treppe, die nach oben zu einem Altar führt. In der Mitte, nur knapp über dem Boden, öffnet sich eine kleine vergitterte Kammer, sie ist leer.

Wie ich später erfuhr, ist es eine frühe Nachbildung des Heiligen Grabes, des Grabes Christi. Und sie steht in den Resten eines alten römischen Tempels. Zweitausend Jahre christlicher und heidnischer Geschichte sind hier vereint. Selten ist Architektur ungewollt – vielleicht ist das das Geheimnis – ungewollt eine solche Verdichtung von Glauben, Geschichte und Mystik gelungen.

Wenn es Orte gibt, die eine spirituelle Kraft haben, dann spürt man das hier. Ich saß, gefangen vom Genius loci, auf der einzigen Bank, die es gab. Die Mönche hatten den Raum längst durch einen der vielen Ausgänge wieder verlassen. Ich war allein mit mir und den Geistern, die sich hier, in einem der wenigen Schutzräume, die ihnen geblieben waren, versammelt hatten. Ich war allein mit den Engeln. Und gerade, als ich dachte, vielleicht könnte beten nichts schaden, riss mich ein schrilles Pfeifen aus meinen Gedanken. Es kam von rechts. Etwas bewegte sich. Eine große Ratte trippelte suchend über den Steinfußboden, lief kurz in meine Richtung, entschied sich dann anders und verschwand schließlich in der grabähnlichen Öffnung am Fuße des Marmorbaus. Und sie blieb nicht allein. Zwei

Artgenossen tauchten auf. Mich interessierte, woher sie kamen und stand auf. Wie Schatten huschten sie davon und verschwanden durch ein von mir bisher nicht bemerktes in den Boden eingelassenes längliches eisernes Rost, das eine Grube bedeckte. Touristen hatten Münzen hineingeworfen. Der Boden der Grube fiel in eine Richtung steil ab und am Ende konnte man in der Dunkelheit eine Treppe erahnen. Nur die Ratten wussten, wohin sie führt. Oder wohin sie vor langer Zeit einmal geführt hatte.

Die Zeit drängte, ich hatte gelesen, dass der Komplex um sieben Uhr geschlossen werden würde. Also wählte ich eine Tür hinaus, durchquerte ein frühromanisches Kirchenschiff, in dessen winzige Fensteröffnungen statt Glas dünnes lichtdurchlässiges Alabaster eingesetzt worden war, ging durch Hallen, Innenhöfe und durch Kreuzgänge, die die Vorgänger der Portici, der bürgerlichen Arkaden hätten sein können. Auch sie schützten vor Regen, spendeten Schatten und dienten der Kommunikation. Aber sie führten ausschließlich im Kreis.

Schließlich landete ich in einem kleinen Museum, in dem man auch Schriften über das Kloster kaufen konnte. Das wollte ich, denn ich hatte von der ganzen Anlage nur wenig verstanden, ich brauchte Erklärungen. Ein Heft, reich bebildert, mit Grundrissen und Konstruktionszeichnungen versehen, gefiel mir. Das gab es allerdings nur in spanischer, schwedischer und russischer Sprache. Alle restlichen Ausgaben, darunter auch die deutsche, waren ausverkauft. Aber man konnte sich das gewünschte Exemplar schicken lassen, sobald es wieder vorrätig war. Dazu musste man fünf Euro plus zwei Euro für Porto in einen bereitstehenden Kasten werfen und seine Adresse in eine Liste eintragen. Auch wollte das Kloster gern wissen, wer sich für seine Schriften interessierte und fragte nach dem Beruf. Ich sah keinen Grund, ihn zu verschweigen.

Ein Mönch, der auch Postkarten, Rosenkränze und kleine Heiligenbilder verkaufte, hatte mir beim Ausfüllen des Formulars zugesehen.

»Wenn wir Glück haben, bekommen wir die Hefte schon in den nächsten Tagen, vielleicht morgen oder übermorgen. Dann könnte ich Sie anrufen. Wie lange sind Sie noch in der Stadt?«

Ich fand das eine gute Idee und gab ihm die Telefonnummer meines Hotels.

Wir hatten Englisch miteinander gesprochen, und es fiel mir nicht schwer, zu erkennen, dass das nicht seine Muttersprache war. Er hatte eine weiche, etwas breitgezogene Betonung, vielleicht kam er aus Österreich, oder aus Bayern.

Das fiel mir wieder ein, als ich seine Stimme erneut hörte. Diesmal in meinem, oder besser in Catherines Appartement im Hotel. Ich wollte gerade ins Bett gehen und kam aus dem Bad, als das Telefon klingelte.

Ich erkannte die Stimme sofort, obwohl sie diesmal deutsch sprach. »Entschuldigen Sie bitte vielmals, dass ich so spät anrufe! Dass ich es überhaupt wage, Sie anzurufen! Sie kennen mich nicht, ich bin …«

Weiter ließ ich ihn nicht kommen. Es war ein anstrengender Tag gewesen, und ich hatte kein Verständnis für die nächtliche Störung, schon gar nicht von einem Unbekannten.

»Tut mir leid.« sagte ich. »Ich liege schon im Bett! Wenn es wichtig sein sollte, rufen Sie morgen wieder an.«

Dann legte ich auf. Während ich noch darüber nachdachte, ob das tatsächlich die Stimme des Mönches gewesen war oder nur jemand, der ähnlich klang, klingelte es erneut.

Wieder war es die gleiche Stimme: »Bitte!«

Manchmal hat ein einziges Wort mehr Überzeugungskraft, als lange Erklärungen. Dieses »Bitte!« klang so dringlich, so ehrlich, dass ich zuhören musste.

»Bitte hören Sie mir zu, nur wenige Minuten! Ich weiß, dass ich unmöglich bin, vielleicht unverschämt. Und dass ich Sie belästige! Aber bitte erkennen sie daraus meine verzweifelte Lage! Ich bin der Mönch aus Santo Stefano, mit dem sie heute über unsere Broschüre geredet haben. Ich habe gesehen, dass Sie ›Jurist‹ als Beruf eigetragen haben. In diesem Moment wusste ich, das war der Fingerzeig, um den ich solange gebetet habe! Ich muss mit Ihnen reden, ich bin völlig verzweifelt! Natürlich nicht am Telefon und ich habe genug Geld, um …«

Wieder unterbrach ich ihn: »Das mag sein. Aber wir kennen uns überhaupt nicht. Außerdem bin ich überzeugt, dass es in Bologna genügend gute Anwälte gibt! Um was geht es denn überhaupt?«

»Oh, bitte, sie müssen mir glauben, dass es gute Gründe dafür gibt, dass ich hier mit niemandem reden kann. Eigentlich darf ich gar nicht darüber reden, es ist verboten!«

Er machte eine Pause und ich fragte ihn noch einmal, worum es eigentlich ging.

Der Mönch seufzte. »Das hört sich jetzt dramatisch

an und Sie werden es nicht glauben. Eins aber müssen Sie mir glauben: Ich weiß, wovon ich rede, ich bin nicht durchgedreht! Es geht um Leben und Tod! Es geht um Menschen, um Vergiftungen von Menschen. Vergiftung mit Quecksilber! Es ist dringend! Und ich weiß, dass ich reden muss! Außer mir tut es keiner.«

»Wieso Quecksilber?« fragte ich und wusste bereits, dass mich seine Geschichte interessierte.

Wir verabredeten uns auf seinen Wunsch hin für den nächsten Tag auf dem Hauptbahnhof.

»Steigen Sie in den Zug, der ab Gleis 4 um elf Uhr zwölf nach Ferrara fährt. Wählen Sie einen der vorderen Wagen. Ich werde Sie erkennen.«

Mir erschien diese Vorsicht reichlich übertrieben. Aber die Hoffnung auf eine neue Spur, die zu Carlotta führen könnte, und die Rücksicht auf die Angst des Mönchs, der fürchtete, erkannt zu werden, ließen mich zustimmen. Es war ein Strohhalm, nicht mehr. Aber es war immerhin ein Strohhalm.

25

Bologna. *Der Schuh*

Die Piazza Maggiore ist das Herz Bolognas. Hier, zwischen der seit Jahrhunderten nur halbfertigen Marmorfassade der Kathedrale, dem Palazzo Comunale, dem Neptunbrunnen und dem alten Rathaus trifft sich die Welt! Es sind vor allem Touristen und Studenten die sich dort tummeln, staunen, diskutieren und unter den roten Vorhängen der Arkaden ihren Kaffee, ihren Aperol Spritz trinken.

Jetzt, gegen 5 Uhr in der Frühe, der Himmel begann eben hell zu werden, war kaum jemand unterwegs. Signor Morelli war einer der Ersten. Er hätte lieber noch eine halbe Stunde länger geschlafen und hätte dann seinen Posten bei den städtischen Verkehrsbetrieben immer noch pünktlich antreten können. Aber er hatte es übernommen, sich als Erster um Bobo zu kümmern, und der wollte schon früh raus. Bobo war ein Terrier, springlebendig, unternehmungslustig, und erklärter Liebling der Familie. Das nächste Mal würde dann seine Frau gegen 10 Uhr übernehmen, nachdem sie die Kinder in die Schule gebracht hatte.

Er ging, wie gewohnt, den Weg durch die Via Rizzoli, überquerte die Piazza Re Enzo und näherte sich dem Gewölbegang, der das alte Rathaus durchquert. Bobo, kurzes weißes Fell, nur ein eindrucksvoller ockergelber Fleck um das linke Auge, lief wie üblich voraus und verschwand im Dunkel des Ganges, der nur spärlich von einigen großen kandelaberähnlichen Laternen aus Schmiedeeisen beleuchtet wurde. Dann erschien er wieder. Er trug etwas im Maul.

Sieht aus wie ein altes Brot, dachte Signor Morelli, die Größe könnte stimmen. Beim Näherkommen erkannte er einen hellbraunen Schuh.

»Aus! Bobo, aus!« Bobo wedelte mit dem Schwanz und ließ ihm den Schuh direkt vor die Füße fallen.

Signor Morelli sah sofort, dass das kein gewöhnlicher Schuh war. Etwa so einer, den man einfach wegwirft, weil er seine Pflicht getan hatte, bei dem es sich nicht mehr lohnt, ihn zu reparieren. Es war auch keiner der verbeulten ungeputzten Exemplare, die man an diesem Ort zu dieser Zeit vielleicht erwartet, so wie sie Bettler und Obdachlose tragen. Dieser Schuh war aus bestem glänzendem Leder, schlank in der Form, tadellos gepflegt. Signor Morelli berührte ihn mit dem Fuß und drehte ihn um. Die Sohle zeigte nur wenige Gebrauchsspuren und einen Prägestempel »Handmade«. Als Italiener hatte Morelli durchaus einen angeborenen Sinn für modische Eleganz. Er erkannte einen Budapester Maßschuh, eines jener sündhaft teuren Meisterwerke, die man sich gern im Schaufenster betrachtet, aber niemals selbst leistet. Wer wirft sowas weg?

Als er noch überlegte, was nun zu tun sei, schnappte sich Bobo das edle Teil und verschwand damit wieder in dem dunklen Gewölbe.

Nun muss man wissen, dass das alte Rathaus von zwei seitlich geschlossenen Bogengängen durchzogen wird, die kreuzförmig verlaufen. Dort, wo sie sich treffen, bilden sie ein besonders großes Gewölbe, eine Art Halle, die *Voltone del Podeste*.

»Bobo!« rief Signor Morelli. »Bobo, bei Fuß!« Aber Bobo hatte anderes im Sinn. Er lief seinem Herrn voraus bis in die Mitte der Halle, dort ließ er den Schuh fallen, umkreiste ihn noch einmal und setzte sich dann daneben.

»Brav, Bobo, brav!« Signor Morelli entschied sich, den Schuh dort liegenzulassen – was ging er ihn eigentlich an – und eilte an ihm vorbei in Richtung Ausgang.

Bobo folgte ihm nicht. Er saß noch immer vor seinem Fund, hob dann den Kopf und stieß plötzlich ein jämmerliches Geheul aus, das umso eindrucksvoller klang, weil es in diesem großen leeren und düsteren Raum das einzige Geräusch war.

Signor Morelli erschrak. Er lief zurück zu seinem Hund und blickte ebenfalls nach oben. Dort sah er den zweiten Schuh!

Er schwebte hoch über ihm, er erblickte die gleiche kaum benutzte Sohle. Sie bewegte sich leicht. Direkt neben dem Schuh sah er einen halbnackten Fuß. Der vordere Teil, die Zehen, war von einer grauschwarz gestreiften Socke bedeckt.

Signor Morelli, der sich der Tragweite seiner, oder besser Bobos Entdeckung nur langsam bewusst wurde, taumelte einige Schritte zurück. Und erkannte nun, mit Änderung der Perspektive, das ganze Ausmaß der Katastrophe. Dort oben, schaurig beleuchtet von dem Licht der großen schmiedeeisernen Laterne, an der er hing, schwebte der Eigentümer des Budapester Maßschuhs. Oder konkreter, er hing an einem Strick, der um seinen Hals geschlungen war, und der dafür sorgte, dass der Kopf merkwürdig schief auf den Schultern saß. Die toten Augen glotzten ihn an, er streckte ihm eine schwarze Zunge entgegen.

Das genügte Signor Morelli. Er verzichtete diesmal auf die Unterhaltung mit seinem Hund, klemmte ihn sich einfach unter den Arm und eilte zur nächsten Wache.

Er war nicht nur erschrocken. Er war auch empört. Wie geschmacklos, wie rücksichtslos musste man sein, um sich an solch prominenter Stelle aufzuhängen. Vor aller Welt! Denn die würde in wenigen Stunden dort wieder versammelt sein.

Er kam nicht auf die Idee, dass dieser Effekt eventuell gewollt sein könnte. Wenn auch nicht vom Eigentümer des Schuhs selbst.

26

Bologna. *Guardia di Finanza*

»Das kommt vom Geldzählen«, dachte Capitano Massimo Como von der Guardia di Finanza und rieb sich die Augen. Seine Augen brannten. Sie brannten eigentlich meistens, kein Arzt konnte ihm sagen warum. Heute war es besonders schlimm, er hatte seine Tropfen vergessen.

Wenn sie hier im Büro wenigstens eine Geldzählmaschine hätten, so wie in den Banken, dann wäre es einfacher. Aber auch dafür hatte die Guardia di Finanza kein Geld. Obwohl der Name eher das Gegenteil erwarten ließ.

Wieder einmal hatten sie einen Gemüsegroßhändler in der Cassa Popolare abgefangen, der gerade eine größere Menge von Scheinen einzahlen wollte. Vor allem Fünfziger und Hunderter. Auch Zweihunderter waren dabei.

»Wo hast Du das her, Francesco?« fragten sie ihn. »Wie kommst Du zu Tageseinnahmen von mal geschätzten Zwanzig-, Fünfundzwanzigtausend? Das musst Du uns erklären! Wir nehmen das Geld jetzt erst mal mit, selbstverständlich gegen Quittung. Du holst deine Belege und kommst dann damit zu uns auf die Wache. Mach Dir keine Umstände, komm wann es Dir passt! Natürlich zu unseren Bürozeiten. Du zeigst uns die Belege und wir geben Dir Dein Geld zurück, keine Sorge. Aber Francesco, Du hast doch Belege?«

Seit dem neuen Geldwäschegesetz muss der Verdächtige den Nachweis bringen, woher das Geld kommt. Vorher war es umgekehrt! Wenigstens das hatte die Regierung hinbekommen!

Geldzählen war eigentlich nicht das Ding von Capitano Como. Besonders nicht heute, wo er seine Augentropfen vergessen hatte. Er hatte nur den Kollegen geholfen, während er wartete. Heute früh hatte er Ispettore Savatore Solci von der Polizia di Stato angerufen und ihn dringend gebeten, vorbeizukommen. Und nun musste er jeden Moment hier auftauchen.

Der kam wenig später und war in Eile.

»Massimo, was willst Du? Ich muss gleich wieder los!«

Der Capitano hielt einladend die Tür zu seinem Büro auf, ließ Solci eintreten und schloss sie hinter ihm.

»Salvatore! Danke, dass Du gekommen bist! Setz Dich doch! Hast Du schon gehört?«

»Ich höre viel! Was denn gehört?«

»Also hat es sich noch nicht rumgesprochen, erstaunlich! Also: Heute morgen gegen 5 Uhr 20 hat man Dottore Alessandro Bertolo, den Vizedirektor der Banco di Vaticano, tot aufgefunden. Ein Mann, der mit seinem Hund unterwegs war, hat ihn entdeckt. Unter recht ungewöhnlichen Umständen. Er hing in der Durchfahrt des Palazzo de Podesta, dem alten Rathaus.«

Solci rechnete immer mit allem. Auch mit dem Unmöglichen. Und wenn ihn wirklich mal etwas erschüttern sollte, zeigte er es nicht. Auch diesmal blieb er ungerührt.

»Ausgerechnet da! Ich kenne ihn nur vom Sehen, aber

er soll ein ziemlicher Angeber gewesen sein, ein arroganter Typ. Ausgerechnet im Rathaus! Darunter macht er's nicht.«

»Salvatore«, sagte Como ernst und blinzelte, »sei nicht so zynisch. Warum sollte der Vizedirektor, wenn er schon sterben will, so was Kompliziertes machen? Um unter den Bogen an die Laterne zu gelangen, hätte er eine Leiter gebraucht, eine sehr hohe sogar. Aber da war keine Leiter. Und warum wollte er überhaupt sterben, es ging ihm gut! Also lass uns mal nachdenken, an was erinnert Dich das? Tod unterm Torbogen? Ein *Banker* hängt tot unterm Torbogen! Fällt dir dazu nichts ein? Willst Du einen Kaffee?«

Er griff zum Telefon: »Zwei Kaffee bitte, einmal mit Milch, einmal ohne, aber mit viel Zucker! Danke.« Dann fuhr er fort:

»Weißt Du, an was mich das erinnert? Es erinnert mich fatal an die Geschichte damals in London. Da hatten sie doch den Chef der Banco Ambrosiano, den sie den ›Bankier Gottes‹ nannten, unter den Bogen einer Themsebrücke gehängt. Merkwürdigerweise mit Ziegelsteinen in den Taschen. Vielleicht wollten sie ihn ursprünglich ertränken. Übrigens, unser Dottore hatte auch was in der Tasche!«

»Und?« fragte Solci, dem diese Londoner Geschichte nun langsam wieder einfiel.

»Wir haben einen Zettel in seiner Tasche gefunden. Weißt Du, was da draufsteht? *Ich weiß nicht, was für mich gut ist!* steht da drauf! Was immer das bedeutet. Meinst Du, ein Selbstmörder macht sowas? Hier wollte jemand ein Zeichen setzen! Und das war sicher nicht der Dottore!«

Solci seufzte. »Sieht ganz so aus! Und wir dachten doch, die würden sich jetzt zurückhalten, jedenfalls solange der

Prozess in Reggio Emilia noch läuft. Anscheinend haben wir uns geirrt! Wer war's? Wahrscheinlich müssen wir nicht lange suchen. Die Cosa Nostra, die Camorra-Clans? Am ehesten wohl unsere Hausmafia, die Ndrangheta.

»Du hast die *Santas* vergessen!« sagte Como. »Die Santas, die neuen Geheimlogen, in denen unsere Politiker, Unternehmen und eben auch Banken eng mit der Mafia zusammenarbeiten. Da wird es dann schwierig zu erkennen, für oder gegen wen Du überhaupt arbeitest!«

»Genau!« Solci blickte besorgt. Er hatte nicht die geringste Lust, sich mit Fällen mit offensichtlich mafiösem Hintergrund zu befassen, weil es dort nie um Recht oder Unrecht ging, sondern immer um Geld. Um Macht. Und um die besten Beziehungen. Es war wirklich nicht motivierend, wenn man von jemandem, den man gerade in mühevoller Kleinarbeit eines Verbrechens überführt und vermeintlich langfristig hinter Gitter gebracht hatte, wenige Wochen später auf der Straße wiedertraf und frech angegrinst wurde.

»Weißt Du, ob der Vize schon mal Drohungen bekommen hat, ob er erpresst wurde?«

»Nein,« sagte Como, »das hätte er uns sicher auch nicht erzählt. Aber wir stehen ja ganz am Anfang. Und ich wollte Dich gleich mit einbeziehen. Wir werden Eure Hilfe brauchen! Falls Dir irgendwas auffällt, das mit Geldwäsche oder so zu tun haben könnte.«

»Geldwäsche und Bank, das passt doch! Zum Glück ist das Euer Resort! Aber wir helfen Euch gerne, Massimo, wie immer!«

Solci wusste: Damals, bei dem Skandal um die Banco Ambrosiano, die ja eng mit der Vatikanbank

zusammengearbeitet hat, spielte Geldwäsche eine große
Rolle. Sie wurde besonders genutzt, um Unsummen aus
dem süd- und mittelamerikanischen Kokain-Handel zu
waschen.

Das Telefon klingelte. Der Capitano nahm ab »Pronto!«
und rieb sich, während er lauschte, nervös die Augen.

»Perfetto! Gut gemacht! Vielleicht hilft uns das weiter.«
Er legte auf und wandte sich an Solci. »Ich erfahre gerade,
dass der Vize und sein Direktor gestern hohen Besuch hatten. Nämlich Luigi, den dicken Luigi selbst, dazu jemand
aus Mailand, der jetzt hauptsächlich in Amsterdam lebt
und für die Verteilung von Kokain zuständig sein soll. Und
eine dritte Person, die wir noch identifizieren müssen. Sie
trug als Einziger auch in der Bank eine Sonnenbrille.«

»Wer ist Luigi?« fragte Solci.

»Das ist der neue Mann der Ndrangetha, seit Carlos, der
Capo di Capo, einsitzt. Er residiert irgendwo in den Bolo-
gnesischen Hügeln und wir beobachten ihn schon länger.
Bisher hat er uns keinen Grund geliefert, ihn anzufassen.

Aber pass auf! Die drei Herren blieben gestern fast zwei
Stunden. Und obwohl alles hinter verschlossenen Türen
stattfand, wird berichtet, dass es sehr lebhaft zugegangen
sein soll. Der Vize soll mehrmals wütend den Raum verlassen haben. Man hat ihn dann immer wieder zurück-
geholt. Und der Abschied soll eisig gewesen sein.

Und heute Vormittag sind dieselben Herren wieder in
der Bank erschienen. Diesmal blieben sie nur zwanzig Minuten und verließen das Haus offensichtlich gut gelaunt.
Was sagst Du dazu, Salvatore?«

Solci stand auf, nahm seinen Kaffeebecher, trank ein,
zwei Schluck von der bittersüßen Brühe, ging zum Fenster,

stellte ganz nebenbei fest, dass die Scheiben mal geputzt werden müssten, blickte kurz auf die gegenüberliegenden Häuser, ohne sie wirklich zu sehen, und drehte sich wieder um.

»Das wäre typisch: Der Tod des Vizedirettore als Warnschuss für den Chef. Soll heißen: Entweder Du machst jetzt, was wir wollen, oder Du bist der Nächste, Du bist schon so gut wie tot! So läuft das. Aber warum so schnell, von einem Tag auf den anderen? Das ist ungewöhnlich!«

»Frage ich mich auch. Warum diese Brutalität? Und diese Eile! Anscheinend läuft hier was, das keinen Aufschub duldet. Aber was? Was ist hier los?«

Eile war das Stichwort für den Ispettore.

»Massimo, entschuldige, aber ich muss dringend los! Ich beneide Dich nicht um Deinen Job, wirklich nicht. Wer weiß, wer bei dieser Geschichte mit drinsteckt. Vielleicht alle bis auf uns beide, wem kannst Du derzeit noch trauen?«

Er grinste.

»Also sei vorsichtig! Und wenn ich Euch helfen kann – jederzeit! Aber bitte nicht heute und morgen!«

»Salvatore, hab' ich Dir das schon mal gesagt?« fragte der Capitano zum Abschied. »Du bist zynisch!«

27

Bologna. *Im Zug nach Ferrara*

Der Bahnhof von Bologna, der »Bologna Centrale«, sieht ein wenig so aus wie einer der vielen Palazzi dieser Stadt. Der gleiche Baustil, die gleichen Simse, Fenster und Farben. Und selbst die allgegenwärtigen Portici, die Bogengänge, werden durch den dekorativen Säulenvorbau zitiert.

Man erkennt, was die Erbauer wollten: Ein Gebäude in Harmonie mit dem historischen Stil der Umgebung. Umso mehr hätten sie wohl die beiden Uhren überrascht, die später hinzugefügt wurden und heute wie zwei Ohren links und rechts an dem breiten Dachgesims kleben.

Ich blickte auf eine der Uhren und war irritiert, es war erst 10 Uhr 25. Meine Armbanduhr zeigte bereits zwei Minuten nach elf. Die Bahnhofsuhr musste stehengeblieben sein. »Typisch!« dachte ich.

Dann sah ich die zweite Uhr an der rechten Seite des Gebäudes, sie zeigte die gleiche Zeit wie meine Armbanduhr. Und in diesem Moment bereute ich mein Vorurteil. Mir fiel der Grund ein für die vermeintlich falsche Anzeige.

Um eben diese Zeit, um 10 Uhr 25, hatte 1980 hier der furchtbare Anschlag stattgefunden, bei dem über achtzig Menschen starben. Obwohl es Verurteilungen gab, sollen die wahren Schuldigen nie gefunden worden sein.

In der Bahnhofshalle zeigten die großen schwarzen

Anzeigetafeln eine verwirrende Anzahl von Zugverbindungen von München, Mailand, Verona bis Rom, Neapel und Lecce. Dabei ändert sich alles ständig, Orte, die eben noch am Anfang standen, waren plötzlich in der Mitte gelandet. Eine breite Treppe führte nach unten in den unterirdischen Fernverkehrsbereich. Der Lärm der ein- und ausfahrenden Züge, der ununterbrochenen Ansagen drangen wie die Orchesterproben für eine atonale Sinfonie bis nach oben.

Schließlich fand ich meinen Zug nach Ferrara, auf Gleis vier. Hier oben, im Nahverkehrsbereich, war es verhältnismäßig ruhig.

Ich stieg in den zweiten Wagen. Er war fast leer, ich suchte mir einen Fensterplatz, von dem aus ich den Bahnsteig überblicken konnte. Es roch gewöhnungsbedürftig, die Sitze aus blauem Kunststoff zeigten, trotz des Rauchverbots, braune Brandflecken. Die Minuten bis zur Abfahrtszeit verstrichen, aber niemand, bis auf eine kleine Gruppe von Schülern, ließ sich blicken. Dann kam die Anweisung einzusteigen, die Türen wurden geschlossen und der Zug setzte sich in Bewegung. Ich sah aus dem Fenster, der Bahnsteig war leer.

Also hatte der Mönch es sich anders überlegt, vielleicht war er aufgehalten worden. Halb hatte ich schon mit dieser Möglichkeit gerechnet und beschloss, beim nächsten Halt auszusteigen und zurückzufahren. Einerseits ärgerte ich mich, andererseits war ich erleichtert. Auf was hätte ich mich da eingelassen?

»Buongiorno! Il posto è libero?« sagte jemand, zögerte kurz und nahm, ohne meine Reaktion abzuwarten, mir schräg gegenüber Platz. Seinen Rucksack legte er neben sich. War er das? War das mein Mönch? Ich erkannte ihn nicht. Aber ich hatte ihn im Souvenirshop der Kirche nur kurz gesehen, in eine schwarze Kutte gehüllt. Mein Gegenüber trug einen grünen Anorak, Jeans, abgetragene Turnschuhe und ein olivfarbenes Cap auf seinem aschblonden Haar. Dazu eine verspiegelte Ray Ban Sonnenbrille. Sah er mich an?

»Grüß Gott!« sagte er auf deutsch, mit leicht bayrischem Einschlag.

»Ich bin Bruder Giordano, alias Georg Sedlmeier. Ich bin sehr froh, dass Sie da sind! Ich war mir gar nicht sicher, ob Sie kommen würden. Und ich hätte volles Verständnis dafür gehabt.«

Er blickte sich um, rutschte etwas näher zu mir und nahm seine Sonnenbrille ab. Jetzt erkannte ich ihn an seinen blaugrauen Augen. Sicherer noch machten mich seine auffälligen blaugrauen Augenringe. Sie ließen ihn elend aussehen und er hatte etwas von einem Penner, einem Obdachlosen, der unfreiwillig auf der Straße gelandet ist. Der sich ständig Sorgen macht um sein eigenes Schicksal, aber nichts dagegen tun kann. Jemanden, dem man gern zwei Euro gibt, und gleichzeitig weiß, dass diese Hilfe nutzlos ist. Aber sein Blick verriet einen starken Willen und Intelligenz.

»Hallo!« sagte ich betont zurückhaltend. »Ich dachte schon, wir hätten uns verpasst.«

»Ja, entschuldigen Sie. Ich bin in einen anderen Wagen eingestiegen, gleich als der Zug einfuhr. Ich habe Sie kommen sehen und abgewartet. Ich muss vorsichtig sein! Zum Glück sind um diese Zeit nicht viele unterwegs, sodass wir ungestört reden können.«

Wieder sah er sich um. Außer den Schülern, die weiter hinten im Wagen saßen und deren Gelächter herüberklang, waren wir allein.

Mir fiel auf, dass der Mönch, während er redete, mich nur kurz direkt ansah, dann aber den Blick schnell wieder senkte. So, als könne er etwas verraten, was er lieber verbergen wollte. Vielleicht war es auch nur die antrainierte Demut des Ordensbruders.

»Ich bin gespannt!« sagte ich.

Er neigte sich zu mir herüber: »Sie müssen mich für aufdringlich halten und das bin ich auch! Umso dankbarer bin ich, dass Sie sich die Zeit genommen haben.«

Ich unterbrach ihn. »Sie haben mich neugierig gemacht. Aber so richtig verstanden, um was es eigentlich geht, habe ich Sie nicht. Was wollen Sie von mir? Solange ich das nicht weiß, frage ich mich, ob unser Gespräch überhaupt Sinn macht.«

»Natürlich!« Bruder Giordano hielt die Augen gesenkt, »natürlich! Ich selbst weiß es ja nicht einmal! Und Sie müssen mich für ziemlich naiv halten, dass ich mich einem Fremden anvertraue, nur weil er ein Landsmann und nur weil er Jurist ist. Wenn Sie meine Geschichte gehört haben, werden Sie meine Lage besser verstehen. Es ist für mich einfach unmöglich, damit zu einem hiesigen Anwalt oder etwa zur Polizei zu gehen. Sie kennen die italienischen Verhältnisse nicht! Die Kirche hier hat einen ganz anderen Einfluss. Der Abt unseres Klosters ist sakrosankt, er ist unantastbar, eine Respektsperson. Er hat mächtige Freunde. Und, um alles noch komplizierter zu machen, Gott steh mir bei, mich bindet mein Ordensgelübde.«

Er blickte mich prüfend an mit seinem sanften,

entsagungsvollen und gleichzeitig verzweifeltem Lächeln, das ich später noch öfter sehen sollte.

Dann begann er mit seiner Geschichte.

»Ich will es kurz machen. Ich beanspruche Ihre Zeit und ich darf selbst nicht zulange wegbleiben.«

Bruder Giordano war erst seit einem knappen Jahr im hiesigen Kloster Santo Stefano. Am Anfang hatte er sich für einen Glückspilz gehalten, als ihn sein Prior, sein Ordensoberer, für eine unbestimmte Zeit hierher geschickt hatte. Nach Italien, Sonne, Sehnsuchtsland! Und Rom war nicht weit. Der Abt von Santo Stefano hatte den Prior um Unterstützung gebeten, da seine wenigen Mitbrüder die Bologneser Abtei kaum noch bewirtschaften konnten.

Für Giordano war es ein Kulturschock! Er kam aus der bayerischen Benediktinerabtei Ottobeuren, einer wegen seiner überbordenden barocken Pracht weit über die Landesgrenzen bekannten Klosteranlage. Aus einer Bruderschaft tief verwurzelt im Glauben, die sich respektierte, gegenseitig unterstützte und unter der Obhut ihres Ordens geborgen fühlte.

Hier in Bologna wurde aus der anfänglichen Faszination, dem eigenen Zauber dieser verschachtelten altehrwürdigen Anlage mit ihrer unbestreitbaren Mystik, sehr bald ein Albtraum: Vom strahlenden Barock ins finstere Mittelalter.

»Ich spürte deutlich, dass hier etwas nicht stimmte. Die Brüder wirkten leer, übermüdet, und, auch das muss gesagt werden, den meisten fehlt der Glaubenseifer. Manchmal fällt sogar die Morgenhore, die zwingend vorgeschriebene erste Andacht des Tages, aus. Bald sollte ich erfahren, warum.«

Nach wenigen Wochen der Eingewöhnung bestellte ihn sein Vorgesetzter, der Abt, in sein Arbeitszimmer. Er war sehr freundlich, nach kurzer Zeit kam er zu seinem Anliegen. Er verwies auf die prekäre Finanzlage der Kirche im Allgemeinen und der Klöster im Besonderen. Vor ihm lag ein aufgeschlagener Foliant mit handgemalten, reich verzierten mittelalterlichen Bibelillustrationen, eine Kostbarkeit. Er blätterte langsam in den Seiten. Schon immer hätten die Klöster dazuverdienen müssen, erklärte er, früher taten sie das durch die manuelle Vervielfältigung der heiligen Schriften. Dies sei ein gutes Bespiel dafür. Viele Brüder hätten an so einem Werk gesessen. Einer hätte es geschrieben, ein anderer illustriert und ein dritter die Vergoldungen vorgenommen. So trug schon damals jeder dazu bei, dass es ihm und dem Orden gut ging.

Nun habe er sich, der Abt, auf diese alte Tugend besonnen und wolle, wiederum durch die Kunstfertigkeit der Brüder, zur Erhaltung des Klosters auch finanziell beitragen. Natürlich stellten sie nun nicht mehr alte Schriften her, dafür aber etwas ebenso Wertvolles. Nämlich alte Spiegel. Und eben dabei hoffe er auf die Unterstützung von Giordano.

Dem leuchtete diese Logik durchaus ein. Obwohl er sich unter alten Spiegeln zunächst wenig vorstellen konnte.

Der Abt führte ihn in den weitläufigen Gewölbekeller unter dem Klosterbereich, der als Lager für alles Mögliche diente. Einer der Räume endete vor einer Bretterwand. Der Abt drückte dagegen, eine vorher nicht sichtbare Tür schwang auf und gab den Blick auf eine Treppe frei. Er lächelte.

»Auch wir haben unsere Geschäftsgeheimnisse! Alles,

was ich Dir jetzt zeige, unterliegt der Omerta, unserem Gesetz der Verschwiegenheit! Jeder im Orden hält sich daran!«

Dann stieg er mit Giordano die Treppe hinab, die direkt in die Spiegelwerkstatt führte. Neonröhren beleuchteten ein Szenario, das mein Mönch nie mehr vergessen würde. Es erinnerte ihn an alte Stiche von früheren Handwerksbetrieben. Auf großen Tischen lagen Glasplatten. Zwei Brüder, die ihre Kutten ausgezogen hatten und jetzt Gummischürzen trugen, beschichteten eine der Platten mit einer metallisch schimmernden grauen Masse. Der Abt erklärte ihm, dass hier die einzige Werkstatt sei, die noch, oder besser gesagt, wieder originale Quecksilberspiegel herstelle. Das sei eigentlich schon lange verboten. Angeblich aus gesundheitlichen Gründen. Aber das gerade sei ein Vorteil! Denn niemand sonst auf der Welt kenne noch das Geheimnis der richtigen Beschichtung. Und die Kunst der künstlichen Alterung. Die Nachfrage nach antiken Spiegeln sei groß und das Kloster sei auf dem besten Wege, wohlhabend zu werden. Das aber sei durchaus ein gottgefälliges Werk! Und natürlich würden die Mönche an den Einnahmen beteiligt.

Bruder Giordano sprach leise und schnell. Der Zug wurde langsamer und hielt in Castelmaggiore. Einige stiegen aus, auch unsere Schüler. Neue Passagiere liefen durch den Mittelgang, aber niemand nahm Platz. Dann setzten die Wagen sich wieder in Bewegung, wir waren allein. Der Mönch, der das alles mit angespannter Aufmerksamkeit verfolgt hatte, atmete tief durch.

Ich war verblüfft! Catherine und ich hatten gerätselt, wo die vermeintlich alten Spiegel hergestellt wurden und hatten die Herkunftsländer im Fernen Osten vermutet. Nun kamen sie anscheinend direkt aus der Nachbarschaft, aus Bologna, aus Santo Stefano! Ein weiteres Geheimnis des ohnehin geheimnisvollen Klosters! Wie lange ging das schon so? Es mussten viele Jahre sein.

Aber warum erzählte mir mein Mönch das? Warum brach er sein Gehorsamsgelübde? War es das wert? Und vor allem: Was wollte er von mir, was sollte, was konnte ich tun?

Das wurde schnell klar, als er weitererzählte.

Dass seine Brüder durch eine offensichtlich einträgliche Arbeit zur Erhaltung des Klosters beitrugen, könne er zunächst nicht verurteilen. Dass sie dabei ihre eigentliche Aufgabe, nämlich ihre klösterlichen Pflichten, ihre Gebete, ihre innere Einkehr, ihr Seelenheil vernachlässigten, das sei sehr bedenklich. Er aber, Giordano, sei nicht in der Position, das ändern zu können.

Was ihn jedoch mit tiefer Sorge erfülle, sei der Gesundheitszustand seiner Brüder! Der Abt zwar versuche den Eindruck zu erwecken, dass der Umgang mit Quecksilber ungefährlich sei, wenn man nur einige Vorsichtsmaßnahmen beachte: Nämlich Gummischürzen und Gummihandschuhe. Er aber, Giordano, habe sich informiert: Besonders schädlich seien die Dämpfe! Und das sähe man seinen Brüdern an. Nicht nur die Seele, auch der Körper sei in einem bedauernswerten, ja bedenklichen Zustand.

Das könne Gott nicht wollen! Das könne niemand wollen und von einem gottgefälligen Leben, zu dem sich vor allem sie, die Mönche, verpflichtet hätten, sei das weit entfernt.

Er habe versucht, mit einigen seiner Brüder darüber zu reden. Die aber wichen aus, verwiesen auf ihre Gehorsamspflicht, sie könnten schon selbst auf sich aufpassen. Und sicher spielte das Geld, das ihnen der Abt in unregelmäßigen Abständen zuteilte, eine nicht unwesentliche Rolle.

»Hier«, sagte mein Mönch, »hier habe ich gelernt, dass es den großen Versucher, den Teufel, Satanas, tatsächlich gibt. Hier zeigt er seine hässliche Fratze!«

Jedenfalls sei er zu dem Schluss gelangt, dass etwas getan werden müsse. Er habe mit seinem Prior in Ottobeuren telefoniert. Der habe ihm versprochen, ihn baldmöglichst zurückzurufen, mehr könne er nicht tun.

Was aber würde das ändern? Nichts an den Zuständen in Santo Stefano. Er selbst, Giordano, würde sich ewig Vorwürfe machen.

Er beschloss also, etwas zu tun. Ihm war klar, dass er als kleiner deutscher Mönch, der dazu nur ausgeliehen war, keine Chance hatte. Man würde seine Glaubwürdigkeit in Zweifel ziehen. Was er brauchte, war ein Anwalt. Oder aber er ging gleich zur Polizei. Beides verbot sich aus bekannten Gründen.

Er sei verzweifelt gewesen und habe um Erleuchtung gebetet.

Und da sei auf einmal ich aufgetaucht. Ein deutscher Anwalt, der Italienisch spricht, stand plötzlich vor ihm. Das konnte kein Zufall sein!

Er sah mich erwartungsvoll an und wollte wissen, ob ich das auch so sähe.

Je länger er erzählte, desto mehr empörte mich seine Geschichte. Und natürlich war ich auf seiner Seite. Er erinnerte mich an einen seiner berühmten Kollegen, den Augustinermönch Martin Luther: »Hier stehe ich. Ich kann nicht anders!« soll der seinem Kaiser auf dem Reichstag in Worms zugerufen haben.

Aber, ich muss es zugeben, was mich schließlich bewog, ihm meine Hilfe zuzusagen, waren meine eigenen Interessen.

»Ich halte nicht viel von der göttlichen Vorsehung« sagte ich und verschwieg, dass mein Aufenthalt in Bologna nicht zufällig war.

»Aber wer weiß, das ist eine total verrückte Geschichte! Wenn ich alles richtig begriffen habe, befinden Sie sich in einer ziemlich verfahrenen Situation. Ich verstehe Ihre Motive durchaus und ich muss sagen, ich bewundere Sie! Deswegen würde ich Ihnen auch gern helfen! Ob ich dazu in der Lage bin, weiß ich nicht. Aber ich will es versuchen.«

Der Mönch, der mich gespannt beobachtet hatte, machte eine Bewegung, als wolle er meine Hände ergreifen, ließ es dann aber sein und sagte mit leiser Stimme:

»Danke, Dottore, danke! Ich hatte gehofft, dass Sie mir helfen würden. Eigentlich habe ich es gewusst! Seien Sie versichert, Sie tun ein gutes Werk! Und, was auch passiert, ich werde für Sie beten. Und ich kann Sie bezahlen.«

Ganz sicher kannte Bruder Giordano die Stundensätze deutscher Anwälte nicht. Das war jetzt nebensächlich.

»Bruder Giordano« sagte ich, »ist es möglich, dass ich mir die Werkstatt mal ansehen kann? Ich brauche irgendwelche Anhaltspunkte, handfeste Beweise, allein schon deswegen, um eine sinnvolle Anzeige zu formulieren.«

Der Mönch runzelte die Stirn. »Natürlich, darüber habe ich schon nachgedacht. Die beste Zeit ist wohl während der Nachthore. Dann sind alle Brüder zum gemeinsamen Gebet versammelt. Ich selbst nehme der Laiengemeinde vorher die Beichte ab.«

Er überlegte.

»Kommen Sie heute um 19 Uhr in die *Chiesa del Crocefisso,* die Kreuzkirche. Direkt unter dem Hauptaltar ist die Krypta. Der Beichtstuhl steht linkerhand an der Wand. Warten Sie, bis ihn der Letzte verlässt, dann gehen Sie hinein und schließen die Tür. Wir werden dort bleiben, bis die Nachthore beginnt. Dann können wir den Kirchenraum unbemerkt verlassen.«

Der Mönch sah auf die Uhr. »Es wird Zeit für mich! Wir sind gleich in *San Giorgio di Piano.* Da steige ich aus und nehme den Zug in die Gegenrichtung. Ich empfehle Ihnen weiterzufahren bis Ferrara. Da sind Sie in zehn Minuten. Eine wunderbare Stadt voller Kunstschätze und mindestens so schön wie Bologna. Nochmals ganz herzlichen Dank, Sie haben mir Hoffnung gegeben!«

Der Zug hielt, er lächelte sein trauriges Lächeln und eilte davon.

Der Vorschlag, mir Ferrara anzusehen, erschien mir nur kurz verlockend. Mein Kopf war randvoll mit Problemen. Ich war dem Geheimnis der Spiegel auf der Spur und das erfüllte auch mich mit Hoffnung, sogar mit Freude. Aber dazu mit Unruhe und, das musste ich mir eingestehen, mit Angst. Immerhin, ich sah Licht am Ende des Tunnels.

An der nächsten Station stieg ich ebenfalls aus und fuhr zurück nach Bologna.

Im Hotel hatte die junge Frau von der Anmeldung eine Nachricht für mich: Ein Signore Grassi erwarte mich um 16 Uhr in der Bar Zanarini. Grassi, das war Vito! Er schien es plötzlich eilig zu haben. Seine Adresse hatte er nicht genannt. Die Möglichkeit, ihn zu erreichen, um den Termin eventuell zu verlegen oder abzusagen, hatte ich also nicht. Mir blieb die Wahl entweder hinzugehen oder auch, es zu lassen.

28

Bologna. *Ein Angebot*

Vito war noch immer die Freundlichkeit selbst. Und das, obwohl es in Strömen regnete.

Wir saßen im Zanarini und blickten auf die Piazza Galvano, oder auf das, was der Regen uns davon sehen ließ. Er trommelte auf die Blechtische, die draußen vor den Arkaden standen und verwandelte den Platz in eine einzige Pfütze. Überraschte hasteten vorüber und hielten sich die Jacke über den Kopf oder eine Plastiktüte. Junge Leute, nass bis auf die Haut, weil sie nur Jeans, T-shirt und Flipflops trugen, blieben cool. Sie gingen betont langsam, so, als mache ihnen das nichts aus. Auch die ersten Blitze ließen sie kalt.

Bei Regen sind die Portici ein Segen. Erst recht bei Gewitter! Der Himmel war dunkelblau und bildete einen imposanten Kontrast zu dem grellen Feuerwerk. Es krachte furchterregend, Donner rollte durch die Straßen: Irgendjemand war wütend! Vielleicht sogar Gott, er hätte allen Grund dazu gehabt. Oder die Mafia? Jedenfalls war es kein gutes Zeichen.

»Meine Lieblingsbar hier in Bologna!« sagte Vito unbeeindruckt, und bestellte zwei Aperol Spritz. »Und das Beste sind die Häppchen, die gehören dazu.«

Sie wurden auf länglichen Tellern serviert, kleine fantasievoll belegte Brötchen mit Lachs, Avocadocreme, Mozarella.

»*Alla salute!* Auf unsere Gesundheit!« Vito hob das Glas und machte eine Bewegung, als wolle er mit mir anstoßen. Ich übersah sie.

»Ich muss mich bei Ihnen entschuldigen! Leider bin ich auf meinen Einkaufstouren oft so beschäftigt, dass ich den Kopf für andere Dinge nicht frei habe. Das ist sicher ein Fehler! Auf meiner Reise hierher hatte ich etwas Zeit, um nachzudenken. Und da fiel mir Ihr Problem wieder ein. Und plötzlich wurde mir klar, was passiert war! Etwas, was nicht passieren sollte. Was auf keinen Fall passieren darf!«

Ich nahm einen bittersüßen Schluck und blickte ihn erwartungsvoll an. Das Rauschen des Regens machte das Zuhören nicht leichter.

»Erinnern Sie sich an den Tag, an dem Sie zusammen mit Ihrer Frau in meinem Geschäft waren? Wir sahen uns die Spiegel an und plötzlich kam der ganze Stapel ins Rutschen. Ich konnte sie gerade noch auffangen. Das war eine neue Lieferung, die ich mir noch nicht genau angesehen hatte. Und so ist es passiert: Ich habe Ihnen einen Spiegel verkauft, den ich noch nicht kannte, den ich nie hätte weggeben dürfen!«

»Wenn ich das richtig verstehe, haben Sie uns einen Spiegel verkauft, den Sie gar nicht verkaufen wollten?«

»Ganz genau! So etwas darf nicht passieren. Besonders mir darf das nicht passieren! Aber, wir wollen ganz offen reden, Sie haben jetzt den Vorteil davon! Ich habe inzwischen recherchiert und konnte es zunächst selbst kaum glauben: Ihr Spiegel gilt laut Expertise tatsächlich als das Exemplar, das Katharina von Medici anlässlich ihrer Hochzeit mit dem französischen König anno 1533 mit nach Frankreich nahm. Wie auch immer, jedenfalls eine echte Kostbarkeit, die mir da in die Hände gefallen ist! Was haben Sie dafür bezahlt? Ich denke, so um die Viertausend. In Wahrheit ist er das Vielfache wert! Ich muss ihn zurückhaben, dafür bitte ich um Verständnis! Und ich würde Ihnen nicht nur das Doppelte des Kaufpreises zahlen, sondern auch noch einen ganz ähnlichen Spiegel dazugeben!«

Ich hörte gespannt zu. Obwohl wir das eigentliche Problem, *wo war Carlotta?* noch gar nicht erwähnt hatten.

»Das ist eine interessante Geschichte!« sagte ich. »Ich würde vielleicht darüber nachdenken, wenn ich den Spiegel noch hätte. Aber er ist uns gestohlen worden!«

Vito starrte mich überrascht an. Nicht wirklich erschrocken, eher prüfend, ungläubig, vielleicht auch misstrauisch. Er griff gedankenverloren in die Brusttasche seines Oberhemds und zog eine Packung Zigaretten hervor.

»Was ist passiert?« fragte er, ohne mich anzusehen.

Ich erzählte ihm, dass eine Nachbarin, Frau Doktor Matuschek, den Diebstahl bemerkt und die Polizei gerufen hätte. Es hätte auch eine Notiz darüber in der Zeitung gegeben. Die Rolle, die Sebastian dabei gespielt hatte, verschwieg ich.

Vito hörte zu. Er spielte mit seiner Zigarettenpackung, löste das rote Bändchen und zog die Cellophanhülle ab.

»Das klingt unglaublich! Wahrscheinlich ein ganz gewöhnlicher Einbruch. Ein dummer Zufall, der die Sache nicht einfacher macht. Wer immer das war, der weiß vielleicht um den Wert von Antiquitäten. Aber er weiß nicht, was er da wirklich erbeutet hat. Bei dem Gedanken, wie er mit diesem Spiegel umgeht, wird mir ganz schlecht. Und wenn er irgendwo tausend Euro dafür bekommt, kann er sich freuen. Das darf nicht passieren, auf keinen Fall! Deswegen müssen wir ihm ein unwiderstehliches Angebot machen. Wir müssen ihm Geld bieten,« er dachte kurz nach, »sagen wir Fünftausend!«

Jetzt konnte ich nicht mehr folgen. »Wir kennen den Dieb doch nicht! Wie soll das gehen? Vielleicht sollten wir noch einmal mit der Polizei reden. Sie ist der Meinung, dass der Spiegel längst über die Grenze gebracht worden ist.«

Vito lachte verächtlich. «Die Polizei! Die hat keine Ahnung. Das interessiert sie nicht, die macht keinen Finger krumm! Es muss eine andere Lösung geben. Auf jeden Fall brauche ich den Spiegel zurück!«

Er starrte auf die gelbe Packung mit dem blauen »Reval«-Schriftfeld, drehte sie zwischen seinen Händen hin und her, wollte sie aufreißen, ließ es dann aber bleiben.

»Also, mir wird was einfallen! Aber zunächst sollten auch wir es mit einer Anzeige versuchen. Das geht ganz einfach, Sie geben eine Anzeige im Hamburger Abendblatt auf. Und in der Süddeutschen. Und in Amsterdam, da sitzen die meisten Hehler. Vielleicht noch in Wien. Alles unter der Rubrik »Antiquitäten« oder »Kunstmarkt«. Wir bieten 5000 Euro! Die müssen groß herausgestellt werden und die Anzeige darf nicht zu klein sein. Das wirkt immer, glauben Sie mir! Die Kosten übernehme ich.«

Und als ich ihn zweifelnd ansah, ergänzte er: » Das funktioniert in weit über fünfzig Prozent aller Fälle. Fünftausend sind eine Menge Geld! Wichtig ist nur: Sie müssen die Anzeige bald aufgeben, bevor der Spiegel vom Markt ist.

Also, passen Sie auf. So in etwa könnte das aussehen!«

Plötzlich hatte er einen Kugelschreiber in der Hand und begann die leere Rückseite der Speisekarte zu beschreiben, wobei er den Text vorlas und dabei auch die Satzzeichen wie Punkt und Komma nicht ausließ:

<u>5.000 Euro geboten!!!</u> Das unterstrich er zweimal.

Vergangene Woche wurde in Hamburg im Woldsenweg ein antiker Spiegel entwendet. Marktwert ca. 3.500 Euro. Da es sich um ein altes Erbstück handelt, biete ich 5000 Euro bei unbeschädigter Rückgabe. Diskretion garantiert!

Hinter das letzte Ausrufezeichen setzte er dann noch das Wort *Chiffre* ...

Genauso machen wir das! Und keine Widerworte! Vito der Boss – so fühlte sich das für mich an. Aber ich dachte: Warum nicht, warum keine Anzeige, das kann nicht schaden! Er hatte offensichtlich Erfahrung. Ich könnte den Text Sebastian durchgeben, der würde das gern erledigen. Das würde ihm unter den nur ihm und mir bekannten Umständen sogar Spaß machen!

Außerdem musste ich Vito bei Laune halten, wenn ich ihm jetzt die *mir* wichtigen Fragen stellte.

Irgendwo schlug ein Blitz ein und der Donner erschreckte die Leute, rüttelte missbilligend an den nicht rechtzeitig zusammengefalteten Sonnenschirmen, und verzog sich grollend in Richtung Piazza Maggiore. Es roch nach Schwefel.

»Vito, glauben Sie mir, an mir soll es wirklich nicht liegen! Falls wir den Spiegel wiederbekommen, tausche ich ihn gern, auch ohne Ihre Achttausend. An Ihrem Irrtum wollen wir nicht verdienen. Eigentlich bin ich froh, wenn ich ihn los bin. Er hat uns kein Glück gebracht. Im Gegenteil: Carlotta, meine Frau, ist verschwunden. Und ich bin fest davon überzeugt, dass das mit Ihrem Spiegel zusammenhängt! Solange ich keinen Hinweis bekomme, wo ich sie finde, solange ich keine Spur habe …«

Ist mir alles andere egal, wollte ich sagen.

Aber Vito ließ mich nicht ausreden. Er hob die Hand.

»Stop! Stop, stop! Ich mag Sie, Sie könnten mein Sohn sein!« Er war jetzt der besorgte väterliche Freund.

»Ich verstehe Sie voll und ganz. Beruhigen Sie sich. Und denken Sie einmal logisch! Ich versuche doch, Ihnen zu helfen. Und will die Geschichte mit dem Spiegel, an der ich, wie gesagt, nicht unschuldig bin, mit meinem Angebot aus der Welt schaffen. Mehr kann ich nicht tun. Wenn Sie davon überzeugt sind, dass Sie in diesem Spiegel Dinge gesehen haben, die Sie beunruhigen, dann ist das wirklich nicht mein Problem. Selbst wenn er mit einem Zauber belegt wäre«, er lächelte nachsichtig, »ich könnte es nicht ändern! Ich habe den Spiegel nicht gemacht, ich handele nur damit.«

Vito wirkte überzeugend. Und wenn ich es nicht besser gewusst hätte, ich hätte ihm geglaubt.

Ich lehnte mich zurück und verschränkte die Arme. Ich bin mir sicher, äußerlich war ich ganz ruhig. Für einen kurzen Moment war wieder das Rauschen des Regens zu hören.

»Vito, ich bitte Sie! Sie geben selbst zu, dass mit dem Spiegel etwas nicht stimmt. Und wollen sich nun aus der

Affäre ziehen, indem Sie mir Geld bieten. Und so tun, als wären Sie nur ein einfacher Händler. Ich weiß, dass das nicht stimmt! Ich weiß auch, dass mit Ihren Spiegeln etwas nicht stimmt. Und ich weiß, dass Sie mir bei meiner Suche nach Carlotta helfen können! Sie sind der Einzige, der mir helfen kann! Deswegen sitzen wir hier. Sagen Sie mir doch ganz einfach die Wahrheit: Was ist mit Carlotta passiert? Wo ist sie? Wo kann ich sie finden? Und ich verspreche Ihnen: Sobald sie wieder neben mir steht, sind Sie mich los!«

Das war, wie sich bald herausstellen sollte, ein Irrtum! Vito konnte nicht helfen, selbst wenn er gewollt hätte. Vielleicht konnte er sich vorstellen, wie Carlotta verschwunden war. Aber er hatte, genauso wie ich, keine Ahnung wo sie sein könnte.

Nur wusste ich das zu diesem Zeitpunkt noch nicht.

Und so war sein nun folgender Zornesausbruch nicht ganz unberechtigt.

Vito hatte sich während meiner Rede aufgerichtet, seine Adern an den Schläfen wurden sichtbar, er kniff die Augen zusammen.

Er schob den Stuhl zurück, stand auf, entfernte sich einige Schritte, kam zurück und stützte sich mit beiden Fäusten auf den Tisch.

»*Perdinci!*« zischte er, »Herrgott nochmal! Ich mache Ihnen ein Angebot und Sie überschütten mich mit Vorwürfen! Sie versuchen sogar, mir zu drohen. Für wen halten Sie mich? Wieso kommen Sie darauf, dass ich weiß, wo Ihre Carlotta ist? Das ist absoluter Unsinn! Ich handle mit Antiquitäten, nicht mit jungen Frauen. Wollen Sie mir Menschenhandel unterstellen?«

Er setzte sich auf die Stuhlkante, griff zu seinem Spritz, bekam Eis in den Mund und zerbiss es. Er sah mich misstrauisch an.

»Woher weiß ich überhaupt, dass die Geschichte mit dem Diebstahl stimmt? Woher soll ich wissen, dass Sie den Spiegel nicht schon längst selbst verkauft haben? Oder Sie haben ihn außer Landes gebracht und spielen hier eine Komödie, um mich zu irritieren1«

Er schüttelte, kurz in Gedanken, den Kopf. »Aber dazu sind Sie einfach zu dumm! Das traue ich Ihnen nicht zu.«

Sein Handy summte.

»*Pronto?*« Wieder stand er auf. Ich hörte noch, wie er sagte, dass es jetzt ungünstig sei. Dann verschwand er zwischen den Säulen und ich dachte schon, dass er nicht wiederkommen würde.

Aber er erschien noch einmal, schob sein Handy in die Hosentasche und seine Stimme klang nun beherrscht, bestimmt, kalt. Und er begann in seiner Muttersprache, mit dem bekannten Satz, mit dem die Mafia oft ihre Drohungen einleitet, bevor sie Ernst macht.

»*La mia pazienza è arrivate al limite!* Meine Geduld ist am Ende! Überlegen Sie sich mein Angebot, schalten Sie diese Anzeige. Und beten Sie, dass Ihr Spiegel wieder auftaucht!«

Das war eine Warnung!

»Vito, warten Sie! Bitte sagen Sie mir …«

Vito zuckte mit den Schultern. »Wir haben genug geredet!« Für ihn war das Gespräch beendet.

»Und wie erreiche ich Sie?«

Er griff nach einem der kleinen runden Papierdeckchen mit dem Aufdruck »Café Zanarini«, die der Ober zwischen

Glas und Tablett gelegt hatte. Er begann, etwas darauf zu schreiben, überlegte es sich anders, zerknüllte das Papier und steckte es in die Hosentasche.

»Keine Sorge! Ich werde mich melden!«

Er wandte sich zum Gehen, drehte sich dann aber noch einmal um und sagte: «Vielleicht interessiert es Sie, wer eben angerufen hat. Das war Catherine!«

Seine Zigaretten hatte er liegen lassen. Ich rief ihm nicht hinterher.

29

Bologna. *Die alten Kanäle*

Das Wetter hatte sich beruhigt, im Augenblick regnete es kaum noch.

Ich musste mich sputen, erreichte die Arkaden der Via San Stefano, eilte vorbei an den Cafés und einem pompösen aber leeren Frisörladen, der sich *Sala da Barba* nannte und es schlug eben Sieben, als ich, wie verabredet, die *Chiesa del Crocefisso* erreichte. Eine Gruppe Touristen quoll aus dem Portal und bedrängte dabei die Bettlerin, die wegen des Regens direkt im Eingang saß. Ich wartete, dann betrat ich das lange Kirchenschiff und machte mich auf den Weg zur Krypta unter dem Hauptaltar.

Der Säugling lag noch immer, in weiße Tücher gewickelt, in seinem beleuchteten Glaskasten, und für einen Augenblick fragte ich mich, wie lange er schon tot war. Wer er überhaupt war und was er in seinem zarten Alter getan hatte, damit ihm die Ehre der Heiligsprechung zuteilwerden konnte.

Dann stieg ich die Stufen hinab in die Krypta, eine niedrige Säulenhalle und, wie fast alles hier, war sie dunkel und zeitlos. Der Beichtstuhl, in dem Bruder Giordano seine Pflicht tat, stand links.

Auf der Bank davor warteten noch zwei Gläubige, um

ihre Seele zu erleichtern: Ein Mann, der seinen Rollerhelm neben sich gelegt hatte, und eine jüngere Frau.

Ich setzte mich auf eine der hinteren Bänke, fühlte etwas Pelziges, Warmes, Weiches und dann gab es einen empörten Schrei. Es war eine fette, grauschwarz gestreifte Katze, auf die ich mich fast gesetzt hätte und die sich nun fauchend verzog. Die Frau, die sich genauso erschrocken hatte wie ich, drehte sich um, lächelte und sagte leise:

»Das war Pepito, unser Klosterkater! Der ist hier angestellt, er fängt die Ratten und Mäuse.«

Die rechte Tür des Beichtstuhls öffnete sich, jemand kam heraus, und der Mann ging hinein. Man hörte ein dumpfes Geräusch, als er seinen Helm irgendwo in dem hölzernen Gehäuse ablegte.

Dann war die freundliche Frau an der Reihe. Und dann ich.

Ich machte die Tür hinter mir zu. Die Kammer war winzig, über mir eine müde Glühbirne, vor mir ein immerhin gepolstertes Brett zum Niederknien und ein kleines, mit einem Metallgeflecht vergittertes Fenster. Dahinter eine Bewegung.

»Entschuldigen Sie, dass Sie warten mussten;« sagte die Stimme meines Mönchs. »Ich muss nur noch die Kirchentür abschließen, es ist schon nach Sieben.«

Für Minuten war ich allein. In Ermangelung eines Stuhls kniete ich nieder.

Was für ein Tag! Bis vor kurzem war ich noch, auf einen bloßen Verdacht hin, fast blind, den Spuren eines Antiquitätenhändlers gefolgt. Ohne nennenswerte Ergebnisse. Und plötzlich gab es Hoffnung! Etwas bewegte sich.

Aber es bewegte sich zu schnell! Und verwirrte mich. Glaubte Vito wirklich an seinen Plan mit der Anzeige? Was wollte Catherine von ihm? Ich sollte sie dringend anrufen, vielleicht heute Nacht.

Ich durfte die Übersicht nicht verlieren. Ich dachte an meinen alten Traum: Carlotta und ich waren zwei Vögel. Wir zogen frei durch das himmlische Blau, jagten uns, ließen uns fallen. Carlotta stieg höher und höher und schließlich verlor ich sie aus den Augen. Ein starker Wind kam auf und trieb dunkle Wolken vor sich her. Ich wurde zum Spielball der Lüfte und musste aufpassen, dass mich die Turbulenzen nicht mitrissen!

So kam ich mir jetzt vor. Ich musste darauf achten, dass die Ereignisse mich nicht überrollten. Und dass die Angst, dem Ganzen nicht mehr gewachsen zu sein, nicht die Oberhand gewann. Ich brauchte Rat, aber von wem? Ich dachte an den Seniorchef meiner Kanzlei, dem ich wie einem Vater vertraute und zu dem ich immer gehen konnte, wenn ich nicht weiterwusste. Aber den gab es hier nicht.

»*Warum fragst Du nicht Carlotta? hätte er gesagt,*« sagte Carlotta. »*Warum fragst Du nicht mich! Du suchst mich. Jetzt hast Du die Chance, mich zu finden! Wo ist das Problem, Du hast überhaupt keine Wahl!*«

Und Sebastian, was würde der mir raten? »Augen zu und durch!« würde er sagen.

»*Augen* auf *und durch!*« verbesserte Carlotta.

»Da bin ich wieder!« Bruder Giordano öffnete die Tür zu meiner Kabine und reichte mir ein schwarzes Stoffbündel herein. Es roch nach feuchter Wolle.

»Das ist eine Kutte. Die sollten Sie später überziehen, ich hoffe, sie passt! Wir haben noch etwas Zeit, bis die Versammlung der Brüder zur Nachthore beginnt. Bis dahin sind wir hier gut aufgehoben.«

Eine Kutte! dachte ich. Wie einfach! Und wie genial! Ein Zaubermantel mit Kapuze, in dem man in dieser Umgebung unsichtbar wird.

»Wir könnten die Zeit nutzen, um Sie ein wenig vorzubereiten,« sagte mein Mönch. Er saß nun wieder mir gegenüber in seiner Kammer. Nur sein Gesicht konnte ich hinter dem Geflecht erahnen.

»Hinter Ihnen an der Wand ist ein kleiner Sitz. Den können Sie runterklappen. Das ist bequemer, als die ganze Zeit zu knien.«

Das probierte ich aus und war dankbar.

»Ich möchte Ihnen die Werkstatt zeigen. Und die fertigen Spiegel. Damit Sie sehen können, wie das Ganze funktioniert. Ein total aufwändiger, komplizierter Vorgang, der allerdings mit den Aufgaben unseres Ordens nicht das Geringste zu tun hat! Die Brüder werden benutzt, um ein mittelalterliches Handwerk zu betreiben. Eigentlich sind sie Sklaven des Abts und seines Ehrgeizes. Und Sklaven ihrer Gehorsamspflicht. Und natürlich des Geldes, das sie dafür bekommen. Was sie aber als Mönche gar nicht brauchen, da der Orden ja für sie sorgen soll. Und das Empörendste: Alle sind mehr oder weniger krank. Sie werden vergiftet. Diese Vergiftung ist heimtückisch, sie wirkt langsam. Ich vermute, dass die meisten wissen, dass sie ihre Gesundheit gefährden. Aber ich kann nicht mit ihnen darüber reden. Sie haben Angst. Oder sie haben keine Kraft mehr, sich damit auseinanderzusetzen.«

Etwas schlug von außen gegen den Beichtstuhl. Wer war das? Hatte mein Mönch nicht gesagt, dass wir hier ungestört sind? Eine Tür knarrte.

»Komm! Na, komm schon rein!« hörte ich Bruder Giordano. Dann, durch das Gitter: »Das ist Pepito, unser Kater. Ab und zu will er gestreichelt werden.« Begleitet von einem auf- und abschwellenden Schnurren, fuhr er fort:

»Ich habe mich gefragt, wie funktioniert das eigentlich? Eine illegale Werkstatt, die anscheinend blendende Geschäfte macht. Wie geht das? Wie bringt man die fertigen Spiegel auf den Markt? Es sind Hunderte. Und teilweise sind sie sehr groß! Und manche wirklich schwer. Man kann sie nicht einfach durchs Kloster tragen. Aber das funktioniert ganz einfach: Es passiert unterirdisch. Wussten Sie, dass überall unter der Stadt Kanäle verlaufen, die früher schiffbar waren? Ich wusste es auch nicht. Die Römer haben sie angelegt mit den Wassern der Savena, einem Fluss, der aus dem nahen Gebirge kommt und irgendwo oben im Norden in den Po mündet. Bologna hatte zu jener Zeit einen richtigen Hafen. Man muss sich das so ähnlich wie in Venedig vorstellen, nur zwei Nummern kleiner.

Eines Tages beschlossen die Bürger, die die Wasserwege nicht mehr brauchten, den Platz anders zu nutzen. Sie überbauten sie mit Straßen. Die wenigsten denken heute daran, dass unter vielen Straßen der Stadt nach wie vor die alten Kanäle fließen. Zum Beispiel unter der Via di Reno oder der Via del Inferno. Teilweise sind sie sogar noch offen, da kann man sie sehen.«

Hatte ich das richtig verstanden?

»Unter dem Kloster fließt also ein Fluss, auf dem die Spiegel verschifft werden?«

»Ja, so ähnlich. Der nächste breitere Kanal ist nicht weit. Er fließt direkt unter der Via Guerrazzi. Bis dahin gibt es einen alten Abwassertunnel, den man mal zu einer Art Stichkanal erweitert hat. Das Wasser ist nicht tiefer als 50, 60 Zentimeter, man kann darin stehen.«

»Und wohin werden die Spiegel gebracht?«

»Das weiss ich nicht so genau. Sicher nicht sehr weit. Aber ich glaube, wir können jetzt gehen.«

Bruder Giordano öffnete seine Tür und lauschte.

»Ja, wir können! Um in die Keller zu gelangen, müssten wir eigentlich durch die privaten Klosterräume gehen. Am Eingang gibt es eine Überwachungskamera, schon wegen der Touristen. Das können wir nicht riskieren. Aber es gibt eine zweite Möglichkeit, die schon lange nicht mehr genutzt wird. Das war wohl mal der ursprüngliche Zugang zu den Gewölben.

Am besten, Sie ziehen jetzt die Kutte über. Falls wir auf unserem Weg durch das Kloster doch angesprochen werden sollten, was Gott verhüten möge, wenden Sie sich ab und gehen einfach weiter. Dann warten Sie auf mich, ich komme nach.«

Wir wurden nicht angesprochen. Von irgendwoher klang der leise Gesang der Versammlung der Brüder. Wir trafen keine lebende Seele. Und was die Heiligen auf den Bildern und in den dunklen Nischen, die Dämonen an den Kapitellen der uralten Säulen sahen, war ein für sie gewohntes Bild: Zwei dunkle Gestalten, das Haupt geneigt und verborgen unter der weiten Kapuze.

Wir durchquerten die große Rotunde, vorbei am Heiligen Grab, eilten über den Hof des Pilatus mit seinem tausendjährigen Marmorbecken, durch den Kreuzgang und betraten schließlich eine kleine Kirche, die ich noch nicht kannte. Hinter einem hohen Eisengitter lag der Altarraum. Rechts davon eine mit Schnitzereien versehene Tür und links vom Altar musste sich früher ebenfalls eine solche Tür befunden haben. Das verriet der spiegelgleich gemalte Türrahmen. Jetzt lugte er nur noch teilweise hinter einem großen Bild hervor, das fast den Boden berührte. Es zeigte, lebensgroß, den heiligen Sebastian, an einen Pfahl gekettet, von Pfeilen durchbohrt, was er sichtlich genoss.

»Die Kapelle der Märtyrer« sagte mein Mönch und öffnete das Gitter. Ich wandte mich nach rechts und steuerte auf die Tür zu.

»Stopp! Da kommen wir nicht weiter. Hier links entlang! Ich brauche Ihre Hilfe, wir müssen das Bild abhängen!«

Die Tür dahinter glich der anderen Tür aufs Haar. Mein Mönch ging zur rechten Tür, zog den Schlüssel ab und steckte ihn in das linke Schloss. Er passte. Dann drückte er gegen die Tür, presste schließlich die Schulter dagegen bis sie plötzlich nachgab und nach innen aufging. Ich folgte ihm, wir schoben das Bild, diesmal von hinten, in etwa an seine alte Stelle.

Der Raum, in dem wir jetzt standen, hatte ein winziges Fenster, es glich eher einer Schießscharte. Es ließ gerade soviel Licht herein, dass man erkennen konnte, dass wir uns auf einer Plattform zu einer sehr engen, steinernen Wendeltreppe befanden. Der Mönch griff in seine Kutte, zog eine Taschenlampe hervor und begann, die Stufen hinabzusteigen.

»Vorsicht!« sagte er. »Achten Sie auf Ihre Kutte! Und es ist steil!« Im Licht der Lampe tanzten tausende von

Staubpartikeln. Wie lange mochte hier niemand mehr gegangen sein? Ich musste niesen. Das viel zu laute Geräusch erschreckte mich. Denn wenn mein Mönch auch glaubte, dass wir um diese Zeit hier allein wären, ganz sicher war ich nicht. Und auch Gespenster soll man nicht wecken.

Carlotta glaubte nicht an Gespenster. *Aber an Geister!* Da machte sie einen Unterschied.

Schließlich landeten wir wieder vor einer Tür. Sie war von innen, also von unserer Seite aus, verriegelt. Mit einiger Mühe ließ sie sich öffnen. Wir fanden den Lichtschalter und standen in einem Gewölbekeller. Gekalkter Rotstein, die Farbe fiel in Handteller großen Stücken von den Wänden und lag auf abgestellten Möbeln, haufenweise Flaschen. Ich erinnere mich an ein halbvolles Weinregal und ein von Spinnweben und einer grauen Plastikplane umhülltes Motorrad. Es war kühl, feucht, und roch nach Schimmel und Erde.

»Jetzt sind wir gleich da!«

Wir durchquerten mehrere Räume und standen schließlich vor der Holzwand, von der mein Mönch schon erzählt hatte. Er drückte dagegen, der Zugang wurde sichtbar. Wieder stiegen wir eine Treppe hinab, diesmal breite durchsichtige Stufen aus einem verzinkten Metallrost. Die Temperatur änderte sich. Schwüle Luft schlug uns entgegen. Kaltes Neonlicht beleuchtete eine Mischung aus Kellergewölbe und Werkshalle. Gleich zu Anfang stand eine Küchenzeile mit Wasserkocher, professioneller Kaffeemaschine, Kühlschrank und Geschirrspüler. Sie fiel mir auf, weil sie nicht in die Umgebung passte. Chrom, Lack, Design. Sie wirkte modern, luxuriös, fast wie ein Raumschiff, das hier aus Versehen gelandet war.

Der Kaffeeautomat dampfte, man roch das Aroma. Mein Mönch sah die Frage voraus.

»Der Abt ist nicht dumm, er will uns bei Laune halten. *Operantes manducent*, was heißt: Wer arbeitet soll auch essen!«

Wir gingen vorbei an einem Ständer mit Gummischürzen. Der Kaffeeduft verschwand. Und es roch plötzlich unangenehm, nach Abwässern, nach Kloake.

»Ja, manchmal stinkt es hier. Die Keller befinden sich auf gleicher Höhe mit den alten Abwasserkanälen, die teilweise noch immer in Betrieb sind.«

Dann standen wir in der eigentlichen Werkstatt. Sie erstreckte sich über mehrere Räume. Überall sah man große Tische, teilweise mit metallischer Oberfläche, in der sich das Neonlicht spiegelte. An den Rändern lagen längliche pelzige Gebilde, echte Hasenpfoten.

»Das flüssige Quecksilber wird millimeterdick aufgetragen, mit den Hasenpfoten in die darunter befindliche Zinnfolie gerieben, es entsteht Amalgam. Der Rest des Silbers läuft in die seitlichen Abflussrinnen und tropft von dort zurück in den Plastikbehälter.«

Diese hier offenen Gefäße am Fuße der Tische befanden sich auch in größerer Menge in einem Wandregal. Dort allerdings verschlossen, durch ihre weißlich transparente Hülle schimmerte das Metall.

Daneben die Spiegelrahmen, säuberlich sortiert nach Größen und Struktur, ebenfalls in Regalen. Einige Rahmen standen einzeln an die Wände gelehnt und waren mit nummerierten Papierbanderolen versehen.

Irgendwie erinnerte mich das an meine Autowerkstatt: Ein scheinbares Durcheinander, bei näherer Sicht aber sorgfältig geplant. Alles wirkte auf mich, von dem ungewöhnlichen Ort abgesehen, wie ein ordentlicher Handwerksbetrieb. Ich sagte das meinem Mönch.

Der schüttelte den Kopf.

»Mal unabhängig davon, dass alles, was wir hier sehen, in jeder Beziehung illegal ist, es ist auch menschenverachtend! Aber das sagte ich schon.

Wichtig ist, was wir *nicht* sehen! Die Brüder tragen zwar Handschuhe, Schürzen. Das aber hilft nicht gegen die giftigen Dämpfe! Warum ist es hier so warm?

Weil sich das Quecksilber dann leichter verarbeiten lässt. Aber es verdampft dann auch leichter, ab sechzig Grad verschwindet es vollends! Und alle, die dieses Zeug einatmen, werden irgendwann krank. Sie bekommen Depressionen, Lähmungen, Zuckungen, Hirn- und Rückenmarksschäden. Und einige werden sterben! Es fehlt eine vernünftige Durchlüftung, es fehlen Abzugshauben! Das ist natürlich schwierig in diesem unterirdischen Gelände. Und es kostet! So verschließt man einfach die Augen.«

An einer Wand hinter den Tischen hing, wohl um die Brüder an ihre Pflichten zu erinnern, ein Schmerzensmann. Das Kreuz nahm fast die ganze Höhe des Raumes ein, der Corpus grünlichblass und ausgezehrt, der Kopf auf die Brust gesunken, die Augen geschlossen. Aus den Wunden, die die Nägel und die Dornenkrone geschlagen hatten, floss schwärzliches Blut.

Ich wurde unruhig.

»Ich glaube, ich habe genug gesehen. Von mir aus können wir gehen.«

In diesem Augenblick hörten wir ein Geräusch. Rhythmisches Schlagen auf Eisen. Jemand kam die Treppe herunter!

Mein Mönch erstarrte. Er legte den Finger auf den Mund. Überlegte einen Augenblick, sah sich um und deutete dann auf den letzten Raum. An der linken Wand gab es zwei Türen. Eine auffällige, neue, dunkelrot lackierte Flügeltür mit einer aufwändigen Verriegelung. Und eine kleine kaum mannshohe Pforte, schief und angerostet.

Bruder Giordano bediente die Hebel der großen Tür, öffnete geräuschlos den rechten Flügel, winkte mich durch und folgte mir. Warf noch einen Blick zurück, dann zog er die Tür zu und ließ das Schloss einschnappen. Er sah mich irritiert an, blickte auf seine Uhr und zuckte mit den Schultern.

»Entschuldigen Sie! Damit hatte ich nicht gerechnet! Das Abendgebet kann noch nicht zu Ende sein. Ich habe keine Ahnung, wer das sein könnte! Ich hoffe, dass er nichts gemerkt hat, Gott steh uns bei! Jedenfalls ist die Tür von innen nun nicht mehr verriegelt. Und von außen, von hier aus, können wir sie nicht öffnen. Wir kommen nicht mehr zurück! Das ist unangenehm. Aber Gott sei Dank kenne ich mich hier ein wenig aus.«

Ich sah mich um und erkannte im Licht der Taschenlampe, dass wir uns in einem gemauerten Tunnel befanden, am Ende eines knapp drei Meter breiten Kanals. Die Höhe der Ziegelsteinwände betrug inklusive der Deckenrundung weniger als zwei Meter. Das Wasser bewegte sich kaum, wir standen auf einer Art Rampe. Direkt neben uns Gummistiefel in Übergrößen. Und neben den Stiefeln gab es noch eine andere Tür, ebenfalls rot lackiert.

»Wohin führt sie?« fragte ich hoffnungsvoll.

»Ins Nachbargewölbe. Dort wird ein Teil der fertigen Spiegel gelagert. Es gibt nur diesen Eingang, das hilft uns nicht weiter. Die Stiefel werden wir heute nicht brauchen, sie sind hilfreich, wenn das Hochwasser von der Savena hier eindringt. Man kann mit den Schuhen hinein- schlüpfen. Auf jeden Fall müssen wir zum Hauptkanal. Er ist nicht weit entfernt, man kann ihn hören.«

Ein leises Rauschen. Es konnte Wasser sein. Oder irgendeine verkehrsreiche Straße. Aber es fehlten die Hupen. Ich folgte dem Mönch und war froh, dass wir noch immer die Kutten trugen. Denn, verglichen mit der Wärme der Werkstatt, war es hier richtig kalt.

Außerdem stank es. Es kam in Wellen. Es roch, um es beim Namen zu nennen, es roch nach Scheiße.

Das Rauschen wurde stärker und bald mündete unser toter Arm in einen großen Kanal. Die Luft wurde frischer, das eilige Wasser der Savena bildete kleine Schaumkronen im Schein unserer Lampe. Wir standen in einem großen Tunnel, einer unterirdischen Wasserstraße, zwei Hand- breit über dem Wasser auf einem Gehsteig, der den Fluss begleitete. Der Lichtstrahl verlor sich nach links und rechts in der Dunkelheit.

»Am besten folgen wir dem Wasser,« sagte mein Mönch. »Das muss ja irgendwo wieder ans Tageslicht kommen!«

Auf den feuchten, rutschigen Steinen kamen wir nur langsam voran. Immer wieder trafen wir auf seitlich in den unmöglichsten Winkeln einmündende Abwasserkanäle, schmale gemauerte Schächte, deren unappetitlicher Inhalt sich direkt über unseren Fußweg in den Kanal ergoss. Und wir waren nicht die Einzigen, die diesen Weg benutzten. Ab und zu leuchteten im Schein unserer Lampe zwei helle Punkte auf, die Augen einer Ratte, die, im Gegensatz zu uns, hier zuhause war.

Plötzlich bekamen wir Rückenwind. Erst nur als kleiner Schub, dann stärker werdend. Frische Luft! Ich sah das als positives Zeichen.

»Ich glaube, wir sind bald draußen!«

Mein Mönch blieb stehen und lauschte. Das Rauschen des Wassers verstärkte sich. Und auch der Wind.

»Weg! O Gott, weg hier, wir müssen weg! Sie haben die Schleusen geöffnet! Schnell! Wir müssen die Kutten ausziehen!«

Wir ließen sie einfach liegen und begannen zu laufen, so gut es ging. Wohin sollten wir fliehen? Um uns nur Dunkel. Ein Ausgang war nicht in Sicht.

Das Wasser kam schnell. Es war schneller als wir! Der immer stärker werdende Wind wurde zum Sturm. Ein unheilvolles Dröhnen und Rauschen erschüttert den Schacht. Der Boden unter unseren Füßen beginnt zu beben. Schon sind unsere Füße nass.

Der Mönch leuchtet hinter uns. Wo vorher nur schwarze Leere war, ist jetzt eine Wand. Eine tosende, kochende, rasende Wand, die sich immer wieder überschlägt und alles mitreißt, was ihr im Weg ist. Ich erinnere mich blitzlichtartig an einen Stuhl, der plötzlich auftaucht, für Bruchteile von Sekunden auf heller, brodelnder Gischt reitet, zerbricht und in Einzelteilen verschwindet.

Die Welle erfasst uns mit ungeheurer Kraft. Sie überspült uns, wirbelt uns herum, reißt uns mit sich fort. Wie

Socken in einer riesigen Waschmaschine. Ich verliere die Orientierung – wo ist oben und unten? – es gibt keine Luft mehr, nur Wasser. Wasser in Nase, Mund und Ohren, es reißt an Armen und Beinen, es macht mit mir, was es will. O Gott, nur nicht ersticken!

Die Strömung presst mich in einen der seitlichen Abwasserkanäle. Sie schiebt mich immer tiefer hinein, ich schramme die rauen Mauern entlang. Und habe Glück. Da die Kanäle funktionsbedingt ansteigen, fällt das Wasser und drückt mich schließlich, jetzt nur noch gut hüfthoch, in eine Kammer.

Luft! Luft, erst in verzweifelten, hastigen, dann immer tieferen Zügen, diese feuchte, stinkende Kostbarkeit, ist das Einzige was zählt. Das Herz, es schlägt wild und aufgeregt, pocht in den Ohren, und pumpt und pumpt. Nass bis unter die Haut, gefühlt alle Knochen gebrochen aber erst mal gerettet, lehne ich an der Wand. Lehne an einer Wand und lebe. Es ist stockdunkel, aber ich spüre, die Brühe fällt weiter.

Ein Lichtstrahl tastet umher, blendet mich. Bruder Giordano mit seiner Taschenlampe!

»Gott – sei – Dank!« hustet mein Mönch und spuckt Wasser. «Da sind Sie ja! Ich dachte schon …« er hustet wieder, »ich dachte schon, wir sehen uns nie wieder!« Atempause. »E-kel-haft! Trotzdem: Danke, Herr, für Deine Fügung! Wie geht es Ihnen?«

Wir sahen uns um. Und fanden uns in einem kleinen, fast runden Raum, dem Ausgangspunkt der Kloake, durch die wir angespült worden waren. durch seitliche Rohre floss in unregelmäßigen Abständen Flüssigkeit herein.

»Das muss ein Sammelschacht für Regenwasser und

Schlimmeres sein. Hier kommen wir nicht weiter. Am besten wir warten hier, bis die Brühe abfließt und laufen zurück in den Hauptkanal. Dann werden wir sehen.«

Mein Mönch hustete noch immer. »Zuviel Wasser geschluckt! Was für ein dummer Zufall! Ab und zu werden die Schleusen geöffnet, um die Kanäle zu spülen, besonders nach starkem Regen. Anscheinend war es wieder mal soweit! In was habe ich Sie da nur reingezogen!«

Ich, langsam wieder unter den Lebenden, heiser, beruhigte ihn und versicherte, dass es meine Entscheidung war, ihm und seinen Brüdern zu helfen. Und das würde ich auch gewiss tun, falls wir hier jemals heil herauskämen. Und wunderte mich über meine selbstlosen Worte, die wohl meiner Erziehung geschuldet waren. In Wahrheit wollte ich nur Eines: Raus hier, raus!

Das Wasser war inzwischen weiter gesunken und wir wollten uns gerade auf den Rückweg machen, als es – diesmal geräuschlos – erneut zu steigen begann. Es kam schnell, drückte uns an die Wand und erreichte Brusthöhe. Dort blieb es stehen und machte keinerlei Anstalten, wieder zu verschwinden.

Ein Segen war, dass es Bruder Giordano gelang, seine Lampe bei Laune zu halten. Aber sie wurde schwächer.

Nach einigen endlosen Minuten, in denen wir schwiegen und abwarteten, fragte ich: »Warum fließt das Wasser nicht ab?«

Der Mönch konnte es sich auch nicht erklären. Vielleicht noch immer zu viel Druck, vielleicht auch eine Blockade durch eine eingestürzte Mauer.

»Die Schächte sind alt und solchen Belastungen nicht mehr gewachsen. Wir können nur warten.«

Ich sah ihn an. Da war was auf seiner Schulter!

»Gib mir mal die Lampe,« sagte ich.

Und in dem trüben Schein des langsam erlöschenden Lichts sah ich eine Ratte. Sie hatte sich auf seine Schulter geflüchtet. Saß da, bewegte sich nicht und zeigte ihre gelben Zähne. Und ihren langen nackten rosa Schwanz.

In diesen Moment spürte ich etwas an meinem Hals. Eine Bewegung. Ich fasste in feuchtes Fell!

Und dann sahen wir sie. Ratten, überall Ratten! Es war, als koche das Wasser. Sie versuchten aufeinander zu steigen, übereinander, schwammen um uns herum, wollten an uns emporklettern, krallten sich an die Vorsprünge des Mauerwerks.

Ich schlug mit der Taschenlampe nach ihnen, wir wehrten sie mit den Händen ab und schleuderten sie gegen die Wand. Sie quickten gellend. Und für den Bruchteil einer Sekunde musste ich selbst hier an Carlotta denken. Carlotta, wie sie sich die Ohren zuhielt und mich hilfesuchend ansah.

Die Lampe war der zusätzlichen Belastung nicht mehr gewachsen, sie erlosch. Wir saßen im Dunkeln, umgeben von Ratten, die uns als rettende Inseln betrachteten. Ich starrte auf das nun unsichtbare Wasser, mit der unsinnigen Hoffnung, die Angreifer rechtzeitig zu erkennen.

Ein blasser Schimmer, ein Lichtreflex, tanzte dort. Wurde mal heller, mal dunkler, teilte sich, kam wieder zusammen, verschwand. Und kam wieder.

Woher? Ich blickte nach oben. Das Licht kam aus einem Schacht über uns. Aus zwei kleinen Öffnungen, die jeder Gullideckel hat, damit man ihn hochheben kann. Und in diesem schwachen Licht erkannte ich eine Leiter, Metallsprossen, die direkt über unseren Köpfen begannen.

30

Bologna. *Eine Anzeige*

»Kennen Sie den Ispettore?« fragte die junge Polizistin im Kommissariat *due Torri*. Sie war blond, blauäugig, trug eine blaue Uniform, den in ihrem Beruf weit verbreiteten obligatorischen Pferdeschwanz und betrachtete mich kritisch.

Ich wusste, wie ich aussah. Über einer Platzwunde auf der Stirn und einem Schnitt quer über dem Nasenrücken klebten Pflaster. Meine dunklen Schatten unter den Augen und die Hautabschürfungen auf den linken Handrücken waren nicht zu übersehen. Nicht zu sehen waren die blauen Flecken am ganzen Körper. Aber ich spürte sie bei jedem Schritt.

»Ich will sehen, ob er da ist.«

Die Polizistin verschwand und erschien wenig später wieder, mit einem bedauernden Lächeln.

»Tut mir leid. Der Ispettore hat im Augenblick leider keine Zeit. Für Verkehrsunfälle ist er nicht zuständig. Aber Sie können gern ein entsprechendes Formular ausfüllen.«

Ich erklärte ihr, dass ich nicht wegen eines Unfalls gekommen sei, sondern dass ich wegen einer Sache Anzeige erstatten wolle, die sich im Kloster Santo Stefano abgespielt hätte. Die keinen Aufschub duldete. Sie überlegte kurz.

»*Ebbene,* ich versuch's nochmal.«

Diesmal ließ der Ispettore erklären, er brauche noch zehn Minuten, dann würde er mich abholen.

»Bitte setzen Sie sich doch solange!«

Ich setzte mich auf einen der drei grauen Plastikstühle, die für Besucher reserviert waren.

Dass ich in der Questura von Ispettore Salvatore Solci gelandet war, war kein Zufall. Ich hatte der Auszubildenden am Empfang im Hotel den Namen meiner Bekanntschaft aus dem Café Terzi gegeben und sie hatte erfolgreich recherchiert. Der Ispettore war der einzige Polizist hier, den ich kannte. Er hatte einen zuverlässigen Eindruck auf mich gemacht. Und ich wollte diese heikle Angelegenheit nicht mit irgendjemand besprechen. Zum Glück war er jetzt im Büro und zum Glück wollte er mich empfangen.

Glück! Glück war es in der letzten Nacht gewesen, dass genau über dem Abwasserschacht in der Via Vinazzetti eine Straßenleuchte stand. Die ihr Licht durch die Schlitze des Gullideckels geschickt hatte. Und dessen schwache Reflexe auf dem unruhigen Wasser in dem finsteren Schacht uns wahrscheinlich das Leben gerettet hatten. Den vereinten Kräften von Bruder Giordano und mir gelang es schließlich, den Deckel zu bewegen, der knirschend nachgab und uns auf das Straßenpflaster spie. Zwei zweifelhafte Individuen am Ende ihrer Kräfte, ausgelaugt und nass zum Auswringen. Was den wenigen Passanten, die zu dieser Zeit noch unterwegs waren, nicht weiter aufzufallen schien, auch weil es immer noch regnete.

So lagen wir einige Minuten völlig erschöpft direkt neben der dunklen kreisrunden Öffnung ins Bodenlose, genossen unseren ruhiger werdenden Atem und wären dort auch noch länger geblieben, wenn uns die Ratten nicht vertrieben hätten. Sie waren uns gefolgt, zielstrebig, voller nie ermüdender Energie, und suchten nun eilig das Weite.

Ich hatte Bruder Giordano vorgeschlagen, sich bei mir umzuziehen. Er lehnte dankend ab und erklärte, er könne durch eine kleine versteckte Pforte an der Rückseite unbemerkt ins Kloster gelangen. Und eine trockene Kutte läge dort auch bereit.

»Ich muss sofort zurück! Es wird schwierig genug werden, mein Fehlen zu erklären. Aber mit Gottes Hilfe fällt mir was ein.« Dabei lächelte er sein trauriges Lächeln.

Ich versprach ihm, schon morgen zur Polizei zu gehen. Wir sahen uns an, zögerten einen Augenblick und dann umarmten wir uns fest, sehr feucht, übelriechend, und nicht ohne Schmerzen, zwei Kameraden, die soeben dem Tod entronnen waren. Oder so ähnlich.

»*Chi non muore si rivede!* So sieht man sich wieder!«

Vor mir stand Salvatore Solci. Ich erkannte ihn zunächst nur an der Stimme. Denn sein Aussehen hatte sich verändert. Statt der Lederjacke trug auch er nun eine blaue Uniform mit goldenen Knöpfen, goldenen Achselklappen, einem Abzeichen mit goldenem Adler und goldener Krone. Dazu ein weißes Hemd mit korrekt gebundenem blauem Schlips. Ich war beeindruckt.

Er gab mir die Hand.

»Wie gefällt Ihnen unsere Stadt?« Er musterte mich und beantwortete sich die Frage dann selbst:

»Anscheinend nicht so gut! Bitte kommen Sie. Ich glaube, Sie brauchen jetzt einen Kaffee!«

Bevor wir sein Büro betraten, rief er »Zwei Kaffee!« über den Flur. Die Tür ließ er offen. Sein Schreibtisch war aufgeräumt, fast leer. Sein Gürtel mit der Dienstpistole lag auf der Fensterbank. An der Wand hingen, fein säuberlich aufgereiht, viele Urkunden.

Ich erzählte ihm die ganze Geschichte. Dass ich Anwalt sei. Dass ich im Auftrag eines Mandanten handele, dessen Namen ich noch nicht nennen möchte. Auch das Abenteuer in den Kanälen ließ ich nicht aus.

Der Ispettore hatte mich nicht unterbrochen, aber mit deutlich wachsendem Interesse zugehört und sich Notizen gemacht. Nur zweimal hatte er etwas gesagt: Das erste Mal »Ich wusste es!« an der Stelle, an der ich von der Nebenbeschäftigung des Abtes erzählte. Und zum zweiten Mal, als ich die Katastrophe im Kanalsystem schilderte: Er schüttelte den Kopf. »Pech gehabt! Oder einen Schutzengel, wie man's nimmt.«

Er griff zum Telefon. »Matteo soll kommen!«

Matteo kam.

»Matteo, erinnerst Du Dich an die Zelle in Santo Stefano?«

»Si, Ispettore!«

»Dort gehst du jetzt hin. Auf dem Regal über dem Bett findest Du einen Stadtplan von Bologna. Den holst Du mir.«

»Jetzt gleich, Ispettore?«

»Ja, jetzt gleich! Und lass Dich nicht aufhalten. Wenn Bruder Anselmo Dich fragt, was Du willst, dann sag' ihm, es geht noch immer um die laufenden Ermittlungen. Und vergiss nicht, die Zelle wieder zu versiegeln!«

»Auf diesem Plan« erklärte mir Solci, »hat ein kürzlich unter merkwürdigen Umständen verstorbener Mönch Aufzeichnungen gemacht, die uns vielleicht weiterhelfen. Wir müssen den Tatort, also die Werkstatt, möglichst unauffällig und vor allem ohne Vorwarnung erreichen. Bevor der Abt seine Freunde mobilisieren kann, die sofort versuchen würden, uns zurückzupfeifen. Gründe für den Zugriff haben wir genug: Gesundheitsgefährdung, Betrug, Vorspiegelung falscher Tatsachen. Ganz sicher auch Steuerhinterziehung!«

Er bestellte zwei neue Tassen Kaffee, obwohl ich von meinem noch gar nicht getrunken hatte.

»Er muss heiß sein!« erklärte er. Dann sah er kurz auf seinen Bildschirm.

»Sie haben verdammtes Pech gehabt! Das zuständige Wasserwerk hat gestern Abend die Kanäle gespült. Das machen sie gern nach starkem Regen, wenn die Auffangbecken ohnehin voll sind. Das war zwischen acht Uhr dreißig und heute früh drei Uhr. Eigentlich müssen wir dankbar sein. Sie, weil Sie noch einigermaßen glimpflich davongekommen sind. Und wir, weil Sie uns Arbeit erspart haben! Ihre Leichen wären nämlich heute früh im Norden der Stadt, im *Battiferro* angespült worden. Und wenn niemand eine Vermisstenanzeige aufgegeben hätte, hätten wir zwei ungeklärte Fälle mehr.«

Der Kaffee kam, Solci nahm zwei gehäufte Teelöffel Zucker in seinen Americano und rührte um. Dabei dachte er laut über sein weiteres Vorgehen nach. Offensichtlich wollte er mich miteinbeziehen.

Er sah drei Möglichkeiten, in die Werkstatt zu gelangen. Man könnte den einfachen, normalen Zugang durch die

Räume des Klosters nehmen. Dabei aber würden die Mönche sicher Schwierigkeiten machen, um Zeit zu gewinnen. Die zweite Möglichkeit war der Weg über die alte Treppe, die mein Mönch und ich gewählt hatten. Dazu müsste man aber zunächst einmal unbemerkt in den Kirchenkomplex gelangen. Die dritte Option war der Weg über die Kanäle. Das schien ihm der beste, weil unauffälligste Weg.

Solci griff zum Telefon.

»Ciao Claudio, hier spricht Salvatore! Also pass auf: Ich brauche zwei Schlauchboote mit Fahrern für die Savena. Ihr bringt sie am besten zum Einstieg unter der *Piazza Minghetti*. Wann? So gegen sieben heute Abend, plus minus. Was sagst Du, da läuft was? Was denn? Also ist mir egal, ich brauche die Boote, erste Priorität! Das schaffst Du, ich verlass mich auf Dich! *A presto, Claudio, mille grazie!*«

Solci legte auf und sah mich an.

»Würden Sie den Abwasserkanal wiedererkennen, durch den Sie aus dem Kloster zur Savena gelangt sind?«

Ich war mir nicht sicher. Es gab so viele seitliche Kanäle und alle sahen ähnlich aus.

»Tut mir leid!« sagte der Ispettore. »ich muss Sie auf jeden Fall mitnehmen. Ich brauche Sie auch als Zeugen vor Ort. Und das ist sicher auch im Interesse Ihres Mandanten.«

Inzwischen war Matteo wieder eingetroffen. Er und Solci beugten sich über den Stadtplan. Die Eintragungen des Brasilianers betrafen Cafés, Geschäfte, Museen, lauter Informationen, die man braucht, um sich in einer fremden Stadt zurechtzufinden. Aber nichts über die erhofften geheimen Kloster-Internas.

»Das hilft uns nicht weiter,« murrte der Ispettore.

»Vielleicht doch!« sagte Matteo, der die Karte schon im Kloster studiert hatte. Er zeigte auf den Kartenrand. »Schlüssel « stand da klein aber gut lesbar mit Kugelschreiber geschrieben. Und die davon ausgehende blaue Linie endete in der Via Santa, genau an der rückseitigen Mauer des Klosters.

»Das habe ich gleich überprüft. Und tatsächlich, dort ist eine unauffällige kleine Pforte, von Efeu umrahmt. Direkt unter dem steinernen Türsturz, in der Spalte oberhalb des Rahmens, lag der Schlüssel. Mich würde mal interessieren, wohin sich die Brüder tagsüber oder auch nachts geschlichen haben Oder immer noch schleichen. Und ob der Abt davon weiß!«

Matteo griff in seine Hosentasche und präsentierte, zwischen Daumen und Zeigefinger geklemmt, einen kleinen verchromten Schlüssel für ein normales Sicherheitsschloss.

»Ich habe ihn probiert, er passt!« ergänzte er, und man sah ihm an, dass er stolz darauf war, mal klüger zu sein als sein Chef.

»Den kannst Du gleich wieder hinbringen!« sagte der. »Den brauchen wir nicht. Aber lass ihn erst mal hier, man weiß ja nie!« fügte er versöhnlich hinzu. Das war, wie sich bald herausstellen sollte, eine gute Entscheidung.

Wir verabredeten uns um neunzehn Uhr auf der Piazza Minghetti.

»Dort steht unser Mannschaftswagen.«

31

Bologna. *Catherine*

Obwohl jeder Muskel schmerzte, legte ich den kurzen Weg von der Questura zurück ins Hotel zu Fuß zurück. Notgedrungen hatte ich mir unterwegs Unterwäsche, Jeans, zwei Oberhemden und einen Pulli gekauft. Die Kleidung von gestern, ein feuchter, stinkender Haufen, hatte ich in eine Plastiktüte gepackt und heute morgen in einen der unterirdischen Müllcontainer geworfen, mit denen die Stadt reichlich gesegnet ist.

Es war immer noch vormittag, ich duschte zum zweiten Mal an diesem Tag, hatte das Gefühl, den Kanalgeruch nicht los zu werden, legte mich aufs Bett und wollte eben Catherine anrufen, als das Telefon klingelte. Es war Catherine!

»Warum rufst Du eigentlich nicht an? Wie war die Reise, wie gefällt Dir meine Wohnung, die Stadt? Was machst Du? Bist Du weiter gekommen mit Deinen Nachforschungen?«

Kurze Pause, ich hörte wütendes Hupen.

»Entschuldige! Ja, dass alles hätte mich interessiert! Ich weiß zum Beispiel, dass Du Vito getroffen hast, aber nicht von Dir! Vielleicht hätte ich mich auch über ein schlichtes ’Wie geht es Dir, Catherine?’ gefreut.«

»Catherine, ich wollte Dich gerade anrufen! Stell’ Dir

vor, ich weiß jetzt, wo die Spiegel herkommen! Hier passieren total verrückte Dinge, Du ahnst nicht, was heute Nacht los war!«

Sie unterbrach mich.

»Was Du heute Nacht gemacht hast, interessiert mich nicht, nicht im geringsten. Und, falls Du es wissen willst, auch ich habe Neuigkeiten! Der Marquis hat mich ins Vertrauen gezogen, endlich! Wirklich unglaublich, ganz unglaublich, Du wirst Dich wundern! Aber durchaus einleuchtend! Bist Du heute Nachmittag da, so gegen sechzehn Uhr? Ich brauche Deine Hilfe.«

»Um sechzehn Uhr? Wo bist Du, Catherine?«

»Ich bin auf der Autobahn, schon hinter Turin. Und ich habe den Spiegel für die Ankleide mit, ziemlich groß. Ich hoffe, Du hilfst mir dabei, ihn noch oben zu schaffen. Freust du Dich?«

Natürlich freute ich mich. Schon deswegen, weil ich jemanden brauchte, mit dem ich reden konnte. Carlotta hatte sich in letzter Zeit ziemlich zurückgehalten.

Ich stellte den Wecker, konnte erst nicht einschlafen und wurde dann doch um 15 Uhr geweckt.

Catherine war fast pünktlich. Sie hatte ihren VW Touareg ganz in der Nähe des Eingangs geparkt. Wir trugen den Spiegel zum Fahrstuhl und von dort in die Wohnung.

»Am besten bringen wir ihn gleich in die Ankleide. Es ist einer meiner Neuerwerbungen vom Marquis.«

Dort stellten wir ihn an die Wand und ich wollte ihn gerade von der Luftpolsterfolie befreien, in die er gewickelt war, als Catherine die Arme ausbreitete.

»*Bonjour!*« sagte sie, »*Bonjour, mon ami!* Du hast mir gefehlt!«

Wir küssten uns, erst auf die Wangen und dann doch auf den Mund und ich war erstaunt, wie selbstverständlich sich das anfühlte. Wir kannten uns noch nicht lange.

Catherine schob mich von sich, betrachtete mich und schüttelte den Kopf.

»Man glaubt es nicht! Ich wollte eben unten nichts sagen, aber Du hast mich zu Tode erschreckt! Entweder Du hast Dich geprügelt oder Du bist die Treppe runter gefallen. Sag mir die Wahrheit, was ist passiert?«

Ich lächelte etwas gequält und erzählte ihr, dass ich mich mit den Wassern der Savena geprügelt hätte und wollte das gerade näher erklären, als ihr Handy summte.

»Das passt jetzt garnicht,« sagte sie, »mein Timer! Was machen wir jetzt? In einer halben Stunde bin ich mit Vito verabredet. Am liebsten würde ich absagen!«

Sie dachte nach. »Zu dumm! Vielleicht bin ich gleich wieder da – wenn es zum Bruch kommt! Es geht um Grundsätzliches. Der Marquis hat mich eingeweiht! Es geht um die *Confrerie d'Mercure.* Und mittlerweile um mehr! Vielleicht werde ich austreten. Oder Vito, aber das ist eher unwahrscheinlich. Für ihn steht zu viel auf dem Spiel. Außerdem macht er anscheinend Geschäfte, mit denen der Marquis nicht einverstanden ist. Und die unser eigentliches Geschäft, nämlich Antiquitäten, gefährden.«

Ich verstand sie sofort. »Da musst Du unbedingt hin! Deswegen bist Du ja hergekommen. Mach Dir keine Sorgen, wir reden nachher weiter.«

»Ja, tut mir leid, aber Du hast Recht! Und ich werde mit Vito auch über Dich reden. Wie er mit Dir umgeht, was für ein falsches Spiel er spielt! Aber verlass Dich auf mich, so kann das nicht weitergehen!«

Sie stand vor mir, dunkelblauer Hosenanzug, hellblaue Bluse, Perlenkette. Plötzlich sehr entschlossen, sehr zornig, sehr ernst. Dann ging sie ins Bad und malte sich die Lippen, dunkelrot. Sie sah meinen besorgten Blick im Spiegel.

»Ich kann Dir nicht sagen, wann ich zurück bin. Wenn es kracht, geht es schnell! Wartest Du hier auf mich?«

Ich erklärte ihr, dass auch ich eine Verabredung hatte. Mit der örtlichen Polizei. Mit den unterirdischen Kanälen. Und wahrscheinlich auch mit dem Abt, den frommen Brüdern und einem neuen Mandanten. Aber sie könne beruhigt sein, eigentlich ginge es nur um Spiegel.

»Mein Gott!« sagte sie, »Das hört sich ja furchtbar an! Und beruhigt bin ich ganz und gar nicht, so wie Du aussiehst! Und tu mir einen Gefallen: Pass auf Dich auf – und misch Dich nicht ein! Das ist zwei Nummern zu groß für uns. Ich muss Dir sehr viel erzählen!«

32

Bologna. *Prioritäten*

Die Piazza Minghetti liegt nicht weit entfernt von der Piazza Maggiore und ist einer der schönsten Plätze der Stadt. In der Mitte gibt es eine großzügige Grünanlage, sie wird umgeben von Arkadengängen und dem eindrucksvollen Palazzo di Residenzia.

Heute war Blumenmarkt. Die Stände waren schon abgebaut, aber der Duft der Blüten lag noch immer in der Luft. Drei Männer in orangefarbenen Overalls fegten die bunten Reste des Tages zusammen. Sie säuberten dabei auch eine auffällig große, kreuzförmige Bronzeplatte, die, direkt neben dem Rasen, in das Pflaster eingelassen war.

Der Mannschaftswagen der Polizia di Stato stand zurückgesetzt in einer Toreinfahrt. Der Ispettore kam auf mich zu.

»Avvocato! Schön, dass Sie da sind. Wir warten noch einen Augenblick, bis die Passanten sich verlaufen haben, dann steigen wir ein. Wir haben Ihnen was mitgebracht.«

Er gab mir eine schwarze Taschenlampe, die diesem Namen nur teilweise gerecht wurde, denn dafür war sie zu groß und zu schwer.

»Für alle Fälle, absolut wasserdicht! Zur Not kann man damit auch zuschlagen. Aber keine Angst, ich behalte Sie im Auge. Am besten bleiben Sie immer nahe bei mir. Oder

Sie halten sich an Matteo. Den haben Sie ja schon kennengelernt.«

Im Wagen krächzte ein Sprechfunkgerät, Matteo steckte den Kopf aus dem Fenster der Fahrertür. »Es gibt Schwierigkeiten!«

Er und Solci redeten zusammen.

»Das glaube ich jetzt nicht! Die Boote sollten seit einer halben Stunde da sein! Matteo, komm mit!«

Sie gingen über den Platz zu der Bronzeplatte im Boden. Matteo bediente ein zigarettenschachtelgroßes Gerät. Die Platte begann zu summen, knirschte einen Moment und die Seite, an der wir standen, bewegte sich dann fast lautlos nach oben. Eine Treppe wurde sichtbar. Solci wartete das Ende des Vorgangs nicht ab, zog den Kopf ein und stieg nach unten. Wir folgten ihm.

Und standen in einem von kaltem Neonlicht hell beleuchteten Tunnel. An einem breiten Kanal, dessen Wasser still und ordentlich dahinflossen. Nichts mehr war zu spüren von dem gestrigen Chaos, der gurgelnden Apokalypse, die sicher auch hier entlang getobt war.

Aber tatsächlich, die bestellten Boote waren nicht zu sehen, der Kanal war leer. Der Ispettore griff zum Handy, wählte, wartete, fluchte.

»*Malledetto!* Kein Empfang hier unten! Das gibt Ärger!« sagte er. Und, an Matteo gewandt: «Wir warten nicht länger! Plan B!«

Matteo hatte das Tor zur Unterwelt wieder geschlossen. Wir saßen im Mannschaftswagen.

»Plan B heisst,« erklärte mir Solci, »wir gehen von *oben* ins Kloster, über die alte Treppe. Sie müssen uns führen!«

Er wandte sich an sein Team: »Das ist der Avvocato, der heute morgen die Anzeige erstattet hat. Er kennt sich im Kloster bestens aus und zeigt uns den Weg.« Das war zumindest schwer übertrieben.

Er machte eine Pause und deutete auf die einzige Frau in der fünfköpfigen Mannschaft. »Und das ist Nicola, sie ist heut zum ersten Mal mit dabei.«

Nicola lächelte, nickte mir zu, wir kannten uns aus dem Kommissariat. Jetzt trug sie keine Uniform mit goldenen Knöpfen, auch der Ispettore trug sie nicht. Sie hatten, wie alle anderen, ein schlichtes, frisch gebügeltes blaues Hemd an mit kurzem Arm und Achselklappen. Nur auf dem Rücken stand groß das Wort POLIZIA. Aber auf Koppel und Pistole hatten sie nicht verzichtet. Ich sah zwei Maschinenpistolen und wagte, den Ispettore darauf aufmerksam zu machen, dass die Mönche doch unbewaffnet seien.

Er hob die Augenbrauen und wirkte verärgert.

»Ich habe meine Gründe! Den Brüdern fehlt es an Respekt! Sie glauben, dass die Gesetze für alle gelten, nur nicht für sie. Sie machen, was sie wollen! Sie halten sich für unverwundbar. Da kann eine kleine Demonstration nichts schaden!«

Inzwischen hatten wir die Via Santa erreicht.

Matteo schloss die versteckte Tür an der Rückseite des Klosters auf. Wir bewegten uns im Gänsemarsch, einer nach dem anderen, leise durch den Hof des Pilatus, den Kreuzgang und erreichten die Kapelle der Märtyrer, ohne dass wir gesehen wurden. Niemand war unterwegs, das Kloster war längst geschlossen. Das Bild des heiligen

Sebastian stand noch so da, wie Bruder Giordano und ich
es hinterlassen hatten. Wir schoben es wieder zur Seite,
die Treppe lag vor uns.

»Vorsicht!« sagte ich. »Es ist eng und steil.«

Nicola flüsterte: »Gibt es hier Spinnen?«

»Matteo geht vor!« befahl Solci. »Unten warten!«

Wir stiegen schweigend nach unten. Ab und zu gab es
ein scharrendes Geräusch, wenn die Maschinenpistolen
an die alten Steine stießen.

Die Explosion war nicht besonders laut. Das Er-
schreckende war vor allem das leichte Beben, dass sich
anschließend stöhnend und knirschend durch die alten
Gemäuer bewegte. Im Schein der Taschenlampen rie-
selte Putz und Staub von der Decke und landete auf
unseren Köpfen und den frischen Hemden der Polizia
di Stato.

Und plötzlich überall Spinnen. Sie ließen sich von
der Decke fallen, krabbelten über die frischen Uniform-
hemden und rannten die Wände entlang. Und über die
Stufen. Alle in eine Richtung, auf der Flucht nach oben.
Nicola hielt sich den Mund zu. Aber sie behielt die Be-
herrschung.

»Raus!« schrie Solci. »Sofort raus hier!«

Eben unten angekommen, stieß Matteo die Tür auf.
Wir standen in den Kellergewölben. Solci sah mich auf-
fordernd an und ich lief voraus in Richtung Geheimtür zur
Werkstatt. Sie war nicht mehr geheim, sie stand offen. Und
heraus stürzten zwei Mönche, drängten an uns vorbei auf
der Flucht nach oben.

»Schnell!« Der Ispettore übernahm wieder die Führung.
Wir stürmten die Metalltreppe hinunter. Und machten

dabei einen Höllenlärm. Aber das spielte jetzt keine Rolle mehr.

In der Werkstatt fanden wir einen Mönch mit Gummischürze, Gummihandschuhen und Schutzbrille, der offensichtlich bei seiner Arbeit überrascht worden war. Er stand da mit erhobenen Händen.

Um ihn herum rannten Polizisten. Nicht meine Polizisten, nicht die Polizia di Stato. Sie sahen anders aus. Ihre Uniform war hellgrau. Sie waren schwer bewaffnet, schrien durcheinander und trugen schwarze Sturmhauben.

»Salvatore, was willst Du hier? Ich hab' Euch nicht eingeladen! Außerdem kommst Du zu spät!«

Der Mann, der diese freundlichen Worte eher bellte als rief, versteckte sich nicht unter der Sturmhaube, er zeigte sein Gesicht. Dieses Gesicht trug Viertagebart, verriet Härte und war sichtlich verärgert. Und es gehörte, wie ich später erfuhr, Capitano Massimo Como von der Guardia di Finanza, der gefürchteten Spezialeinheit für Wirtschaftsvergehen.

Ispettore Salvatore Solci war ausnahmsweise einmal fassungslos. Er stand, wir alle standen wie vom Donner gerührt. Ein Häuflein ratloser Polizisten und ein Zivilist. Mitten im Krieg!

»Verdammt! Was bedeutet das, Massimo? Habt Ihr gesprengt?« fragte er.

»Ja, wir mussten die Tür aufsprengen. Wir kommen ja von der Kanalseite, und wussten nicht, was uns dahinter erwarten würde. Hätten wir klopfen sollen? Aber ich glaube, die Mönche sind harmlos. Wahrscheinlich haben sie keine Ahnung, was in ihrer unmittelbaren Nachbarschaft passiert. Vor allem, was im Nebenraum los ist!«

»Massimo, ich habe auch keine Ahnung, was los ist! Was läuft hier? Was oder wen sucht Ihr hier überhaupt? Kannst Du mich aufklären?«

»Komm’ mit!« sagte der Capitano.

Wir verließen die Werkstatt durch die mir nicht unbekannte und jetzt gesprengte, aber immer noch an einer Angel hängende Metalltür. Vor uns auf dem Wasser lagen, eng hintereinander, drei Gummiboote. Zwei davon gelb mit der deutlichen Kennzeichnung POLIZIA. Das dritte war größer, grau und lag direkt vor der in der letzten Nacht verschlossenen und nun weit offenen Tür zum Nachbargewölbe. Es wurde von Polizisten bewacht, die MP im Anschlag. Kollegen trugen braune Kartons mit dem Aufdruck »Tomato Paste« von dort in den Nebenraum.

»Da sind sie ja!« Solci blieb überrascht stehen. »Wie kommt Ihr zu meinen Booten?«

»Vergiss es! Es sind nicht Deine Boote! Und es gibt Prioritäten!« Der Capitano drehte sich um. »Komm einfach mit und sieh Dir das an!«

Der Nebenraum war kleiner als die Werkstatt. Auch hier standen viele Spiegel, teilweise schon verpackt, bereit zum Abtransport.

»Vor zehn Minuten,« sagte der Capitano, »bis vor zehn Minuten war hier noch die Hölle los!«

Man spürte jetzt noch die Angst, man roch die Gefahr geradezu. Überall waren die Sturmhauben. Einige von ihnen bewachten eine Gruppe von Männern, die, mit dem Gesicht zur Wand, ihre Hände hinter dem Rücken, Handschellen trugen. Einer lag auf der Erde, sein Hosenbein dunkel von Blut.

»Luigis Leute!« sagte Como.

Andere Schwarzköpfe rissen die Holzverkleidung von der Rückseite der Spiegel und zogen lange weiße Plastikschläuche heraus, die, wie große Perlenketten, aus vielen flachen Päckchen bestanden. Ich begriff: Der Hohlraum zwischen dem Spiegelglas und der Rückwand, der mehrere Zentimeter betragen kann, diente als Versteck und unverdächtiges Transportmittel für Rauschgift, für Heroin. Denn genau das war in den weißen Päckchen.

»Sieh Dir das an!« knurrte Como. »Den Tipp, dass hier was läuft, haben wir kurz nach unserem Gespräch bekommen. Wo wir uns doch gefragt hatten, was los ist. Hast Du sowas schon mal gesehen? Jede Menge Stoff. Angeliefert in den Tomatenkisten. Die Spiegel sind das ideale Versteck, um es unbemerkt zu verteilen. Erst nach Mailand, von dort überall hin. Denen fällt doch immer wieder was Neues ein.

Salvatore, hier geht es nicht einfach um Geld, hier geht es um richtig viel Geld, um Millionen! Aber diesmal waren wir schneller! Das werden sie nicht so einfach wegstecken.« Er meinte die Mafia.

Der Mafia gehörte das graue Boot. Sie brauchte es, um die Spiegel über die Kanäle in den Norden der Stadt ans Tageslicht zu befördern und sie dort, bei den stillgelegten Eisenwerken, umzuladen. Umgekehrt hatten sie es heute zur Beförderung der braunen Kartons mit dem Rauschgift genutzt. Sie hatten nicht gemerkt, dass die Polizei ihnen im gebührenden Abstand gefolgt war.

Dann fragte Capitano Como den Ispettore, ob er ihm helfen könne. Und eine Bitte der Guardia di Finanza im Einsatz um Kollegenbeistand ist wie ein Befehl.

Der Ispettore erklärte ihm zunächst kurz den Grund unseres Hierseins. Dass wir von dem Verladeplatz für Rauschgift keine Ahnung hatten, sondern die Fälscherwerkstatt unter dem Kloster überraschen wollten.

»Man glaubt es nicht!« sagte Como und rieb sich zum ersten Mal die Augen. »Was unsere frommen Brüder alles treiben! Du hattest sie ja schon lange auf deiner Liste. Tut mir jetzt leid, aber das läuft Dir nicht weg. Das hier ist wichtiger!«

Solci konnte nicht nein sagen. Er bat mich, ihm zu folgen. Wir gingen zurück in die Klostergewölbe, wo inzwischen eine Art Totenstille eingekehrt war. Auch der letzte Mönch war verschwunden. Nur der Schmerzensmann war geblieben. Er hing noch immer an seinem Kreuz und hielt die Augen geschlossen, er sah einfach nicht hin.

Der Ispettore erklärte mir die Situation: Dies sei sicher der größte Schlag seit langem, den die Polizei gegen die Mafia geführt hätte. Er entschuldigte sich dafür, dass die Dinge nun einen ganz anderen Verlauf genommen hätten, als geplant. Aber aufgeschoben sei nicht aufgehoben! Er bat mich, morgen Vormittag in sein Büro auf die Questura zu kommen und er würde sich freuen, wenn ich weiterhin als Zeuge zur Verfügung stünde. Und selbstverständlich würde die Spiegelwerkstatt geschlossen. Zumindest vorerst, solange, bis ein Gerichtsentscheid vorläge.

Dann rief er einen Kollegen, der mich diesmal auf ganz normalem Weg durch das Kloster nach oben begleitete.

Hier herrschte eine auffällige Stille. Wir trafen niemanden. Weder den Abt noch irgendeinen anderen Mönch, auch nicht Bruder Giordano.

33

Bologna. *Unter Beobachtung*

Ich hatte gehofft, dass Catherine im Hotel auf mich warten würde. Aber sie war noch nicht da. Wie spät war es eigentlich? Ich sah auf die Uhr und war überrascht, wie wenig Zeit seit meinem Treffen mit der Polizei auf der Piazza Minghetti vergangen war, seit dem Beginn der Aktion. Das Ganze hatte knapp zwei Stunden gedauert, der unerwartete Sturmhauben-Stress sogar nur geschätzte zwanzig Minuten. Es war ein nicht ungefährliches Abenteuer gewesen, aber ich fühlte mich kaum mitgenommen, sondern eher aufgekratzt, angeregt. Selbst meine Muskelschmerzen waren erträglich. Im Zusammenhang mit meinem Beruf hatte ich schon öfter über solche oder ähnliche Polizeieinsätze gelesen oder gehört, nun hatte ich selbst einen erlebt.

Das Telefon klingelte. Es war Catherine:

»Da bist Du ja! Ich habe mir schon Sorgen gemacht. Ich will Dich überreden, einen Spaziergang zu machen. Ich brauche im Augenblick Luft! Sonst verliere ich noch den Verstand!«

»Wo bist Du?«

»Ich bin jetzt ganz in der Nähe vom Stadtpark. Hast du schon was gegessen? Gleich neben dem Hotel gibt es eine Pizzeria, ›Da Mario‹. Gut schmeckt dort die Pizza Napoli.

Bring zwei Stück mit. Und nimm ein Taxi, wir treffen uns am Parkeingang an der Viale Gozzadini.«

Catherine winkte mir zu. Wir gingen noch ein paar Schritte bis zu einem kleinen See, suchten uns eine Bank und setzten uns so, dass wir sehen konnten, wie sich das letzte Abendlicht im Wasser spiegelte. Catharine sagte:

»Du fängst an! Was war los? Aber bevor Du anfängst, gib mir erstmal die Pizza. Was ich jetzt brauche, ist Nervennahrung!«

Ich erzählte ihr kurz die ganze Geschichte. Angefangen bei Bruder Giordano und der Spiegelwerkstatt, über unser heimliches Eindringen ins Kloster bis zu dem Zusammentreffen mit der Guardia di Finanza und dem Heroinfund. Das Abenteuer mit den überfluteten Kanälen ließ ich erst mal aus, das hatte ich selbst noch nicht richtig verdaut.

Catherine hatte kauend und schweigend zugehört, ab und zu mit dem Kopf geschüttelt und Fragen gestellt, wenn sie etwas nicht verstanden hatte. Sie leckte sich die Fingerspitzen, wischte sie an der Papierserviette ab und sagte:

»Nun wissen wir, wo die Spiegel herkommen!«

Es schien sie nicht sonderlich zu überraschen. Was nicht verwunderlich war nachdem, was sie selbst erlebt hatte. Sie schob mir die zweite Pizza rüber.

»Dass Du Dich mit dem Mönch eingelassen hast, war ein Glücksfall! Oder Du hattest den richtigen Riecher. Und Deine Geschichte passt ganz wunderbar zu meiner, sie ergänzen sich sozusagen. Pass auf!«

Catherine setzte sich so, dass sie mir direkt ins Gesicht sehen konnte. Die Kaninchen, die zunächst vor den späten Gästen geflohen waren, kehrten zurück und zupften ihr Gras, nicht ohne ab und zu den Kopf zu heben und uns aufmerksam zu beäugen. In der Ferne sang eine späte Amsel.

»Schau mich an! Findest Du, dass ich aussehe wie eine durchgeknallte Antiquitätenzicke, die auch mal am großen Rad drehen möchte? Findet Vito jedenfalls, seit heute!

Ich sei nur ein ganz kleines Licht, dass man jederzeit auslöschen könne. Das hat er tatsächlich gesagt. Und ich kann mir sogar vorstellen, dass er das ernst meint!

Ich habe ja gewusst, dass es knallen würde. Aber darauf war ich nicht gefasst! Ich habe mir nicht vorstellen können, dass jemand, der vor kurzem noch behauptet hat, er sei mein Freund, sich so hemmungslos brutal zeigen kann, wenn es um seine eigenen Interessen geht. Das ist schon beängstigend!«

Zwischen Catherines Augenbrauen hatte sich eine strenge Falte gebildet, sie blickte, für einen Moment allein mit ihren Gedanken, über das dunkler werdende Wasser. Dann zog sie ihren Armani-Schal enger um sich, atmete tief durch und sagte:

»Aber der Reihe nach. Ich wollte Dir zuerst von meinem Gespräch mit dem Marquis erzählen. Du kannst ruhig weiteressen.«

Was ich auch tat.

»Also, pass auf! Du warst kaum weg, da rief mich der Marquis an und bat mich, ihn zu besuchen. Ich musste sowieso meine Spiegel abholen. Er führte mich in sein Arbeitszimmer und hatte Champagner kaltgestellt. Den ich ablehnen musste, weil ich am gleichen Tag noch zurückfahren wollte. Wir einigten uns auf einen leichten Weißwein mit Mineralwasser und er eröffnete mir, dass seine letzte Verkaufsausstellung wieder ein Erfolg gewesen sei, die beste seit langem! Das sei sicher erfreulich, aber er sei nun zu alt für diese zusätzlichen Aktivitäten. Er habe schließlich noch sein Schlosshotel, seine Stammkunden und, nicht zu vergessen, seine junge Frau, die auch ihr Recht fordere. Was ich verstehen kann!

Daher wolle er die Organisation und die Gesamtbetreuung in die Hände eines Kurators, einer Kuratorin legen, und er könne sich sehr gut vorstellen, dass diese Kuratorin ich sei. Er kenne mich nun lange genug, schätze mich sehr, sowohl beruflich als auch privat. Um die Finanzen müsse ich mir keine Sorgen machen. Und dann schlug er mir ein monatliches Honorar von erstaunlicher Höhe und eine zusätzliche Erfolgsbeteiligung vor.

Soweit, so überraschend. Und so gut.

Ich antwortete, ich könne mir das grundsätzlich vorstellen, sehe mich dazu allerdings nicht in der Lage, weil ich das Gefühl hätte, dass er mir etwas verheimliche. Und das beträfe ganz besonders das Spiegelgeschäft. Er tat erstaunt: »Catherine, das ist nicht Ihr Ernst!« Er dachte, ich wisse längst Bescheid, und wenn ich noch Fragen hätte, solle ich sie jetzt stellen.

Zwei Enten zogen silbern leuchtende Linien über die immer dunkler werdende Oberfläche des Sees.

»Und jetzt halt Dich fest! Es gibt sie tatsächlich! Es gibt nicht nur die Legende, die mit den nachgemachten *Speculi transiti* bedient wird. Mit denen der Marquis und andere ihr Geld machen. Es gibt auch noch die Echten! Die wirklich alten Originale! Erinnerst Du Dich an unser altes Buch, das ich mir ausgeliehen hatte, die Geschichte über das Königreich Neapel? Der Chronist hat Recht: Es gab damals wirklich diese magischen Spiegel, durch die man sich fortbewegen konnte. Die die Brüder Bellini herstellen konnten nach einem Rezept, das wer weiß woher stammt.

Das sagt der Marquis. Und ich glaube ihm. Verstehst Du, es gibt sie noch immer! Sie sind über die Erde verstreut, einige wenige, die sich über die Jahrhunderte erhalten haben. Die sich zum großen Teil unerkannt, eingebaut in alte Wandtäfelungen, in Kirchen und Schlössern befinden. Vielleicht noch in herrschaftlichen Villen.«

Catherine machte eine weit ausholende Bewegung mit ihrem rechten Arm, in die sie die ganze Welt einbezog. Dann wandte sie sich mir wieder zu und in ihren Augen leuchtete so etwas wie Begeisterung.

»Das Wichtigste: Du bist der lebende Beweis! Du und Deine Carlotta! Sie muss durch euren Spiegel gegangen sein! Jetzt verstehe ich das langsam. Deswegen ist Vito auch so scharf darauf, ihn wiederzubekommen. Er hat ihn offensichtlich zunächst nicht erkannt. Und hat erst durch Deine Geschichte seinen Fehler bemerkt. Und Du sitzt jetzt in der Zwickmühle! Mein Rat war falsch, Du darfst den Spiegel auf keinen Fall zurückgeben! Denn dadurch würdest Du Carlotta wahrscheinlich den Rückweg abschneiden. Andererseits wird Vito alles versuchen, Dir den Spiegel wegzunehmen. Koste es, was es wolle!«

»Ich weiß!« sagte ich.

»Was soll das heißen: Ich weiß?« Catharine stutzte. Sie sah mich irritiert an.

»Soll das heißen, dass Du die ganze Zeit gewusst hast, dass es die *echten* Transferspiegel gibt? Dass Du meinen stundenlangen Erklärungen über die Kunst der Fälscher zugehört hast, ohne dass Du es für nötig gehalten hast, mir das zu sagen? Ich habe Dir alles erzählt, was ich wusste! Und Du hast dein Geheimnis für Dich behalten! Ist das so? Sag mir, warum!«

»Catherine, ich bitte Dich! Geahnt habe ich das zwar schon lange, aber gewusst – wenn man hier überhaupt von Wissen reden kann – gewusst habe ich das erst seit Vito in der Kirche verschwunden ist, in dem versteckten Spiegel im Schrank.«

»Du mieser Schuft! Du lässt mich reden und reden und sagst kein Wort! Du hast mir nicht vertraut! Du traust mir nicht!«

Sie war aufgesprungen und lief davon.

»Ich gebe mir alle Mühe …« verstand ich noch. Ich ging ihr nach.

»Catherine, bitte, hör mir zu! Es ist meine Schuld! Es stimmt, am Anfang war ich mir nicht sicher, ob ich Dir trauen kann. Das war ein Fehler, das weiß ich jetzt! Ein paarmal war ich kurz davor, es Dir zu sagen, aber immer kam etwas dazwischen.«

Wir liefen um den halben See. Ihre Enttäuschung, meine Erklärungsversuche, meine Entschuldigungen.

»Meine Handtasche!« Catherine blieb erschreckt stehen.

Wir eilten zurück und da war sie, die Tasche lag noch auf der Bank. Wir setzten uns wieder. Es war jetzt so still, dass man das Rauschen der Stadt hören konnte. Ein Grundton, der, je nach Windrichtung, mal stärker, mal schwächer vorüberzog. Dazwischen die Sirenen der Polizei. Wir schwiegen eine Zeit lang. Catherine überprüfte den Inhalt ihrer Tasche. Immer, wenn ich etwas näher rücken wollte, rückte sie ein Stück weiter von mir weg. Doch irgendwann war die Bank zuende.

»Also gut!« sagte sie. »Ich verstehe, dass Du verunsichert warst. Aber einige Dinge verstehe ich nicht. Vielleicht liegt das daran, dass ich *Euch* nicht verstehe. Vielleicht habe ich die Männer noch nie richtig verstanden. Lass uns ein andermal darüber reden, das bringt jetzt nichts.

Dein Erlebnis mit Vito bei uns in der Kirche von Isle sur la Sorgue ist ein weiterer Beweis dafür, dass diese Spiegel existieren. Und dass Vito sie benutzt. Dass er sie benutzen *kann*. Das ist ein Problem, auf das der Marquis hingewiesen hat. Er weiß, dass es diese Spiegel gibt. Er weiß, dass Vito einige besitzt, er glaubt, mindestens zwei. Aber er hat keine Ahnung, wie man sie nutzt! Er behauptet, auch Vito wüsste nicht alles. Niemand wüsste genau, wie sie funktionierten. Es sei wie auf einem Rodeo. Du hältst Dich im Sattel, solange Du kannst. Du nutzt den Spiegel solange, wie er Dich lässt.

Der Marquis selbst glaubt, dass er auch mindestens einen dieser *Speculi transiti* besitzt, er hat ihn nur noch nicht erkannt. Er glaubt, dass der Zufall eine Rolle spielt: Auf der anderen Seite muss jemand Kontakt mit Dir aufnehmen wollen! Erst dann wird der Spiegel transparent.

Und das ist Deine Chance!«

Catherines Optimismus begann wieder zu leuchten.

»Du kennst jemanden auf der anderen Seite: Carlotta! Dein wichtigster Grund, sofort nach Hamburg fahren. Dort steht Dein Spiegel und dort solltest du darauf warten, dass etwas passiert. Jetzt, wo wir wissen, wie es geht; irgendwann klappt es bestimmt!«

Sie legte ihre Hand auf meine und sah mich erwartungsvoll an.

Für einen Moment hatte sie mich überzeugt. So könnte

es glücken. Aber hatte ich das nicht schon probiert? Tagelang und ohne die geringste Resonanz? Und wenn es klappen sollte, würde dann Carlotta zu mir zurückkommen? Oder würde ich zu ihr gehen?

Ich versuchte, das Chaos in meinem Kopf zu ordnen, das eben Gehörte einzusortieren, die Ungeheuerlichkeiten zu durch-schauen. Oder auch nur zu verstehen. Vom See stieg ein leichter Nebel in die kälter werdende Nachtluft. Er zog in unsere Richtung.

»Du bist ganz dicht dran! Freust Du Dich?«

»Klar, irgendwie freue ich mich. Aber ich muss das Ganze erst mal verdauen! Irgendwie bin ich am Ende, total überfordert, heute ist einfach zu viel passiert. Lass uns eine Nacht darüber schlafen.«

Wir verließen den Park in Richtung Innenstadt. Ein einzelnes Taxi stand dort im kalten Licht einer Bogenleuchte. Der Fahrer hatte uns gesehen. Er blinkte zweimal, ließ dem Motor an und kam langsam auf uns zu.

»Hast Du ein Taxi bestellt?« fragte ich Catherine. Sie verneinte und wunderte sich, was ein Taxi nachts in dieser einsamen Gegend tat. Inzwischen hatte es uns erreicht. Der Fahrer ließ das Fenster herunter und sah uns fragend an.

»In die Via Val D'Aposa!« sagte ich und wollte die Tür öffnen.

Catherine packte mich heftig am Arm und zog mich zurück. Sie bedankte sich und erklärte, dass wir lieber zu Fuß gehen würden. Ich wäre gern gefahren, denn meine Blessuren, die Andenken an das Kanalabenteuer, machten sich nach dem langen Sitzen wieder deutlich bemerkbar.

»Das war gemein!« sagte ich. »Du hättest ruhig mal an mich denken können!«

»Eben deswegen!« antwortete Catherine.

Um diese Zeit, es war nach Mitternacht, hat die Stadt einen eigenen Zauber. Die Hektik, der Lärm des Tages machen eine Pause, im Licht der Laternen wirken die verzierten Fassaden der alten Häuser, der vielen Palazzi, entrückt und zugleich seltsam nah. Geisterstunde.

Wir hatten die Altstadt erreicht und bewegten uns nun im Zwielicht der Portici. Die Rollläden der Geschäfte waren heruntergelassen, meist grau, mit Grafitti beschmiert. Außer uns und einer älteren Frau, die in ihr Handy sprach und einen unwilligen Mops hinter sich herzog, war niemand mehr unterwegs.

»Dreh' Dich mal um!« sagte Catherine.

In einem Abstand von dreißig Metern folgte uns ein Taxi. Im Schrittempo. Das Besetztzeichen war eingeschaltet, es fuhr mit Abblendlicht.

»Das ist unser Taxi vom Park! Es schleicht schon die ganze Zeit hinter uns her und bis zum Hotel werden wir es nicht mehr los. Ich weiß nicht, was passiert wäre, wenn wir eingestiegen wären. Jemand will uns Angst machen. Und ich würde mich nicht wundern, wenn das Vito veranlasst hat.«

In solchen Situationen bekomme ich Bauchschmerzen. »Wollen wir es nicht abschütteln? Wir gehen einfach kreuz und quer durch die Hinterhöfe, da kann es nicht folgen.«

»Jetzt keine Schwäche zeigen, das wollen sie nur! Außerdem würde es nichts bringen. Spätestens auf der Via Val D'Aposa wäre es wieder präsent.«

»Ich bewundere Dich!« sagte ich zu Catherine. »Ich staune, wie cool Du mit solchen Dingen umgehst. So kenne ich Dich nicht.«

»Nein, leider, Du kennst mich nicht! Das haben wir vorhin gemerkt. Wenn es sein muss, bin ich ein Gegner, den man nicht unterschätzen sollte! Das wird auch Vito noch merken. Auch ein kleines Licht, das man, wie er glaubt, einfach auslöschen kann, kann ein Feuer entfachen!«

Der Spruch gefiel mir. Er passte zu Catherine, das traute ich ihr durchaus zu. Und er machte mir Mut.

Trotzdem sprachen wir unwillkürlich leiser und machten einen Bogen um dunkle Hauseingänge. Ich wollte wissen, wie das Gespräch mit Vito ausgegangen war.

»Unerfreulich!« sagte Catherine.

Sie habe ihm vorgehalten, dass er den Markt mit Fälschungen überschwemme und dass er unbedingt damit aufhören müsse. Außerdem solle er unverzüglich die Confrerie d'Mercure verlassen, dort hätte er nichts mehr verloren.

Vito hätte nur gelacht.

»Ich sei wohl die Einzige, die noch nicht gemerkt hätte, wie das Geschäft laufe. Das Ziel der Confrerie sei es, den Umsatz mit hochwertiger Ware zu fördern. Und das seien seine Spiegel, hochwertig. Und wenn mir das nicht passe …Und so weiter!«

Sie, Catherine, habe dann angedeutet, dass sie auch über die Machenschaften mit den falschen *Speculi transiti* Bescheid wisse.

Und da sei Vito ausgerastet und habe sie schließlich bedroht.

So in etwa: ›Du kannst Dich nicht gegen mich stellen! Du nicht! Du hast keine Ahnung, mit wem Du dich anlegst! Ich kann Dich zerquetschen wie …‹ Er machte eine entsprechende Bewegung mit Daumen und Zeigefinger. Es gab kein Entgegenkommen, keine Einigung, er sei einfach gegangen.

Über Dich haben wir gar nicht gesprochen. Dazu ist es nicht mehr gekommen.«

Unser Taxi stand tatsächlich vor dem Hotel, mit leise laufendem Motor, das Abblendlicht glotzte uns vorwurfsvoll an. Wir ignorierten es.

Oben in Catherines Apartment schlug ich vor, dass ich im Wohnraum auf der Couch schlafen könne. Das fand sie zu umständlich. Und für einen Augenblick stand der Gedanke im Raum, dass wir das üppige Doppelbett teilen könnten.

Carlotta trat dazwischen.

Denkst du wirklich darüber nach?

Ich blieb also im Schlafzimmer, Catherine bezog das Sofa. Obwohl ich total erschöpft war, oder gerade deswegen, schlief ich unruhig.

Einmal wurde ich wach und hörte laute Musik. Irgendein Klassikfan strapazierte seine Anlage. Auf jeden Fall war es rücksichtslos mitten in der Nacht. Aber ich war viel zu müde, um nachzusehen. Oder an irgendeine Wand zu klopfen und mich zu beschweren. Ich schlief wieder ein.

Die Frau ist in grobes braunes Leinen gehüllt, Alles an ihr ist braun, das Tuch, das sie nachlässig um ihre Haare gewickelt hat, ihr Gesicht. Sogar ihre Hände sind dunkelbraun, woraus ich schließe, dass sie im Freien arbeitet, vielleicht auf dem Markt. Schneeweiß ist nur ihre viel zu große Brust, die sie aus dem Ausschnitt fallen lässt. Ihr Säugling wirkt daneben noch kleiner, als er ohnehin ist, aber er trinkt, die Augen geschlossen, die Händchen zu Fäusten geballt, konzentriert und gierig. Sie sitzt auf dem nackten Straßenpflaster. Neben ihr ein grobschlächtiger Kerl mit einem Korb, in dem ich Weißbrot und eine Weinflasche sehe. Der Mann scherzt mit der Mutter und den umstehenden Nachbarn, sie lachen. Das kann ich sehen, hören kann ich es nicht.

Ich bin mitten in einem Stummfilm, der, der Mode nach zu urteilen, im 18. Jahrhundert spielt. Ich stehe auf einem großen Platz, umgeben von einer aufgeregten Menschenmenge. Viel einfaches Volk, geflickte Kleidung, manche barfuß. Aber auch Damen in langen Roben und Sonnenschirm, Herren in Uniform. Dazwischen aufdringliche Limonadenverkäufer, drängelnde Gassenjungen. Händler, die einfache Hocker anbieten als willkommene Sitzgelegenheit. Alles gruppiert sich um eine offene Bühne, eine hohe hölzerne Plattform, auf der ein Gerüst in den Himmel ragt: Zwei eng nebeneinanderstehende Balken und dazwischen das Fallbeil. In der Ferne, hinter den Häusern, die den Platz umgeben, zwei Türme, die Türme von Notre Dame. Ich bin in Paris.

Ich fühle mich nicht wohl in der Menge, was habe ich hier zu suchen? Trotz der sichtbaren Fröhlichkeit liegt etwas Lauerndes in der Luft, etwas Obszönes, Gieriges. Erwartung wabert über den Platz wie ein Fieber.

Der Säugling neben mir schreit plötzlich. Es knackt in meinen Ohren so, wie wenn man Wasser hineinbekommen hat, vorübergehend taub ist und »Knack!« auf einmal wieder hören kann. Um mich erst ein Rauschen, dann Stimmen, Gelächter, ein auf- und abschwellender Lärm. Und dann Rufe: «Sie kommen!» Alle recken die Hälse, alle die bisher saßen sind aufgesprungen, alle blicken in Richtung Bühne. Ein neues gleichmäßig lauter werdendes Geräusch macht sich auf den Weg und mischt sich unter die Menge, die plötzlich leiser wird und bald ganz verstummt.

Es ist das Mahlen von eisenbereiften hölzernen Rädern auf Straßenpflaster, Rädern von Eselskarren. Karren, auf denen jeweils zwei, drei Leute sitzen, unbeweglich, apathisch, die Hände auf den Rücken gebunden. Sie nähern sich in einer endlosen Prozession, Wagen an Wagen an Wagen, langsam und unaufhaltsam. Bis der Erste vor den Stufen zum Hochgericht hält.

Die Menschen klettern heraus, einer nach dem anderen und stellen sich an. So, wie man sich an der Bahnauskunft anstellt, beim Bäcker oder vor dem Eisladen. Dann steigen sie die Treppe hinauf, einer nach dem anderen, bis sie oben angekommen sind auf der Plattform, direkt vor dem aufragenden Fallbeil, der Guillotine. Sie legen sich auf das Brett, man hört das sausende Beil und das Knacken, wenn es durch den Halswirbel fährt. Der Kopf reißt den Mund auf, will schreien, tut es doch nicht weil es zu spät ist, und fällt stumm in den Korb mit dem Sägemehl. Dann fällt der nächste Kopf, knack, und der nächste, knack, und der nächste.

Plötzlich erkenne ich eine der Figuren, die sich vor der Treppe anstellen, es ist die Unbekannte aus dem Spiegel in Hamburg, das gleiche lange Kleid, die gleiche Hochfrisur. Sie geht einen Schritt, stopp, noch einen. Die Dame hinter ihr folgt ihr, folgt ihr. Es ist – ich erschrecke nicht, mein Herz steht nicht still, ich bin wie betäubt, wie gelähmt – es ist Carlotta. Meine Carlotta.

Und danach sehe ich mich selbst. Auch ich eingereiht in die Schlange der Verurteilten, auch ich seltsam unbeteiligt, schicksalsergeben. Einen Schritt vor, stopp, einen Schritt vor, stopp. Bis wir die Treppe erreicht haben.

Ich erwachte mit Kopfschmerzen.

34

Bologna. *Gute Beziehungen*

Agente Nicola sah heute, trotz ihrer schmucken blauen Uniform, etwas mitgenommen aus. Das konnte auch ihr übertriebenes Makeup nicht verbergen. Sie begrüßte mich mit einem müden Lächeln.

»Buongiorno, Avvocato.«

»Buongiorno, Signorina Nicola, wie geht es Ihnen? Hoffentlich gut! Wie lange hat Ihr Einsatz denn noch gedauert?«

»Bitte fragen Sie mich nicht! Wenn ich zwei Stunden Schlaf hatte, dann war das viel! Ich war ja zum ersten Mal bei einem Außeneinsatz dabei. Und dann gleich mit Kloster und massenhaft Drogen! Das war krass! Ich war auch noch nie in den alten Kanälen. Aber ich weiß nicht, ob ich das brauche. Ich wäre beinahe ausgeflippt wegen der Spinnen! Ich hasse Spinnen! Wollen Sie einen Kaffee?«

Nein danke, noch nicht. Nicola fürchtete Spinnen offenbar mehr als die Mafia. Ich saß wieder auf einem der grauen Plastikstühle in der Questura und wartete auf den Ispettore.

Der, ihm sah man die Nacht nicht an, begrüßte mich übertrieben freundlich. Er hielt mir die Tür zu seinem Büro auf und rückte mir sogar den Stuhl zurecht.

»Nehmen Sie Platz, Avvocato! Ich freue mich, dass Sie

gekommen sind! Das Sie sich die Zeit genommen haben.«
Er rief nach Kaffee.

Irgendetwas stimmte nicht. Diese betonte Freundlichkeit passte nicht zu Solci, sie war ihm eher zuwider. Wahrscheinlich war es ihm peinlich, dass unsere Aktion von gestern abend verunglückt war. Und dass er nun, zumindest in Teilbereichen, von vorne anfangen musste.

»Ich kann mich nur noch einmal entschuldigen für das Desaster, in das Sie da gestern hineingeraten sind. Das war wirklich nicht vorhersehbar! Und nicht ungefährlich. Aber als Anwalt waren Sie sicher nicht zum ersten Mal in so einer Situation.«

Da täuschte er sich. Es ist ein großer, ein sehr großer Unterschied zwischen Theorie und Praxis! In unserem Job müssen wir uns in der Regel auf Informationen aus zweiter Hand verlassen. Die Meinung der Mandanten, die wir vertreten, muss nicht richtig sein und entspricht tatsächlich auch oft nicht der Wahrheit.

»Ich bin um eine sehr interessante Erfahrung reicher, Ispettore,« sagte ich freundlich.

»Nett, dass Sie das so sehen. Und da habe ich gleich noch eine weitere Erfahrung für Sie: Der Primo Dirigente, mein oberster Chef, hat angerufen.«

Der Ispettore wirkte gereizt:

»Er hätte ja auch eine Mail schreiben können, das ist Vorschrift! Aber nein, da gäbe es ja was Schriftliches, das wollen wir doch vermeiden!

Kurz und gut: Er, der Primo Dirigente, hätte einen Hinweis vom Abt Primas, dem obersten Repräsentanten unserer Mönche, aus Rom bekommen, dass ich gestern in Santo Stefano eingefallen sei wie eine Horde Hunnen. Das hat er gesagt: Wie eine Horde Hunnen! Es hätte Sprengungen und Verletzte gegeben, er sei entsetzt! Ich hätte augenblicklich vor ihm zu erscheinen um alles zu erklären. Und wenn ein Wort an die Presse ginge, sei ich sowieso gefeuert!«

»Das tut mir leid!« sagte ich. »Und es stimmt ja auch nicht. Mit den Aktionen der Polizia di Stato hatten wir doch nichts zu tun, ich bin Zeuge!«

Ich hatte tatsächlich *wir* gesagt.

»Das interessiert die hohen Herren nicht. Sie wollen keinen Ärger, besonders nicht mit der Kirche. Und unser feiner Abt muss einen Wink bekommen haben oder er hatte eine göttliche Eingebung. Jedenfalls ist er seit gestern in Rom und sitzt auf dem Schoß seines Primas. Und das zusätzlich Ungerechte an der ganzen Katastrophe ist: Mein Freund und lieber Kollege Capitano Massimo Como ist aus dem Schneider! Er hat ja der Mafia eine empfindliche Niederlage bereitet, ein Riesenerfolg für die Guardia di Finanza – und das Ministerium! Mit den Ereignissen im Kloster hat der anscheinend gar nichts zu tun! Dass seine Leute durch die Werkstatt getobt sind wie die Wilden, habe ich wohl geträumt! Wahrscheinlich habe ich persönlich auch noch die Tür aufgesprengt!«

Der Ispettore hatte sich immer mehr in Rage geredet. Er lief auf und ab, und ich war mir sicher, er hätte gern gegen seinen Schreibtisch oder gegen jeden anderen verfügbaren Gegenstand getreten, wenn ich nicht im Raum gewesen wäre.

»Ich habe es gewusst! Gegen diese Brüder kann man nur blitzschnell etwas erreichen – oder nichts. Wir haben wieder einmal nichts erreicht! Wen interessieren ein paar gefälschte Spiegel? Die ja dazu noch einem guten Zweck dienen, die Abtei verdient Geld! Wen interessieren angeblich ungesunde Arbeitsbedingungen? Die kann man ja verbessern, gelegentlich!

Das Ganze läuft auf Folgendes hinaus: Wir werden uns bei dem Abt entschuldigen, der natürlich von den Machenschaften der Mafia mit seinen Spiegeln nebenan nichts gewusst haben will. Wir werden die Tür ersetzen. Und nichts wird sich ändern! Im Gegenteil: Die Fälscherwerkstatt hat jetzt den quasi offiziellen Segen von Rom.«

Solci ließ sich in seinen Stuhl fallen. Er streckte die Beine von sich und blätterte zerstreut in seinen Papieren. So vergingen Minuten. Dann fiel ihm wieder ein, dass er einen Gast hatte.

»Verstehen Sie, Avvocato, so läuft das bei uns. Ich kann das nicht ändern, niemand kann das ändern. Ich würde auch verstehen, wenn Sie Ihre Anzeige zurückziehen wollen. Die Aussichten, diesen Fall erfolgreich weiter zu verfolgen, sind gering, oder ehrlich gesagt, gleich Null. Das bringt nur Ärger, auch für Sie!

Und eigentlich wollten Sie doch Urlaub machen. Vergessen Sie das Ganze, genießen Sie Ihre Tage!«

Er stand auf und wollte mich hinausbegleiten. Sein Telefon klingelte. Er nahm ab, lauschte, sagte: »Grazie mille! Danke, Massimo, dass Du mich wenigstens mit einbeziehst. Übrigens: Toller Erfolg für Euch, Glückwunsch! Und ich sitze in der Scheiße!« Dann legte er auf.

»Das wird Sie interessieren!« sagte er. »Zwei der drei Hauptverdächtigen bei dem Drogenfund hat man verhaftet. Der Dritte ist flüchtig.«

35

Bologna. *Im Kleiderschrank*

Catherine hatte bis jetzt vergeblich auf einen versöhnlichen Anruf von Vito gehofft. Sie war in ihrem Apartment geblieben und hatte die Zeit genutzt, um ihre Einrichtung zu komplettieren. Im Wohnzimmer hing nun ein kleines Bild von Jan Brueghel dem Jüngeren, eine Kostbarkeit. Sie hatte es aus Frankreich mitgebracht, genauso wie einige Bücher, zwei Flaschen Bordeaux und den Spiegel. Den hatte sie ausgepackt und in der Ankleide schon mal an die Stelle gestellt, wo er befestigt werden sollte.

Jetzt, am frühen Nachmittag, erwartete sie mich in einem Café in der Nähe ihres Hotels. Wir saßen etwas abseits im Halbschatten einer der wenigen stattlichen Bäume, die der Innenstadt geblieben waren. Die Sonnenreflexe zeichneten unruhige Muster auf den runden Marmortisch. Ich erzählte ihr von meinem Gespräch auf der Questura.

»Was willst Du jetzt machen?« fragte Catherine. »Ich fürchte, Dein Polizist hat Recht. Du musst wohl den Plan, Deinem kleinen Mönch zu helfen, aufgeben. Jedenfalls vorerst. Im Augenblick hast Du doch ganz andere Sorgen! Du musst Dich um Deinen Spiegel kümmern!«

»Ja, und wie?«

»Nochmal: Indem Du nach Hamburg fährst und versuchst, mit Carlotta Verbindung aufzunehmen. Jetzt, wo wir wissen, dass diese Möglichkeit tatsächlich besteht, solltest Du sie nutzen.«

»Unbedingt. Was mich unsicher macht ist: Ich habe es schon x-mal versucht, immer vergeblich. Und außerdem …«

Catherine unterbrach mich: »Der Unterschied ist, dass Du bisher nur vermutet hast, dass Deine Frau im Spiegel verschwunden ist. Jetzt weißt Du es! Ich kann mir denken, dass das eine ganz wichtige Voraussetzung ist, um den Kontakt herzustellen. Du musst es auf jeden Fall wieder versuchen! Und vielleicht nichts erzwingen, einfach nur abwarten, sehen, was passiert. Oder,« sie sah mich ernst an, »oder hast Du eine bessere Idee?«

Hatte ich nicht.

Catherine zog ihren Laptop aus der Handtasche und klappte ihn auf.

»Was suchst Du?«

»Eine günstige Flugverbindung für Dich. Am besten, gleich morgen Vormittag.«

Sie fand eine Möglichkeit um elf Uhr fünfzehn, sah mich fragend an und buchte die Maschine über München.

»Das muss sein! Du darfst das nicht aufschieben« sagte sie. »Außerdem bist Du dann hier aus der Schusslinie.«

Der Ober brachte uns die bestellten Panini und zwei Aperol Spritz. Catherine hatte recht. Vito konnte mir nicht mehr weiterhelfen. Im Gegenteil. Ich musste befürchten, dass er alles ihm Mögliche tun würde, um an den Spiegel zu kommen. Und dass er irgendwann auch dem berechtigten Verdacht nachgehen würde, dass der Diebstahl nur ein Vorwand war, um ihn abzulenken. Die Vermutung hatte er ja bereits geäußert. Ich sollte unbedingt vor ihm in Hamburg sein.

Auch die Idee, dass mein Wissen um die Funktion, das Mysterium des Spiegels dazu führen könnte, eine Verbindung zu Carlotta zu finden, erschien mir immer wahrscheinlicher.

Catherine hatte derweil weiter auf ihren Computer geschaut.

»Ich muss heute noch unbedingt auf die Arte Fiera. Um sechzehn Uhr treffe ich mich mit einem Freund des Marquis, der gern einige Dinge von ihm kaufen möchte. Ich habe die Fotos dabei und soll die Preise verhandeln. Und heute Abend treffe ich mich mit Kollegen. Dabei geht es um eine Verbesserung unserer Zusammenarbeit, unabhängig von meinem Streit mit Vito.«

Sie zögerte. »Das ist einfach zu dumm! Das ist unser letzter Abend. Aber ich glaube, ich muss da hin!«

»Schade! Aber ja, musst Du! Ich kann mir gut vorstellen, dass Vito Stimmung gegen Dich macht. Hast Du keine Angst vor einer öffentlichen Auseinandersetzung?«

»Wofür hältst Du mich! Ich bin nicht unbedingt jemand, der Problemen aus dem Weg geht, besonders, wenn es sich um Grundsätzliches handelt. Und ich bin gespannt, wie er sich diesmal aus der Affäre zieht. Das wird ihm kaum gelingen. Auch wenn ich die Geschichte mit den Fälschungen nicht an die große Glocke hänge. Das kann ich nicht tun, das wäre tatsächlich geschäftsschädigend. Das muss er selbst lösen. Und da gibt es meiner Ansicht nach nur eine akzeptable Möglichkeit: Er nimmt die Fälschungen vom Markt, soweit das noch geht. Und er verlässt die Confrerie. Aber das wird er nicht tun, dazu steht für ihn zuviel auf dem Spiel. Und dann, schätze ich, wird sich auch der Marquis von ihm trennen, der Verband schließt ihn aus.«

Catherine seufzte. Man sah deutlich, dass ihr nicht wohl war bei dieser Geschichte, sie machte sich Sorgen.

Sie befragte wieder ihren Computer. Diesmal suchte sie die beste Verbindung zur Messe und beschloss, den Bus zu nehmen. Die Haltestelle war wenige Minuten von hier, in der Via San Vitale.

»Noch fünfzehn Minuten,« sagte sie, »ich sehe mir eben schnell die neuen Mails an.« Plötzlich stutzte sie.

»Eine Meldung von unserer Lokalzeitung! Einen Moment mal.«

Sie las. Dann schob sie mir dem Computer herüber und sagte:

»Sieh Dir das an! Beim besten Willen, das kann ich mir nicht vorstellen. Und das in unserem kleinen Städtchen, wir sind doch nicht in Marseille!«

Ich sah ein Foto von Notre Dame in Isle sur la Sorgue. Unter dem Bild der Kirche stand:

Mord in der Sakristei ?

Als heute morgen Jules B., Schüler am hiesigen Collége Jean Bouin und Ministrant in Notre Dame, das passende Messgewand für den Frühgottesdienst aus dem Schrank nahm, stellte er fest, dass dieses blutig war. Er unterrichtete den Pfarrer, den stadtbekannten und beliebten Monsignore Alphonse Lefevre. Dieser entdeckte dann eine Leiche im Schrank und verständigte die Polizei.. Wer die Leiche dort versteckt hat und wie sich der Täter Zugang zur Kirche verschafft hat, ist noch nicht bekannt. Auch weiß man noch nicht, wer die oder der Tote ist. Näheres berichten wir morgen in unserer Regionalausgabe.

»Ist das nicht die gleiche Sakristei, in der Vito verschwunden ist?« Catherine machte einen halbherzigen Scherz: »Erst Notre Dame, dann Santo Stefano und nun schon wieder Notre Dame! Ich denke, Du solltest Kirchen in der nächsten Zeit meiden!«

Ich musste sofort an den Spiegel denken. In dem Vito verschwunden war. Und den ich zerbrochen hatte. Wollte jemand den Spiegel stehlen? Und hatte sich dabei an den Scherben verletzt? An den Schnittkanten, die entstanden waren, als ich den Spiegel zu hastig in den Schrank zurückschob?

»Es fällt mir schwer, an einen Zufall zu glauben.« sagte ich. »Aber ebenso schwer fällt es mir, irgendeinen Zusammenhang zu erkennen.«

Ein Wagen der Stadtreinigung war vorgefahren, Auf der offenen Ladefläche lagen Schaufeln, Besen und mehrere Mülltonnen. Zwei Männer in orangefarbenen Overalls öffneten eine türgroße Klappe im Boden, stiegen hinein und verschwanden.

»Was machen die da?« fragte ich Catherine.

Die Blessuren aus meinem Kanalabenteuer meldeten sich. Sie wusste es auch nicht, vermutete aber, dass es etwas mit der unterirdischen Müllentsorgung zu tun haben müsse. Sie sah auf ihre Uhr und klappte den Laptop zu.

»Es wird Zeit! Drück' mir die Daumen, dass es nicht zum Eklat kommt, den können wir uns nicht leisten. Bezahlst Du für mich? Und warte nicht auf mich, es wird sicher spät. Morgen früh bringe ich Dich zum Flughafen.«

»Und wenn es dann doch nicht klappt?«

»Du musst daran glauben! Und wenn wirklich nicht – dann finden wir eine andere Lösung.«

Das sagte sie so selbstverständlich, eine andere Lösung. Welche Lösung? Catherine war mit den Gedanken schon bei ihrem Treffen, ihren Confreres. Wir verabschiedeten uns eher flüchtig, sie ging zur Bushaltestelle, eine Geschäftsfrau, elegant, aufrecht, zielstrebig, und verschwand unter den nahen Arkaden.

Und so verschwand sie aus meinem Leben.

36

Bologna. *Eine Tür*

Ich musste meinen Koffer packen. Ich tat es ungern. Einerseits war ich voller Hoffnung, dass die Kontaktaufnahme mit Carlotta unter den neuen Voraussetzungen wirklich glücken könnte. Dass sie plötzlich wieder in unserer Hamburger Wohnung stünde und alles wäre wie früher. Aber ich hatte keine Ahnung, wie das funktionieren sollte. Ich musste es einfach glauben. Und das war nicht einfach. Mein Bauch sagte, probiere es aus, es wird klappen. Schon allein deswegen, weil ihr *beide* es wollt! Mein Kopf fragte, wie stellst du dir das vor?

Auch der Spiegel selbst verlangte meine Rückkehr. Carlotta und ich hatten ihn als schlichten Einrichtungsgegenstand gekauft. Dann gab er uns Rätsel auf und schließlich verwandelte er sich in das Ungeheuer, das Carlotta verschluckt hat. Nun musste ich ihn überreden, sie wieder herauszugeben. Gleichzeitig wollte ich ihn vor Vito schützen. Das war uns einmal gelungen, indem Sebastian den Einbruch vorgetäuscht hatte. An den Vito wahrscheinlich nun nicht mehr glaubte.

Was würde jetzt aus meinem Mandat für Bruder Giordano werden? Ispettore Solci hatte mir nahegelegt, die Anzeige zurückzuziehen. Damit aber konnte der Benediktiner nicht einverstanden sein. Ich hatte ihn also heute

Nachmittag, nachdem Catherine gegangen war, im Kloster gesucht. Ich war durch alle für mich immer noch verwirrenden Kirchen, Kreuzgänge, Höfe gelaufen. Unter den Touristen fiel ich nicht auf. Schließlich klingelte ich an der Klosterpforte, einem hohen vergitterten Bogengang, der vom Pilatushof abging. Ich versuchte es mehrfach und endlich erschien ein Kapuzenträger.

»Entschuldigen Sie!« sagte ich durch die Eisenstäbe. »Ich bin ein Freund von Bruder Giordano aus München. Ich bin zufällig in Bologna und würde ihn gerne sprechen. Ist das möglich?«

»Un momento, per favore!« Der Mönch verschwand, und als er zurückkam beschied er mich, dass der Bruder mit einer wichtigen Aufgabe betraut sei. Er sei in Ordensangelegenheiten unterwegs, außerhalb, seine Rückkehr sei ungewiss. Ich gab ihm die Karte meines Hotels, auf die ich meinen Namen geschrieben hatte, und bat um Rückruf. Aber bisher hatte er sich hier nicht gemeldet.

Das machte mir die Abreise nicht leichter. Auch die Situation, in der sich Catherine gerade befand, machte mir Sorgen. Sie hatte ständig versucht, mir zu helfen. Und jetzt, wo sie vielleicht selbst Beistand brauchte, reise ich ab! Aber es war ihre Idee gewesen, sie schien mir logisch und richtig. Ein ungutes Gefühl blieb trotzdem.

Ich hatte Kopfschmerzen, nahm eine Aspirin und ein leichtes Schlafmittel und beschloss, früh ins Bett zu gehen. Aus Versehen hatte ich meinen Schlafanzug schon eingepackt. Ich zog ihn wieder aus dem Koffer und musste an Carlotta denken. Sie hatte ihn mir zum Geburtstag geschenkt, viel zu edel für mich. Ich schlief meistens in abgelegten T-Shirts oder nackt.

»Zur Abwechslung! Und auf Reisen.« hatte sie gesagt.

Ich zog ihn also an, glatte blaue Seide, wartete auf Catherine, las, um mich abzulenken, las noch kurz in einem der von ihr mitgebrachten Bücher und schlief irgendwann ein.

Und wachte irgendwann wieder auf. Schon wieder Lärm! Und schon wieder Musik, genau wie in der letzten Nacht. Vielleicht gab es einen Nachtclub in unmittelbarer Nähe. Einen Nachtclub, der ziemlich schräg Monteverdi spielte? Diesmal war ich wirklich verärgert. Noch ziemlich benommen, setzte ich mich auf.

Das erste, was ich sah war, dass das Licht im Ankleideraum noch brannte, es schimmerte durch die Türritzen. Ich hatte vergessen, es auszumachen. Ich versuchte aufzustehen, taumelte, fiel wieder zurück auf das Bett. Stand wieder auf, mein Kopf wie in Watte gepackt, und öffnete die Tür.

Ich hatte *nicht* vergessen, das Licht auszumachen! Der Raum hatte eine Tür, die ich bisher übersehen hatte. Sie stand weit auf. Daher kam das Licht, daher kam der Lärm und die Musik. Ich war wütend. In alten, besonders in später umgebauten Häusern, gab es manchmal solche Türen, die man einfach noch nicht zugemauert hatte, weil man nicht wusste, ob man sie noch einmal brauchen könnte. Aber sie waren in der Regel verschlossen. Und es war reichlich rücksichtslos, sie von einer Seite zu öffnen, vielleicht in dem Verlangen nach frischer Luft, oder einfach nur, weil es möglich war. Gelächter, Stimmen waren zu hören, Gesprächsfetzen. War das Französisch? Noch immer benommen trat ich näher. Silhouetten von Menschen in alten Kostümen und überall Kerzen, Tanz. Ein Maskenball! Es roch nach Parfüm und Puder. Ich stand jetzt unmittelbar an dem schmalen vergoldeten Türrahmen und hielt mich daran fest.

Eine Gestalt kam näher, eine Hand, von Spitzenmanschetten umhüllt, ergriff die meine und zog mich über die Schwelle. Die Musik wurde lauter, ich erinnere mich an zwei oder drei Musikanten und an ein neugieriges, freundliches Gesicht. Jemand hob meinen rechten Arm wie zum Tanz und wir begannen, uns zu drehen. Mir wurde übel.

Dann lag ich auf einem Sofa und jemand fächelte mir Kühle zu. Wo hatte ich dieses Gesicht schon einmal gesehen?

37

Versailles 1790. *Landluft*

Ich erwachte durch das aufgeregte Geschnatter der Gänse. Die Sonne fiel durch das halb geöffnete Fenster, helle Gardinen bewegten sich im Morgenwind, es roch nach frischer Wäsche. Und nach Kuhstall.

Das alles erinnerte mich an meine Jugend, in der wir die großen Ferien oft auf dem Hof meiner Tante Elisabeth, genannt Lisbeth, verbracht hatten. Tante Lisbeth war streng und gewährte uns doch alle Freiheiten, von denen Kinder träumen. Bei ihr lernten wir Pferde zu striegeln. Wir lernten zu reiten, die Ställe auszumisten und Kutsche zu fahren. Wir durften sogar probieren, die Kühe zu melken. Ein Paradies!

Es waren die gleichen vertrauten Geräusche der Gänse und Kühe, die mich hier begrüßten. Und es waren die gleichen Fliegen.

Ich schlug nach einer Fliege, die seit Minuten versuchte, auf meiner Stirn zu landen, und stand auf. Noch immer hatte ich mich nicht an das lange weiße Nachthemd mit dem flauschigen Spitzenkragen und der Schleife gewöhnt. Barfuß ging ich zum Fenster und öffnete es ganz.

Büsche, Wiesen und Bäume, eine gepflegte Parklandschaft. In der Ferne ragte der flache Giebel eines Herrenhauses über die Wipfel. Rechts sah ich den Hof, zu dem auch unser Wohnhaus gehörte: Vorn die Stallungen, dahinter die offene Remise mit Wagen und Kutschen. Die Gänse zupften ihr Gras, ein Schäferhund umkreiste seine kleine Herde und der Schäfer, auf seinen Stock gestützt, sah zu. Eine Idylle, ein kleines Landgut, auf dem wir jetzt wohnten, Carlotta und ich.

Es war kurz nach dem Schritt durch die verborgene Tür in Bologna gewesen, die, wie ich nun wusste, eigentlich keine Tür gewesen war, sondern ein Spiegel. Catherines Spiegel, sie muss es gewusst haben! Der transparent geworden und durch den ich hindurchgegangen war. Und kurz danach ohnmächtig wurde.

Irgendwann bin ich auf einem Sofa wieder aufgewacht. Eine Dame beugte sich über mich. Ich erkannte sie, es war die Fremde aus unserem Hamburger Spiegel.

Aber dann tauchte ein anderes Gesicht hinter ihr auf. Ein Gesicht, dass ich viel besser kannte, als alles andere auf der Welt! Das ich seit gefühlten Ewigkeiten gesucht hatte. Das geliebte Gesicht, dass mich ansah mit seinen grünen Augen, die jetzt feucht waren. Das jetzt ganz nahe kam und mich auf die Stirn küsste, sehr zart und ich schmeckte die salzigen Tränen.

Ich glaube, dass ich gelächelt habe. Carlotta hat mir später erzählt, ich hätte ausgesehen wie ein Kind, dass zum ersten Mal in seinem Leben einen Weihnachtsbaum, ein Wunder sieht. So erstaunt, so hilflos glücklich. Ich fühlte, wie die Spannung, der Stress der letzten Wochen sich löste. Ich war am Ziel. Wärme durchfloss mich, eine wunschlose Freude, ich ließ mich fallen. Carlotta und ich lagen an einem Strand, das sanfte, rhythmische Rauschen der Wellen, zwei weiße Wolken im endlosen Blau.

Viel später erwachte ich in demselben Bett, in dem ich auch eben aufgewacht bin. Und einen Augenblick lang dachte ich, ich wäre wieder in meinem Hotelzimmer in Chateau de la Tour, ähnlich verspielte Möbel, der Stuck, die verzierten Spiegelrahmen.

»Du hast fast zwei Tage geschlafen!« sagte Carlotta. »Wie fühlst du Dich?«

Ich schloss die Augen. Und öffnete sie wieder. Carlotta war noch da und strich mir über die Wangen:

»Ich dachte schon, Du kommst nicht mehr! Ich freue mich so! Ich kann Dir nicht sagen, wie sehr ich mich freue!« Ihre Augen wurden feucht und dann weinten wir zusammen. Ich fühlte mich hilflos glücklich, wie ein Kind, das keine Erklärungen brauchte.

Es klopfte an der Tür. Ein langes braunes Kleid mit weißer Schürze erschien, darin eine ältere Frau mit einem silbernen Tablett, darauf eine Kanne und zwei Tassen.

»Madame, le thé.« sagte sie. Dabei sah sie uns nicht an. Sie stellte das Tablett auf die Kommode und verschwand.

Mir fiel auf, dass Carlotta ganz ähnlich gekleidet war, nur ohne Schürze. Was bei ihr ganz selbstverständlich wirkte. Nichts war zu viel, alles passte zusammen, alles passte zu ihr.

»Das war Paulette,« sagte Carlotta. »Einige von den Wenigen vom Personal, die hier in Versailles geblieben sind. Die meisten sind mit dem Hof nach Paris gezogen.«

Sie sah mich an und lachte.

»Entschuldige, Du verstehst nichts. Wie auch! Willst Du Tee?« Sie zog sich einen Stuhl ans Bett.

»Also pass auf! Kannst Du zuhören?«

Ich nickte.

»Erinnerst Du Dich an die Dame, die Dich durch den Spiegel geholt, die Dich hier in Empfang genommen hat? Das war Madame Campan, meine Freundin Henriette. Sie gab an diesem Abend ein kleines Fest. Das macht sie erst, seit das Schloss so gut wie verwaist ist. Seit die Königin und der ganze Hofstaat nach Paris gezogen sind. Henriette ist die Erste Kammerfrau, von ihr weiß ich, dass Marie Antoinette ...«

Sie zögerte kurz und erklärte mir dann, Marie Antoinette sei die Königin, die Königin von Frankreich. Was ich irgendwie schon wusste. Außerdem sei sie die Tochter von Maria Theresia, der Kaiserin von Österreich. Immerhin! Aber auch irgendwie bekannt. Tatsache sei, dass der ganze französische Hof bis vor wenigen Monaten hier in Versailles gewesen sei. Und dass das Volk ... »Oder die Nationalversammlung,« sagte Carlotta, »das habe ich selbst noch nicht ganz verstanden!« ...dass das Volk den Hof nach Paris geholt habe. Dass die Königin aber hoffe, so schnell wie möglich zurückzukehren. Und Henriette als ihre engste Vertraute den Auftrag habe, hier die Stellung zu halten.

»Sie versucht, dem noch verbliebenen Personal zu zeigen, dass alles beim Alten bleibt, dass der augenblickliche Zustand nur vorrübergehend ist. Und sie will sich und uns Mut machen. Das gelingt ihr ganz gut.«

»Was machen *wir* hier?« fragte ich.

»Ja, natürlich musst Du das fragen! Zunächst mal, wir haben uns gefunden! Das war schwierig genug, Wir haben das Henriette zu verdanken. Sie weiß nicht nur, wie man mit dem Spiegel umgeht. Sie hat auch dafür gesorgt, dass wir hier im Hameau, dem Landgut der Königin, wohnen können. Und sie hat dafür gesorgt, dass Du, als Du ohnmächtig warst, in ihrer Kutsche hierher gebracht wurdest. Eine wunderbare Frau, Du wirst sehen!«

Ich lernte sie kennen, noch am gleichen Tag. Carlotta und ich hatten einen Rundgang durch die Ställe gemacht, hatten die Pferde gestreichelt und wir hatten die Landarbeiter begrüßt. Das war zunächst nicht ganz einfach, denn sie erwiderten unseren Gruß nicht, verneigten sich aber, als sie uns sahen. Carlottas unkomplizierte Art gewann ihr Vertrauen. Sie senkte leicht den Kopf, deutete so ebenfalls eine Verbeugung an, und kam schnell mit ihnen ins Gespräch. Es ging um die Arbeit, um die Familie, und alle wollten wissen, wann die Königin zurückkommt. Carlotta antwortete, dass wir ja nur Gäste seien, aber auch wir hofften, sehr bald.

»Die Leute hier mögen die Königin.« sagte Carlotta. »Sie ist sehr freundlich zu ihnen. Und sie bezahlt sie gut. Das ist hier eher die Ausnahme.«

Der Morgen wich schon dem Vormittag. Vogelgezwitscher, der vertraute Gesang und das Gezänk der Amseln. Wir saßen am Frühstückstisch, den Paulette gedeckt hatte, wir mochten besonders die selbstgemachten Patés, als wir den Wagen hörten. Das Knirschen von Rädern auf Kies, die Rufe des Kutschers.

»Das ist Henriette, das ist sie!« rief Carlotta. Sie sprang auf und lief ihr entgegen. Sie raffte dabei gekonnt ihre Röcke. Das hat sie schnell gelernt, dachte ich, oder es ist ihr angeboren.

Jeanne Louise Henriette Campan, *première femme de*

chambre de la reine, Erste Kammerfrau Ihrer Majestät, fuhr zweispännig.

Sie erschien, eine Frau Mitte Dreißig, und ihr Auftritt beindruckte mich sofort. Es war nicht nur ihre imponierendes Äußeres: Ein langes weites taubenblaues Kleid, eine braune, taillierte Jacke, darüber ein leichter Umhang. Was mir vor allem gefiel, war ihre natürliche Autorität. Ihr Gesicht unter dem breitkrempigen, mit bunten Früchten verzierter Strohhut war ebenmäßig, ihre dunklen Augen sahen mich prüfend an. Es waren, wenn man das von Augen überhaupt sagen kann, es waren sehr kluge Augen. Im Augenblick schauten sie besorgt. Und belustigt.

»Bonjour, Monsieur!« sagte sie. »Wieder unter den Lebenden wie ich sehe, das freut mich!«

Ich wollte mich vorstellen. Aber wie eigentlich, wer war ich hier? Sie winkte ab.

»Setzen wir uns. Ich kenne Sie aus Carlottas Erzählungen. Und sie spricht sehr gut und sehr viel von Ihnen! Ihre einzige Sorge war, dass Sie den Weg hierher nicht finden würden. Aber nun haben wir es, auch Dank glücklicher Umstände, ja geschafft. Und, wie ich sehe, es schmeckt Ihnen«.

Paulette brachte ein drittes Gedeck.

»Ihre liebreizende Frau«, das sagte sie tatsächlich und sie hatte Recht, »Ihre liebreizende Frau und ich sind in der kurzen gemeinsamen Zeit hier Freundinnen geworden.«

Madame Campan legte ihre Hand auf die von Carlotta.

»Wenn wir es nicht schon vorher waren! Denn wir kannten uns ja schon aus dem Spiegel. Und vielleicht schon davor, wer weiß? Eine auch für mich ungewöhnliche

Situation. Denn es war das erste und bisher einzige Mal, das ich erlebt habe, wie der Spiegel funktioniert. Und jetzt in etwa weiß, wie das geht. Außer mir interessiert sich ja offensichtlich hier niemand mehr dafür. Der letzte, der damit umgehen konnte, war der vierzehnte Ludwig. Der soll ihn sogar benutzt haben, um schnell genug zu seiner Mätresse zu kommen, der schönen Louise de La Vallière. Dazu müsste er allerdings zwei Spiegel gebraucht haben. Wo ist der andere? Ich weiß es nicht, wahrscheinlich verschollen, vergessen. Oder zerstört.«

»Das Wunderbare ist, Henriette hat den Spiegel sozusagen wiederentdeckt,« erklärte Carlotta. »Sie kannte die Geschichten, die man sich am Hof über einen Zauberspiegel, den Spiegel des Königs, erzählte. Und eines Tages merkte sie, als sie mehr zufällig in einen Spiegel sah, der unter vielen anderen im Treppenhaus der Königin hing, dass sie mehr sah als nur sich selbst und ihre Umgebung.«

»Ich sah Dich!« Madame Campan lächelte. »Und Du sahst mich. Das war unglaublich! Ich begriff schnell, dass ich den Magischen Spiegel entdeckt hatte. Beinahe wäre ich erschrocken. Aber nach all den Jahren am Hofe erschrickt man nicht mehr. Und hat gelernt, Geheimnisse zu bewahren. Allein schon deswegen, weil sie eines Tages nützlich sein könnten.«

»Henriette möchte …« begann Carlotta, als Madame Campan den Finger auf den Mund legte. Ganz in der Nähe hörte man Hunde, ein wütendes, lautes, bedrohliches Bellen, voller hechelnder Mordlust.

»Das ist Auguste, der Verwalter, mit seinen Doggen,« sagte Madam Campan, »wahrscheinlich treibt sich der Pöbel aus der Stadt hier wieder herum. Plünderer. Sie wissen, dass der König in Paris sitzt, und hoffen darauf, dass Versailles nun verlassen und unbewacht ist. Dass es hier etwas zu holen gibt. Aber da haben sie sich geirrt. Kommen Sie!«

Wir eilten über den Kiesweg zu dem großen, jetzt geschlossenen, reich verzierten schmiedeeisernen Tor. Das Kläffen der beiden riesigen Doggen wurde unerträglich. Sie sprangen mit großer Wucht von innen gegen das Gitter, aus ihren Mäulern tropfte der Geifer. Ihr Speichel lief über das vergoldete Metall. Draußen auf der Straße sah man Gestalten die Flucht ergreifen. Sie zogen einen leeren zweirädrigen Karren hinter sich her.

»Das Pack aus der Stadt!« sagte der Verwalter. »Aber hier haben sie Pech gehabt! Istjagut!« wandte er sich an die Hunde. »Ist ja gut! Hierher! Kommt sofort hierher!«

Die Hunde, eben noch Ausgeburten der Hölle, gehorchten aufs Wort, wedelten mit den Schwänzen und schubsten Carlotta mit ihren feuchten Nasen. Sie wollten gestreichelt werden. Auch ich wurde wohlwollend zur Kenntnis genommen.

»Jetzt, wo wir kaum noch Soldaten hier haben, sind diese Hunde ein Segen!« Madame Campan wandte sich an den Verwalter: »Ist mein Gemüse schon auf dem Wagen?«

Und an uns: »Ich muss zurück ins Schloss. Wir sehen uns morgen Abend, wir müssen reden. Es geht um die Königin. Auch Graf Fersen wird da sein.«

38

Bologna. *Eine Anfrage*

Die Stimmung von Ispettore Salvatore Solci war wieder einmal nicht die beste. Es war nicht nur der Ärger über die gestörte Durchsuchung der geheimen Spiegelwerkstatt in Santo Stefano. Es war auch die Enttäuschung, die Verbitterung über die Art und Weise, wie seine Arbeit beurteilt wurde. Leistung spielte dabei offensichtlich, wenn überhaupt, nur eine untergeordnete Rolle. Wichtig waren spektakuläre, medienwirksame Erfolge, mit denen sich das Ministerium in Rom schmücken konnte! Wie jetzt zum Beispiel der Erfolg der Guardia di Finanza gegen die Mafia.

Solci las seine Mails. Eine war von Capitano Massimo Como:

»Wir haben eine Anfrage von der Police judiciaire, unseren Kollegen aus Frankreich. Das betrifft eher Dich. Wann kannst Du vorbeikommen?«

Solci schrieb prompt zurück: » Ich bin beschäftigt! Aber wenn Du bei *uns* vorbeikommen willst, gerne! Melde Dich an.«

Die Antwort de Capitano dauerte keine fünf Minuten.

»Salvatore, wie kommst Du darauf, dass ich Zeit habe? Ein Vorschlag: Wir treffen uns morgen Mittag Punkt zwölf im Café Zanarini. Dienstlich!«

Das Café unter den Portici hinter der Basilika San Petronio war voll, sie bekamen den letzten Tisch. Sie bestellten zwei Americano. Als der Ober sie brachte, zusammen mit einem Schälchen Chips, lag zwischen Tasse und Untertasse das übliche weiße Papierdeckchen mit dem Aufdruck »Café Zanarini«.

Capitano Como öffnete seine mitgebrachte Mappe, zog einen braunen Umschlag heraus, aus diesem wiederum eine transparente Plastikhülle, in der sich ein weißes rundes Papierdeckchen befand. Dann fischte er das Deckchen unter der Tasse hervor, legte beide nebeneinander, grinste zufrieden und sagte: »Siehst Du das, Salvatore!«

Sie glichen sich, wenn man mal von den bräunlichen Flecken, das konnte Kaffee oder Blut sein, und den fünf mit Kugelschreiber notierten Zahlen auf dem Exemplar in der Plastikhülle absah, aufs Haar.

»Siehst Du!«, sagte der Capitano, »Das haben die Franzosen in der Tasche einer unbekannten Leiche gefunden, die sie aus dem Schrank einer Kirche irgendwo in der Provence gezogen haben. Eine Leiche in zwei Teilen. Aber nicht ganz normal Rumpf und Kopf getrennt oder die Beine einzeln, aus Transportgründen. Nein, man hat den Körper fein säuberlich mittendurch geschnitten. In dem Bericht heißt es, der Körper wäre exakt wie mit einem riesigen Skalpell durchtrennt worden, komplett vom Scheitel bis zum Schritt. Auch die Eingeweide. Und zwar ohne Risskanten, eine Motorsäge scheidet also aus. Das muss trotzdem eine Riesensauerei gewesen sein. Jedenfalls vermuten sie einen Racheakt in Kreisen der Mafia. Und wollen von uns wissen, ob hier ähnliche Fälle bekannt sind. Was sich irgendwie anbietet, denn das Zanarini liegt bekanntlich in Bologna!«

»Interessant!« sagte Solci, »Vom Scheitel bis zum Schritt, ohne Risskanten. Mal was Neues, warum nicht! Wissen sie sonst noch was über den Toten?«

»Es war wohl besonders schwierig, ihn zu rekonstruieren. Insbesondere das Gesicht. Er trug einen dunklen Anzug und hatte auffällig viel Geld dabei, viertausendvierhundert Euro. Und eine Sonnenbrille, Marke Armani.«

»War die auch zweigeteilt?« Solci zuckte entschuldigend mit den Schultern. »Mal im Ernst, was denkst Du?«

»Wahrscheinlich das Gleiche wie Du. An unseren dritten Mann aus der Banco di Vaticano! Die Größe kommt hin. Aber wir wissen dann immer noch nicht, wer er ist.«

»War! Wer er *war*!« sagte Solci. »Und die Nummer auf dem Deckchen?«

»Sind die ersten Zahlen irgendeiner Handynummer. Mit diesem Anfang gibt es Tausende, vergiss es!«

Sie bestellten noch einen Americano und noch einen. Solci brauchte reichlich Zucker – insgesamt acht Tütchen, der Capitano hatte mitgezählt – und sie diskutierten. Einiges sprach dafür, dass es sich bei dem Toten tatsächlich um den noch nicht identifizierten dritten Mann, der in der Bank gesehen worden war, handelte. Aber was hatte er in Frankreich, in einem Kaff in der Provence zu suchen? Vielleicht sollten sie Luigi noch einmal befragen. Der würde, wenn er überhaupt etwas sagte, beträchtliche Gegenleistungen fordern. Die ganz sicher in keinem Verhältnis zum Nutzen für die Staatsanwaltschaft stehen würden.

Und selbst wenn, wenn sie etwas herausfinden würden, was hätten sie davon? Das Lob, die Dankschreiben, gingen wie üblich wieder an ihre Vorgesetzten. Oder gleich nach

Rom. Niemand würde sich dafür interessieren, wer die Drecksarbeit gemacht hat, die Überstunden.

»Chi se ne frega!« sagte Solci, der noch immer verärgert war, »für uns interessiert sich kein Schwein! Massimo, findest Du nicht auch, dass wir genug zu tun haben? Besonders Du!«

Darauf tranken sie noch einen Roten und kamen ins Private. Rosa, die Frau des Capitano, erwartete demnächst ihr drittes Kind. Das zweite war gerade ein Jahr alt und bekam die ersten Zähne, ausgerechnet, Massimo machte nachts kein Auge zu.

»Manchmal bin ich froh, wenn ich morgens wieder im Büro bin, das kannst Du mir glauben!«

Dann bestellten sie die Rechnung und teilten sich den Spaß.

»Nimmst Du den Zettel für die Abrechnung?« fragte Massimo.

»Nein, nimm Du ihn!« sagte Solci selbstlos. Was sollte er machen?

Und so kam es, dass die Vertreter der Polizia di Stato und der Guardia di Finanza in Bologna beschlossen, der Police judiciaire in Isle sur la Sorgue nach einem gebührenden Zeitabstand von gut drei Wochen mitzuteilen, dass sie leider nicht helfen könnten. Ähnliche Fälle wie der des unter ungewöhnlichen Umständen in einer Sakristei umgekommenen unbekannten Toten seien hier nicht bekannt.

Sie würden sich aber sofort melden, falls sich Neues ergäbe.

39

Versailles 1790. *Ein Plan für die Königin*

Wenn man sich heute in ein Flugzeug setzt und in Städten wie zum Beispiel Cochabamba in den bolivianischen Anden oder Shuangyasan im nördlichen China oder irgendwo in Zentralafrika wieder aussteigt, dann ist man selbst immer noch derselbe. Aber die Welt ringsum hat sich verändert. Die Menschen sehen anders aus, denken anders, sprechen, essen, leben anders. Das Klima, die Kultur, die Hautfarbe, die Zahlungsmittel, die Sprache –insbesondere die Sprache – sind oft verwirrend. Wir sind Fremde in einem fremden Land.

Da hatten Carlotta und ich, plötzlich im späten 18. Jahrhunderts gelandet, es besser getroffen. Hier war uns vieles, ich möchte fast sagen das meiste, bekannt. Das Wetter, die Pflanzen, die Tiere, selbst die Sprache waren vertraut.

Neu für uns war die aufwändige Garderobe, die Carlotta liebte und die bei ihr wirkte, als wäre sie für sie gemacht. Ich selbst kam mir zunächst verkleidet vor, insbesondere an das Jabot, eine Art üppiger Schleife statt Hemdkragen, musste ich mich gewöhnen. Wirklich gewöhnungsbedürftig aber waren die hygienischen Verhältnisse! Auf unserem Gut gab es immerhin ein Plumpsklo, das zum Glück nicht direkt im Haus lag. Sonst verfügte man, jedenfalls außerhalb der königlichen Gemächer im Schloss, nur über Nachttöpfe, die vom Personal geleert werden mussten. Und so roch es dann auch, es stank!

Doch das alles interessierte mich kaum. Ich hatte Carlotta wiedergefunden und die ersten Tage mit ihr waren wie ein schöner Traum, wie ein wunderbarer Urlaub, wie Flitterwochen. Meine Fragen nach dem *Warum*, nach dem »Wie konnte das passieren?«, beantwortete Carlotta meist mit:

»Ich weiß es selber nicht. Du kennst mich doch! Es ist mir eben passiert. Ist das jetzt wichtig?«

Ja, Carlotta, das ist mir wichtig, sehr wichtig! Und dann lagen wir uns doch wieder in den Armen.

Und wir genossen die Zeit. Wir unternahmen lange Spaziergänge durch den weitläufigen, jetzt fast menschenleeren Park von Versailles, der direkt vor unserer Tür lag. Überall gab es Wasserbecken, in denen die Seerosen gegen Entenflott kämpften, Springbrunnen, die, obwohl man sie abgestellt hatte, in ihrer dekorativen Verspieltheit noch immer bezaubern konnten. Rosen, die wuchsen, wie sie wollten.

Wir liehen uns eine offene Kutsche, mit der wir größere Ausflüge unternahmen. Der Verwalter, Monsieur Auguste, ein hühnenhafter Mann um die Vierzig, der infolge einer Kriegsverletzung leicht hinkte, bestand zunächst darauf, uns einen Kutscher mitzugeben. Sicher misstraute er meinen Fahrkünsten. Außerdem machte man in den Kreisen, in denen wir uns jetzt bewegten, so gut wie nichts selbst. Immer gab es einen zuständigen dienstbaren Geist. Aber ein gutes Wort von Henriette und eine kurze Probefahrt, bei der ich mich an das erinnerte, was ich bei Tante Lisbeth gelernt hatte, überzeugten Auguste. Und beeindruckten Carlotta!

»Seien Sie vorsichtig!« hatte er gesagt. »Hier laufen neuerdings Leute herum, die sind zu allem fähig! Sie haben erst neulich versucht, die Mühle niederzubrennen, als ihnen der Müller kein Mehl geben wollte. Selbst wenn er gewollt hätte, er konnte ihnen nichts geben, weil er selber nichts hatte. Er hatte noch nicht einmal Getreide! Die Versorgung klappt einfach nicht.«

Aber wir hatten keine Angst. Wir hatten ja uns! Uns konnte nichts geschehen.

Einmal allerdings fuhren wir durch ein Dorf wie gemalt. Es waren so um die zwölf Häuser, mit grauem Stroh gedeckt, hingeduckt unter hohen Bäumen, dazu ein kleiner Friedhof. Jemand wurde beerdigt, wir wichen dem Trauerzug aus. Niemand sagte etwas. Aber plötzlich bückte sich ein großer Junge, der direkt hinter dem Sarg ging, hob einen Stein auf, holte aus und warf ihn nach uns. Er traf nicht.

Ich wollte weg, dem Pferd die Peitsche geben, aber Carlotta sagte:

»Halt an!«

Ehe ich versuchen konnte, ihr das auszureden, sprang sie schon vom Wagen, ging unerschrocken auf eine alte Frau, ein grobes dunkles Umhängetuch, zu und sprach sie an. Der ganze Zug stoppte. Die Feindseligkeit, aber auch die Resignation, die Carlotta entgegenschlugen, spürte ich bis zu mir. Sie redete. Sie redete, ich sah ihre sparsamen aber überzeugend wirkenden Gesten, und schließlich hob die Frau den Kopf und antwortete. Bewegung kam in die Gruppe, die Spannung löste sich. Alle hatten etwas zu sagen und am Ende küssten einige Frauen Carlotta die Hand.

»Was ist passiert?« fragte ich, als sie wieder neben mir saß.

»Ich wollte wissen, wer gestorben ist. Es ist ein Kind. Es war drei Jahre alt, ein Enkel der alten Frau. Es ist verhungert.«

Carlotta machte eine Pause.

»Fahr zu!« sagte sie dann in meinen Schrecken hinein. »Es ist eine Katastrophe! Das Land ist heruntergewirtschaftet, die Leute sind bitterarm. Ich habe der Frau alles Geld gegeben, das ich bei mir hatte.«

«Woher hast du das Geld?«

»Von wem wohl? Von Henriette! Sie ist großzügig, und ich habe gesagt, ich will es ihr irgendwann zurückgeben.«

Das sagte sie so, als wäre das ganz selbstverständlich. Woher wollte sie das Geld nehmen? Ich mochte im Augenblick nicht darüber nachdenken. Die Landschaft wurde lieblicher, wir durchquerten ein Wäldchen, kamen an einen einsamen Fluss, zogen uns aus und sprangen hinein.

Danach lagen wir in der Sonne.

»Woher können wir wissen, dass wir nicht träumen?« fragte ich Carlotta. »Woher weiß ich, dass das hier wirklich die Wirklichkeit ist?«

»Weil Du da bist! Und ich!«

Sie strich mir mit den Fingern über die Lippen.

»Kannst Du mich fühlen?«

Für diesen Augenblick waren wir ganz bei uns und nirgendwo sonst. Nicht in irgendeinem Jahrhundert, an irgendeinem Ort. Wir hielten einander fest und die unausgesprochene Frage, wann willst du eigentlich wieder nachhause, verlor ihren Sinn.

Es war am Nachmittag, als wir uns auf den Weg zum Schloss machten. Und, obwohl es nur zwanzig Minuten zu Fuß gewesen wären, bestand der Verwalter darauf, uns zu fahren.

»Die Schweizergarde kontrolliert die Besucher. Wenn ich bei Ihnen bin, bekommen Sie keine Probleme. Man kennt mich. Und ich kann Sie direkt vor die richtige Tür bringen.«

Auguste hatte Recht. Wir durchfuhren einen langen, von hohen Hecken gesäumten Weg. Dann lag das Schloss vor uns, groß und strahlend, in all seiner respektheischenden Pracht. Und für den, der es nicht besser wusste, in seiner Allmacht. Versailles! Der König! Frankreich! Der König, den jetzt sein Volk nach Paris geholt hatte. Der nun dort war und nicht mehr hier.

Das Schloss wollte es noch nicht wahrhaben.

Wir umfuhren den Hauptbau, passierten die Orangerie, das goldene Tor. Der Verwalter war bekannt, die Wachen grüßten, und so erreichten wir schließlich einem prächtigen Innenhof. Das Licht des späten Nachmittags spiegelte sich in den unzähligen Fenstern.

»Der Marmorhof!« sagte Auguste. »Hier ist der eigentliche Mittelpunkt von Versailles. Hinter den drei großen Fenstern rechts schläft der König.«

Das hörte sich so an, als wäre der König noch hier, stünde oben hinter seiner Gardine und könnte jeden Augenblick auf uns herabschauen.

»Und direkt vor uns wohnt Madame Campan, durch die Tür die Treppe hinauf. Ich bringe Sie hin.«

Der Salon von Madame Campan glänzte in Grün und Gold: Lindgrüne Seidentapeten mit eingewebten

Blumenmustern, die passenden schweren Vorhänge und die entsprechenden Polstermöbel. Vor dem Kamin stand eine goldene Harfe.

Über dem Kamin hing das Portrait einer sehr schönen, festlich gekleideten jungen Frau. Sie betrachtete uns mit leicht distanziertem Lächeln. Das kunstvoll frisierte Haar war mit Federn geschmückt. In der Hand hielt sie eine voll erblühte Rose, zartes Elfenbein mischte sich mit frischen Rosé. Und genau in diesen Farben schimmerte auch ihre Haut: ihr Gesicht, ihre Arme und das großzügige Dekolleté. Der Maler hatte diesen Effekt noch gesteigert, indem er die Figur vor einen dunklen Hintergrund gestellt hatte. Das Portrait, die junge Frau beherrschte den Raum!

Madame Campan hatte mein Interesse bemerkt.

»Nicht wahr, als ob sie hier wäre! Und manchmal denke ich, sie ist es wirklich! Sie selbst, die Königin, hat mir ihr Portrait geschenkt. Und jetzt, wo ich sie nicht mehr täglich sehe, ist es mir ein großer Trost. Sie liebt dieses Kleid aus blauer Seide. Ich habe es oft genug in der Hand gehabt, sie hat es oft getragen, nicht nur für dieses Bild. Das allein beweist schon, dass sie keine Verschwenderin ist, wie ihr das Volk vorwirft! Sie liebt den Prunk und den Putz, oh ja! Aber das steht ihr zu, dazu ist sie als Königin verpflichtet! Außerdem, dieses zur Schau stellen, das hat man ihr erst hier beigebracht! Sie selbst hat die strenge Hofetikette immer gehasst. Aus dem fröhlichen, unverdorbenen Kind, das sie ja noch war, als sie hier ankam – sie war sechzehn – ist ein Produkt unserer Etikette geworden. Und sie trägt es mit Würde, sogar mit Humor. Ich erzähle dazu immer gern eine Geschichte:

Eines Tages …«

In diesem Moment wurde ein neuer Gast gemeldet. Ein Mann, Mitte Dreißig, groß, schlank, sehr aufrecht, von selbstverständlicher Eleganz, trat ein und beherrschte sofort den Raum. Sein schönes, ebenmäßig geschnittenes Gesicht mit großen, wachen Augen verriet Neugier. Er verneigte sich vor der Gastgeberin und begrüßte auch uns herzlich wie alte Bekannte.

»Graf Fersen! Freund des Hauses und schwedischer Diplomat.« stellte Madame Campan ihn vor. Und, auf Carlotta und mich weisend: »Die angekündigten Freunde von mir, zu Besuch aus Hamburg. Unsere kleine Runde ist vollzählig.« Sie wandte sich an den Grafen:

»Sie kommen gerade richtig! Wir reden über die Königin.«

»Die Königin!« Der Graf wirkte plötzlich sehr ernst. »Ja, über wen sonst sollte man reden. Die Arme, Versailles wird seine Seele verlieren ohne sie! Noch atmet alles hier ihren Geist, ich höre ihr Lachen. Aber wie lange noch? Jetzt sitzt sie in Paris, in den Tuilerien. In einem alten, kalten Palast, aus dem der vierzehnte Ludwig einst auszog, weil er ihm zu unbequem war. Aber er war ihm vor allem zu laut, zu dicht am Volk! Er fühlte sich belästigt. Und die Stadt stank ihm zu sehr. Seitdem hat sich dort nichts verändert. Um wieviel furchtbarer muss das jetzt für die Königin sein! Wie soll sie das aushalten?«

»Das ist wahr! Aber sie trägt es mit Würde. Und ohne zu klagen!« sagte Madame Campan. »Ich bewundere sie dafür. Sie hält das für ihre Pflicht als Königin von Frankreich. Natürlich ist sie nicht glücklich! Aber ihre ganze Familie ist da. Sie würde alles tun, um bei ihren Kindern zu sein, das sagt sie mir täglich, wenn ich bei ihr bin. Daran müssen wir denken!

Doch lassen Sie mich schnell meine Geschichte zuende erzählen, die ich eben begonnen hatte, bevor Sie eintrafen, Graf. Ich glaube, Sie kennen sie auch noch nicht. Sie ist so typisch für das Leben an unserem Hof. Erlauben Sie, dass ich mich setze, ich bin in der letzten Zeit etwas viel unterwegs.«

Sie seufzte, setzte sich auf ein Sofa, arrangierte ihr Kleid und lud Carlotta ein, neben ihr Platz zu nehmen.

»Also, es geht um die Ankleidezeremonie. Um diese Geschichte zu verstehen, muss man wissen, dass die Ankleidezeremonie der Königin der des Königs entspricht. Eine nette, aber unsinnige Geste. Als Erste Hofdame habe ich das Recht, ihr dabei das Hemd zu reichen. Eines Tages nun betrat in eben diesem Moment die Herzogin von Orleans den Raum. Da sie die Ranghöhere war, stand ihr nun das Recht zu, der Königin behilflich zu sein. Also reichte ich ihr das Hemd, als plötzlich die wiederum ranghöhere Gräfin von Provence eintraf. Daraufhin gab mir die Herzogin das Hemd zurück, ich gab es der Gräfin, und erst aus deren Händen empfing es endlich die Königin. Die Arme hatte die ganze Zeit splitternackt, wie Gott sie schuf, dabeistehen und zusehen müssen, wie die Damen der Etikette huldigten. Ich kenne sie gut genug, um zu wissen, was sie gedacht hat. In ihrer Großherzigkeit hat sie trotzdem darüber gelacht.

Ist das nicht amüsant und typisch zugleich! Wenn wir überhaupt eine Revolution brauchen, dann hier! Wir müssen unsere althergebrachten höfischen Etikette überdenken! Den Bemühungen der Königin in dieser Richtung war leider bisher nur geringer Erfolg beschieden.«

Der Graf lächelte. »Was für eine wunderbare Geschichte, Madame, dafür dürfen wir Ihnen danken! Sie bringt ein wenig Heiterkeit in unser Treffen, dass allerdings einen eher ernsten Hintergrund hat.«

Madame Campan stand auf.

»Lassen Sie uns doch damit warten bis nach dem Essen! Ich habe mir erlaubt, eine Kleinigkeit vorzubereiten.«

Sie klatschte in die Hände. Wir hatten schon seit einiger Zeit das Klappern von Geschirr vor der Tür gehört. Nun öffnete sie sich, ein köstlicher Duft empfing uns, als wir die Räume wechselten und am gedeckten Tisch platznahmen.

Henriette hatte den ganzen Glanz eines festlichen Diners aufgeboten: Silber, Kristall, viele Kerzen.

»Wahrscheinlich ist dies der einzige Ort im ganzen Schloss, wo heute abend noch ordentlich gespeist wird. Ein erschreckender Gedanke, aber schon deswegen lohnt der schöne Aufwand! Und natürlich meinen Gästen zuliebe! Es ist im Augenblick nicht einfach, überhaupt ein warmes Essen zu bekommen. Die königliche Küche ist nach Paris umgezogen. Dort sind die Räumlichkeiten begrenzt, das restliche Personal wurde entlassen. Sechs Getreue sind uns geblieben, die haben heute gekocht. Und das Kunststück fertiggebracht, die Speisen einigermaßen heiß über die langen Flure zu transportieren. Deshalb *bon appetit*, bevor es kalt wird.«

Das Essen war gut, unter diesen Umständen sogar vorzüglich. Es gab Rebhuhn im Pilzbett, frisches Gemüse aus den Gärten unseres *Hameau* und dazu einen dunklen Rotwein.

»Sie sind wieder einmal aufgefallen!« wandte sich

Madame Campan an den Grafen. »Selbstverständlich angenehm! Sie sollen vor einigen Tagen, als Sie eben über Land fuhren, Ihre Kutsche angehalten haben, Ihren Uniformrock ausgezogen und einem Bauern beim Einbringen der Ernte geholfen haben. Mehrere Stunden lang. Ist das wahr? Natürlich ist es wahr, wie ich Sie kenne!«

»Madame, Sie beschämen mich! Ich wollte nur ein Beispiel geben. Ich denke, wir sollten alles dafür tun, uns, den Adel, wieder beliebter zu machen. Das Volk leidet, es hat unsere Hilfe verdient. Und ich denke, wir sollten sie ihm gewähren, wo immer es sich ergibt.«

Seine großen, ausdrucksvollen Augen blickten ernst, als er nach kurzer Pause hinzufügte: »Ehe es sie sich selbst holt!«

»Eine gute Idee! Wir hätten gern mitgeholfen!« Carlotta mischte sich ein. »Ich bin zwar erst seit kurzer Zeit hier, aber soviel habe ich verstanden, den Leuten da draußen geht es schlecht! Sie hungern, sie verhungern. Sie können jede Art von Hilfe brauchen! Ein mutiger Schritt, ich bewundere Sie!«

»Vielen Dank, Madame, aber das ist, wie man so passend sagt, nur ein Tropfen auf den heißen Stein. Es tut mir leid, aber die Politik unter den letzten Ludwigs hat völlig versagt. Die Staatskasse ist leer. Und ein König ohne Geld ist ein König ohne Macht, ein Spielball der schon jetzt außer Kontrolle geratenen Politik. Auch deswegen fürchte ich um die Königin. Die meisten ihrer Freunde sind bereits ins Ausland geflohen – und das mit ihrer Hilfe! Sie selbst kann sich nicht helfen, sie steht ständig unter Bewachung. Wir müssen etwas tun, bevor es zu spät ist.«

Madame Campan ließ abräumen und wir gingen wieder in den Salon. Der Graf selbst nahm die Weinkaraffe mit und ich die Gläser. Madame ließ die Türen hinter uns schließen.

»Was wir jetzt hier besprechen, könnte uns als Hochverrat ausgelegt werden.«

Wie um das zu unterstreichen, hörte man plötzlich Rufe vor den Fenstern. Dann fiel ein Schuss.

»Keine Aufregung«, sagte die Gastgeberin, »das passiert jetzt leider öfter. Die Wache vertreibt die dunklen Gestalten, die hier nachts ihr Glück machen wollen und auf Raubzug gehen. Um das *Hameau* mache ich mir weniger Sorgen, es liegt abseits. Und wir haben Auguste. Aber unser Gelände hier rund um das Schloss ist riesig, da kann schon mal jemand unbemerkt durchschlüpfen.«

Draußen wurde es dunkel, sie zog die schweren Gardinen zu. Für eine lange Minute sagte niemand ein Wort. In einer Umgebung, die sonst belebt war von den unzähligen Mitgliedern des Hofstaats, von ankommenden und abfahrenden Wagen, von reitenden Boten, von ständiger geschäftiger Unruhe in den Gängen, Rufen, Streit und Gelächter, von polternden Stiefeln und raschelnden Roben, hörte man für einen Augenblick nichts. Nichts außer dem Knistern der Kerzen. Und spürte die unheimliche Leere des tausendräumigen Palastes, in dem jetzt die Gespenster wohnten. Und noch mehr Ratten und Mäuse.

Eine vage Furcht packte mich, eine Ahnung, eine Erinnerung, dass alles was hier geplant wurde, zum Scheitern verurteilt war. Aber das Hier und Jetzt, die alles beherrschende, lebendige Gegenwart verdrängte das Wissen um die Vergangenheit. Oder besser, die Zukunft. Ich suchte den Blick von Carlotta.

In diesem Moment deutete Madame Campan auf das Bild der Königin über dem Kamin.

»Der Graf und ich machen uns große Sorgen um sie! Jeder weiß, dass der König in Paris wie ein Gefangener lebt. Nur er selbst will das nicht sehen! Und da er ein guter König sein will, ein Diener seines Volkes, möchte er das tun, was seine Untertanen von ihm verlangen. Dafür nimmt er sogar in Kauf, dass er sich nicht mehr frei bewegen kann.«

»Mit Verlaub!« der Graf mischte sich ein. »Mit Verlaub, Madame, wenn es mir mein Rang bei Hofe und die Achtung vor der königlichen Würde nicht verbieten würde, würde ich sagen, der sechzehnte Ludwig mag herzensgut sein. Das ändert aber nichts daran, dass er dumm ist! Wenn man mich zwänge, die Wahrheit zu sagen, würde ich sogar noch weiter gehen: Ich behaupte, er ist ein Schwachkopf! Und das ist eine Todsünde für einen König! Besonders in diesen Zeiten.

Und die Königin? Sie ist die Leidtragende! Niemand hat sie auf diese Umstände vorbereitet, die täglich unerträglicher werden. Und wenn wir nichts tun, wird sie mit ihm und dem ganzen Hof untergehen.«

»Jetzt übertreiben Sie etwas! Daran wollen wir doch noch nicht denken. Aber …« Madame Campan wandte sich an Carlotta und mich, »der Graf ist durchaus nicht untätig! Er lässt auf ausdrücklichen Wunsch von Marie Antoinette und unter strenger Geheimhaltung eine große Kutsche bauen, in der die ganze königliche Familie verreisen kann, bequem bis zu sechs Personen. Zum Beispiel, um eine offizielle Einladung an den belgischen Hof wahrzunehmen. Die leicht zu beschaffen wäre. Ein großer Aufwand, den der Graf selbst finanziert. Und dabei ein erhebliches Risiko eingeht!«

Der Graf war aufgestanden.

»Ein Risiko allerdings. Aber das habe ich gelernt: Nichts, was uns weiterbringt, ist ohne Risiko!«

Auch er wandte sich nun an uns:

»Und deswegen freue ich mich, dass Sie heute hier sind! Madame Campan hat mir von Ihrer unglaublichen Geschichte erzählt. Von Ihrer Reise durch Raum und Zeit. Es ist also wahr, was man sich über den Spiegel des Königs erzählt! Ich habe davon schon öfter am Hofe gehört und es für eine der vielen Mythen gehalten, über die man gern plaudert, um sich die Zeit zu vertreiben. Eigentlich glaube ich nicht an Wunder. Nun aber stehen Sie leibhaftig vor mir. Aber gleichgültig, ob Wunder oder vielleicht auch Wissenschaft, ich bin sehr gespannt auf Ihren Bericht!«

Den Bericht, den Carlotta mir überließ. Ich beschränkte mich dabei auf den Augenblick im Umkleideraum von Catherine in Bologna. Wo ich plötzlich statt des Spiegels eine Tür vorfand. Auf die hilfreiche Hand aus dem Raum dahinter, die mich ganz einfach hinüberzog. Hinüber in dieses Jahrhundert.

Zugegeben, das hörte sich einerseits phantastisch, andererseits aber ziemlich problemlos an.

Der Graf sah mich fragend an. Zweifelnd, ob er das Unglaubliche glauben durfte. Und offensichtlich verblüfft und zugleich erfreut darüber, wie einfach das zu sein schien. Seine Hoffnung wich Zuversicht. War das hier nicht eine einmalige Gelegenheit für die Königin, spurlos zu verschwinden? Sie wäre außer Gefahr!

»Phantastisch und kaum vorstellbar! Aber Sie und natürlich Madame Campan sind mir Garanten dafür, dass die Geschichte stimmt! Sonst würden Sie heute nicht hier stehen, unversehrt und wohlauf! Ich will und muss das glauben! Damit haben wir ein zweites Ass im Ärmel. Wir müssen den Spiegel jetzt nur noch nach Paris bringen, in die Tuilerien. Ich selbst werde ihn begleiten. Die Wachen werden es nicht wagen, mich aufzuhalten!«

Madame Campan blickte besorgt und zuckte mit den Schultern.

»Ich wünschte so sehr, Sie hätten recht! Und es wäre tatsächlich so einfach. Aber wir dürfen die Umstände nicht vergessen. Selbst wenn es Ihnen gelingen sollte, den Spiegel an den Wachen vorbei zu bringen, der König wird sich weigern, diesen Weg zu gehen. Ein König verlässt sein Volk nicht, das hat er gesagt. Und ohne ihre Familie wird auch die Königin nicht einwilligen. Wir, Sie und ich, müssen sie überzeugen!

Und es gibt noch ein ganz anderes Problem: Wohin sollten sie gehen? Welcher andere Hof würde sie aufnehmen und welcher Hof besitzt einen Magischen Siegel? Und wer baut die Verbindung auf? Lauter ungeklärte Fragen! Die müssen wir klären, denn sie sind die Voraussetzung für den Transfer.

Aber, Graf, hier können Sie helfen: Haben sie jemals an irgendeinem anderen europäischen Fürstenhaus Gerüchte über einen ähnlichen Spiegel gehört? Vielleicht bei Ihnen in Schweden? Es muss ja mehrere von diesen Spiegeln geben. Soviel wissen wir: Nur zu zweit machen sie Sinn,

sie müssen korrespondieren! Ohne diese Vorbereitungen
wird uns der eine Spiegel nicht helfen. Im Gegenteil, ich
fürchte, wir könnten ihn sogar zerstören.«

Fersen war blass geworden. Vor Aufregung. Oder vor ohn-
mächtiger Wut über die Hindernisse, die sich ihm in den
Weg stellten. Wo Befehle nichts nutzten.

»Man kann eine Schlacht nicht gewinnen, wenn man
von vornherein nur Schwierigkeiten sieht! Aber ich werde
recherchieren. Es muss einen Weg geben! Deswegen sind
wir ja hier, um einen Weg zu finden. Und weil ich Sie dabei
um Ihre Hilfe bitte!«

Er warf einen Blick auf das Bild der Königin über dem
Kamin. Sie lächelte ihm zu.

»Gemeinsam werden wir das schaffen, da bin ich ganz
sicher. Wo ist der Spiegel jetzt?«

Madame Campan zuckte nicht mit der Wimper.

»Er ist in der Werkstatt. Beim kürzlichen Umzug des
Hofes wurde nicht gerade schonend mit der Einrichtung
umgegangen. Auch der Spiegel war keine Ausnahme, der
Rahmen hat sehr gelitten. Es grenzt fast an ein Wunder,
dass er nicht zerbrochen ist. Ich hatte ihn zunächst bei mir
aufbewahrt, aber es wäre unverantwortlich, ihn in diesem
Zustand zu lassen. Außerdem, bei mir ist er nicht sicher
genug, da ich ja meistens in Paris bin. Aber machen Sie
sich keine Sorgen, er ist in guten Händen.«

Der Graf runzelte die Stirn. Aber dann fragte er nicht
nach. Er war Diplomat. Er brauchte den Spiegel, am besten
sofort! Doch er wusste, im Augenblick kam er nicht weiter. Er hätte auch uns, Carlotta und mich, fragen können,
wie es denn aussieht, da wo wir herkommen, das hatte ich

erwartet. Aber die Sorge um die Königin verdrängte alles andere. Er lächelte:

»Madame, für mich wird es Zeit! Es war ein wunderbarer, ein erstaunlicher Abend. Wir sind unserem Ziel ein gutes Stück näher gekommen. Dafür meinen aufrichtigen Dank!«

Er verneigte sich, auch in unsere Richtung, und ging.

40

Verailles 1790. *Der Pavillon*

Der graue Vormittagshimmel passte zu meiner Stimmung. Wir hatten uns gestritten. Zum ersten Mal in dieser neuen Welt. Am Frühstückstisch hatte ich Carlotta gefragt, was ich sie schon immer fragen wollte. Warum sie damals, vor Wochen, so einfach verschwunden war. Ohne jede Nachricht. Ein einfacher Zettel hätte genügt, irgendein Hinweis. Carlotta seufzte:

»Das ist es ja! Ich weiß es selbst nicht genau. Aber eins ist sicher: Ich musste es einfach tun! Und als mir Henriette ihre Hand entgegenstreckte, blieb keine Zeit mehr für Überlegungen.«

»Du hättest vorher mit mir darüber reden können!«

»Das habe ich doch versucht! Ich war von Anfang an fasziniert! Ich war überzeugt, was wir im Spiegel sehen, das geschieht wirklich, das ist real! Du aber hast das eher als eine Art Film, als Kino abgetan. Oder eine weitere Spielart der neuen Medien. Es betraf Dich nicht wirklich. Ich war mir nie sicher, ob Du mich überhaupt ernst nahmst. Ich glaube einfach, irgendwann habe ich Dich nicht mehr erreicht. Oder Du mich.«

Ich wollte antworten, dass ich das etwas anders sähe, aber sie fuhr schon fort:

»Weißt Du, ich mache Dir keinen Vorwurf, wie könnte

ich! Ich hätte Dich gern mitgenommen. Und schon am zweiten Tag hier in Versailles habe ich darüber mit Henriette gesprochen. Das wird nicht einfach, hat sie gesagt, besonders, wenn er nicht daran glaubt. Wir müssen es versuchen. Aber wenn er wirklich will, wenn er Dich wirklich liebt, findet er vielleicht selbst einen Weg!

Das hat sie auch gesagt. Und was willst Du, sie hatte Recht, jetzt sind wir hier, beide! Das ist ein Wunder, das müssen wir begreifen. Ein Wunder, ein unglaubliches Privileg!«

Carlotta umarmte mich mit ihrem warmen, strahlenden, ihrem jadegrünen Lächeln, dem nur ein steinernes Herz widerstehen kann. Es kostete mich alle innere Kraft, mich zu befreien.

»Du machst es Dir zu leicht! Ich muss nachdenken.«

Ich stand auf, verließ unsere Terrasse, verließ das *Hameau,* das Dörfchen der Königin, und verlor mich bald in den Weiten des umgebenden Parks. Es war windstill. Selbst die Blätter der Silberpappeln, die sich beim leisesten Luftzug bewegen und zu flüstern beginnen, schwiegen. Ich hörte meine gleichmäßigen Schritte und ab und zu das erschreckte Piepen eines Vogels, den ich aufgestört hatte. Hohe Hecken waren allgegenwärtig und als sie den Blick freigaben, stand ich vor einem kleinen See.

In ihm spiegelte sich, vom anderen Ufer herüber, ein weißer Pavillon. Das Bild war perfekt! Jedes der Fenster, jeder Pfeiler, selbst die verspielten Verzierungen wurden durch das stille Wasser exakt wiedergegeben. Ich blieb stehen und betrachtete das Schauspiel. Und als ich länger dort stand und auf die beiden Gebäude starrte, kamen mir Zweifel. Welches von den beiden war echt? Oder waren sie beide echt? Oder beide falsch? Was war Wahrheit, was war Schein?

Ein leises Klingen begleitete mich, als ich weiterging. Wie die Töne eines fernen Xylophons. Ping! Pong! Ping! Mal silberhell, mal dunkel wie das Berühren einer Bronzeschale. Erst einzelne Töne, dann immer mehr.

Es hatte zu regnen begonnen. Zunächst nur wenige Tropfen. Es waren diese Regentropfen, die mit der glatten Oberfläche des Sees spielten. Die bei jedem Aufschlagen einen zarten Ton von sich gaben, kleine Kreise zeichneten, die rasch größer wurden, sich miteinander verbanden und schließlich verschwanden. Eine Wassermusik.

Der Regen nahm zu. Ich suchte Schutz unter dem Vordach über dem Eingang des Pavillons. Dabei lehnte ich mich gegen die Tür. Und wäre beinahe gestürzt! Ein Türflügel gab nach und beförderte mich in das Innere. Ich stand in einer Rotunde, einem kreisrunden Raum, auf spiegelndem, polierten Marmorboden, in der Mitte ein rosafarbener Stern. Die Wände waren weiß, mit goldenen Säulen verziert, die das Licht der großen Fenster reflektierten und vergeblich versuchten, das Grau des Tages in Sonnenlicht zu verwandeln.

Der Raum war leer. Es gab zwei gegenüberliegende Türen. Auch sie waren nicht verschlossen. Sie führten in zwei völlig gleich gestaltete kleine Räume. Diese sogenannten Kabinette unterschieden sich nur dadurch, dass das eine ebenfalls leer war, das andere aber möbliert. Es gab zwei gepolsterte Stühle, ein zierliches Sofa, einen filigranen Schreibtisch mit geschwungenen Beinen und eine Kommode. Ich wurde neugierig und öffnete eine Schublade. Sie enthielt Servietten, ein noch halbvolles Konfektschälchen und einige Kerzen. In den anderen Schüben fand ich weitere Tischwäsche, hellgrünes Geschirr, ein Tablett, Pfeffer und Salz, und reichlich Besteck. Alles wirkte unordentlich, wie schnell hineingeworfen. So, als hätte jemand in großer Eile den Raum verlassen. Oder so, als hätte jemand den Raum durchsucht. Jemand, der kein Interesse an wertvollen Dingen hatte. Dem ein Besteck aus massivem Silber gleichgültig war, der etwas ganz anderes wollte.

Plünderer hatten diesen Ort also noch nicht entdeckt. Ich sah mich um. Sah den schönen fünfarmigen Leuchter mit den heruntergebrannten Kerzen. Fand im Schreibtisch Papier, Tinte, eine Büchse mit Streusand. Und eine vertrocknete Rose.

Vieles deutete darauf hin, dass dies ein Rückzugsort der Königin selbst gewesen sein musste. Sie hatte ja den Park gestaltet und mit kleinen Tempeln und Pavillons ausstatten lassen. Ohne ihre Erlaubnis durfte sie niemand nutzen. War sie allein hier gewesen? Und wenn nicht, mit wem dann? Vielleicht nur mit einer ihrer Hofdamen, mit Henriette. Und hätte sich vorlesen lassen. Aber es gab keine Bücher. Ich sah auf die getäfelten Wände. Sie erinnerten mich an ein Schloss an der Loire. das wie eine Brücke über dem Fluss steht. An Chenonceau. Dort hatte Katharina von Medici einst ihre Räume ganz ähnlich ausstatten lassen. Und hinter den Täfelungen vieles versteckt. Vor allem Gift.

Gift war hier sicher nicht zu finden. Meine Finger glitten suchend über den weißen Lack der Wandflächen, über die goldenen Zierrahmen. Und gleich der zweite Versuch gelang: Etwas Druck, ein leises Schnappen, eine Tür schwang auf.

Insgesamt fand ich vier Türen. Drei Fächer enthielten Bücher in deutscher und in französischer Sprache: Eine kleine Bibliothek für die Königin, die sie sicher nicht verstecken wollte. Die Wandschränke waren lediglich ein praktischer Aufbewahrungsort.

Das vierte Fach enthielt einige Weinflaschen. Dazu gebrauchte Gläser, die Böden dunkelrot verkrustet. Hier hatte schon lange niemand mehr getrunken.

Mich interessierten die Bücher. Ich überflog die Titel und blieb bei einem hängen, dem »*Tableau de Paris*« von Louis Sebastien Mercier. Einem Journalisten, wie ich gleich feststellen sollte. Ein Werk in zwölf Bänden. Ich griff mir den Ersten. Und fand eine Schilderung des modernen Paris, in das wir morgen mit Madame Campan reisen wollten. Ich setzte mich und begann zu blättern. Ein Kapitel war überschrieben:

PARISER UMARMUNGEN
Dieses äußere Zeichen von Zuneigung ist in Paris allgemein üblich. Es gibt auch Umarmungen, auf die man nicht gefasst ist, weil man die betreffende Person kaum kennt. Manche Umarmungen wirken unsicher, andere wiederum sehr herzlich und voller Anmut. Es gibt keine Regeln, jeder handelt nach Gewohnheit, Lust und Laune …

Genau so, dachte ich, genau wie heute – und morgen! Ich blätterte weiter:

AM HOFE DES KÖNIGS
Zu Zeiten Ludwig XIV. war der Hof allmächtig. Er entschied über alles und jedes, man folgte, ohne zu fragen. Heute sagt man nicht mehr den lächerlichen Satz: Das wurde bei Hof

so entschieden! Heute fragt man: Was sagt Paris, was sagt die Hauptstadt? Die Stadt entscheidet über die Kunst, die Literatur und die Wissenschaft, der Hof ist nicht mehr zuständig! Man sagt sehr deutlich, bei Hofe verstünde man nichts davon, dort habe man keine Ahnung …

Ich nahm noch einige Bände heraus, wahllos. Einer davon, es war der vorletzte, war leichter als die anderen. Als ich ihn hervorzog, hielt ich nur noch den Einband in der Hand. Der Inhalt war zu Boden gefallen. Ich sah ein Bündel Briefe , mit einer hellblauen Schleife zusammengehalten. Jemand hatte die Seiten des Buches herausgetrennt, um sie dort zu verstecken. Ich erschrak. Das ging mich nichts an. Ich legte die Briefe zurück in den leeren Einband. Ein Brief, der lose auf dem Bündel lag, hatte sich beim Herunterfallen entfaltet. Ich hob ihn auf. Ich sah eine schöne, disziplinierte, eine männliche Handschrift. Sie war mühelos zu lesen:

Liebe meines Lebens!
Ich will Ihnen nur sagen, wie unendlich schwer es mir fällt, Sie heute nicht zu sehen, nicht Ihre geliebte Stimme zu hören, Sie nicht berühren zu dürfen. Es ist ein verschenkter Tag, an dem ich mich mit ohne Sie langweilen werde …

Ausgerechnet ein Liebesbrief! Ich musste sofort aufhören zu lesen. Nur noch den Absender:

…Ich werde vorsichtig sein und komme wie immer allein. Bis morgen also, endlich!

Für ewig der Ihre!

Liebe meines Lebens! Ein Brief ohne Namen. Aus Angst, er könnte in unbefugte Hände gelangen. Ich faltete ihn zusammen und scbob ihn mit den anderen zurück ins Regal.

Ich ahnte nicht nur, wer der Absender dieser Briefe war, ich wusste es: Graf Fersen! Nur er hatte den Mut, hierher zu kommen. Von Henriette wusste ich, wie sehr er die Königin liebte. Eine gewagte, eine hoffnungslose Affäre! Er tat mir leid, ich konnte ihn verstehen. Als die Königin nach Paris ziehen musste, war er hierher gekommen, um seine Briefe zu holen, niemand durfte sie finden. Er hatte sie allerdings auch nicht gefunden.

So musste es gewesen sein. Ich zog den Band wieder heraus, nahm die Briefe und steckte sie mir in die Hosentasche. Ich schloss die Türen der verdeckten Regale und trat zurück in die Rotunde. Hereingewehtes Laub raschelte unter meinen Füßen. Es hatte aufgehört zu regnen.

Wieder im Hameau, zeigte ich die Briefe Carlotta. Sie wurde blass.

»Bring sie sofort zurück!« war ihre erste Reaktion. »Die sind brandgefährlich! Da dürfen wir nicht hineingezogen werden.«

Ich bat sie, weiter zu denken. Der Graf und mit ihm die Königin hatten das allergrößte Interesse daran, dass die Briefe nicht gefunden wurden. Es ging um sehr viel, vielleicht um Leben und Tod.

Wir konnten ihnen die Briefe geben. Das fühlte sich richtig an. Vor allem auch, weil wir wussten, wie wichtig das für unsere Freundin, Madame Campan, sein würde. Sie liebte Marie Antoinette. Sie würde alles tun, um sie zu schützen.

Carlotta wurde nachdenklich.

»Du hast Recht! Wir sollten Henriette die Briefe geben. Bei ihr sind sie in guten Händen. Ich sehe sie heute Nachmittag.«

Sie küsste mich auf die Wange. Unser Streit von heute morgen war vergessen.

»Wir könnten die Briefe auch einfach verbrennen. Dann würde sie niemand mehr finden! Sie hätten sich in Rauch aufgelöst!« sagte Carlotta und lächelte schon wieder. »Wäre das nicht eine gute Tat? Und wir täten das einzig der Liebe wegen!«

41

Paris 1790. *Café Procope*

»Mein Gott! Siehst Du das?« flüsterte Carlotta erschrocken.

Sie blickte aus dem Fenster unserer Kutsche.

Wir, Madame Campan, Carlotta und ich, waren am Morgen aufgebrochen und nun, auf der bequemen Hauptstraße, auf dem Weg nach Paris. Sie war noch wenig befahren, wir kamen gut voran. Das änderte sich erst, nachdem wir den Flecken Ville d'Avray passiert hatten und uns den Vororten näherten. Immer mehr Menschen zogen in Richtung Stadt. Auguste, der uns fuhr, musste die Pferde zügeln, um nicht in die Menge zu geraten. Sie winkten uns und riefen so etwas wie: *Pain!* Brot. Oder:

»Nieder mit dem Adel!« Und:

»Tod den Mehl-Spekulanten!«

Es regnete leicht. Die Tropfen liefen in schmalen schrägen Streifen über die Scheiben. Jetzt sahen wir auch, was Carlotta erschreckt hatte. Jemand war auf das Trittbrett gesprungen und blickte uns, unmittelbar vor dem Fenster, direkt an. Besser gesagt, er starrte uns an. Seine Augen schienen aus dem Kopf zu quellen. Er hatte die Lippen zurückgezogen und zeigte seine gelben Zähne.

»Oh Gott, was ist das?« fragte Carlotta und drängte sich an mich. Der Kopf bewegte sich hin und her, begann auf und ab zu tanzen. Und nun erst sahen wir es: Der Kopf stieg höher, ein blutverkrusteter Hals wurde sichtbar. Er steckte auf einer Stange. Und er war nicht allein. Wenige Meter entfernt schwankte ein zweiter Kopf, ebenfalls aufgespießt. Er grinste uns an und streckte uns seine schwarze Zunge entgegen. Die Leute liefen neben unserem Wagen her, ihre Rufe wurden lauter.

Madame Campan, uns gegenüber sitzend, behielt die Fassung. Sie saß kerzengerade in ihren Polstern, die Augen voller Empörung unter ihrem großen Hut. Ein Kunstwerk aus Schleifen, Federn und Blüten, das sie sofort als Royalistin, als Anhängerin des Königshauses, kenntlich machte. Genau das wollte sie. Und sie nahm ihn auch jetzt nicht ab.

»Wie abscheulich! Das sind die Köpfe von Soldaten, die den Pöbel daran hindern wollten, eine Bäckerei zu stürmen. Das war vor zwei Tagen am linken Seineufer. Sie haben sie umgebracht, weil sie ihre Pflicht taten. Und ihnen die Köpfe abgeschnitten. Die benutzen sie jetzt als Drohung, um ihre Macht zu zeigen. Wie primitiv, und wie herzlos!«

Sie wandte sich an Carlotta. »Das dürfen wir der Königin nicht erzählen. Auf keinen Fall! Sie hat genug Sorgen.«

Mittlerweile hatte die Menge uns eingekreist. Die Kutsche musste anhalten. Jemand versuchte die Türen zu öffnen. Die waren von innen verriegelt. Während ich überlegte, wie lange die Schlösser standhalten würden, hörte man plötzlich einen lauten Ruf:

»Vive le peuple! Vive la révolution!«

Er kam aus unserer unmittelbaren Nähe. Die Menge lauschte. Es wurde still. Alle blickten auf uns, auf unseren Wagen. Und noch einmal hörte wir:

»Vive la révolution!«

»Ist das nicht Auguste, der da ruft?« fragte Madame Campan. »Unser Auguste? Das ist doch nicht möglich! Aber er ist es!«

Jetzt hörten wir es auch: Es war unser Verwalter, der von seinem hohen Kutschbock aus rief, wieder und wieder. War er verrückt geworden? War er ein Verräter, der uns dem Pöbel ausliefern wollte, um seine eigene Haut zu retten?

Draußen noch immer Stille. Dann gab es einige, die den Ruf aufgriffen. Dann wurden es mehr und immer mehr und schließlich waren es alle.

»Vive le peuple! Vive la révolution!«

Sie lachten, winkten dem Kutscher zu und gaben schließlich den Weg frei.

Kaum waren wir der Bedrohung entkommen, trieb Auguste die Pferde zügig voran. Immer mehr Wagen teilten die Straße mit uns. Fast eine Stunde brauchten wir, um schließlich den Pont Neuf zu erreichen, die Brücke, auf der wir die Seine überquerten. Dann standen wir vor den Tuilerien. Wir stiegen aus.

Das Erlebnis mit den Köpfen hatte uns so erschreckt, so irritiert, dass wir es zunächst verdrängten. Madame Campan und Carlotta, diese in ihrer Eigenschaft als neu angestellte Dienerin, eilten in den Palast. In ihrem Gepäck hatten sie frische Blumen aus dem Garten des Hameau. Und, kaum zu glauben, ein kugelsicheres Mieder, das extra angefertigt worden war, weil neulich jemand auf die Königin geschossen hatte. Gott sei Dank ohne sie zu treffen.

Ich wollte mir die Stadt ansehen. Und abends gegen

acht wollten wir uns in St. Germain treffen. Dort hatte die Schwester von Henriette ein Haus.

Auguste musste schnellstmöglich zurück nach Versailles.

»Nimm die Nebenwege über Chaville,« empfahl ihm Madame Campan, »das ist sicherer. Und, Auguste, wir sind Dir sehr zu Dank verpflichtet, Du bist ein Held! Ich weiß nicht, was geschehen wäre, wenn Du nicht eingegriffen hättest. Wie kamst Du nur darauf? Ich dachte schon beinahe, Du meinst das ernst! Man sollte Dir einen Orden verleihen! Du klangst sehr überzeugend.«

»Danke Madame!« Auguste deutete eine Verbeugung an, »das fiel mir nicht schwer.«

Wer es einmal gehört hat, vergisst es nicht mehr: Das mahlende Geräusch der vielen Räder auf dem Pariser Straßenpflaster. Das Klappern der Hufe. Das dumpfe Poltern der schwerfälligen Lastkarren. Die von zwei, drei oder vier Pferden gezogen werden. Oder sogar von Kühen. Und bei denen der Kutscher mit seiner Peitsche laut fluchend nebenher läuft. Sie befördern vor allem Baumaterial, Schutt, Möbel, Weinfässer. Aber auch Getreide, Obst und Gemüse. Dann gibt es die zweirädrigen von einer Person gezogenen Handkarren. Die nicht nur als Transportmittel, sondern oft auch als Verkaufsstand dienen.

Und dann sind da die Kutschen! Vor allem die großen noblen Karossen. Die Herrschaften im Inneren bleiben dem Bürger verborgen, der entsetzt zur Seite springt, wenn der Ruf »Platz da!« ertönt. Und der Fahrer auf hohem Bock seine Pferde rücksichtslos durch die Menge treibt. Und die weißen Strümpfe der Passanten mit Straßenkot bespritzt. Hier trägt tatsächlich jedermann weiße Strümpfe. Sehr unpraktisch, aber gerade in Mode. Und es gibt keine Bürgersteige, auf die man flüchten könnte.

Am häufigsten jedoch sind die Mietdroschken und die Privatwagen, die sich hier viele leisten: Ein schlichter Zweisitzer, ein Pferd und ein Kutscher. Die sind das eigentliche Problem. Denn davon gibt es entweder zu viele oder die Straßen sind zu eng! Sie behindern sich gegenseitig und kommen nur mühsam voran.

Mit einer Ausnahme. Ich lief gerade durch die Rue Saint Honoré. Zu dem beschriebenen Lärm kamen die Rufe der Limonaden-Anbieter und Milchkaffee-Verkäuferinnen. Diese Frauen tragen das von ihnen selbst aus Kaffee, Milch und Zucker angemischte Getränk in großen Weißblechkannen auf ihrem Rücken. Sie verlangen nur zwei Sous pro Becher. Und ihre Ware ist so beliebt, dass sich oft Schlangen bilden, der Umsatz so zügig, dass das Getränk nie kalt wird. Ich wollte es eben probieren, als sich plötzlich eine dieser Privatkutschen näherte.

Niemand rief »Platz da!« Aber die Leute wichen von selbst aus, respektvoll. Sie unterbrachen sogar für einen Augenblick ihre Gespräche. Und das Gefährt konnte unbehindert passieren. Dass es düsterer wirkte, als die andren Wagen, lag nicht nur daran, dass Pferd, Geschirr und Kutsche schwarz waren. Es lag an den Fenstern. Dort, wo sonst freundliche, helle Gardinen üblich waren, hingen hier dichte schwarze Vorhänge. Und sie waren geschlossen.

»Wer war das?« fragte ich einen Passanten.

Der sah mich ernst an und murmelte unwillig: »Das war der Chevalier Sanson!«

Wenig später sah ich die schwarzen Vorhänge wieder. Sie hielten vor dem *Café Procope.*

»Wenn wir in Paris sind, müssen Sie unbedingt ins *Procope* gehen!« hatte Madame Campan gesagt. »Hier treffen sich alle, die etwas zu sagen haben. Und die, die nichts zu sagen haben, aber es trotzdem tun. Auch La Fontaine und Voltaire waren einst dort! Sie finden es in der *Rue de l'Ancienne Comedie.*«

Ich kannte das Procope von früher. Oder von später, wie man's nimmt. Carlotta und ich waren auf einer unserer Städtetouren dort gewesen. Es wirkte wenig verändert.

Das Geschrei der Kutscher und Verkäufer, die je nach Windrichtung wechselnden penetranten Gerüche, den Staub, die Hitze, das alles ließ man hinter sich, sobald man das Procope betrat. Hier war es ruhiger, angenehm kühl, gedämpftes Licht versprach Geborgenheit. Es roch nach Kaffee, nach Rotwein, nach Tabak.

Kaum aber hatten sich Auge und Ohr an die neue Umgebung gewöhnt, veränderte sich der erste Eindruck. Die Luft war erfüllt von einem auf und abschwellendem Klangteppich. Verursacht durch hunderte von Stimmen.

Das Café war voll. Und durch die großen Spiegel an den Wänden wirkte es noch voller. Die Leute standen und saßen überall, jeder redete. Dazwischen die Kellner. Ich fragte nach einem freien Platz, der Kellner zuckte bedauernd die Schultern. Aber seine Augen deuteten auf einen länglichen Tisch, an dem nur zwei Männer saßen. Ich schob mich durch die Menge, setzte mich ans andere Ende auf die rote Polsterbank. Und machte mir wenig Gedanken über diesen scheinbar glücklichen Zufall.

Einer der Männer erwiderte meinen Gruß mit einem Nicken und beide vertieften sich wieder in ihre Papiere. Es waren Zeichnungen, über die sie diskutierten. Der Jüngere, die Haare im Nacken mit einer schwarzen Schleife zu einem Zopf zusammengebunden, ergänzte sie ab und zu und machte Notizen. Sein Gesprächspartner hatte den dunklen weichen Hut, der sein Gesicht halb verdeckte, nicht abgenommen. Ab und zu beugte er sich vor, streckte eine feingliedrige, gepflegte weiße Hand mit auffallend langen Fingern aus seinem Umhang, deutete auf das Papier, erklärte etwas, wurde lebhaft und sank dann wieder zurück in seinen Stuhl. Und auch mein späteres Wissen um diesen Mann hält mich nicht davon ab zu sagen, was ich empfand, als ich ihn zum ersten Mal sah: Trauer, Einsamkeit umgab ihn wie ein düsterer Mantel.

Was man von der Menge um uns herum nicht behaupten konnte. An dem Tisch mir vis-à-vis wurde lebhaft diskutiert. Es ging dabei um nichts Geringeres als um die Verfassung der Franzosen. Eine Person beherrschte die Szene. Auf sie redeten alle ein. Alles schwieg, wenn sie etwas zu sagen hatte. Sie saß mit dem Rücken zu mir. Breite Statur, Stiernacken, die gepuderten Haare über den Ohren leicht onduliert.

Das dazugehörige Gesicht wäre mir verborgen geblieben, wenn ich es nicht im gegenüberliegenden Spiegel gesehen hätte. Rundlich, energisch, fast bäuerlich, volle Lippen und zupackende Augen. Doppelkinn. An wen erinnerte es mich? Wieder tauchte das Bild Martin Luthers vor mir auf, das Lukas Cranach gemalt hat. Seine Überzeugungskraft, seine Autorität müssen ähnlich gewesen sein.

«Monsieur, was darf ich bringen?«

Ich bestellte einen Milchkaffee und fragte den Ober nach meinem Gegenüber. Der zog die Augenbrauen hoch.

»Sie kennen ihn nicht? Das ist Maitre Danton, Rechtsanwalt, Präsident der Garde Nationale. Er will die Republik. Er will den König stürzen! Und ...« jetzt wurde er leiser und grinste, »und ganz sicher will er mit der Östereicherin ins Bett! Und ich wette, dass er das schafft, die schläft ja bekanntlich mit jedem!«

Mit der Östereicherin! Damit konnte er nur Marie Antoinette meinen, seine Königin.

Ich sah mich vorsichtig um, ob das jemand gehört haben könnte. Dabei fiel mir auf, dass am anderen Ende meines Tisches jetzt nur noch der Mann mit dem Zopf über den Zeichnungen saß, der andere war gegangen. Er blickte auf, schüttelte resigniert den Kopf und sagte:

»Machen Sie sich nichts draus! Beleidigungen der Königin sind hier zum Volkssport geworden. Damit muss sie und damit müssen wir leben. Soweit ist es gekommen! Mir gefällt das ganz und gar nicht, ich bin Royalist!« Er machte eine kurze Pause, um dann zu fragen:

»Wie lange sind Sie schon in Paris?«

Ich erschrak, er hatte die Frage *auf deutsch* gestellt! Er sah meine Überraschung und freute sich.

»Sie haben einen deutschen Akzent. Das ist hier nicht ungewöhnlich, hier leben viele Ausländer. Ich komme auch aus Deutschland, wir sind Landsleute! Darf ich mich vorstellen?«

Er nahm sein Glas, seine Papiere, rutschte zu mir herüber und hielt mir die Hand hin.

»Tobias Schmidt, Klavierbauer.«

Es stellte sich heraus, dass Herr Schmidt schon lange in Paris lebte, in mehreren hiesigen Orchestern spielte und auf diese Weise auch seinen Gesprächspartner kennengelernt hatte, der schon gegangen war.

»Ein wunderbarer Violine-Spieler, genauso gut beherrscht er das Cello. Und vor kurzem erst hat er in meiner Werkstatt ein Cembalo bestellt. Wir beide lieben Christoph Willibald Gluck. Ein deutscher Komponist, der oft hier am Hofe gespielt hat. Er hat auch die Königin unterrichtet. Kennen Sie Gluck?«

Er trank einen Schluck Wein. Ich hatte inzwischen einen Blick auf seine Zeichnungen geworfen. Was ich sah, waren vier aufrecht stehende Balken, die anscheinend durch ein längliches Brett zusammengehalten wurden. Ein Gerüst vielleicht, oder eine Art Himmelbett. Oder eine Bühne für ein neues Klavier. Ich deutete auf die Papiere:

»Das sieht interessant aus!«

Schmidt sah mich an. Wohl um zu prüfen, ob ich es wert wäre, in seine Überlegungen einbezogen zu werden. Er zeigte mir eine schon recht fertig wirkende Skizze.

»Sehen Sie dieses Brett?« fragte er. »Es entspricht annähernd dem menschlichen Maß. Man stellt sich davor, so dass die Brust das Holz berührt und steckt den Hals durch das Halbrund am oberen Ende. Dann wird das Brett gekippt, so dass man nun ganz bequem auf dem Bauch liegt. Nur der Kopf ragt hervor.«

Wieder ein prüfender Blick.

»Ich muss erklären, worum es geht. Wir entwickeln eine ganz neue Maschine. Ich bin sozusagen der Konstrukteur. Und mein Freund Charles Henri, der Chevalier Sanson, hat die praktische Erfahrung. Er ist nicht nur ein hervorragender Musiker, sondern auch – ich sage besser hauptberuflich – hauptberuflich ist er vor allem der *Monsieur de Paris*, wie er hier genannt wird. Der Scharfrichter von Paris. Das ist sein eigentlicher Beruf.«

Mir lief es eiskalt über den Rücken. Die düstere Aura, der leere Tisch! Ich wollte aufstehen und zahlen.

»Entschuldigen Sie!« sagte ich. »Ich muss gehen.«

Aber Schmidt hielt mich fest.

»Erschrecken sie nicht! Die meisten mögen ihn nicht, viele meiden ihn sogar. Aber alle zeigen Respekt! Er hat sich diesen Beruf nicht ausgesucht, er hat ihn gegen seinen erklärten Willen geerbt. Von seinem Vater. Der wiederum von seinem Vater und so weiter. Damals war er gerade Fünfzehn. Aber er hat etwas daraus gemacht. Er ist sozusagen der Chef eines kleinen Unternehmens. Die praktische Arbeit verrichten seine Knechte.«

»Das macht es nicht besser!«

»Doch, das zeigt, dass er sich Gedanken macht! Auch er findet die herkömmlichen Hinrichtungspraktiken mit Schwert oder dem Beil grausam. Und ungerecht! Heute muss man oft mehrmals zuschlagen. Das Röcheln des Delinquenten und das Geheul der Menge sind furchtbar! Die Reichen können sich einen schnelleren Tod kaufen: Sie bezahlen den Henker dafür, dass er die Schneide besonders schärft.

Sanson will das ändern. Er will eine Maschine, die dem Tod einen Großteil seines Schreckens nimmt. Die schnell und schmerzlos arbeitet. Die alle gleich behandelt. *Egalité*! Und wir sind da auf einem guten Wege. Sogar der König …«

Der Klavierbauer suchte in seinen Papieren und zog eine Zeichnung hervor.

»Sehen Sie, das ist das Fallbeil! Sie lösen nur ein Seil, und innerhalb einer zehntel Sekunde: Zack! Sie spüren nichts! Und sehen Sie diesen etwas dickeren geraden Strich durch die runde Schneide des Beils? Der stammt vom König, von des Königs eigener Hand! Er hat durch seinen Leibarzt, einem Freund von Sanson, von unserer Maschine erfahren. Und sich die Zeichnungen kommen lassen. Und da er gerade die Folter verboten hat, passt diese moderne, humane Art des Tötens durchaus in sein Konzept. Er war begeistert von der Konstruktion, nur die halbrunde Form der Schneide des Beils gefiel ihm nicht. Er fand, das gäbe keinen sauberen Schnitt. Er wollte statt dessen eine gerade Schneide, leicht angeschrägt. Und da er ein großer Bastler ist – er repariert viele Dinge im Schloss selbst – baute er sich ein kleines Modell und probierte es aus. Mit Fröschen! Fröschen, die dann später in der Küche landeten.

Und natürlich hatte er Recht, die schräge Schneide gewann!«

Ein Verdacht stieg in mir auf: War es nicht dieser sechzehnte Ludwig, der später mit eben diesem von ihm erfundenen Beil selbst geköpft werden sollte? Umgebracht von seinen eigenen Untertanen?

Dieser Gedanke war so ungeheuerlich, so verwirrend, so schwindelerregend und in meiner, in unserer Situation so wenig hilfreich, dass ich ihn gleich wieder vergaß.

42

Verailles 1790. *Als dienstbarer Geist*

Am nächsten Morgen verabschiedeten wir uns von Madame Campan, die wieder zurück in die Tuilerien zu ihrer Königin musste. Bei ihrer Schwester bedankten wir uns für die Gastfreundschaft. Vor dem Haus erwartete uns Auguste und seine Kutsche. Diesmal war er unbehelligt durchgekommen, er hatte die Nebenwege gewählt.

Auch die Rückfahrt nach Versailles verlief problemlos. Wir erreichten unser Dörfchen ohne Zwischenfälle. Unterwegs erzählte Carlotta, was sie gestern noch erlebt hatte. Die beiden Frauen waren erst sehr spät aus dem Palast zurückgekehrt, so war keine Zeit dafür gewesen.

»Also?« fragte ich. »Wie war's? Hast Du sie gesehen?«

»Die Königin? Natürlich habe ich sie gesehen! Aus nächster Nähe. Aber kein Wort mit ihr gesprochen. Niemand darf sie ansprechen. Das schreibt die Etikette so vor. Sie müsste also zuerst das Wort an mich richten. Was sie nicht tat. Sie kennt mich ja nicht. Und ich war, im wahrsten Sinne des Wortes, nur ein dienstbarer Geist. Geister sollten unsichtbar bleiben.«

»Wie sieht sie aus?«

»Schwierig, ganz anders als auf dem Bild. Sie ist immer noch schön. Aber sie hat graue Haare bekommen. Und einen bitteren Zug um den Mund. Manchmal wirkt sie ganz hilflos, verloren. Dann plötzlich wieder herrisch und nervös. Sie sieht viel älter aus, als sie ist. Dabei ist sie doch drei Jahre jünger als Henriette.

Oh, Henriette! Die Königin umarmt sie, sie sind wie Schwestern, wie beste Freundinnen. Vielleicht ist sie die einzige wahre Freundin, die sie noch hat. Denn die edlen Damen, mit denen sie sich immer umgab, sind längst außer Landes geflohen. Nicht ohne ihre Hilfe. Das ist ja gerade die Tragik: Anderen kann sie helfen, sich selbst nicht.«

Carlotta seufzte.

»Sie und Henriette machen vieles gemeinsam. Sie lesen sich gegenseitig vor. Gestern war es Voltaire: *La Princesse de Babylone.* Das kennst du vielleicht: Eine wunderschöne Prinzessin reist um die ganze Welt, um ihren Geliebten, einen armen Schäfer, wiederzufinden. Du siehst, das Problem ist nicht neu! Oder sie machen zusammen Musik. Gestern hat das nicht geklappt. Immer wenn die Königin in die Saiten der Harfe griff, begann sie nach den ersten Tönen zu weinen. Henriette tröstete sie. Und die Königin erzählte ihr von den Repressalien, denen der Hof in Paris ausgesetzt ist. Nahezu alles wird kontrolliert. Sie zeigte ihr ein Flugblatt, auf dem ein Galgen zu sehen war. Daneben stand fett gedruckt: *Marie-Antoinette à la lanterne,* man solle sie aufhängen! Das ist doch furchtbar!

Am Nachmittag bat eine Gruppe von Bürgern, vorgelassen zu werden. Sie wollten die Königin sehen und sich persönlich davon überzeugen, dass sie noch in Paris sei. Henriette war empört. Sie riet der Königin, sie nicht zu empfangen. Aber die Königin sagte, regen Sie sich nicht auf, das halte ich aus. Die Leute erschienen, vier Frauen und drei Männer im Sonntagsstaat, staunten, verneigten sich – alle bis auf einen – und verschwanden wieder. Der, der sich nicht verneigt hatte, griff sich im letzten Moment eine silberne Zuckerdose, die günstig neben ihm stand, und nahm sie mit. Einfach so! Niemand hielt ihn auf.«

»Das mag man kaum glauben! Und wo war der König?« wollte ich wissen.

Wir fuhren gerade durch ein Wäldchen. Man hörte Hundegebell, in der Ferne hallten Schüsse.

»Da jagt jemand!« sagte sie, »das kommt wie gerufen! Der König war natürlich zur Jagd. Das soll angeblich das einzige sein, was er kann. Was sicher sehr ungerecht ist! Abends, wir wollten schon gehen, kam er vorbei. Die Diener wurden aus dem Zimmer geschickt. Aber ich weiß von Henriette, dass er ihr ein Kästchen mit Diamanten gab. Der persönliche Notgroschen des Königshauses. Das ist kein gutes Zeichen, wenn der König selbst darum fürchten muss. Aber es zeigt, welches Vertrauen Henriette genießt. Die Arme! Sie muss es nun irgendwie verstecken.«

Carlotta erzählte noch mehr. Und kam zu dem Schluss, dass ein Job als unsichtbarer Geist für sie nicht infrage käme.

Im *Hameau* angekommen, umarmte Carlotta Auguste. Der war völlig überrascht, aber er trug es mit Fassung.

»Auguste, nochmal Danke! Sie haben uns gestern das Leben gerettet! *Vive la révolution,* haben Sie gerufen. War das ernst gemeint? Es klang absolut überzeugend. Und es fiel Ihnen nicht schwer, haben Sie zu Madame Campan gesagt. Sind Sie, irgendwo tief in Ihrem Herzen, vielleicht auch ein Revolutionär? Geben Sie es zu!«

Auguste, noch immer irritiert durch den für ihn ungewohnt vertraulichen Umgang mit ihm, musste nachdenken. Vielleicht auch darüber, ob er uns trauen konnte.

»Madame,« sagte er schließlich, »ich liebe die Königin! Sie ist gut zu uns. Wenn sie zurückkommt, so will ich wohl bleiben. Aber ich bin ja nicht blind. Sie haben es selbst erlebt, das Volk hungert, der König und seine Minister, die schaffen das nicht, die kriegen das nicht hin! Es muss sich was ändern, so kann das nicht weitergehn!«

Er zog eine zusammengefaltete Zeitung aus seiner Tasche.

»Der *L'Ami du peuple*, der Volksfreund. Immer, wenn ich in die Stadt muss, bringe ich mir Zeitungen mit. Ich kann lesen. Und vieles, was da drin steht, finde ich gut. Ich verstehe Marat und Robespierre. Und Danton. Das sind kluge Köpfe, die haben neue Ideen! Manche sind für Gewalt. Das gefällt mir nicht, da will ich nicht mitmachen. Aber bevor es dazu kommt, dass sie den Adel abschaffen, bin ich längst weg – in Amerika!«

Wir sahen ihn fragend an. In seinen Augen leuchtete so etwas wie Begeisterung.

»Da war ich, als ich Soldat war. Unter General Rochambeau. Erst haben wir die Engländer geschlagen. Und 1781 haben wir Yorktown belagert!«

Er zeigte auf sein Bein.

»Ein kleines Andenken hab' ich mir mitgebracht! Und manchmal rede ich mit Graf Fersen darüber. Der hat auch dort gekämpft, für Frankreich. Obwohl er ja Schwede ist. Da drüben kann man machen, was man will! Man ist frei! Jeder ist sein eigener Herr und König. Und wer will, kann sein eigenes Stück Land bewirtschaften. Davon gibt es dort mehr als genug! Davon träume ich, das ist mein Traum!«

»Egalité! Liberté! Fraternité!« sagte Carlotta.

»Ja, Madame, so steht es auch in der Zeitung! Das wird es bei uns hier wohl nie geben. Aber drüben, in Amerika, da ist das ganz selbstverständlich!«

Augste hinkte leicht, als er die Pferde über den Hof zur Tränke führte.

Paulette erschien, um uns zu begrüßen.

»Der Graf war hier. Erst ist er durch alle Räume gelaufen. So, als suche er was. Und hat in alle Spiegel geblickt, auch dahinter. Ich konnte es ihm nicht verwehren, er war ja früher hier wie zuhause. Dann hat er mir dieses Billet für Sie gegeben.«

Wir öffneten den Umschlag. Es war eine Einladung ins Schloss, in die »Nächtlich illuminierte Spiegelgalerie.« Sein Wagen würde uns abholen. Heute abend um zweiundzwanzig Uhr dreißig.

»Seltsam, ohne Henriette?« wunderte sich Carlotta. »Sie ist in Paris bei der Königin!«

Bald darauf saßen wir bei einem späten Frühstück. Die knusprigen Croissants, die Paulette jeden Morgen buk, die frischen Pasteten, den Honig, die Marmeladen, alles aus eigener Herstellung. Der Himmel war klar bis auf einige schnell dahinziehende Wolken, die ihn noch blauer machten. Der gelbe Duft der Rosen, die an der Wand unseres Häuschens emporrankten, wehte herüber. Dazu der vertraute Gesang der Amseln, das Summen der Bienen, das

Schnattern der Gänse. Fernes Gelächter. Es hätte uns nicht besser gehen können.

»Er hätte sich entschuldigen sollen!« sagte Carlotta.

»Fersen? Wie denn? Wir waren nicht da.«

»In seiner Einladung! Ein kurzer Satz: Entschuldigung, Sie waren leider nicht da, ich habe ganz dringend etwas gesucht. So in etwa.«

»Ja, vielleicht hast du Recht. Aber weißt du, er ist nicht nur Diplomat, er ist auch irgendwie Mensch. Und natürlich Soldat. Ich glaube, die Sorge um die Königin macht ihn verrückt! Ich verstehe das gut! Mit dieser Art von Sorgen kenne ich mich aus. Wahrscheinlich hat er sich einen Schlachtplan gemacht und versucht, alle Möglichkeiten für ihre Befreiung auszuloten. Und den er nun ausführt, Schritt für Schritt, ohne Rücksicht auf Kollateralschäden.«

»Ich akzeptiere, dass du so denkst.« sagte Carlotta. »Aber so ist er nicht. Nur weil er sich einmal nicht entschuldigt, ist er noch lange nicht rücksichtslos. Ich mag ihn.«

43

Versailles 1790. *Im Spiegelsaal*

Der Vollmond tauchte das Land in ein Licht, das vieles fast taghell zeigt und doch das meiste verbirgt. Er stand als leuchtender Punkt mitten über dem Schloss, ein himmlisches Ausrufezeichen! Der Palast lag, ein ruhendes Ungeheuer, unter dem nachtblauen Himmel. Aber es schlief noch nicht. Die hohen Fenster des Spiegelsaals schimmerten im warmen Licht der Kerzen.

Der Wagen des Grafen hatte uns pünktlich abgeholt. Wir näherten uns dem Schloss. Musik wehte herüber.

»Dieser Unterschied!« sagte Carlotta. »Ich komme einfach nicht darüber hinweg. Gestern, das war ja grauenhaft! Der entfesselte Pöbel! Wie kann man Menschen umbringen und ihnen dann die Köpfe abschneiden? Wer tut so was? Einerseits. Aber andererseits: Die Menschen hungern! Sie sehen, der dicke König, die Königin hungern nicht. Der Hof und der Adel leben in Saus und Braus. Kannst du Dich erinnern, jemals gehungert zu haben? Nein, kannst du nicht!«

Ein Schatten, ein Nachtvogel flatterte an den Fenstern vorbei.

»Wir können uns das nicht vorstellen. Ich frage mich: Was würden wir tun? Je länger ich darüber nachdenke:

Gehören wir hierher? In diese Kutsche? In dieses Schloss? Oder sind wir auf der falschen Seite gelandet?«

Darüber hatte ich mir keine Gedanken gemacht. Aber ich fand, es war noch zu früh, sich zu entscheiden. Falls wir überhaupt eine Wahl hatten. Außerdem, wie lange wollten wir hier eigentlich bleiben? Die Frage drängte sich noch nicht auf. Noch war ich gerade erst angekommen, noch war alles zu neu, zu verrückt. Aber irgendwann würde ich sie stellen müssen.

Carlotta war mir wieder einmal weit voraus:

»Mit Henriette kann ich über diese Probleme nicht reden. Aber mit Auguste! Was hältst du von Amerika?«

Fackelträger beleuchteten die Treppe. Der Spiegelsaal erstrahlte im Licht der tausend Kerzen. Die Kandelaber, goldene Frauenfiguren hielten große Kristallleuchter, standen vor jedem Spiegel. Und vor jedem der Fenster. Die jetzt nachtschwarz waren, und ebenfalls wie Spiegel wirkten. Ein grandioses Verwirrspiel! Auf der einen Seite die Nacht, in der sich die Spiegel spiegelten. Auf der anderen Seite die Spiegel mit den nächtlichen Fenstern. Dazwischen wir selbst, zugleich aber auch im Spiegel und hinter den Fenstern als Widerschein in der Nacht.

Der vierzehnte Ludwig hatte diese prächtige Halle gebaut, als Promenade. Hier konnte er lustwandeln wann immer er wollte, auch des nachts und bei Regen. Hier konnte er rauschende Feste feiern und sich dem Volke zeigen. Um einige huldvoll zu grüßen, andere wiederum nicht. Und alle kontrollieren.

Das kleine Orchester, alle zwölf Musiker in festlicher Livreé, füllte die Halle mit munteren Melodien.

Das war notwendig. Denn außer uns gab es kaum Gäste. Sie standen in kleinen Gruppen zusammen, viele in der prächtigen blaugelben Uniform des schwedischen Regiments des Grafen, und sie wirkten seltsam verloren. Warum sprachen sie nicht miteinander? Vielleicht lauschten sie der Musik.

Gleich neben dem Eingang war ein kleines Buffet aufgebaut: Geräucherte Wachtelbrüstchen, Pasteten, Trüffel, Champagner.

Der Graf kam uns entgegen. Er verneigte sich leicht vor Carlotta.

»Herzlich willkommen, ich freue mich sehr, dass Sie mir die Ehre erweisen!«

Jedem von uns reichte er ein volles Glas.

»Ich dachte, wenn Sie schon einmal in Versailles sind, dann müssen Sie unbedingt den Spiegelsaal kennenlernen. Den Spiegelsaal bei Nacht! Nur dann funkelt er in seiner ganzen Pracht! Ich durfte das in den vergangenen Jahren öfter erleben. Sogar mit dem Königspaar und den großen Deckenleuchtern! Ich muss mich entschuldigen, diesmal konnten wir sie nicht anzünden, weil das Personal fehlt. Das wurde entlassen oder ist in Paris. Aber ich denke, auch mit dem Licht der Kandelaber bekommt man eine ganz gute Vorstellung. Außer Ihnen habe ich nur noch einige Freunde eingeladen. Denn wer weiß, wann wir das noch einmal erleben können! Die Zeiten ändern sich. Und das sicher nicht zum Besseren!«

Fersen nickte uns zu, ging ein paar Schritte zu einem Marmorsims zwischen zwei Spiegeln und stellte sein Glas ab. Wir folgten ihm.

»Ich muss gestehen, meine Einladung heute abend ist

nicht ganz uneigennützig. Dafür bitte ich Sie schon jetzt um Verständnis. Und um Verzeihung. Aber bei unserem letzten Treffen bei Madame Campan waren wir uns einig, dass wir der Königin helfen müssen.

Eine der Möglichkeiten, sie zu befreien, wäre die Flucht durch den Spiegel. Vor wenigen Tagen noch hätte ich das für ein Märchen gehalten. Aber Sie haben es vorgemacht und mich überzeugt. Und gezeigt, wie einfach es sein kann! Madame Campan sieht das leider etwas anders. Sie vermutet überall Schwierigkeiten und erwartet zunächst einen perfekten Plan.

Ich bin da ganz anderer Meinung! Die Zeit läuft uns davon, solange können wir nicht warten. Manchmal muss man auch improvisieren, dazu gehört Mut. Außerdem glaube ich, dass der Spiegel noch hier im Schloss ist. Was sollte er in einer Werkstatt? Nur weil der Rahmen beschädigt ist? Das ist eine Schutzbehauptung! Da Sie die Einzigen sind, die außer Madame Campan wissen, wie der Spiegel aussieht, weil Sie ihn ja benutzt haben, muss ich Sie um Ihre Hilfe bei der Suche bitten. Das wird nicht einfach werden, ich kenne keinen andren Ort, an dem es so viele Spiegel gibt, wie ausgerechnet hier. Aber wir haben die ganze Nacht. Wollen wir gleich anfangen?«

Ich war nicht sonderlich überrascht. Jetzt machte die Einladung »uns zu Ehren« Sinn. Aber ich fühlte mich überfordert. Ich hatte den Spiegel nie gesehen. Madame Campan hatte mir ihre Hand angeboten, ich war hindurchgegangen ohne wirklich zu begreifen, was ich tat. Auf der anderen Seite, also auf dieser Seite, hatten wir einen Augenblick lang getanzt, dann hatte ich das Bewusstsein verloren.

Aber Carlottas Gesicht strahlte. Sie liebte solche Aktionen.

»Eine wunderbare Idee! Ich war bei der Königin, ich habe sie gesehen. Sie ist wirklich sehr unglücklich! Wir müssen ihr unbedingt helfen! Je früher, desto besser.«

»Danke! Danke Madame, dass Sie mich verstehen.« sagte Fersen. »Ich wusste, dass Sie so denken! Hier im Spiegelsaal selbst brauchen wir nicht zu suchen. Obwohl die Spiegel groß sind, bestehen sie aus vielen kleinen Einzelteilen. Denn soviel weiß ich inzwischen: Wir suchen eines der seltenen Exemplare mit durchgängigem Glas. Am besten beginnen wir mit dem rechten Flügel, den Privaträumen der Königin. Dort scheint mir die Wahrscheinlichkeit, ihn zu finden, am größten. Ich bin Ihnen dabei keine Hilfe. Aber ich gebe Ihnen zwei Diener mit, die Ihnen leuchten werden. Bis auf das Mondlicht sind die Zimmer stockdunkel. Darf ich Ihnen etwas zeigen?«

Er nahm sein Glas und ging voraus bis in die Mitte des langen Saals, der ohne das große Publikum etwas Verlorenes hatte. Ich hatte das Gefühl, wir gingen durch einen Raum ohne Anfang und Ende. Ein einsames, glitzerndes Paradies, in dem man nicht sein mochte. Es sei denn, man träfe den König. Der jetzt nicht mehr hier war.

» Hier sind wir!«

Fersen ging auf einen der Spiegel zu. Abweichend von den anderen hatte er in der Mitte einen kleinen vergoldeten Griff und ließ sich öffnen. Es war eine Tür. Wir durchquerten ein schmales Vorzimmer und landeten in einem Saal. Was zunächst wie ein Thron aussah, gab sich bei näherem Hinschauen als Bett zu erkennen. Es ruhte unter einem mächtigen purpurfarbenen Baldachin.

Darüber schwebten goldene Putti, die eine Krone trugen. Wir standen im Schlafzimmer des Königs!

»Wie ein kleiner Thronsaal, das muss man gesehen haben! Ich schlage vor, dass wir uns hier treffen. In etwa einer Stunde. Ich wünsche Ihnen viel Erfolg! Und nehmen Sie Ihre Gläser mit! Betrachten wir doch das Ganze als eine Art Spiel, vielleicht eine Schnitzeljagd. Dann macht es mehr Spaß!«

Er wandte sich ab, und leise, als ob er zu sich selbst spräche, aber ich hörte es dennoch, murmelte er:

»Ein gewagtes Spiel, ein Spiel um Leben und Tod!«

Carlotta und ich verließen die Galerie und betraten ein Eckzimmer. Es gab viele Fenster, durch die der Vollmond schien, aber es gab keinen Spiegel.

Hier begann der Flügel der Königin. Und wir kamen gleich am Anfang in einem Raum, der über und über mit Blumen geschmückt war. Trotz des flackernden Lichts der beiden uns begleitenden Leuchter wirkte er heiter. Helle Tapeten und Vorhänge mit Blüten und Sträußen. Selbst die Spiegel waren mit kunstvollem floralen Schnitzwerk verziert. Unübersehbar das imperiale Bett, überschüttet mit Rosen, die als Stuck an der hohen Decke rankten und sich über die Muster des Baldachins auf die seidenen Kissen ergossen.

»Das ist *ihr* Schlafzimmer!« rief Carlotta. »Marie Antoinettes Schlafzimmer. Wunderschön! Was für ein fröhlicher Mensch muss sie gewesen sein. Das muss ich mir noch einmal in Ruhe ansehen. Am besten bei Tageslicht.«

Wir prüften die vielen Spiegel, sahen hinter Vorhänge, lüfteten sogar Gobelins und erst, als wir ganz sicher waren, hier nichts zu finden, gingen wir weiter durch die dem Eingang gegenüberliegende offenstehende Flügeltür. Und erahnten den Umfang unserer Aufgabe. Vor uns reihte sich Tür an Tür, Raum an Raum. Ein scheinbar endloser Korridor im fahlen Licht des Mondes. Jetzt unbewohnt, einsam, ein wenig unheimlich.

Ganz unbewohnt waren sie nicht. Wir betraten einen sehr großen Raum, einen Saal und sahen uns um. Stille. Dann ein Huschen, kleine fliehende Schatten. Leuchtende Punkte, Augen späten unter den Kommoden, Schränken, Sesseln hervor. Meine alten Freunde, die Ratten, da waren sie wieder! Einige, die sich schon für die eigentlichen Herrscher des verlassenen Palastes hielten und nicht schnell genug flohen, quiekten empört, wenn ich nach ihnen trat.

»Vielleicht sollten wir uns beeilen!« Ich wurde unruhig.

Unsere Begleiter wichen nicht von unserer Seite. Ein Blick, ein Kopfnicken von uns genügte, das war für sie ein Befehl. Sie waren zur Stelle, sobald ein Gegenstand unsere Aufmerksamkeit erregte. Stets in »Habt Acht!«-Stellung, wie Soldaten. Ich begriff: Es waren Soldaten! Alle außer Carlotta und mir waren Soldaten! Der Graf hatte seine Truppe mitgebracht. Auch die anderen »Gäste« im Spiegelsaal gehörten wahrscheinlich dazu.

Dann standen wir im Speisesaal der königlichen Familie. Der Tisch noch gedeckt, wie eben erst verlassen. Auf der Tischdecke aus weißem Damast Teller, goldenes Besteck, Silberleuchter und eine große, mit Porzellanfrüchten verzierte Terrine. Viele prächtige Spiegel, vor allem über den Kaminen. Alle zu groß, zu breit, für uns nicht interessant.

Wir betraten den nächsten Raum. Carlotta blieb plötzlich stehen und fasste mich am Arm.

»Nicht schon wieder!« sagte sie.

Aus der Dunkelheit kam im unruhigen Licht der Kerzen eine Frau auf uns zu. Sie sah uns an, erschrocken und triumphierend zugleich. In der einen Hand hielt sie ein langes Messer, von dem Blut tropfte. In der anderen eine Schale, in der ein eben abgeschnittener Kopf lag. Ein Männerkopf, seine wirren, feuchten Haare hingen über den Rand.

»Entschuldige! Ich bin schreckhaft geworden. Die Schädel auf dem Weg nach Paris haben mir gereicht!«

Was wir sahen, war, auf der gegenüber liegenden Wand, ein sehr realistisches Gemälde. Die Kopie eines bekannten Bildes von Caravaggio, die lebensgroße Darstellung eines biblischen Themas: Judith und Holofernes. Die Christin Judith tötet, um ihr Volk zu retten, den brutalen heidnischen Eroberer.

Auch hier Spiegel. Auch hier schwere geraffte Vorhänge, Wandteppiche, hinter die wir blickten und Staub aufwirbelten. Carlotta musste niesen.

Und in den folgenden Räumen verhielt es sich ähnlich.

Bis wir in einer Bibliothek landeten. Hier endete die Zimmerflucht. Der Eingang war zugleich der Ausgang, es gab keine zweite Tür. Einige kleine Tische, Polsterbänke, die Wände bestanden aus Büchern. Regal reihte sich an Regal, die dazwischen befindlichen schmalen Spiegel sahen durch das, was sie zeigten, selbst wie Regale aus. Die waren bis unter die Decke gefüllt, nur hier und da klaffte eine Lücke. Dort hatten vielleicht die Bücher gestanden, die die Königin im Pavillon gelesen hatte. Oder die sie jetzt mitgenommen hatte nach Paris. Viele waren noch in Pergament gebunden, manche davon sicher von Hand illustriert und geschrieben, bibliophile Kostbarkeiten von unschätzbarem Wert. Ich erinnerte mich an das berühmte, wunderbar bebilderte Stundenbuch des Herzogs von Berry aus dem 15. Jahrhundert und konnte nicht widerstehen, einige der Buchrücken zu studieren, als ich aus den Augenwinkeln eine Bewegung wahrnahm. Zwischen zwei Regalen öffnete sich ein dunkler Spalt. Eine Hand erschien und wedelte mit einem Stück Papier.

»Nehmen Sie! Von Madame Campan. Schnell!« flüsterte eine Stimme.

Ich sah mich um, griff nach dem Papier und steckte es in die Tasche. Der Spalt schloss sich. Die Stimme, war das nicht die von Auguste gewesen? Ich drückte, ich zog unauffällig an dem Regal und merkte erst jetzt, dass es nur aufgemalt war. Eine aus dekorativen Gründen angebrachte optische Täuschung. Es war eine Tür, die sich von innen nicht mehr öffnen ließ.

Wir hatten unsere Suche erfolglos beendet, jedenfalls vorläufig, und machten uns auf den Rückweg. Die Beleuchter gingen voran, Carlotta und ich folgten. Eben wollte ich ihr von dem Zettel berichten, als sie auf deutsch flüsterte:

»Ich glaube, ich habe ihn gefunden.«

Ich sah sie fragend an.

»In der Bibliothek. Wenn du reinkommst links an der Wand hängt zwischen den Regalen jeweils ein Spiegel. Zusammen sind es vier. Drei davon sind zweiteilig. Einer, der Zweite von rechts, ist einteilig. Und an der Unterkante gibt es zwischen dem Glas und dem Rahmen ein paar

Zentimeter Luft. Bei allen anderen nicht. Außerdem fehlt die feine Staubschicht auf dem Rahmen. Er wurde also erst kürzlich ausgetauscht! Und die Größe stimmt!«

Wir waren etwas zurückgefallen. Einer der Beleuchter sah sich um, um zu prüfen, ob wir auch folgten.

»Und Fersen? Willst du es ihm nicht sagen?«

»Ich weiß nicht. Mir kommen Zweifel. Wenn wir eines Tages zurück wollen, wie soll das gehen ohne den Spiegel? Der dann wer weiß wo ist. Jedenfalls für uns unerreichbar. Er will ihn in das Stadtschloss, in die Tuilerien schmuggeln. Und hat noch keine Ahnung, wie. Das ist hochriskant.«

Wir durchquerten wieder den Schlafraum von Marie Antoinette. Diesmal in entgegengesetzter Richtung.

»Andererseits, wer sind wir, dass wir eine mögliche Rettung der Königin behindern. Das will ich auch nicht. Was sollen wir tun?«

Warum, dachte ich, können wir den Spiegel nicht beide benutzen, die Königin *und* wir? Oder umgekehrt: Erst wir, dann die Königin. Aber wie? Ich war naiv.

44

Versailles. *Spedition Nagel*

»Champagner?« fragte der Graf. »Sie haben sich einen guten Tropfen verdient. Ich hoffe, Sie waren erfolgreich!«

Er hatte es sich auf dem Prunkbett des Königs bequem gemacht, ein Sakrileg, das bis vor kurzem noch unentschuldbar gewesen wäre. Er hatte auf uns gewartet. Nun stand er auf, strich seine Jacke glatt, schloss einen Knopf und sah uns erwartungsvoll an.

Ich zuckte bedauernd die Schultern.

»Noch nicht, leider! Und wir waren sehr gründlich! Aber wir haben ja erst einen Flügel des Schlosses durchsucht. Die andere Seite, die Räume des Königs, stehen uns noch bevor. Vielleicht haben wir dort mehr Glück!«

Der Graf erstarrte, atmete tief ein und schloss für einen Moment die Augen. Als er sie wieder öffnete, war er ein Anderer. Das Verbindliche, das Freundliche fiel von ihm ab wie ein schöner Mantel. Er verschränkte die Hände hinter dem Rücken, ging einige Male mit schnellen Schritten auf und ab und blieb dann abrupt vor uns stehen.

»Das ist Unsinn! Die Campan hat keinen Zugang zu den Gemächern des Königs, sie kennt sie kaum. Deswegen wird sie dort auch nichts verstecken! Nein, der Spiegel ist hier ganz in der Nähe. Vielleicht haben Sie ihn nur übersehen. Vielleicht sogar mit Absicht! Verstehen Sie mich richtig, dies hier ist kein Spiel! Es geht darum, Leben zu retten. Leben, die mir sehr viel bedeuten!

Bisher habe ich Ihnen geglaubt. Und ich« möchte Ihnen immer noch glauben. Ich habe auch Madame Campan geglaubt. Aber woher soll ich wissen, dass es den Spiegel wirklich gibt? Dass Sie ihn benutzt haben, ist eine schöne Geschichte, die erst noch bewiesen werden muss!«

Fersen ging zum Fenster, starrte in die Dunkelheit, kam zurück und sah uns an wie zwei Fremde.

»Wer sind Sie wirklich? Sie sind keine Franzosen. Sind Sie Spione? Für wen arbeiten Sie? Für Hannover, für Preußen? Oder für Habsburg? Vieleicht sollen Sie mich überwachen.

Damit Sie wissen, wie ernst ich es meine: Wir werden jetzt noch einmal die von Ihnen geprüften Räume abgehen. Falls wir den Spiegel dann wieder nicht finden, muss ich Sie den Behörden übergeben. Dass tut mir leid. Aber es ist für mich schon deswegen sinnvoll, weil ich mir dadurch das Vertrauen der Geheimpolizei erkaufe. Die ohnehin jeden Ausländer für einen Feind der Revolution hält – mich übrigens auch. Aber ich bin Diplomat und habe auf Seiten der Franzosen in Amerika gekämpft. Das schützt mich. Sie wird niemand schützen. Madam Campan zu kennen, ist dort eher von Nachteil.«

Carlotta hatte kurz meine Hand gefasst, sie aber gleich wieder losgelassen.

»Ich verstehe Sie nicht mehr!« sagte sie. »Sie wissen, dass ich mit Madame Campan befreundet bin. Dass sie der Königin helfen will, genau wie Sie selbst! Und auch wir beide wollen ihr helfen, mein Mann und ich. Wie kommen Sie darauf, dass wir Spione sein könnten?«

»Beweisen Sie, dass Sie es nicht sind! Zeigen Sie mir den Spiegel! Am besten jetzt gleich.«

Der Graf winkte den Leuchterträgern, die vor der Tür gewartet hatten und einigen seiner uniformierten Soldaten, die uns wohl im Auge behalten oder schlicht bewachen sollten.

Wir begannen wieder in Marie Antoinettes Schlafzimmer. Wir suchten besonders gründlich. Der Graf selbst ließ keinen Vorhang, keine Nische aus. Er klopfte an Wandverkleidungen, rüttelte an Spiegelrahmen und strich über Tapeten. Und tatsächlich stieß er auf den einen oder anderen Wandschrank, den wir übersehen hatten.

So arbeiteten wir uns voran, von Raum zu Raum. Auf der einen Seite die dunklen Fenster zum Park, auf der anderen Seite die goldene Pracht der imperialen Gemächer. Erst auf ein Zeichen des Grafen durften wir den nächsten Raum betreten. Ich blickte, voller Sorge um den Ausgang dieser Aktion, durch die geöffneten Flügeltüren in die noch kommenden Räume, als mir etwas auffiel. In einem nur zwei Türen entfernen Saal brannte Licht. Von unserem ersten Rundgang konnte es nicht stammen. Wir hatten nirgendwo Kerzen entzündet. Hatte der Graf dort seine Leute postiert?

Aber auch er selbst schien verwundert. Er sprach mit seinem kleinen Gefolge. Dann unterbrach er die Suche.

»Sehen wir nach!« sagte er.

Das Licht kam aus dem Speisesaal. Auf dem großen ovalen Tisch brannte ein fünfarmiger Leuchter. An der Spitze der Tafel saß ein einziger Gast. Es war Madame Campan. Hinter ihr stand Auguste. Sie erhob sich nicht, als der Graf eintrat. Der verneigte sich:

»Madame! Ich bin überrascht! Ich wähnte Sie in Paris, bei der Königin.«

Die Angesprochene sah ihn an, nickte dann zur Bestätigung mit dem Kopf.

»Sie haben Recht! Da sollte ich eigentlich sein. Und da wäre ich auch noch, wenn mich Auguste nicht abgeholt hätte. Er erschien plötzlich und teilte mir mit, dass hier im Schloss ein Fest stattfindet. Ohne Absprache mit mir und ohne mein Wissen! Und ohne Wissen der Königin. Das kam ihm seltsam vor, zu Recht! Und ich muss Ihnen gestehen, Graf, ich finde das, gelinde gesagt, auch seltsam! Warum haben Sie mit mir nicht gesprochen oder mich zumindest informiert?«

Der Graf beteuerte, dass er das mehrfach versucht hätte, es sei aber niemand zu erreichen gewesen.

»Dann hätten Sie es noch einmal versuchen sollen. Oder die ganze Veranstaltung verschieben. Machen wir uns nichts vor: Meine Abwesenheit kam Ihnen gerade recht, um nach dem Spiegel zu suchen, von dem Sie glauben, dass ich ihn Ihnen vorenthalte. Warum sollen wir nicht ganz offen darüber reden!«

Sie machte eine einladende Bewegung zum Stuhl an ihrer Seite. Der Graf zögerte einen Moment, dann setzte er sich.

»Aber zunächst möchte ich Ihnen etwas zeigen, dass Sie sicher freuen wird!«

Madame Campan griff in ihren linken Ärmel und zog ein Bündel Briefe hervor. Er war mit einem hellblauen Band umwickelt. Der Graf erstarrte. Er faltete die Hände auf der weißen Damasttischdecke und betrachtete das kleine Paket. So, als könne er nicht glauben, was er da sah.

Ein Nachtfalter flog in eine der Flammen, zischte, taumelte und fiel zu Boden. Dort zuckte er mit den Flügeln.

»Woher?« fragte er.

Henriette schob die Briefe langsam in seine Richtung.

»Ein guter Freund hat sie gefunden.«

Fersen streckte die Hand aus, zog das Bündel vorsichtig, so als könne es sich jeden Moment in Luft auflösen, an sich und strich über die Schleife. Carlotta und ich haben später darüber gestritten, aber ich habe deutlich gesehen, dass seine Augen feucht wurden.

Jemand berührte mich an der rechten Schulter. Es war Auguste. Er flüsterte:

»Haben sie die Nachricht gelesen?«

Hatte ich nicht. Es war einfach keine Zeit gewesen. Ich zog den Zettel, den mir Auguste in der Bibliothek gegeben hatte, aus der Tasche und faltete ihn auseinander. Carlotta las mit:

Eben erfahre ich, dass Graf Fersen in Paris den Verdacht geäußert hat, in Versailles könne jemand Spione verbergen. Damit meint er Sie und mich. Es war ein Fehler, ihm das Geheimnis des Spiegels anzuvertrauen. Er kann damit nicht umgehen. Sie müssen fort, solange der Spiegel noch hier in der Bibliothek ist. Carlotta, Sie werden ihn erkennen. Auguste kennt ihn auch, ihm können Sie trauen. Wahrscheinlich sehen wir uns nicht wieder.

Adieu meine Freundin! Adieu mes amis!

Bon voyage! Henriette

Darunter stand noch:

Carlotta, ich glaube, Sie sollten als Erste hindurchgehen, wenn Sie nach Hamburg wollen, der Spiegel kennt Sie schon..

Mittlerweile hatten die Wachen begonnen, sich leise zu unterhalten. Der Graf wickelte das blaue Band von den Briefen. Wir blickten zu Madame Campan. Sie machte eine kaum wahrnehmbare Kopfbewegung in Richtung Bibliothek. Dann wandte sie sich wieder an den Grafen:

»Ich glaube, es sind alle Briefe. Wie viele haben Sie geschrieben? Vielleicht sollten Sie das überprüfen.«

Wir, Carlotta und ich, erreichten, indem wir so taten, als würden wir weiter nach dem Spiegel suchen, die nächste Tür, durch die wir unauffällig verschwanden. Auguste folgte.

In der Bibliothek entzündete er einige Kerzen. Ich blickte nach links. Dorthin, wo nach Carlottas Beschreibung die Spiegel hängen sollten. Ich sah sie. Aber es waren nur drei. Alle drei waren vollkommen identisch. Dort wo der vierte gehangen hatte, gab es nur einen leeren Rahmen. Jemand war vor uns hier, er musste das Spiegelglas entfernt haben. Bloß die Rückwand war noch da, man sah die alten Holzbretter. Auffallend war der ungewöhnlich große Abstand zwischen dem Rahmen und den Brettern. Ein rosa Zettel klebte darauf, halb abgerissen. Ich las: *Spedition Nagel.*

»Zu spät!« sagte ich.

»Nein, gerade richtig!« Carlotta schob mich zur Seite. Sie stellte sich dicht vor den Rahmen, prüfte den leeren Raum zwischen den Einfassungsleisten mit der flachen Hand, spürte keinen Widerstand, fasste hindurch und drückte gegen die Bretter.

»Hilf mir!« sagte sie.

Plötzlich laute Rufe! Wir hörten Schritte, die schnell näher kamen. Man hatte entdeckt, dass wir verschwunden waren.

»Schnell! Schnell, beeil Dich!« sagte sie. Wir pressten uns gegen die Holzwand. Wieder sah ich den Aufkleber: *Spedition Nagel, 3x in Hamburg.* Die Holzwand bewegte sich, gab eine schmale Öffnung frei. Carlotta zwängte sich hindurch und reichte mir die Hand. Keine Sekunde zu früh. Denn unmittelbar hinter uns spürte, sah ich bereits die ersten Verfolger in ihren gelbblauen Uniformen.

45

Hamburg. *Quecksilber*

Erwachen durch einen Donnerschlag! Ich lag in einem Bett, weich und trocken, draußen rauschte der Regen. Blitze erhellten den Raum, ein heftiger Wind bewegte die Vorhänge. Carlotta regte sich.

»Machst du bitte die Fenster zu!« murmelte sie und drehte sich auf die andere Seite.

Ich hatte sie geöffnet, bevor wir uns hingelegt hatten, die Luft roch trocken und staubig. Zuvor hatten wir – trotz unseres Schwindelgefühls, trotz unseres Herzklopfens, Herzklopfen bis zum Hals – zuvor hatten wir unseren Spiegel hinter dem alten Schrank hervorgeholt. Er war unversehrt. Er hatte in der Abstellkammer gestanden. Dort hatte Sebastian ihn offensichtlich versteckt, als er den angeblichen Diebstahl angezeigt hatte. Und nicht daran gedacht hatte, dass der Schrank uns den Durchgang versperren könnte. Aber woher sollte er das wissen? Genau das hatten wir nämlich durch die transparent gewordenen Spiegel gesehen: Die Rückseite unseres alten Schrankes mit dem Aufkleber der Spedition, die für unseren Umzug verantwortlich gewesen war.

Wir beobachteten den Spiegel. Der nun wieder unser alter Quecksilberspiegel war. Wir blickten hinein, und wir sahen nur uns. Niemand zeigte sich, niemand wollte oder konnte hindurch, niemand folgte uns. Was ja auch, nach allem was wir wussten, kaum möglich war. Trotzdem Herzklopfen, immer noch waren wir aufgeregt, benommen und doch hellwach, wie im Rausch.

Carlotta bestand darauf, dass wir den Spiegel wieder an seinen alten Platz hinter den Esstisch hängten, jetzt gleich. Wir betrachteten uns darin, ein etwas mitgenommenes junges Paar wie aus einem Kostümfilm.

Carlotta trägt eine seidene apricotfarbene Rose im Haar. Leise Musik erklingt, ein Menuett, es ist die gleiche Melodie, die mich in Bologna in den Ankleideraum von Catherine gelockt hatte. Wir verneigen uns voreinander, Carlotta und ich, und beginnen zu tanzen. Hinter uns, neben uns, manchmal deutlich, manchmal verschwommen durch die Unregelmäßigkeiten des Quecksilbers, andere Paare. Madame Campan, die großzügige Freundin Carlottas, tanzt mit Auguste, der nun nicht mehr hinkt. Der Graf tanzt mit Marie Antoinette, endlich, der Königin seines Herzens, für die er zum Schurken wurde. Auch Catherine ist da, die mir am Ende unerwartet und selbstlos den Weg zu Carlotta gezeigt hat. Mit wem sie tanzt, kann ich nicht erkennen. Mit dem Marquis? Oder mit Vito?

Sekunden, Minuten. Es rauschte in unseren Ohren, wir waren plötzlich sehr müde. Wir zogen uns aus, die Roben, die Rüschen und Schleifen, die Spitzenwäsche, alles. Und fielen ins Bett.

Das Unwetter hatte mich geweckt. Ich schloss die Fenster und schlief wieder ein. Dann waren es die Glocken von St. Nikolai. die mich aus dem Bett holten, pünktlich um Acht. Das Gewitter hatte sich verzogen, die frühe Sonne schien herein. Noch schlaftrunken tappte ich in den Wohnraum. In ihrem schrägen Licht sah ich die silbernen Perlen. Sie lagen, von Zauberhand verstreut, überall auf dem Parkett. Ungeschickt trat ich auf eine der schimmernden Kugeln. Sie zersprang in dutzende kleinerer Perlen, die wie aufgeschreckte Insekten über den Boden rannten und versuchten, sich in den Ritzen zu verstecken.

Dann sah ich den Spiegel. Er war noch dort, wo wir ihn in der vergangenen Nacht hingehängt hatten. Der kannelierte vergoldete Rahmen, das unregelmäßige Glas. Aber er spiegelte nicht mehr. Direkt hinter dem Glas sah man das alte Holz der Rückseite.

Dort, wo das silberne Licht gewesen war, dieses Geheimnis, diese irreale Realität, dort wo wir uns selbst immer wieder anders gesehen hatten, war jetzt nur noch Leere.

Was hatte Bruder Giordano, der Mönch in Bologna, gesagt? Quecksilber ist empfindlich. Es verfestigt sich, wenn es eine Verbindung eingeht, wie zum Beispiel mit Zinn. Aber wenn es erschrickt, zum Beispiel bei einem Kanonenschlag, dann verflüssigt es sich wieder.

Es musste der Donner gewesen sein. Ich holte den Besen und es dauerte eine Ewigkeit, bis ich die flüchtigen Perlen auf der Kehrschaufel hatte. Dort wurden sie zu einer kleinen zitternden silbernen Pfütze.

Ich setzte mich. Was um Gottes willen würde Carlotta sagen?

Sie erschien im Morgenmantel.

»Hast Du schon Kaffee gekocht?« fragte sie.

Hatte ich nicht, ich war noch nicht in der Küche

gewesen. Außerdem war er uns in den letzten Tagen ja immer gebracht worden.

Sie gähnte. »Also, weißt Du, das war verdammt knapp. Angenommen, der Spiegel hätte sich nicht rechtzeitig geöffnet! Oder zu lange! Unvorstellbar! Aber Henriette hatte Recht, es hat einwandfrei funktioniert, ich meine die Korrespondenz zwischen den Spiegeln. Sie hat uns gerettet! Bist Du froh, dass wir wieder hier sind, heil und gesund? Natürlich bist Du froh! Ich eigentlich auch.«

Ich sah sie an. »Hast Du nichts gemerkt?«

Sie blickte sich um. »So unglaublich das ist, wir sind wieder zuhause! Wir sind in Sicherheit, das zählt. Und«, sagte sie, und ich überhörte nicht diesen Hauch von Trauer, das leise Bedauern, »die Sonne scheint.«

Dann sah sie den Spiegel.

»Oh, mein Gott!« Das war ihre erschrockene, ihre atemlose Stimme, bei der man immer befürchten muss, gleich setzt das Herz aus. »Was ist passiert? Er ist blind!«

Er ist blind! Blinde können nicht mehr sehen. Auch blinde Spiegel können das nicht mehr! Bedeutet das im Umkehrschluss nicht auch, dass sie einmal sehen konnten? Wenigstens einige von ihnen.

Ich erzählte Carlotta, was geschehen war.

Sie stand auf, strich mit einer Hand über Glas und Rahmen. Zärtlich, immer wieder.

»Wie schade!« sagte sie. »Wie furchtbar schade! Ich spüre nichts mehr. Ich kann es nicht glauben, ich spüre nichts mehr.«

Sie schloss die Augen. Ihre Schultern zuckten, sie weinte lautlos und dann, leise: »Natürlich, er war schon sehr alt, uralt. Wie alt eigentlich? Trotzdem, was für ein Verlust!«

Sie drückte ihre Wange an das Glas.

»Adieu, Henriette! Adieu! Tu nous manqueras á tous, Du wirst uns fehlen!«

Immer noch liefen ihr die Tränen über die Wangen. Und über das Glas.

Und in die nachdenkliche Stille hinein, in der wir versuchten, unsere Gedanken zu ordnen, plötzlich ihre erschrockene Stimme:

»Mein Gott, was ist das? Du bist verletzt! Hast du Dich geschnitten?«

Ich folgte ihrem Blick und sah erst jetzt, was mir bisher, von der Jagd nach den Silberkügelchen abgelenkt, entgangen war: Auf dem dunklen Parkett, nicht besonders auffällig, aber gut sichtbar, in fast regelmäßigen Abständen eine Linie brauner Flecken. Blutstropfen? Sie schienen trocken und alt, aber als ich sie berührte, blieb die verkrustete Oberfläche an meinem Finger kleben, darunter schimmerte das noch feuchte Rot.

»Du hast recht! Das ist tatsächlich Blut! Aber es stammt nicht von mir.« sagte ich.

Carlotta blickte auf ihre Hände, an sich herunter. »Von mir aber auch nicht!«

Unsere Augen folgten der Spur. Sie führte direkt in die Abstellkammer. Und dort, wo noch vor kurzem der Spiegel gestanden hatte, dort, zwischen dem abgerückten Schrank und der Wand, lag ein blutiges Spitzentaschentuch, das wir heute Nacht übersehen haben mussten.

»Oh mein Gott!« sagte Carlotta schon wieder. »Blut! Das erinnert mich an die Köpfe! Wo sind wir gelandet, sind wir noch gar nicht angekommen? Oder ist uns jemand gefolgt? Ist uns doch jemand gefolgt – und hat sich dabei verletzt?«

Aber da war niemand. Und wir waren tatsächlich in unserer Hamburger Wohnung. Wir folgten der Spur zurück durch das Wohnzimmer und landeten vor der Küchentür. Sie war geschlossen.

»Geh da besser jetzt nicht rein!« sagte Carlotta.

Ich öffnete die Tür einen Spalt breit.

Etwas Erschreckendes geschah! Und etwas zugleich irgendwie Beruhigendes. Wir hörten ein regelmäßiges, ein langsam auf- und abschwellendes, ein fast zufrieden klingendes Schnarchen. Vorsichtig öffnete ich die Tür ganz. An unserem Küchentisch saß, den bezopften Kopf auf den rechten Arm gelegt, prächtig in seiner blaugelben Uniform mit den goldenen Knöpfen, saß ein schwedischer Soldat. Er saß da, dekorativ umgeben von den blutbefleckten Papiertüchern unserer Haushaltsrolle, wie in einem künstlichen Rosengarten, und schlief. Den Rest der Rolle hatte er um seine linke Hand gewickelt. Die er sich wohl verletzt hatte, als der Spiegel sich, etwas zu früh für ihn, schloss.

»Oh mein Gott! Und was machen wir jetzt?« fragte Carlotta.

Und ich kann nicht sagen, dass ihre Stimme besonders besorgt klang. In ihr lag vielmehr diese erwartungsvolle, zitternde Neugier, für die ich sie so liebe.

Epilog

Und was wurde aus Bruder Giordano?

Er schwamm durch die alten unterirdischen Kanäle, die er zum Teil ja schon kannte, und als er schließlich das Tageslicht erreichte, hatte er sich seiner Kutte entledigt. Sie schwebte nur wenige Meter vor ihm wie eine große gespenstige Fledermaus durch das Wasser der Canale Naville, über der noch der morgendliche Nebel lag.

Er selbst trieb nackt, bäuchlings, die Arme weit ausgebreitet, den Kopf voran, auf einen Brückenpfeiler zu. Aber ehe er mit seiner empfindlichen Tonsur gegen den Stein stieß, drehte ihn die Strömung und zog ihn in sanfter Umarmung vorbei.

Die Sonne ging auf, das Wasser begann zu glänzen und spiegelte den Morgenhimmel. So kam es, dass niemand den dahin treibenden Körper bemerkte. Das wäre ohnehin schwierig gewesen, denn das Quecksilber in seinen Adern hatte ihn schwer gemacht und hielt ihn unter der Oberfläche.

Sie hatten es ihm bei lebendigem Leibe injiziert, damit das noch pulsierende Herz es verteilen konnte. Dann hatten sie ihn, den schon halbtoten Verräter, in den Kanal geworfen.

Hier könnte man sich die Frage stellen, ob Bruder Giordano dieses oder ein anderes Ende bereits als unvermeidlich vorausgesehen und folglich billigend in Kauf genommen hatte. Er hatte getan, was er tun musste. War das nicht, wie er selbst einmal gesagt hatte, der Preis für die wieder gewonnene Freiheit seiner unsterblichen Seele?

Die Wasser trugen ihn, oder das, was von ihm sterblich war, ruhig und nicht ohne eine gewisse Würde, dem Meer entgegen. Kleine silberne Fische und eine kaum nachweisbare Spur von Amalgam waren sein letztes Geleit.

Hinweis

Fast alles in dieser Geschichte ist wahr! Auch die meisten der hier beschriebenen Orte existieren tatsächlich, wie zum Beispiel die Kirchen, Schlösser und Cafés. Auch das Café Procope in Paris, in dem sich Danton und Chevalier Sanson, der Scharfrichter, trafen, gibt es noch heute. Aber auch die Polizeireviere und die dunklen unterirdischen Kanäle von Bologna. Und natürlich gibt es auch die Abtei Santo Stefano, diesen wie aus der Zeit gefallenen magischen Ort, den man, wenn es ihn nicht gäbe, neu erfinden müsste. Der bis zum heutigen Tage von den Mönchen des Benediktinerordens bewohnt, gehegt und gepflegt wird, sie verdienen unsere Dankbarkeit und unseren Respekt.

Frei erfunden ist allerdings die Fälscherwerkstatt in den Kellergewölben des Klosters. Ein solch finsteres Unternehmen hat es an diesem Ort nie gegeben, ebenso wenig wie die hier namentlich genannten Personen. Auch die angedeuteten Beziehungen zur örtlichen Mafia entbehren jeder Grundlage.

Die Verwendung von Quecksilber ist, bis auf wenige Ausnahmen, seit 1886 tatsächlich verboten. Allerdings existieren bis zum heutigen Tage antike Quecksilberspiegel, die viele Jahrhunderte überlebt haben und deren Herkunft rätselhaft bleibt. Ob es die hier und seit dem frühen Mittelalter immer wieder erwähnten *Speculi transiti*, durchlässige Spiegel, tatsächlich gab oder immer noch gibt, ist nie endgültig geklärt worden.

Über den Autor: Den ersten Roman hat der damals 12jährige Michael Heine für seinen Vater geschrieben, als der – dünn wie ein Strich – aus der Kriegsgefangenschaft zurückkehrte. Es war natürlich ein Ritterroman, er hieß ,Jung Georg, der Held!' und hatte 28 Seiten. Der Vater war klar begeistert.

Der zweite Erfolg kam, als er als Kunststudent das in Buchform erschienene Essay ,Satan' über den Atombombenabwurf auf Nagasaki in Japan schrieb. Es wurde zur Pflichtlektüre in vielen Schulen.

Dann gründete er eine Werbeagentur, entwarf Kampagnen, verfasste Texte und gewann internationale Preise.

Erst seit 2018, seitdem er, wie er sagt, den Kopf wieder frei hat, schreibt er Romane, Kurzgeschichten und Thriller. ,Im Spiegel' ist sein erster Spannungsroman.

Der Autor lebt mit seiner Familie in Hamburg.